ミステリ

ABIR MUKHERJEE

阿《あ》片《へん》窟《くつ》の死

SMOKE AND ASHES

アビール・ムカジー

田村義進訳

TOKYO HAYAKAWA BOOKS

A HAYAKAWA
POCKET MYSTERY BOOK

SMOKE AND ASHES
by
ABIR MUKHERJEE
Copyright © 2018 by
ABIR MUKHERJEE
First published as SMOKE AND ASHES by
HARVILL SECKER, an imprint of VINTAGE.
VINTAGE is part of
THE PENGUIN RANDOM HOUSE GROUP OF
COMPANIES.
Translated by
Yoshinobu Tamura
First published 2022 in Japan by
HAYAKAWA PUBLISHING, INC.
This book is published in Japan by
arrangement with
HARVILL SECKER, an imprint of
THE RANDOM HOUSE GROUP LIMITED
through THE ENGLISH AGENCY (JAPAN) LTD.

装幀／水戸部 功

母に
わたしが医師にならなかったことの償《つぐな》いに、本書がなればいいのだが。

忘れないでほしい。あなたは母国という祭壇への捧げものとして生まれたということを。

スワミ・ヴィヴェカーナンダ

阿片窟《あへんくつ》の死

登場人物

サミュエル（サム）・ウィンダム……インド帝国警察の警部
サレンダーノット
（サレンドラナート）・バネルジー……ウィンダム警部の部下。部長刑事
チッタ＝ランジャン・ダース…………ガンジー派幹部。法廷弁護士
バサンディ・デヴィ……………………ダース夫人
スバス・チャンドラ・ボース…………ダースの腹心。自警団のベンガル支部長
ドーソン大佐……………………………H機関の責任者
アレンビー………………………………ドーソン大佐の部下
マグァイア少佐…………………………バランクール陸軍病院の病院長
マティルド・ルーヴェル………………マグァイア少佐の補佐。バランクール陸軍病院の看護婦
ルース・フェルナンデス………………バランクール陸軍病院の看護婦
プリオ・タマン…………………………バランクール陸軍病院の需品係
アラステア・ダンロップ………………著名な科学者
アンシア・ダンロップ…………………アラステアの妻
ラチマン・グルン………………………グルカ兵
チャールズ・タガート卿………………警視総監
キャラハン警部補………………………風俗課の責任者
アニー・グラント………………………ウィンダム警部の知人
スティーヴン・シュミット……………アメリカ人の紅茶商人。アニーの友人

1

一九二一年十二月二十一日

葬儀屋で死体を目にするのは珍しいことではない。けれども、死体が自分の足で葬儀屋に入ってくるのはごく稀《まれ》だ。それはじっくり考えなければならない謎だが、いまのわたしにそんな余裕はない。命からがら逃げているところだから。

銃声が鳴り響き、弾丸《たま》が飛んできたが、何かに当たるとしたら屋上に干してある洗濯物くらいだろう。わたしを追っているのは、インド帝国警察の同僚たちで、夜の闇に向かって文字どおり闇雲に発砲している。この次はまぐれで当たらないともかぎらない。わたしとしてはかならずしも死を恐れているわけではないが、墓石に〝逃走中に尻を撃たれり〟という碑文を刻まれるのはできればご免こうむりたい。

だから、走った。阿片で朦朧《もうろう》とした頭で、寝静まったチャイナタウンの棟続きの建物の屋根の上を横切り、ところどころで足を滑らせ、剝《は》がれかけた瓦《かわら》を地面に蹴落としながら隣の建物へ飛び移ろうとしたとき、低い仕切り壁に出っぱりがついていることがわかった。その下になら身を隠すことができる。

そこにかがみこんで息を殺していると、警官たちが近づいてきた。おたがいのあいだで呼びかけあっている声が闇に吸いこまれていく。声の聞こえ具合からすると、連中は別々に動いていて、いまは屋根の上のあちこちに散らばっているようだ。ありがたい。先ほどまでのわたしと同様に、暗がりのなかを当てもなく走りまわっているだけだとすれば、じたばたせずにここでじっと身を潜めているのが最善の手だ。

捕まったら、返答に窮《きゅう》する質問攻めにあうのは避けられない。こんな夜遅くにタングラで何をしていたのかとか、阿片の臭いがするのはどういうことなのかとか、手や服に他人の血がついているのはなぜなのかとか。さらに厄介なことには、わたしの手には鎌のような刃物が握られている。これも説明するのはむずかしい。

汗と血が乾き、身体《からだ》が震えだす。カルカッタとはいえ、十二月はさすがに寒い。

警官たちの話し声が途切れ途切れに聞こえてくる。あまり気が入っているような感じはしない。当然だろう。屋根から転がり落ちる可能性は、わたしを見つけだせる可能性といくらも変わらないのだから。ここ数カ月のあいだに起きたことを考えると、連中の士気が特に高いとは思えない。誰にも感謝されないのに、どうして首の骨を折る危険をおかしてまで屋根の上の影を追いかけなければならないのか。このあたりで引きあげてくれてもよさそうなものだが、連中はどうにも諦《あきら》めが悪く、ライフルの銃床や竹の警棒《ラーティ》が屋根を叩く音はいつまでたっても途絶えない。

屋根を叩く音のひとつが徐々に大きくなり、じわじわと近づいてくるのがわかった。わたしは自分に与えられた選択肢を考えたが、そんなものがあったとすれば、すでに実行に移していただろう。走って逃げるのは論外だ。警官は武装していて、すぐ近くまで来ている。暗がりのなかであっても、わたしを狙い撃ちにするのはそんなにむずかしいことではないだろう。逆に警官に立ち向かうということも考えられない。手にナイフを持ってはいるが、そんなものを同僚に使えるわけがない。いずれにせよ、近くに警官は少なくとも三人はいる。逃げおおせる可能性は、夕暮れどきのケシの花より急速にしぼみつつある。

屋根を叩く音が、虚《うつ》ろに響く音に変わった。わたしの頭の上の薄いコンクリートの出っぱりを叩いているのだ。警官はいまわたしの真上にいる。やはり音の変化に気づいたらしく、そこで足をとめ、ライフルの銃床で出っぱりを叩き、それから下に飛びおりた。わたしは観念して目を閉じた。とそのとき、大きな声が聞こえた。聞き覚えのある声だ。

「よし。もういい。みんな、建物のなかに戻れ」

警官のブーツは声のほうへ向いたが、すぐにはその場から離れず、途轍《とてつ》もなく長い数秒ののちに、ふたたび出っぱりの上によじのぼった。それからしばらくして警官たちが撤収を始めると、わたしは大きく息をついて、血でべたついている手で顔を拭った。

声は遠のき、屋根の上に静けさが戻ってきた。数分後には、下の通りから英語とベンガル語と中国語の大きな声が聞こえ、トラックのエンジンがかかる音がした。わたしはその場にとどまり、出っぱりの下の狭い空間で身体を震わせながら、何が起こったのかを整理することにした。

この日の夜はごく普通に始まった。もちろん、〝普通〟というのは相対的な概念ではあるが。いずれにせよ、これまでチャイナタウンのあちこちにある阿片窟を訪ねた夜とはどこも変わりないように思えた。その店へ行くのは一ヵ月ぶりで、下宿屋のあるプレームチャンド・ボラル通りから街の南のタングラまでは、いくつかある迂回路《うかいろ》のひとつを使った。老朽化《ろうきゅうか》した長屋式の建物の地下にあり、なかに入るにはホルムアルデヒドと死臭が漂う葬儀屋の裏手にある湿っぽい階段を使う。そこはわたしのお気にいりの店のひとつだが、それは阿片の質のせいではない。カルカッタでは、どこへ行っても、阿片一に対して混ぜ物が三といった粗悪品しか出ない。そうではなくて、この場所が醸《かも》しだしている怪しい雰囲気のせいだ。カルカッタの阿片は、半ダースほどの骸《むくろ》の十フィート下で吸うのがいちばんなのだ。

そこに着いたのは夜の十二時すぎで、ドアをあけた男はわたしを見て驚いたみたいだった。当然だろう。それはわたしがぶるぶる震えていたからではない。そのような症状が表に現われている客はいくらでもいる。原因はわたしの肌の色にある。一年前なら、タングラでイギリス人の姿を見るのはそんなに珍しいことではなかったが、このところ多くの騒擾《そうじょう》事件が起きていて、最近ではホワイト・タウンの端正な街並みの外側の警備は手薄にならざるをえず、日没後に白人の姿はほとんど見られなくなっている。だが、幸いなことに、タングラではいまも人種や政治より銭金の力のほうが強く、ルピー札を広げて見せると、ファンファーレこそ鳴らなかったものの、なんの問題もなくすんなりとなかに通され、地下室へ案内された。

阿片の最初の一服は解熱剤のようなもので、身体が急に軽くなったような気がした。二服目で震えがとまり、三服目で神経がほぐされた。わたしは四服目を頼んだ。最初の三服が医療行為だとしたら、四服目からが快楽を得るためのものになり、そこからニルバーナ――ベンガル人に言わせるならニルボンに向かう。頭は白磁の枕の上にあり、ビロードのベールが五感を包みこんでいく。難儀なことになったのはそのときだった。

千マイル離れたところから、意味不明の音が途切れ途切れに聞こえ、だんだん大きくなっていき、ついには混濁した意識にかかった霧を切り裂きはじめた。それでも固く目をつむっていると、先ほど阿片膏《こう》を丸めてキセルに詰めてくれた娘のひとりが、わたしの身体を縫いぐるみのように激しく揺さぶりはじめた。

「サーヒブ！　逃げてください！」

目をあけて、焦点をあわせると、そこには白粉《おしろい》を厚く塗った顔があった。

「逃げてください、サーヒブ。警察の手入れです！」

真っ赤な口紅に気をとられ、数秒のあいだ、言っていることは何も耳に入ってこなかった。近くで家具が倒れる音や磁器が硬い床の上で割れる音がし、ようやく魔法が解けはじめたとき、頬に強烈な平手打ちを食らった。

「サーヒブ！」

首を振ったとき、また引っぱたかれた。

「警察が来てるんですよ、サーヒブ！」

このときは意味を理解することができた。産まれたばかりの仔牛のようによろよろと立ちあがると、娘に腕をとられて、近づいてくる大きな物音とは逆方向に進み、部屋の奥の暗い通路のほうに連れていかれた。

通路の入口で、娘は立ちどまり、あいているほうの手をのばした。「行ってください、サーヒブ。突きあたりに階段があります。あがったら裏口に出られます」

わたしは振り向き、娘を見つめた。まだ少女といっていいくらいの年格好だ。「きみの名前は？」

「時間がありません、サーヒブ。さあ、行って！」娘は言って、また部屋のほうを向いた。

言われたとおり、暗い通路に足を踏みいれたとき、後ろで娘が別の客を束の間の忘我の境から呼び戻そうとしている声が聞こえた。通路は暗かったが、手をのばすと、湿気でぬるりとした壁に触れたので、それを伝っていくことにした。石の床はつるつるしていて、気をつけないと足を滑らせてしまう。空中には、小便のすえたようなアンモニア臭が漂っている。遠くのほうで、淡い光が老朽化した狭い階段をぼんやりと浮かびあがらせている。くらくらする頭で、そっちのほうへ歩いていく。通路には叫び声が響いている。英語でなにやら命じる声。それから、女の悲鳴。

わたしは振りかえらなかった。

なんとか階段の前まで行って、上を見あげた。出口は跳ねあげ戸でふさがれていて、まわりの板との隙間からかすかな光が漏れている。階段をあがり、いちばん上まで行って跳ねあげ戸を押したが、微動だにせず、悪態が口をついて出る。恐怖の波が押し寄せてきて、身体がぶるっと震える。目に入った汗を拭って、跳ねあげ戸の周縁部を目でたどったが、少なくともこちら側に錠はついていない。息を深く一吸いし、今度は肩で押した。跳ねあげ戸は数インチあがっただけで、すぐにどすんと下に落ちた。上に何か載っているにちがいない。何か重いものだ。背後からの声がだんだん大きくなってくる。渾身《こんしん》の力をこめてもう一度跳ねあげ戸を肩で押すと、このときは勢いよく開き、と、わたしの身体は宙に浮かび、開口部を抜け、次の瞬間には上の階の部屋に出ていた。廃墟のように荒れ果てた部屋で、天井が半分崩れ落ちていて、そこから月の光がさしこんでいる。倒れこんだところには、液体がたまっている。身体を起こすと、急いで跳ねあげ戸を閉め、さっきまでその上に載っていたものを探した。奇妙なことに、近くには何もなかった。死体以外には。

　わたしはそこに目をこらした。驚きはない。さらに言うなら、なんの感覚もない。モルヒネは感覚を麻痺《まひ》させる。阿片の吸入によってわたしの体内には、猛《たけ》りたつ象をおとなしくさせられるくらいの量のモルヒネが駆けめぐっている。そこにあったのは、人というより人の残骸と言ったほうがいいものだった。頬骨の張り具合から判断すると、中国人のように見える。顔のそのほかの部分はほとんど原形をとどめていない。目は両方ともえぐりとられ、かたわらの床の上に落ちている。顔の左側には髪の生え際から顎《あご》まで古傷のあとがある。そして、胸には付け足しのようにナイフが突き刺さっている。

　壁際に、茶葉の梱包用に使うような木箱が積みあげられていた。金属の鋲《びょう》に月明かりが反射して鈍く光っている。そこへ行って、いちばん上の木箱を床に落とすことにした。なかに何が入っているかはわからないが、重さは半トン以上あるにちがいない。それでも、なんとか一インチずつ押していって、下の木箱とのずれが半分ほどになると、あとは重力にまかせた。木箱は大きな音を立てて床に落ちた。片側にひびが入ったが、ありがたいことにそれ以外は無事だった。両足を壁につけて木箱を押し、跳ねあげ戸の上まで持っていくと、その横にばたりと倒れこんだ。これで少しは時間を稼げる。死体のほうに目をやると、仰向けに横たわった身体の胸から、ナイフの柄がスロットマシンのレバーのように突きでている。死んでいるのは間違いない。本人にとってはともかく、わたしにとってはそのほうが好都合だ。するとそのとき、浅い途切れ途切れの息づかいの音が聞こえた。わたしは毒づいた。ここでこの男のために時間を費やしたら、逃げおおせるチャンスはいままで以上に小さくなる。床に広がっている血の量からすると、助かる見こみがあるとは思えない。わたしにできることはほとんど何もない。とりわけカルカッタの警官たちによるガサ入れの最中には。瀕死《ひんし》の重傷を負った中国人の血にまみれて、ここで何をしていたのかを説明するのは、かならずしも心待ちにできることではない。それに、中国人には中国人の掟《おきて》がある。彼らが何をしようがわたしの知ったことではない。

それでも……

わたしは息を深く一吸いし、男のところに這《は》っていった。ナイフを動かさないように気をつけながらシャツのボタンをはずすと、自分のズボンのポケットからハンカチを取りだして胸の血を拭ってやる。見たかぎりでは、傷はふたつ。ひとつはナイフが刺さっているところで、それと同じような傷が胸の右側にもついている。もしかしたら、ほかにもあるかもしれない。この暗さと、このときのわたしの頭の状態では、腕が一本なくなっていたとしても気がつかなかったかもしれない。

　男はわずかに身動きした。

「誰にやられたんだ」と、わたしは訊いた。

　男はわたしのほうに顔を向けて話そうとしたが、血がゴボゴボいう音を立てるだけで、言葉は出てこない。

「肺に穴があいているようだ。動かないほうがいい」

　適切なアドバイスだ。男はそれに従うべきだった。だが、そうはせずに、ナイフをつかんで胸から抜きとった。それをとめることはできなかった。ナイフは床に落ちた。わたしはハンカチで傷口を押さえて、弱々しく流れでる血をとめようとしたが、それが無駄な試みであることはわかっていた。わたしのように多くの死を見てきた者は、今わの際《きわ》を感じとることができる。それからものの数秒もしないうちに、男は息を引きとった。わたしは身を乗りだして、口もとに耳を近づけたが、もう何も聞こえなかった。

　背後で、跳ねあげ戸をあけようとしている音が聞こえた。わたしは無意識のうちにナイフを手に取って、振り向いた。下の階段から話し声がする。少なくともふたりがかりで押しているようだが、木箱がいい仕事をしてくれていて、跳ねあげ戸は動かない。だが、連中はそう簡単に諦めはしないだろう。

　振り向いて逃げ道を探した。ドアはふたつある。そのひとつを選んで通りぬけると、中庭に出た。三方を二階建てと三階建ての建物の壁に囲まれていて、もう一方には一階分の高さの塀がある。上端にはガラスの破片が埋めこまれ、まんなかあたりに路地に通じていると思われる木の扉がついている。そこへ行こうと思ったが、途中で足をとめた。これは警察による強制捜査だ。扉の向こう側には、何人もの武装警官がいて、逃げようとする者を一網打尽《いちもうだじん》にするために待ちかまえているにちがいない。

　それで壁のひとつに造作された石の階段をあがって屋上に出ることにした。警官のひとりが建物の窓ごしにわたしの姿を目にしたようで、少ししてから屋上のドアが勢いよく開き、警官たちが口々にとまれと叫ぶ声が聞こえた。

わたしはとまらずに逃げた。そして、いまは仕切り壁の下に身を潜め、ぶるぶる震えながら、この夜少なくともひとつは正しい判断をしたことに安堵《あんど》していた。

しばらくして、思案がふたたび死んだ中国人とガサ入れに戻った。実際のところ、この日ガサ入れなどあるはずはなかった。街は無法状態に近くなり、さらにはインド人警官が大量に離職したため、治安当局は深刻な人手不足に陥っている。いま阿片窟のガサ入れなどに人員を割ける余裕はないはずだ。

そもそも、そんな予定はなかった。それは間違いない。そう断言できるのは、チャイナタウンへ行く日には、かならず風俗課に立ち寄ることにしていたからだ。先ほど部下に撤収を命じた風俗課の課長キャラハンとも親しくしている。酒をおごってやったことも何度となくある。だから、連中がいつ夜討ちをかけようとしているかはつねに前もってわかっている。そういった日、キャラハンは立ち話をする暇もないほどで、オフィスにはピリピリした空気が流れている。この日も同じようにそこに立ち寄ったが、室内はごく静かだったし、キャラハンは喜んで世間話に付きあってくれた。

それなのに、わたしはいまキャラハンとトラック一台分の警官たちからこんなふうに身を隠している。

2

わたしは待った。

実際よりずっと長く感じられる二十分間のあと、ようやく話し声と物音がやんだ。頭のほうもようやくすっきりしてきたので、壁の下から這いだして、ゆっくり立ちあがった。もちろん死体を見にいくつもりはない。キャラハン以下の大半の警官は引きあげたとしても、何人かは念のためにまだ現場に残っているはずだ。おそらく、もよりの警察署のインド人巡査たちで、そうなったのは不運としか言いようがない。このところ、何人ものインド人警官がタングラの暗がりのなかで喉を切り裂かれているのだ。

そう、わたしがまずしなければならないのは、ナイフを処分することだ。なぜそんなものを手に取ったかは自分でもまだよくわからない。もちろん、証拠を保全しなければならないという思いからではない。襲撃者の指紋がついていたかもしれないところに、いまはわたしの指紋がついているのだ。もしかしたら、その形状に気をとられたからかもしれない。刃は大きく反《そ》り、長さは十インチか十一インチくらいある。先の戦争中にグルカ兵が肉弾戦用の武器として持っていたもので、黒い革が巻かれた柄には、銀色の龍の象嵌《ぞうがん》細工が施されている。

いちばん手っとりばやいのはフーグリー川に放り投げることだ。ただ、川はここから何マイルも離れているし、服は血にまみれている。こんな格好ではどこにも行けない。着替える必要がある。ふたたび屋根の上にのぼって、まわりを見まわすと、探していたものが見つかった。足もとに気をつけながらそこへ向かい、数分後には、ボウ・バザールのチャカバティー衣料店で品定めをしている主婦のように、物干し綱に干してある衣服を物色していた。ヒンドゥー教徒は清浄であることに病的なほどの執着心を持っていて、みずからの身体だけでなく衣服をもつねに清潔にしておかなければ気がすまない。このこだわりは街の白人以外のすべての住民に影響を与えていて、ブラック・タウンの半分はつねに洗濯物の海の下に沈んでいるように見える。わたしはシャツを一枚選ぶと、自分のを脱ぎ、それでナイフをくるんだ。物干し綱からとったシャツは古く、色褪《あ》せていて、サイズも小さかったが、とめられるだけのボタンをとめて、袖をまくりあげた。新たな装いの仕上げの一枚は、チャドルと呼ばれる黒いショールだ。現地の年配の女性のようにそれで頭と肩を覆って、屋根の上を歩いていると、しばらくして下の道路に飛びおりることができる低い場所が見つかった。そこから北へ向かい、サーキュラー運河に出ると、シャツでくるんだナイフに煉瓦《れんが》の重しをつけて、ヒンドゥー教徒の神への捧げもののように、黒い水のなかに沈めた。それから西へ進み、ポンプ式の井戸の水で手と顔を洗ってから、さらに一マイルほど歩いて、シアルダー駅にある終夜営業の馬車《タンガ》乗り場に向かった。

歩いているあいだ、頭にはひとつの考えがずっとこびりついていた。なぜ今夜ガサ入れが行なわれたのかを突きとめなければならない。風俗課が数カ月ぶりにいきなり阿片窟の強制捜査をし、そのときそこでひとりの男が殺害されていて、わたしがたまたま同じところにいあわせたというのは、どう考えても偶然ではない。

カレッジ広場の時計の針は三時十五分をさしていて、その少しあとに、わたしはプレームチャンド・ボラル通りに戻っていた。いつもより早い。いつもなら、タングラから下宿に帰りつくのは深夜の四時をまわっている。皮肉といえば皮肉な話で、あそこに置き去りにした死体がなかったら、笑っていたかもしれない。

重い足取りで階段をあがり、ドアの鍵を静かにあける。部屋のなかは暗かったが、明かりをつけずに忍び足で歩かなければならなかった。同居人は眠りが浅い。それはわたしの部下で、名前はサレンダーノット・バネルジーという。ただし、サレンダーノットというのは本名ではない。本名はサレンドラナートといって、神々の王という意味らしいが、歴史の授業で教わった多くの王の名前と同様、わたしを含めラル・バザールのイギリス人警官の大半にとって、正しく発音するのは至難のわざといっていい。それで、かつての彼の上司がサレンダーノットと呼びかえたのだ。その名づけ親はもうこの世にいないが、名前はいまも残っている。

もちろん、わたしの阿片窟通いは知っている。ふたりのあいだでそのことを表立って話したことはないが、バネルジーは馬鹿ではない。最初のうちは、外で喧嘩《けんか》をしてきた子供を見る母親のように顔をしかめて、わたしの健康を気遣う言葉を遠慮がちに口にしていた。だが、それで何がどうなるわけでもなく、最近ではときどきわたしをじっと見つめるだけで、遠まわしに含みのある言い方をすることもない。

それより気にしなければならないのは使用人のサンデシュの目だ。住みこみで家事の切り盛りをしてくれていて、いつもダイニング・テーブルの下に敷いたマットの上で寝ている。本当なら台所で寝起きすることになっているのだが、そこは天井が高くて広すぎるので、眠れないというのだ。サンデシュが目を覚ましても、普段なら気にすることはない。わたしが夜どこに行くのか怪訝《けげん》に思っていたとしても、立場というものをわきまえているので、さしでがましいことは言わない。だが、わたしがスペインの魚屋の女のような格好をしているのを見たら、さすがに無関心を装うことはできないだろう。

わたしは忍び足で廊下を進み、自分の部屋に入って、ドアに鍵をかけた。弓を張ったような月の光が窓からさしこみ、紗《しゃ》をかけたように室内の調度をぼんやり浮きあがらせている。暗いほうが安全な気がして、明かりをつけないまま、チャドルを脱ぎ、ズボンのポケットからキャプスタンのつぶれた箱とマッチを取りだした。煙草を一本抜きとり、震える手で火をつけ、深く一服する。

部屋の隅には、アルマイラと呼ばれる大きな木の衣装だんすがある。それはカルカッタのほとんどの家の寝室に備えつけられている、ごくありきたりなもので、両開きの扉の片側に鏡がはめこまれている。ちょっと変わっているのは、内側の四分の一ほどのスペースに、鍵のかかるスチール製のロッカーが取りつけられていることで、そこには、わたしの数少ない貴重品と、いくつかの怪しげな物品が入っている。煙草の喫《す》いさしを机の上のブリキの古い灰皿に置くと、無断借用したシャツを脱ぎ、チャドルといっしょにロッカーに突っこんで、ふたたび鍵をかけた。衣服は焼却する必要があるが、一時保管には打ってつけの場所だ。証拠物を隠したあと、ベッドに横たわって、両手で顔を覆ったとき、机の上では煙草が燃えつきていた。

3

一九二一年十二月二十二日

枕もとの小卓の上で、紅茶は冷たくなっていた。いつもどおりサンデシュが数時間前に置いてくれたものだ。わたしは蚊帳《かや》の外に出て、カップを取り、中身を窓の外に捨てて、コンクリートの中庭から液体が撥《は》ねる小気味いい音が聞こえるのを待った。

もしかしたら、これがこの年の暮れでいちばん愉快な気分になれるときかもしれない。そもそもカルカッタのクリスマスは勝手がちがう。たとえインド人が凍りつくような思いをしていたとしても、イギリスの本当の冬を知っている者にとっては充分な寒さとはいえず、地元の教会の聖歌隊が〈救いたまえ《ホサナ》〉や〈神を褒めたたえよ《ハレルヤ》〉を歌って、われらの主であり救い主の降誕をどんなに祝っても、トウヒやモミではなくヤシの木に囲まれたクリスマスに違和感を拭うことはできない。

クリスマスはともかく、この街に対しては徐々になじんできつつある。それはカルカッタがわたしと同じように欠陥だらけで、機能不全に陥っているという事実と関係しているのかもしれない。悪臭を放つベンガルの湿地のまんなかにつくられた街。そこでは、はみだし者たちがもがき苦しみ、なんとか生きのびるために捨て身で闘っている。

顔を洗い、服を着て、食卓についたとき、バネルジーはとうにいなくなっていた。元々朝は早いほうだが、最近はわたしと話をしなくてすむよう早めに家を出ているような気がする。サンデシュが部屋に入ってきて、黙ってテーブルの上に朝食と今朝のイングリッシュマン紙を置いた。第一面に折りじわがついているところを見ると、バネルジーはすでに目を通したようだ。わたしは新聞を脇に押しやり、刻んだ青トウガラシがたっぷりかかった生温かいオムレツにとりかかった。このところ料理に対してだけでなく、ミスター・ガンジーの大言壮語《たいげんそうご》のせいで、ニュースに対しても食指が動かなくなっている。この国はいま一触即発の状態にあり、そうなったのは、信奉者たちに〝偉大なる魂《マハトマ》〟と呼ばれている男が、非暴力不服従の旗のもとに立ちあがれと呼びかけ、そうすれば年内に独立を勝ちとることができると請けあったからだ。

いうまでもないことだが、インド人は神秘的なものにめっぽう弱く、小さな腰布《ドーティ》一枚といういでたちの男は、その外見だけで人々を魅了する力を有している。ボンベイやカルカッタやデリーで特権的な地位にあって革命を声高に叫ぶ者たちだけでなく、全国津々浦々の町や村の住人や農園主や小作人や工場労働者が、その主張に耳を傾け、イギリス製品の不買運動に加わったり、官職を辞したり、種々の争議を引き起こしたりしている。そういう意味では、たいした人物だと認めざるをえない。なにしろ、国民会議を法律家のおしゃべりの会から大きな民衆運動に変えた立役者なのだ。人心を収攬《しゅうらん》する術はまさに神業といっていい。民を重んじ、それゆえ民から崇拝されている。

カルカッタのベンガル人は常日頃からイギリス人を目の仇《かたき》にしていて、今回のこの運動にもみずから進んで先頭に立っている。かといって、積極的に何かをするということではない。ガンジーが好んで採る戦法は〝すわりこんで、動くのを拒む〟というものだ。さらに言うなら、抗議の手段としては、最小の労力で最大の効果をあげるという意味で、ベンガル人気質にぴったりあっている。彼らの身体にはストライキ好きの血が流れている。してみると、職場へ行くのはストライキができるからといっても過言ではあるまい。

少しまえまで、カルカッタは英領インドの首都だった。権力の中枢をデリーに移すことで、カルカッタの騒擾を沈静化することができると思っていたとしたら、それは大きな間違いだ。彼らはガンジーの呼びかけにいつもどおりの熱狂をもって応えている。学生は大学や高校を去り、公務員は辞表を提出し、官庁にはピケが張られたりといった具合に。わけても憂慮すべきは警察官の離職だ。最初は取るに足りないもので、ガンジーの呼びかけがあった直後に、数人のインド人警官がみずからの信条に忠実であろうとしてバッジを返却しただけだった。しかし、その後、抗議行動に参加した大勢の市民が逮捕収監され、警察官への家族や地域社会からの圧力が高まるにつれて、離職者の数は雪だるま式に増えていった。

　街の治安は悪化の一途をたどりつつある。平和的な異議申し立てを謳《うた》い文句にしていたことから、やがては法と秩序が回復すると見る向きもあったが、結果的には制御不能な力が解き放たれることになった。ガンジーの言葉に触発された者のすべてが、本人ほど熱心な非暴力主義の信奉者であったわけではなかった。それからの数ヵ月間、血気の勇はいや増しに募るばかりで、襲撃事件が散発的に発生し、白人、アングロ・インディアン、キリスト教徒、ゾロアスター教徒、中国人、そしてインド独立の主張に与《くみ》しない者たちが次々に標的になった。帝国警察は市民を守ることができるだけの人的資源を確保できていないし、そうする気も持ちあわせていない。それはわれわれの後ろ暗い秘密だ。実際のところ、当局は襲撃事件を歓迎している。ガンジーの聖性を損なうものならなんでもかまわない。一部の者が暴走すれば、弾圧の格好の口実になる。机上では、この目論見《もくろみ》は功を奏するはずだった。実際のところ、デリーにいる総督とその取り巻き連中は我が意を得たりと思っているようだが、現場から遠く離れているという意味では、ロンドンや月世界から四の五の言っているに等しい。通りには怒りが渦《うず》を巻き、刑務所には逮捕者があふれているときに、強硬手段に出るのはどう考えても得策ではない。

噂では、総督は確固たる信念の持ち主ではなく、当初は一定の譲歩をする用意があったが、ダウニング街の首相官邸から何通もの穏やかならぬ電報が届いたことにより、おそらくは何杯かのジンの力を借りて意を翻《ひるがえ》し、結局のところインド人の要求にはいっさい応じなかった。ガンジーが約束した期日まで残すところあと十日ほどとなり、もっとも熱烈な支持者の信念さえ揺らぎはじめているので、あと一週間ちょっとをなんとか乗りきれば平和的な抗議運動は終息すると踏んでいたのだ。

ところがそこにロンドンから一報が入った。イギリス政府は帝国の絆《きずな》を強化するために知恵を絞り、ウェールズ大公エドワード皇太子を一カ月にわたってインドに送りこむことを決定したという。その報《しら》せが与えた影響は、カルカッタ在住のイギリス人よりインド人に対してのほうが大きかった。国民会議の指導者は皇太子の訪印に断固反対する旨を表明し、沈静化しつつあった抗議運動はとつぜん息を吹きかえすことになった。

皇太子は数週間前にボンベイに到着し、吹奏楽団の演奏と大規模な暴動に迎えられた。一方、カルカッタは怖いほど静かにそのときを待っていた。それはまさに嵐のまえの静けさだった。なぜなら、いまカルカッタの秩序を維持しているのは、帝国警察でも、さらには軍隊でもなく、カーキ色の制服を着た国民会議の自警団であるからだ。団員はみな若く、生真面目な理想主義者で、いついかなるときでも非暴力を貫くよう指示されている。だが、彼らが民兵まがいの教練をしているのを見たとき、わたしは背筋に冷たいものが走るのを感じた。一九二一年は制服組の当たり年だ。イタリアではムッソリーニの〝黒シャツ隊〟が幅をきかせ、ドイツでは〝褐色シャツ隊〟がのさばっている。われらが国民会議は非暴力を標榜《ひょうぼう》しているが、構成員に準軍服の着用を義務づけているような民間の組織は、ボーイスカウトを含めて、どうしても信用できない。

国民会議は皇太子の来訪に反対し、ガンジーの呼びかけに応じて、商店や企業や官公庁の全面閉鎖——ゼネストを敢行しようとしている。一方、総督は政府の機能を損なおうとする者を全員逮捕しろという命令を発出している。ラル・バザールの警察本部では、最悪の事態に対処するための計画が練られていて、決着のときが近づいているのは誰の目にもあきらかだった。

皇太子に関して言うなら、いまはインド各地を巡行中で、三日後のクリスマスの朝、カルカッタに到着する予定になっている。

ミスター・ガンジーに捧げるクリスマスの贈り物としては、これに勝るものはない。

サンデシュが部屋に入ってきて、テーブルの上にいれたての紅茶を置いた。わたしはカップを手に取り、政治のことは忘れて、昨夜の出来事を振りかえることにした。あのとき警察の手から逃れることができたのは偶然で、自分がうまく立ちまわったからではなく、中国人の娘が機転をきかせてくれたおかげだ。いまでもまだ夢のように思える。おそらく、いくつかの記憶は阿片が潜在意識から作りだした絵空事だろう。それは〝キセルの夢〟と呼ばれるものだが、あの死体にかぎっては絶対に本物だ。間違いない。

死んだ男はおそらく阿片の密売人で、チャイナタウンの覇権をめぐって抗争に明け暮れている青幇《チンパン》か紅幇《ホンパン》かのどちらかの組員だろう。それは世界の阿片市場を牛耳《ぎゅうじ》る中国の二大勢力であり、どちらも上海を拠点にし、カルカッタを血を流すに値《あたい》する重要な経由地としている。以前はさほどでもなかったが、いまは警察官の人数が足りず、警備が手薄になっているので、ここを先途《せんど》と鎬《しのぎ》をけずっているのだ。

死んだ男の身元については、本来なら、わたしの部署の誰かが調べることになっている。厳密にいうなら、われわれには管轄《かんかつ》内で起きたすべての殺人事件を捜査する義務がある。だが、実際のところは、被害者が白人や、インド人でもよほどの重要人物でないかぎり、初動捜査はかたちだけのもので、所定の用紙に必要事項を書きこむと、あとは地元の警察署に丸投げして手じまいとなる。

だとしても、最初はかならずラル・バザールの誰かのところに行く。故意であれ、偶然であれ、わたしのところにお鉢がまわってくる可能性もある。幸いなことに、いまはたまたま手があいている。たとえわたしのところにまわってこなかったとしても、この一件のなりゆきは個人的に注意深く見守るつもりでいる。捜査の手がわたしにのびることを心配しているからではない。服を処分しさえすれば、現場とわたしを結びつけるものは何もなくなる。そうではなくて、この一件はどこか胡散《うさん》臭いという思いが消えなかったからだ。

紅茶の残りを飲みほして、ドアのほうへ向かう。外に出ると、いつものようにカルカッタの街がわたしの五感に襲いかかってくる。原色の洪水、鼻をつく臭い、定員を十倍オーバーしている百万都市の喧騒《けんそう》。

ラル・バザールのオフィスには十時半に着いた。最近は時間にややルーズになっているが、誰かに注意されるほどではない。少なくとも面と向かっては。バネルジーは誰かから何かを聞いたという話をしていたが、具体的になんのことを言っているのかはわからない。バネルジーがわたしに何かを伝えようとするときには、いつもデルフォイの神託なみに謎めいた言い方になるのだ。いずれにせよ、同僚がどんな陰口を叩いているかはどうでもいい。どうでもよくないのは、ひとりの男の言葉だけだ。机の上に残されたメモによると、どうやらその男はわたしに会いたがっているようだ。

〝至急〟とある。

心の準備ができると、わたしはオフィスを出て、途中バネルジーに声をかけ、ふたりで階段を最上階まであがった。そこには、インド帝国警察ベンガル本部の警視総監チャールズ・タガート卿の執務室がある。

「C・R・ダース。この男について、きみはどんなことを知っている」

予想していた質問ではなかった。総監室で、わたしは机をはさんでタガート卿と向かいあっていた。バネルジーはわたしの横の椅子にすわっている。

「どういうことかよくわかりませんが……」

タガートは首を振った。疲れているように見える。このところ、カルカッタの警察官はみなそのように見える。

「おいおい、サム。名前は知っているはずだ。それともきみはこの一年間ずっと眠っていたのか」

もちろん知っている。インドで知らない者はいない。

「ガンジー派の幹部で、ベンガルの扇動家です。毎日のように新聞に顔が出ています」

この答えはどうやらお気に召さなかったようだ。

「それだけか？　われわれのもっとも大きな頭痛の種について知っていることが、本当にそれだけなのか」

「政治の話にはできるだけ首を突っこまないようにしているんです。ミスター・ダースに殺人の容疑がかかっているのであれば、知っていることはもっと多くなると思います」

タガートは怪訝そうな目でわたしを見つめている。われわれには先の戦争時からいっしょに仕事をしてきたという歴史がある。そのため、わたしはほかの者より気楽にものを言うことを許されていたが、寛容さにはおのずと限度というものがある。

タガートはわたしの申し開きを聞き流して、バネルジーのほうを向いた。「こういうときにはバネルジー部長刑事の力を借りたほうがいいかもしれんな」

バネルジーは居ても立ってもいられないみたいだった。本人の話だと、自分の知識をひけらかしたいという衝動をおさえるのに苦労することがよくあるらしい。利口で明朗闊達《かったつ》な生徒のように、ここでさっと手をあげたとしても、わたしは驚かなかっただろう。

バネルジーは話しはじめた。「チッタ＝ランジャン・ダース。高等法院の法廷弁護士で、インドでもっとも優秀な法律家のひとりと評されています。自治同盟運動の支持者です。その名を知られるようになったのは、いまから十五年ほどまえ、アリプールの爆弾事件の裁判で、誰も引き受けようとしなかったオーロビンド・ゴーシュという詩人の弁護を買ってでて勝利をおさめたときです。それで、盛名を馳《は》せ、カルカッタでもっとも成功した法廷弁護士として知られるようになったのです。先の警部の言葉にもあったように、現在はベンガルでガンジーの首席補佐官を務めており、不服従運動と州全域の自警団の組織化を押しすすめています。人々に愛されていて、マハトマと同様に尊称をもって〝デーシュバンドゥ〟と呼ばれています。〝国民の友〟という意味です」

「よろしい」タガートは苦々しげな口調で言った。「だが、ダースはわれわれの友じゃない。自警団も同様だ」

藪蛇《やぶへび》もいいところだ。わたしはバネルジーに目くばせをしたが、肩をすくめるジェスチャーがかえってきただけだった。

タガート卿はわたしに注意を戻した。「知ってのとおり、サム、日曜日には皇太子殿下がカルカッタに到着される。デリーもロンドンも、わが麗《うるわ》しの街での滞在が成功裏に終わることを切に願っている」

エドワード皇太子にはアメリカの映画スターのような雰囲気がある。それは個人の魅力のせいかもしれないし、地球の六分の一を支配するために生まれてきたことを知っているところから来る自信のせいかもしれない。でなかったら、単に仕立てのよい、目玉が飛びでるほど高価なスーツのせいかもしれない。それが何であれ、人々はそのご尊顔を拝する栄誉に浴するために群れ集う。それを利用しない手はないということで、イギリス政府は皇太子を帝国各地に親善訪問させているのだ。

だがしかし、カルカッタはケープタウンとちがう。ロンドンやデリーのお偉方は、皇太子の訪問がここではなんの功も奏さないということを知らないのだろうか。彼らが求めているものが安寧な秩序だとすれば、カルカッタは第二次マルヌ会戦と同じくらいの場所ということになる。正式な尊号はプリンス・エドワード・アルバート・ザクセン＝コーブルク・ウィンザーだったと思うが、うろ覚えで、もしかしたら間違っているかもしれない。一度だけだが、顔を見たこともある。一九一七年の塹壕戦《ざんごうせん》のさなかだ。そのときは兵士たちの戦意高揚のために送りこまれたのだが、戦争の恐怖を経験する必要のない者と握手をすることが、機関銃の銃弾に当たって死ぬのを待つだけの人生しかない男たちの士気をどうやって高めるというのか。そのときは、まだ少年の面影を宿していた。すべすべの肌をしていたことと、だぶだぶの軍服を着ていたことを覚えている。だからといって、臆病者というわけではない。噂では、一九一五年に最前線での兵役を志願したが、国王と政府によって却下されたという。

タガート卿は続けた。「それゆえ、総督は国民会議の自警団を非合法組織に指定することを決定した。いささか遅ればせながらではあるが。とにかく、自警団の活動は明日から全面禁止になる。そこで、きみの出番だ、サム。この決定を直接ダースに伝えてもらいたい。警告はしたぞというわけだ。殿下に関して言うなら、この街での滞在を心待ちにしているとは思えない。聞いたところによると、インド人を毛嫌いしていて、一刻も早くロンドンのご婦人方のところへ戻りたがっているらしい。とはいえ、ここで殿下や本国の政府をうろたえさせるような不祥事を起こすことは絶対に許されない」

「ダースがよからぬことをたくらんでいるとお考えなんでしょうか」

タガートは銀色の万年筆を手に取り、それで机をこつこつと叩きはじめた。「それは間違いない。きみの任務は、何をたくらんでいるのかを突きとめ、思いとどまるよう説得することだ」

「われわれはいつでもダースを逮捕することができます」と、わたしは言った。それがいちばん手っとりばやい解決策だ。逮捕理由はいくらでもでっちあげることができる。

タガートは首を振った。「そんなことをしたら連中の思う壺《つぼ》だ。騒乱罪で逮捕すれば、ダースは殉教者にまつりあげられ、さらに多くの群衆が大義のために身を挺することになる。ここにはロンドンや海外の新聞記者が大挙してやってくる。余計な刺激を与えることは避けるべしと総督はお考えだ。ゼネストで人けの絶えた通りの写真ならまだいい。だが、ベンガルでもっとも敬愛されている男の逮捕に抗議する者の写真となると、話は別だ」

「われわれに何を求めてらっしゃるのか、いまひとつよくわかりません。いずれにせよ、本件はH機関の手に委ねられるもののはずです。それとも、彼らは政治的な騒乱を鎮圧するのを諦めたということでしょうか」

「そうは思わない。そうではなく、どうしたらいいかわからないということだ。百人の爆弾テロ犯を捕らえるのはお手のものかもしれない。でも、ひとりの聖人が率いる大規模な大衆運動の扱いには慣れていない。それはそうだろう。なにしろ、その聖人はわれわれに微笑みかけながら、信奉者にすわりこみをさせて通りをふさぎ、祈るふりをさせているんだから。要するに、一筋縄ではいかないということだ」タガートは万年筆を机の上に戻して続けた。「そうとも。この奇妙な木の実を割るためには、H機関の大槌《おおづち》以上のものが必要になる。そこできみの出番だ、サム。きみはロンドンの公安課に所属し、アイルランドの民族主義者を追っていた経験を有している」

「それはずっとまえ――戦争前のことです。いずれにせよ、ロンドンでアイルランド人のあとを追うのと、カルカッタでインド人を相手にするのとでは、わけがちがいます。第一わたしのこの肌の色じゃ、人目につかないでいられるのはベンガル・クラブのバーくらいなものです。そもそもどうやってダースに近づけばいいんです」

タガートはため息をついた。「何を的はずれなことを言ってるんだ、サム。わたしはきみに潜入工作を頼んでいるわけじゃない。ダースに会って、総督の最後通告を伝え、おかしなことをするなと釘《くぎ》を刺すようにと言っているだけだ。その結果を報告しにくる際には、ダースがきみの目にどんなふうに映ったかも教えてもらいたい。きみはまえにも同じような者と渡りあったことがある。きみは連中が何をどんなふうに考えるかを知っている。もしかしたら、何をたくらんでいるかわかるかもしれん」

「そもそもダースはわたしと会ってくれるでしょうか。何を根拠にそんなふうにお考えなんです」

タガートは微笑んだ。「なぜなら、ミスター・ダースはバネルジー部長刑事の家族の親しい友人だからだ」

4

「どうして黙っていたんだ」わたしは言って、自分のオフィスの机に向かった。バネルジーは机の反対側の椅子に腰をおろした。「この一年間、われわれは多くのトラブルに見舞われてきた。ストライキ、離職、襲撃……なのに、その裏で糸を引いている人物と懇意にしているということを、きみはずっと黙っていた」

バネルジーは視線を床に落とした。「ぼくと懇意にしているわけじゃありません。父の友人なんです。ダースおじさんとはもう何年も会っていません」

「ダースおじさん？」

以前は、〝おじさん〟は血のつながった身内のことだと思っていたが、この地に来てほどなく、インド人は知人をみな〝おじさん〟や〝おばさん〟や〝おじいさん〟や〝おにいさん〟などと呼んでいることがわかった。まるで三億人が同じ血筋の家族であるかのように、いたるところに〝叔父《カク》〟や〝伯母《マシ》〟や〝祖父《ダダ》〟がいるのだ。

「なるほど。ダースがきみの叔父なら、今回の一件は昼までに解決するだろう」

「本当の叔父じゃないってことはおわかりのはずです。たとえそうであったとしても、それがどれほどの助けになるとも思いません。いまの自分と家族との関係を考えたら」

よくわかる。バネルジーは好きで選んだこの仕事を続けるために人一倍の犠牲を払っている。良心の咎《とが》めと闘い、親類縁者から縁を切られ、べつに気にして見ていたわけではないが、一年ほどまえのカーリー・プジャというカーリー神の祭り以来、両親とも会っていない。

謝るべきだが、もちろんわたしは謝らなかった。バネルジーも謝ってもらえるとは思っていないだろう。謝らなければならないことはいくつもあるので、ひとつのことだけを謝っても仕方がないという思いもある。

「ダースと父はリンカーン法学院の同窓でした」バネルジーは続けた。「ふたりは一年ちがいで弁護士資格を取得しています。ぼくが子供のころには、家族でよく家に遊びにきていました。プジャの日はいつもです。最近ではぼくよりダースのほうがうちにいるのが長いくらいです」口もとには苦々しげな笑みが浮かんでいる。

「ほかに何か知っていることは？」

「どんなことをお知りになりたいのです」

「いまわれわれが直面していることについて。ダースというのはどういうタイプの人間なのか」

「あなたが嫌いなタイプ――法律をよく知っているベンガル人です」

「全員というわけじゃない。われわれの仕事に理解を示してくれる者は別だ」

今度は皮肉めいた笑みになった。「そんな人間がこの国に多く残っているとは思えません、警部」

「ほかに何か役に立ちそうな情報は？」

「あります。ダースはベンガルの名家の御曹司で、カルカッタでもっとも裕福な法廷弁護士のひとりです。少なくとも以前はそうでした」

「以前は？」

「ガンジーに会ったあと、私財をすべて独立運動に投じたのです。家屋敷も手離しました。ガンジーの非暴力主義の信奉者です。西洋の衣服の不買運動を提唱した人物のひとりで、かつてはパリで仕立てたスーツを愛用していましたが、それをすべて燃やして、いまは手織りの粗末な民族服だけを身につけています」

ずいぶん入れこみの激しい男のようだ。

「ほかには？」

「妻と三人の子供がいます」

それ以上のことはあまり言いたくないみたいだ。

「今回、何かおかしなことをたくらんでいると思うか」

「そういう立場にいる者なら、当然なんらかの行動を起こそうとするはずです」

「ダースの一件書類を持ってきてくれ」

「わかりました」バネルジーはうなずいて、立ちあがり、ドアのほうへ歩いていった。

「もうひとつ。いまどこにいるか調べてくれ。午後、〝国民の友《デーシュバンドゥ》〟とやらに会いにいこう」

数分後、バネルジーが自分の席に戻っているのを確認してから、わたしは私的な用を足しにいくことにした。

風俗課は中庭の向かいの別館の三階にある。階段をあがって入った部屋はひっそり閑《かん》としていた。本当なら、深夜の強制捜査の翌朝には、ラッシュアワーのウォータールー駅なみにざわついているはずなのに、この日はなんの動きもない。ふたりの秘書が隅の席でひそひそ話をし、三人の下級刑事が手持ち無沙汰《ぶさた》に席を温め、天井で扇風機がきしみながらゆっくり回っているだけだ。わたしが風俗課を訪ねるのは珍しいことではないので、気にとめる者はいない。そのまま部屋を横切って、奥のドアをノックし、その向こうに顔を突きだした。

キャラハン警部補は手にペンを持って書類に目を通していた。ずんぐりとした体型、生真面目そうな印象を与える顔つき、ふさふさした赤毛。眼鏡をかけ、ケルト人特有の青白い肌をしているが、夜が白みはじめるころ、その顔はロブスターのように赤くなる。外国の食べ物を病的に恐れていて、しかもあれほど青白い肌の色をしているのに、どうしてイギリスを離れる気になったのか、ましてやどうしてカルカッタに定住する気になったのか不思議でならない。それでも、その気さくな人柄ゆえに、わたしは好感を持っている。最初は顔なじみになることだけが目的だったが、いまはそこからある種の友情が芽生えていて、昨夜わたしが部下の警官に撃ち殺されていたとしたら、キャラハンはきっと臍《ほぞ》をかんでいただろう。

「やあ、ウィンダム」キャラハンは書類から顔をあげ、ペンを机の上に置いた。「何か用かい」

「いっしょに昼食をと思って」

キャラハンは首を振った。「昼食は抜いているんだよ。知らなかったのかい」

そうだった。そのことはまえに聞いていた。昼食をとると、消化不良で七転八倒《しちてんばっとう》することになるという。持病の胃潰瘍《いかいよう》のせいらしい。医者はそれを否定しているが、本人はそう信じきっていて、薬は効かないのでギネス・ビールで痛みを和《やわ》らげているらしい。

「液体は？」

キャラハンは腕時計に目をやった。「まだ昼前だよ」

わたしは部屋に入り、机の前の椅子に腰をおろした。

「今日は気がむしゃくしゃしていて……」

キャラハンは眼鏡ごしにわたしを見つめた。「ああ。絶好調には見えないね」

「で、どうなんだい」

「悪いが、遠慮しとくよ」キャラハンはすまなそうに言い、ペンを手に取って目の前の書類を叩いた。「しなきゃならないことが山ほどあってね」

わたしはわざとらしく驚いてみせた。「おや。この数カ月ほとんどなんの仕事もしていないんじゃないのか。前回のガサ入れはいつだったっけ。六月？」

キャラハンは微笑み、少しだけ明るい顔になった。

「じつをいうと、昨日なんだよ。タングラに大人数で夜討ちをかけた」

「本当に？　そんな話は聞いていなかったが」

「ちょっと訳ありでね。わたしも話を聞いたのはその一時間前のことなんだよ。タガート卿からじきじきに命じられた。極秘扱いだったんだ。どうやらH機関の要請があったらしい」

「H機関？　なんのためだろう」

キャラハンはわたしの後ろの開いたドアにちらっと目をやって、いわくありげに言った。「ドアを閉めてくれないか」

わたしは身を乗りだし、ドアを押して閉めた。

「フェン・ワンという名の青幇《チンパン》の最高幹部が上海からこっちに来て、昨夜タングラにいたというタレコミがあったらしいんだ」

「それで？」

キャラハンは肩をすくめた。「たとえそこにいたとしても、われわれが到着するまでにはいなくなってていた」

「逮捕者は？」

「雑魚《ざこ》ばかりだ。地元の中国人が数人とドジなベルギー人がひとり。H機関のドーソンに名前を伝えたら、全員釈放しろと言われたよ。フェン・ワンにしか興味はないようだ」

うんざりしたような口調だった。現場で殺された男の話は一言も出なかった。それはいったいどういうことなのか。

「犯罪捜査部の出番はありそうかな」

キャラハンはわたしの顔をじっと見つめた。「何かあったのかい、ウィンダム」

「いいや、べつに」

「そんなに仕事をしたいのかい。そんなことを言いだすなんて、きみらしくもないな。いったいどういう風の吹きまわしなんだ」

「役に立てたらと思っただけだよ。いまちょっと手が空いてるから」

キャラハンはため息をついた。「そのようだな。申しわけないが、きみの手を借りなきゃならないようなことは何もない。昨夜は完全な空振りだったんだ」

「わかった」わたしは言って、立ちあがった。

キャラハンはわたしの背中に向かって言った。「近いうちに一杯やろう、ウィンダム。いいな」

わたしは部屋を出て、ゆっくり階段をおりた。階段の下で壁にもたれかかって、煙草を取りだした。そして、煙草に火をつけながら思案をめぐらせた。キャラハンから聞いた話をどのように考えたら筋が通るのか。昨夜の強制捜査はH機関が命じたもので、中国の裏社会の大物が街に来ているというタレコミがあったからだという。だが、H機関の本来の仕事は、政治的な危険人物の監視であるはずだ。いつから麻薬密売人の摘発まで手がけるようになったのか。フェン・ワンという男がそれほど重要な人物であるなら、どうして自分たちでガサを入れないで、警察に下駄を預けたのか。

ガンジーの呼びかけに応じて、インド人兵士が大量に離隊しているのは事実だが、H機関が警察以上に大きな打撃を受けているとは思えない。

もちろん、強制捜査の理由は謎のひとつにすぎない。殺された男の死体はどうなったのかという疑問もある。なぜキャラハンはそのことについて一言も触れなかったのか。ただ単に見つけられなかっただけなのか。阿片窟のある建物は、多くの小部屋や隙間や奥まったところがあり、迷路のようになっている。だから、隅々まで捜索しなかったのか。いや、連中がある特定の人物を探していたことと、あれだけ執拗にわたしを追いかけていたことを考えたら、たぶんそれはない。

ことによると、わたしがあの部屋を出てから警察がそこへやってくるまでのあいだに、誰かが死体を運びだしたのかもしれない。だとすれば、誰が、どこへ。辻褄《つじつま》があわないことが多すぎる。そう思ったとき、もうひとつの可能性が頭に浮かんだ。もしかしたら、元々死体などなかったのかもしれない。あのときは阿片で頭が朦朧としていた。なにもかも妄想にすぎなかったのかもしれない。

けれども、わたしは凶器をこの手に持っていた。手とシャツには死んだ男の血がついていた。そのナイフとシャツはいまサーキュラー運河の底にあり、手は洗ってきれいになっている。無断借用したシャツとチャドルは衣装だんすのなかにしまってあるが、そんなものはなんの証拠にもならない。要するに、あの場所で自分の身に起きたことを証明できるものは何もないのだ。

わたしは煙草を深く一喫いし、妄想説を却下することにした。死んだ男は実際にあそこに横たわっていた。としたら、キャラハンが嘘をついているということになる。連中は男の死体を見つけたはずだ。おそらくそれはフェン・ワンで、キャラハンはH機関から口止めをされているのだろう。そうにちがいない。それ以外のことはすべて考えるに値しない戯言《たわごと》だ。

机の上には分厚いファイルがある。タブにはC・R・ダースという名前がタイプされている。ファイルの上には、バネルジーのメモが添えられている。ダースの居場所がわかったのだ。この日の午後には、高等法院に顔を出すことになっているらしい。

5

わたしはバネルジーといっしょにウーズレーの後部座席にすわっていたが、一センチも動いてはいなかった。向かっているのはストランド通りだが、もう十分近く同じところにいる。遠くのほうに、高等法院の塔の白壁が午後の陽を浴びて光っているのが見える。

「あそこにいるのはたしかなのか」と、わたしは訊いた。

「いなかったら、渋滞は起きていません」

周囲にはクラクションが鳴り響き、怒声が飛び交っている。わたしはドアをあけて、外に飛びだした。数ヤード先に、地元の交通巡査がぽつんとひとりで立っている。赤いトルコ帽と、ハーネスつきのベルトに固定した日傘のせいで、ずいぶん目立って見える。交通整理がしやすいように両手をあけているのだろうが、車がまったく動いていないので、その利点をいかすことはできていない。

わたしはそこへ行って訊いた。「何がどうなってるんだ」

巡査はインド人特有の仕草で首を振った。「高等法院前の抗議集会で、道がふさがれているんです」

わたしは礼を言って、車に戻った。バネルジーはそこに立って待っていた。

「ここからは歩いていこう」

高等法院はネオ・ゴシック様式の壮麗な建物で、三方を市庁舎と川とエデン公園のクリケット競技場に囲まれている。ベルギーのイーペルにあるクロス・ホールを真似てつくられたらしい。わたしは戦時中にイーペルに行ったことがあるが、そのような建物を見た覚えはない。それはそうだろう。観光に行ったわけではないし、そのときには、われわれかドイツ人かフランス人のいずれかが、もしかしたら交代交代にその建物を破壊していたかもしれないのだから。

渋滞の原因はすぐにあきらかになった。白い帽子に腰布《ドーティ》姿の二十数人の男が、エスプラネード通りのなかばあたりにすわりこんで、スローガンを叫んだりプラカードを振ったりしていたのだ。彼らが要求しているのは、例によって例のごとく政治犯の釈放、インドの自治、そしてイスラム教の聖地の守護者としてのトルコ皇帝の復位。この最後の要求は奇妙に思えるかもしれないが、これこそがガンジーの流儀であり、真骨頂なのだ。この要求を付け足したことによって、過去千年のあいだ、誰もがなしとげられなかったことが可能になった。すなわち、何百万人ものイスラム教徒を味方に引きいれ、ヒンドゥー教徒と共同戦線を張ることができるようになったのだ。それは少なくとも総督やインド政庁にとっては由々しき事態ということになる。そもそもインドの独立を容認できないとする根拠は、国内の少数派、特にイスラム教徒がヒンドゥー教徒に虐《しいた》げられることになるからというものだった。しかし、両者が手を組んで、うまくやっていけるとなると、それは強弁と言わざるをえなくなる。

歩道にも、国民会議の自警団に率いられた数百人の群衆が人垣をつくり、高等法院への道をふさいでいる。正面の演壇に立つカーキ色の制服姿のふたりの男のあいだで、若いインド人が演説をしている。白い腰布に上衣《クルタ》、防寒のための厚手の白い大きなチャドルという格好で、丸顔に眼鏡をかけ、早くも薄くなりかけた黒髪を丁寧に横分けにしている。

「誰かわかるか」わたしは訊いた。

「ボース。スバス・チャンドラ・ボースです。少しまえにイギリスから帰ってきました。父親の指示で高等文官の試験を受けにいっていたんです。噂では、トップの成績で合格していたのに、任官を辞退し、独立運動に参加するためにカルカッタに戻ってきたそうです」

名前を聞いて思いだした。

「先週、ステイツマン紙に記事が出ていた男か」

「そうです」

〝国民会議が得れば政府は失う〟——たしか、そんな見出しだった。

「ダースのお眼鏡にかなって、自警団のベンガル支部長に抜擢《ばってき》されたという話です」

「やはりきみの友人なのか」

「どうでしょう。もっと若いときはそうでした。でも、最近では友人と見なされていないと思います。知人といったほうがいい。彼の父も法廷弁護士です」

「向こう側の連中はみな知りあいみたいだな」

バネルジーは肩をすくめた。「弁護士だけです」

ボースは拳《こぶし》を突きあげて熱弁をふるっている。わたしのベンガル語は、カルカッタで二年半ほど過ごしたおかげで、ほとんどの飲み物を数種類の方言で注文できる程度には上達したが、早口でまくしたてるアジ演説を理解できるまでには至っていない。

「なんと言ってるんだ」

「いつもと同じです。イギリスの理不尽に断固として立ちむかえ」

群衆のあいだから歓声があがり、ボースの音頭とりでスローガンを連呼しはじめた。それは最近わたしが見たなかでは比較的大きな規模の抗議集会だが、この年には、数においても熱気においても、これ以上のものは何度かあった。どちらの側にとっても、長く、そして厳しい闘いなのだ。イギリスの皇太子がやってくるくらいでは、さほどの盛りあがりにはならないのだろう。

群衆から二十フィートほど離れたところに、ふたりの巡査が立っている。警戒しながら見ているだけで、手出しをする気配はない。賢明だ。そもそもできることはほとんどないし、しようとしたら、非暴力の群衆のなかから飛んできた靴が顔に命中することになる。とはいえ、ここはホワイト・タウンの中心であり、当局はイギリスの権威に対するこのような露骨な挑戦を間違っても見過ごすわけにはいかない。ステイツマン紙やイングリッシュマン紙の読者なら、米料理《ケジャリー》を喉に詰まらせるだろうし、ロンドンのデイリー・メール紙の読者なら気付け薬が必要になるかもしれない。案の定、しばらくしてサイレンの音が鳴り、拡声器から道をあけろというイギリス南東部訛《なま》りの声が響いた。二台の警察のトラックがやってきて、地元の巡査の一団が竹の警棒を振りまわしながら敷石の上に降りたった。名前は知らないが、そのいかつい顔に見覚えのあるイギリス人の刑事が、先頭のトラックの運転台から出てきて、警告を与える準備を始めた。

巡査たちが整列し、刑事はメガホンを口もとに持っていった。「一九一九年制定の無政府・革命分子犯罪取締法にもとづき、この集会を禁止する。すぐさま解散しろ。でなければ逮捕する」

通り一遍のおざなりな口調だ。実際のところ、それはこれまで何度も見たことのある光景だった。おたがいに踊り慣れたダンスなので、自分たちが何をすべきかはどちらもよくわかっている。抗議する側は隊伍を組み、古い宗教儀式のようにスローガンを繰りかえしている。

数分間待ったあと、刑事はふたたびメガホンを取った。「これは最後の警告だ。ただちに道をあけろ」

警官がこういう言葉を発したら、普通は脅威を感じるものだが、この年のインドではみななんとも思っていない。

刑事がうなずくと、巡査たちは二手に分かれ、片方は歩道の群衆のほうに、もう一方は道路をふさいでいる者たちのほうに向かっていった。ボースは仲間たちの手引きで演壇から降り、姿を消した。

歩道から人々が立ち去りはじめると、バネルジーは言った。「行きましょう」

異議はない。ショーは終わり、ごく一部の頑固な残留組と逮捕覚悟で道路にすわりこんでいる者たち以外は、みなその場から立ち去りつつある。

少なくなっていく人々を掻《か》きわけて進んでいたとき、巡査たちが前に進みでて、残った者を道路から引きはがし、待機しているトラックへ連行しはじめた。背後では、竹の警棒が降りおろされ、あちこちで悲鳴があがっている。見物人のなかには警官を罵倒する者もいたが、その前に並んだ巡査ではなく、自警団の面々に自制を促《うなが》されて、すぐに静かになった。

われわれはさらに人々を掻きわけて、その向こうの誰もいない通りに出た。

高等法院のゲートの前には、武装兵の一群が配置されていて、われわれの身分証を大学の試験要綱のように念入りに検《あらた》めてから、手を振って通してくれた。ゲートの向こうには、オックスフォード大学の中庭のような芝地が広がっていて、黒いローブ姿の法廷弁護士たちが、小さな声で話をしながらのんびり歩いている。数百ヤード先の路上で起きている出来事などどこ吹く風といった感じだ。

「ミスター・ダースは第三法廷にいるはずです」と、バネルジーが言った。

「どういう案件について審理しているかわかるか」

「わかりません。でも、通常ならそろそろお昼休みの時間になります。そんなに待たなくていいと思います」

われわれは第三法廷前の廊下のくたびれた木のベンチにすわった。ここにはこれまで何度も来たことがある。いまと同じところにすわり、いまと同じような仏《ぶっ》頂面《ちょうづら》の廷吏が胸に書類をかかえ、前かがみになって急ぎ足で歩いているのを見ながら、法廷で証言するために呼ばれるのを待っていたのだ。

それから数分が過ぎたが、第三法廷のドアは閉まったままだった。開いたのは廊下のはずれのドアで、そこから育ちのよさそうなインド人が廊下に出てきた。ピンストライプの三つ揃《ぞろ》えのスーツに黒いローブという格好で、法廷弁護士のグレーのかつらをつけている。分厚いファイルの束をかかえたふたりの助手を従えて、廊下をこちらのほうに向かってくる。

どこかで見たことのあるような気がしたので、そのことをバネルジーに伝えようとしたとき、われわれの姿に目をとめたらしく、その男の顔の表情が変わった。それはこれまでに何度となく見たことがある表情だった。

「あれはきみの――」

「ええ。父です」

バネルジーが話を続けるまえに、わたしは立ちあがって歩きだした。「きみも来るんだ。お父上を紹介してくれ」

「あまりいい考えとは思えませんが」バネルジーは言いながら渋々ついてきた。

「何を言ってるんだ。何年もまえにすべきだったことじゃないか」

一行の前まで行くと、バネルジーは言った。「紹介させてください、お父さん。上司のウィンダム警部です」それから振り向いて、「ウィンダム警部、父のサダール・バネルジー。法廷弁護士です」

「はじめまして」わたしは言った。

バネルジー・シニアは眼鏡をはずして微笑んだ。

「はじめまして」そして、眼鏡を胸のポケットにしまい、手をさしだした。「あなたが息子の頭を帝国主義者の世迷《よま》いごとで満たした方ですね」

「わたしはただ警察の職務のなんたるかを教えているだけです。帝国主義者の世迷いごとは総督にまかせています。じつのところ、あなたの息子さんは警察にとっても、ご家族にとっても自慢の種だと思いますよ」わたしは担任教師が生徒の出来のよさを褒《ほ》めるような口調で言った。

バネルジー・シニアはしかつめらしくうなずいた。

「それは何よりです。サレンは義務を果たしているというわけですね。しかしながら、わたしも叔父たちもできれば別の職業を選んでほしかったと思っています」

「国には警察官が必要です。イギリス人でもインド人でも、やることは同じです」それはバネルジーがわたしとはじめて会ったときに言った台詞《せりふ》でもある。

「国は医師も必要としています、警部。医師なら、人々のためになるだけでなく、外国の支配者のお先棒かつぎをするという道徳的なジレンマもありません」

「もういい、父さん」バネルジーが言った。「ここでそんな議論をしても始まらないよ」

「あなたの息子さんはこの国の法秩序の維持のために働いています。あなたと同じではありませんか」

「わたしは不正に対する闘いを擁護《ようご》しているのです」

「あなたの息子さんは、寄るべのない被害者の家族のために正義の闘いを挑んでいます」

バネルジー・シニアは少し考えてから言った。「だったら、教えてください、警部。前回あなたたちが特権層に属さないインド人の殺人事件を担当したのはいつのことですか」

わたしは答えをはぐらかした。「ひとつ言えるのは、あなたの息子さんの行動は、イギリス人だけでなくインド人の多くの命をも救っているということです。わたしの知るかぎり、その優秀さにおいて、右に並ぶ者はいません」

後ろで、第三法廷のドアが開いた。

「この続きは別の機会にしましょう。仕事に戻らないといけませんので」と、わたしは言った。バネルジーはあきらかにほっとしていた。

　では失礼と言って、第三法廷のほうへ戻っていきかけたとき、なかから報道関係者や傍聴人が押しあいながら出てきた。もちろん陪審員はいない。一九〇八年以来、少なくとも政治がらみの事案で、陪審員が法廷に居並ぶことはない。三億の人間がいる国で、〝十二人の善良で誠実な者〟を見つけるのがむずかしいという理由からだ。意外なのは、報道関係者や一般の傍聴人がここに詰めかけていることだった。当局はどのような裁判でも非公開にすることができる。廷内でどのような審理が行なわれているのかはわからないが、政府はそれをおおやけにしたがっているということだろう。

　法廷から人けがなくなるのを待っていると、ダースが知的な面ざしの下級弁護士を伴って部屋から出てきた。バネルジーがインドでもっとも優れた法律家と呼ぶ男は、身長五フィート六インチ、裁判所の前で抗議している者たちと同様、白い腰布《ドーティ》と上衣《クルタ》を身にまとっている。この壮麗を極めた殿宇のなかでは、稲田のなかのピンストライプ・スーツと同程度の場違い感がある。一件書類によると、五十代だが、柔和な顔は年よりずっと若く見える。もしかしたら、それはベンガル人の特質で、年の取り方が世間一般とちがっているのかもしれない。ただ、顔は若いままでも、腹は出る。だから、実年齢を知るには、髪や顔でなく、腹に目をやったほうがいい。

　ダースはバネルジーを見て目を輝かせ、助手との会話を中断して、大きな笑みを浮かべ、手をあげた。

「やあ。サレンじゃないか。ここになんの用だね」

　その顔から笑みが消え、ダースは急に咳こみはじめ、身体をふたつに折った。それからハンカチを口に当てると、あわてて助けようとした助手とバネルジーを空いている手で制止した。咳がおさまり、身体を起こしたとき、その目は苦痛のために潤《うる》んでいた。

バネルジーは落ち着かなげに袖口をいじりながら言った。「ダースおじさん、ウィンダム警部を紹介します。警視総監からの伝言をことづかっています」

ダースはわたしのほうを向いて、手をさしだした。

「噂はかねがねうかがっています。お会いできて光栄です」

「こちらこそ」わたしは言って、握手をした。「お聞き及びとは思いませんでした」

ダースは愛想よく微笑んだ。「そうなんです。サレンの父から何度も話を聞かされているんですよ。悪魔のようなイギリス人の上司のせいで、息子は離職できずにいると。でも、わたしはあなたを責めるつもりはありません。ところで、親愛なる警視総監はわたしに何をおっしゃりたいのでしょう」

涼しいのに、汗が出てきた。わたしはポケットからハンカチを出し、額の汗を拭いた。「さしつかえなければ、ちょっと歩きませんか」

ゆっくり回廊を進み、中庭に出ると、ヤシの木に縁どられた小道を歩きはじめた。

「これは好意的な警告とお考えください」わたしは言った。「明日、政府は国民会議の自警団を非合法化する法令を出す予定です。自警団の制服、もしくはそれに類似した服を着て集会に参加した者は全員、令状なしの逮捕の対象になります」

わたしの言葉に、ダースは暗い思案顔になった。

「たしかに警告ですね。事前に知らせてくれたことに感謝します。でも、好意的とは思いません。われわれの組織は秩序を保つ手助けをしているのです。非暴力のうちに〝ノー〟と言いつづけるためにどれだけの規律が必要か、あなたたちはおわかりになっていない。彼らは人々の怒りに歯止めをかけているのです」

「総督が同じような見方をしているとは思えません。この決定を下したのは総督です。そして、秩序を維持するのは警察の仕事です。バネルジー部長刑事とわたしはそのために雇われているのです」

ダースはくすっと笑った。「たしかに、警部。でも、ここ数カ月間われわれがいろいろなところであなた方を助けていることは否定できないはずです。あなたたちはこのところ人手不足に悩まされてるようですし」

人手不足に悩まされているのは、ダースが主導する抗議行動と、ガンジーが警察官に離職を呼びかけていることが原因なのだ。因果が逆になっている。弁護士の論法とはこういうものかもしれない。

「とにかく、命令に従っていただきたい」と、わたしは言った。

「わたしが従うと思いますか」

返事は期待していないみたいだった。

「わたしは不服従運動の指導者です。そのわたしが服従して政府に協力したら、わたしは自分の仕事をしていないことになります」ダースは言って、わたしの肩を軽く叩いた。「ひとつお訊きします、警部。わたしは正しくないと思う命令に従うべきでしょうか。立場が逆なら、あなたはどうしますか」

平和主義を標榜する新種のインド人革命家はどうも苦手だ。連中はわれわれがたまたま反対意見を持つ親しい友人であるかのように振るまう。目下の問題が自分たちに都合のいいかたちで決着したら、またいっしょにお茶を飲み、仲よく語らおうというわけだ。その場合、相手の顔面にパンチを食わせるのは道義上きわめてむずかしくなる。昔ながらのテロリストなら、話は簡単だ。少なくとも、対処の仕方はわかっている。連中はわれわれを殺そうとするかもしれないが、少なくともわれわれを議論に引きこもうとするような不作法はしない。

「政治のことをとやかく言うつもりはありません。わたしはただ義務を果たしたいだけです」

「誰に対しての義務です、警部。海の向こうの国王ですか。それともこの街の人々ですか。秩序を維持するための自警団を排除するのは、危険な賭《か》けと言わざるをえません。彼らがいなかったら、誰が民衆の暴走をとめるのですか。総督閣下はそれをお望みなんですか。皇太子のカルカッタ到着時に、暴徒が通りで暴れまわっていて、諸外国の報道陣がその光景をカメラにおさめる。それは世論という法廷で大きな役割を果たすはずです」

「言っておきますが、その種の暴力を解き放ち、警察官を大量に辞職させたのは、政府ではなく、ミスター・ガンジーです。総督が何を望んでいるかはともかくとして、われわれの上司は不要の挑発や争いは避けなければならないと考えています」

門衛の前を通りすぎ、ゲートを抜けて通りへ出ると、先ほど群衆の前で演説をしていたスバス・ボースがいた。なんとか逮捕は免《まぬが》れたようで、いまは木に寄りかかり、煙草を喫っている。ダースを待っていたにちがいない。われわれといっしょに歩いてくるのを見て、おやっと思ったみたいだが、すぐに煙草の火を揉み消し、吸い殻を排水溝に投げ捨てて、こちらに向かってきた。

ダースはバネルジーのほうを向いた。「スバスのことは紹介しなくても知っているね」

返事をするまえに、ボースはバネルジーの手を握っていた。「おやおや。サレンドラナートじゃないか。さっき顔を見たような気がしていたんだよ。ようやく闘いに加わる決心をしたのかい」

「いいや、いまのところはまだ」バネルジーは答えた。「紹介するよ。上司のウィンダム警部」

ボースは振り向いて、手をさしだした。「ボース。スバス・ボースです。お会いできて嬉《うれ》しいです、警部」

「警部がわたしに何を告げにきたかわかれば、嬉しいという言葉は使えないだろう」と、ダース。「明日から国民会議の自警団は非合法組織に指定される。きみは令状なしに逮捕される対象になる」

「それはいい。もうそろそろだと思っていました」ボースは苦々しげな口調で言った。「カルカッタに戻って何カ月にもなるのに、ぼくだけ逮捕されていないのですからね。じつのところ、少々ばつの悪い思いをしていたんです。でも、逮捕されたら、どこに収容されるんでしょう。インドの刑務所はどこも満杯です」

「ビルマに空きがある」わたしは言った。

ツボにはまったみたいで、ダースは笑いだし、だがその途中でまた咳こみはじめた。ボースは肘《ひじ》をつかんで、その身体を支えた。

咳がおさまると、ダースは言った。「失礼しました。ごらんのとおり、警部、寒さが苦手でしてな」

わたしの横で、バネルジーはもじもじしていた。

「ひとつだけお願いがあります、ダースおじさん。あなたにはしなければならないことがあると思います。でも、みずから逮捕を招くようなことをする必要はありません。お身体が万全じゃないんですから。カルカッタ中央拘置所もマンダレー刑務所も、元気な身体になって出てこられるところじゃありません」

ダースはバネルジーの肩に手をかけた。「ひとは運命から逃れられないんだよ、サレン。それがわたしの定めなら、逃れようはない」バネルジーは何か言おうとしたが、それを制して続けた。「きみの忠告はよく考えておく。そのかわり、きみもわたしの言うことを聞いてくれ。両親に会いにいきなさい。お母さんが寂しがっている。それに、お父さんも。わたしはきみのお父さんのことをよく知っている。きみと同様の頑固者だが、きみが家に帰ってこないことをとても悲しんでおられる」

「彼らがいないと、抗議行動に歯止めがきかなくなるからです。警察に秩序を維持するだけの人手があるとは思っていないようです」

たしかにそうかもしれない。それでも、警察以外の者が法と秩序を守るなどということは考えられない。

タガートは机に戻って、椅子に腰をおろした。

「食えない男だ。われわれにはこの街の治安を守る能力がないと世間に知らしめたいのだろう。そもそも連中がおとなしくしていたら、波風は立たなかったんだ」

「本人はそう考えていないと思います」

「もちろんそうだろう。問題は通告に従うつもりがあるかどうかだ」

わたしはバネルジーと顔を見あわせた。

「はなはだ疑問です」と、わたしは答えた。

「そうか。でも、従ったほうがいい。おたがいのために」

6

「それで、彼はなんと言ったんだ」

タガートは背中で手を組み、窓から街を見おろしていた。

「〝感謝する〟と」わたしは答えた。

タガートは振り向いた。「それだけか」

「ええ。あとは、あなたによろしく伝えてくれと」

タガートは苦笑いを抑えられなかった。「なるほど。ほかには？」

今度はバネルジーが答えた。「国民会議の自警団を非合法化するのは危険な行為だと考えているようです」

「ほほう。で、その理由は？」

タガートは早々に話を打ち切り、わたしにあらためて指示を与えた。ロンドン警視庁公安課や戦時中のフランスでの情報活動の経験をいかして、ダースが次に計画していることを探りだし、先手を打てというわけだ。それに対して、わたしはこう応えることもできた。スコットランド・ヤードや塹壕で身につけたもののなかに、霊能は含まれない。どれだけアイルランド人を尾行したり、ドイツのスパイを摘発したりしても、病《やまい》を患《わずら》う狡猾《こうかつ》なインド人弁護士の心の内奥を見通せるようにはならない。だが、そんなことを申し立てても、何がどう変わるわけでもない。タガートのいまの心理状態だと、何を言っても下手な口実としか受けとめないだろう。

無理な注文だが、拒むわけにはいかない。わたしはバネルジーといっしょにオフィスに戻り、傷をなめあいながら、不可能を可能にする方策を練ることにした。

とばっちりは水のようにつねに低いほうに向かう。タガートのいらだちはわたしに捌《は》け口を見いだし、わたしのいらだちはバネルジーに捌け口を見いだした。

「どんな手を使ってもかまわない。利用できるものはなんでも利用しろ。何かを知っていそうな者全員から話を聞け。きみのお父さんから、必要とあらばダースの使用人まで。ダースが何を考えているのか、なんとかして調べだせ」

バネルジーはその顔にわたしがタガートから無体な命令を受けたときと同じ表情を浮かべていたが、それでも黄色い手帳にメモをとって部屋を出ていった。

頭がガンガンする。腕時計を見ると、まだ三時になったばかりだ。最近では半日働いただけで限界が来る。それで、椅子の背にもたれかかって一思案した。ダースの計画を推測するのはどんなにあがいても無理な話だが、阿片窟に残してきた中国人の死体がどうなったかということなら、いくつか可能性をあげることができた。

できるかもしれない。

いくらも考えないうちに、電話が鳴った。バネルジーからだろう。何かをつかんだということか。いや、たぶんちがう。くだらない質問か何かだろう。

わたしは受話器を取った。

「サム？」

女の声――数カ月ぶりの声だ。

「アニー？　いったいどういう風の吹きまわしだい」

「お邪魔じゃなければいいんだけど……」

「だいじょうぶだよ。変わりないかい」

刑事の質問としては、あまり的を射たものではない。何かあったのだ。変わりがなければ、電話などかけてこない。

しばらくのあいだ空電音しか聞こえなかった。それから、アニーは答えた。「困ったことになったの、サム」

三十分後、わたしは並木道に瀟洒《しょうしゃ》な邸宅が立ち並ぶホワイト・タウンのアリプールにいた。カルカッタのこの地区では、街中が一年にわたって騒然としていたことなど嘘のようだ。芝生が普段より半インチほど高くのび、数軒の屋敷が八月のモンスーンの被害を受けたままになっているが、それはむしろ当然のことだろう。このところいたるところでストライキをやっていて、来てくれる職人がいないのだ。今年のはじめはもっとひどかった。まるですべてのインド人とその飼い犬がガンジーの呼びかけに応じ、ストライキをしているみたいだった。それは地元ではハルタールと呼ばれている。しかし、その同盟休業もどうやらニュートンの法則に従うようだ。作用があれば、かならず反作用がある。花壇の手入れをしなければ、庭師は賃金をもらえず、家族は貧困にあえぎ、飢えることになる。ストライキは戦争と同じで、しばしば消耗戦になり、最後には空っぽの腹が政治を打ち負かす。結局のところ、労働者も、警備員も、鉄道員も、植木職人も、みな持ち場に戻っていく。そしていま、アリプールの家々は、手入れの行き届いた生け垣の向こうで冬の太陽を浴び、きらきらと輝いている。

運転手はアニーの家の前で車をとめた。鉄扉は閉ざされ、かたわらに小柄な警備員がすわっている。食べすぎて脂《あぶら》ぎった智天使《ケルビム》のような外見で、怠惰を職業倫理の要諦《ようてい》としているにちがいない。普段なら、古びた椅子からカタツムリ以上の速さで立ちあがらせるには、怒声か天災を必要とするが、この日は罠から飛んで逃げるグレーハウンド犬のような敏捷《びんしょう》さですっくと立ちあがった。ベルトにつけた輪っかから鍵をはずすと、素早く解錠し、鉄扉を大きくあけて、砂利敷きの私道へ車を招きいれる。そこから屋敷までは、スエズ運河なみの距離がある。緑の鎧戸《よろいど》、白い漆喰《しっくい》壁を伝うピンクのブーゲンビリア。いつもなら絵のように美しいといえるのだが、今日はちがう。正面玄関のドアには、赤いペンキがぶちまけられている。

わたしは車がとまるのを待たずに飛びおり、玄関前の階段へ向かった。ドアをあけたのは、メイドのアンジュだった。痩せていて、猫背が目立つ女性で、世のなかの心配ごとを一身に背負っているような顔をしている。以前はよくここに来ていたので、何度か会ったことがある。いつもならはにかむように微笑み、両手をあわせる挨拶《あいさつ》をし、それから口のなかで二言三言つぶやくのだが、この日はどうやらほかのことで頭がいっぱいになっているようだった。

「ウィンダム警部、サーヒブ」アンジュは言い、それからベンガル語で何やらまくしたてはじめたが、あまりに早口だったので、聞きとることはまったくできない。そのことがわかると、急に口を閉ざし、わたしの手をとらんばかりの勢いで、息をはずませながら言った。「来てください。お嬢《メムサーヒブ》さまはこちらです」

わたしはアンジュのあとについて玄関の間を横切っ

た。クチナシの花の香りがする。アニーが好きな花だ。いつも家のあちこちにその花束が置かれている。わたしも一束持ってきてもよかったのだが、これは社交的な訪問ではない。アンジュは応接室の開いたドアの前で足をとめ、何かを期待するような目をわたしに向けた。それが何を意味しているのかはわからない。

「お待ちください。お嬢さまを呼んできます」

わたしは部屋に入った。前回ここに来たときからそんなに変わっていない。数枚の家族写真が置かれたクルミ材のテーブル、その前にブロケード織りのソファー。カルカッタで目にすることはあまりない、金と趣味のよさの両方を兼ねそなえた者が好むしつらいだ。はめ殺しの大きな窓の両側には、宇宙の創造と守護を司《つかさど》るヒンドゥー神シヴァの大きな像がある。蓮《はす》の花の上に立ち、火炎の輪を背にして踊っている。二体同一のもののようだが、よく見ると、表情とポーズに微妙な違いがあることがわかる。以前アニーにその違いの意味を教えてもらったことがある。

「ひとつは慈悲深いシヴァで、踊りながら宇宙を創造している。もうひとつは怒れるシヴァよ」

「破壊の神ってことかい」

アニーはためらった。「ある意味ではそう。でも、ヨハネの黙示録にあるように世界を破滅させるわけじゃない。ヒンドゥー教徒は再生を信じている。魂《たましい》だけじゃなくて宇宙も同じ。古いものがなくなったら、新しいものができる。シヴァは再生させるために破壊するのよ」

もしかしたら、それはアニーとわたしの関係のアナロジーかもしれない。パターンはよく似ている。あと少しというところまでは何度かこぎつけたが、そのたびに横槍《よこやり》が入った。それは神の所行だったのかもしれない。でなければ、おそらく身から出た錆《さび》だろう。

一度は、彼女の当時の上司の死に関する情報を故意に隠しているのではないかと疑ったこともある。アニーが言うには、わたしからその話を聞かされたとき、自分が犯人扱いされているのではないかと思ったらしい。もちろん、そんなことはない。ただ、もしかしたらという思いがちらっと脳裏をかすめたのは事実だ。

それから一年後には友好協定のようなものができあがったが、結局はそれもご破算になった。ひとつには、わたしの阿片の常習性のためだ。あのころは、阿片なしでも何日か過ごすことができたし、日中はそれなりの世間体を保つこともできていた。それでも、夜の外出を隠しおおすことはできなかった。カルカッタで男が夜遅く定期的に外出する理由はふたつしかなく、どちらもあまり褒められるようなことではない。アニーは不審に思ってわたしを問いつめた。わたしはしらを切り、仕事だと言い張ったが、端《はな》から信じてもらえなかった。それが半年前のことで、それ以降は数えるほどしか会っていない。はじめのうちは考えなおしてくれるかもしれないと思っていたが、甘かった。アニーはいま王女のように振るまうに足る銀行預金を持っている。かつてわたしが殺人の疑いをかけた男にもらった金を投資にまわして成功したのだ。結果的にわたしがかけた嫌疑はどちらも間違っていたが、しかるべき理由があった場合、刑事が疑いを持つのは当然であり、咎められることではない。

はじめて会った日から、アニーは特別な女性だと感じていた。もちろん非の打ちどころがない完璧な女性というわけではない。イギリス人ですらない。だが、知的で、強い。能力よりも血統を重視する社会では、はみだし者だ。わたしと同様、ここまで順風満帆《まんぱん》だったわけでもない。だが、巧《たく》みに逆境を乗りきってきた。これまで何かを得るためには、つねに戦わなければならなかったにちがいない。そんなふうに考えると、のしあがるためならどんな機会も逃さないという処世のすべを責めることはできない。問題は、たとえインド人の血がまじっていたとしても、最近では言い寄る者があとを絶たないということだ。わたしはもともとインド人の血など気にしていないし、アニーがそれを利用してほしいものを手に入れていることも意に介していない。もちろん、ふたりの関係が変わってしまったのはたしかで、それは認める。気持ちの落ちこんだときには、自分が数多くの取り巻きの男のひとりにすぎないのではないかと思うこともある。それはまだ我慢できる。我慢できないのは、いつの日か、アニーが新たに出会った男に目的を達成するための手段以上のものを見いだすようになることだ。

少しまえには、アメリカの実業家と腕を組んで歩いているのを見たという話も聞いた。なんでも、最近ウィスコンシンというところからやってきた男らしい。そんな場所は誰も知らない。知っているのは、歩く地図帳であるバネルジーだけだ。ずいぶん寒いところらしい。まともな人間が住めるようなところではないという。それは何よりだ。ベンガルの夏を生きのびられるのはむずかしいかもしれない。運がよければ、溶けてなくなる。

「サム？」

振りかえると、アニーが部屋の戸口にいた。

予想はしていたものの、ギリシアの女神然と立っている姿を見ると、やはり腹に一発パンチを見舞われたような気がした。

アニーは険しい顔をしていた。

部屋に入ってきて言った。「あなたが自分で来るとは思わなかったわ。巡査をひとりよこしてくれたら、それでよかったのに」

本心ではないだろう。本当に巡査に来てもらいたかったら、地元の警察署に電話をすればすむことだ。五分もしないうちにすっ飛んでくる。なのに、警察本部のわたしに電話をしてきたのだ。

「気にすることはない。何があったんだい」

「ドアを見た？」その声にはあきらかに狼狽《ろうばい》の色があ

る。

「見落としようがないよ」

「じゃ、これを見て」

わたしはアニーのあとに続いて、玄関の間から家の裏手のダイニングルームに入った。窓は割れて、床にガラスの破片が散らばり、キラキラ輝いている。そのまんなかに煉瓦が落ちている。

わたしは膝をついて、煉瓦を調べているふりをした。ひとは刑事に調べてもらうと安心する。バッジのしからしめるわざといっていいだろう。それはアニーの歓心を買うためのものであり、わたしは芸をする猿に等しい。煉瓦が新しいものだったら、調べるべきこともあっただろう。近くに建設工事の現場があり、誰かがそこで拾ったのかもしれない。だが、これはカルカッタの街の大半と同じように古く、傷んでいる。赤茶色の普通の煉瓦で、裏町の少しさびれたところならどこにでも転がっている。

わたしは立ちあがって訊いた。「それで、この煉瓦は窓から投げこまれたのかい」

間抜けな質問だが、訊いたことにわたしは奇妙な満足感を覚えた。アニーは馬鹿じゃないかという目でわたしを見た。

「いいえ、サム。郵便受けに入っていた……わけがないでしょ。そう。窓から投げこまれたのよ」

「それはいつのことだい」

「一時間ほどまえ。あなたに電話する十分くらいまえ」

ホワイト・タウンの邸宅が襲われるのは、ヘブリディーズ諸島の暑い日と同じくらい珍しい。昼ひなかの出来事となると、聞いたこともない。

「犯人を見たかい」

アニーは首を振った。「そのときここには誰もいなかったの。アンジュが物音を聞いて駆けつけたとき、ふたりの男が木立ちのほうへ逃げていくのが見えたらしいわ」アニーは言って、庭のはずれを指さした。木立ちまでは百ヤードほどの距離がある。

わたしはそこに目をやった。

「インド人？」

「アンジュはそう思っている」

「顔とかに見覚えは？」

「ないみたい。最近この地区には知らないひとが増えたから……」

アニーの言葉は尻すぼまりになったが、最後まで言う必要はなかった。数カ月前にダースが丸一日のゼネストを呼びかけ、アリプールの多くの使用人や庭師がそれに応じた。白人の雇い主のなかには、それを個人的な侮辱《ぶじょく》行為と受けとる者も多く、スト参加者は翌日解雇され、〝パンのどちら側にバターが塗られているかわかっている者〟が新たに雇いいれられていた。

「警備員は？　敷地内を巡回していなかったのかい」

「そのときは正門ゲートの詰め所にいたの。巡回するのは日が暮れてからよ」

「それで何も見なかったってことかい」

「そう」

「何者かが玄関のドアにペンキをぶちまけたのに？」

「そうなの」

そうかもしれない。屋敷とゲートのあいだにはけっこうな距離があるし、ここの警備員は死人以上に警戒心がない。

「だったら、案山子《かかし》を雇ったほうがいい。そのほうが安くあがる」

アニーはため息をついた。「そうしたら、誰が解雇された警備員の家族を養うの？」

わたしは矛《ほこ》をおさめた。アニーがカルカッタの地元民の守護聖人になることを願っているなら、それはそれでいい。でも、そうなったからといって、煉瓦で窓を割られるのをとめることはできない。

「脅迫状のようなものは？」

「受けとっていない。でも、近所のひとは恐れおののいてるわ。数日前の夜には、このすぐ先に住んでいるパルシー教徒の医師の家が被害にあった。サンルームに火をつけられたのよ」

「きみの場合は？　狙われた理由に心当たりは？」

アニーはまた不信の目でわたしを見つめた。わたしの察しの悪さは折り紙つきだ。

「わかってるはずよ」

イギリス人とインド人の混血は狙われやすい。彼らへの攻撃は街じゅうで起きている。イギリス人からは疎《うと》んじられ、インド人からは信用されず、まったくもって立場というものがない。夏以降は特にひどい。その主たる理由は鉄道にある。鉄道は政府のアキレス腱なのだ。鉄道が動かなければ、国は麻痺し、当局は妥協を余儀なくされる。だが、ストを打っても、混乱はほどなくおさまり、列車は一週間もしないうちに動きだす。インド人はそれをイギリス人とインド人の混血のせいだと決めつける。鉄道を動かしているのは彼らだと思っているからだ。もちろん、そうではない。彼らが多くの鉄道業務を担っているのは事実だが、トップはすべてイギリス人だ。なのに、イギリス人とインド人の混血がスケープゴートにされる。すべてのインド人がガンジーの非暴力主義の信奉者ではないことを認めるより、スト破りの責任を少数者に押しつけるほうが簡単だということだろう。

ダースの言ったとおり、国民会議の自警団を通りから排除した結果、襲撃事件に歯止めがきかなくなったとしたら、誰が最初に標的になるかは天才でなくてもわかる。

「しばらくどこかに避難したほうがいいかもしれない。ほとぼりが冷めるまで」

「どこに行くところがあると言うの？」棘《とげ》のある言い方だ。

わたしは肩をすくめた。「ホテルとか。ホテルならグレート・イースタンとか」

思いださずにはいられない。そこはアニーをはじめて食事に誘った場所だ。あれからもう二年になる。あのころはふたりともいまとはちがう人間だった。

「自分の家から出るつもりはないわ」

その口調から、議論の余地がないことは明白だった。わたしはうなずき、アニーのあとについて廊下に出た。

わたしはほかの部屋をざっと見てまわり、外部に通じるドアや窓をチェックし、玄関の前に巡査を立たせることを提案した。人手不足の上に、そもそもわたしにそんな権限があるわけがなく、それは単なるリップサービスにすぎなかったが、アニーの気をひくために大きなことを言うのはこのときがはじめてではなかった。

結局そんな必要はないということになり、アニーのあとについて正面玄関に戻ったとき、数人の職人が壊れた窓を一時的にふさぐための道具や木の板を持ってやってきた。

わたしは振り向いて、アニーの顔を見つめた。このときもまだ、どうしてここに呼ばれたのかわかっていなかった。おそらく、アニーにもわかっていないのだろう。もしかしたら、身の危険を感じて後さきの考えもなく電話したが、いまはそれを後悔しているかもしれない。その顔つきから判断すると、たぶんそうだろう。

「ここにとどまるってことで本当にいいんだね」

「だいじょうぶよ、サム」アニーは言った。どうやら強がりではなさそうだ。「ちょっと動揺していただけ。あなたに迷惑をかけて悪かったと思ってる」

「あとでまた来てもいい。心配なら、夜もここに……」気がついたときには、言葉が口をついて出ていた。

アニーは口先だけで笑った。「朝まで？　それとも午前二時まで？」

7

アニーの家を出たとき、通りにも、わたしの頭のなかにも、霧が立ちこめていた。いつものように夕間暮れは静寂に満たされていて、ときおりコオロギの鳴き声が聞こえてくるだけだ。手足が痛み、待たせてあった車に乗りこむだけで、体力が奪われるのがわかった。後部座席に倒れこむように腰をおろし、ドアを閉める。

「ラル・バザールですね」と、運転手が訊いた。

「いや、プレームチャンド・ボラル通りへ」

今夜もいつにない冷えこみになりそうだ。このところは気温が四度や五度までさがることもある。インド人にとっては北極圏にいるようなものだろう。ブラック・タウンの住民のなかでも特に貧しく、夜露をしのぐ場所や暖をとる手段を持たない者は、朝を迎えることができないかもしれない。

そういった者にとって、冬は試練のとき以外の何物でもない。実際のところ、この街の住民の大多数にとって、クリスマスはキリスト教の熱心な布教者によってもたらされた異人の祭りにすぎず、祝っているのはイギリス人と、主としてインド南部で改宗させられてカルカッタにやってきた者だけだ。かといって、クリスマスを忌《い》み嫌っているわけでもない。ベンガルのヒンドゥー教徒は寛容で、世界中の神や聖人を抵抗なく受けいれている。キリストは特に。イギリス人がその誕生日を休日にしているからだろう。

けれども、盛りあがりはない。わたしにとってはそのほうがいい。過去のクリスマスの記憶を呼びさまされたくないからだ。この日の数少ない幸せな記憶は、妻のサラと過ごしたときのものしかない。サラは四年ほどまえに亡くなり、それ以来、わたしはみずからの影に怯《おび》える男のようにクリスマスから逃げまわってきた。はじめのうちは酒に頼って、次はカルカッタに来ることによって。過去と向きあうのは、治りきっていない傷のかさぶたを剝がすようなものだった。

その後の人生に悦《よろこ》びがあったとすれば、それはアニー・グラントによってもたらされたものだ。だが、皮肉なことに、記憶から逃げまわり、サラと過ごした時間を過去のものにできず、前へ進むことができなかったことが、アニーとの未来の可能性をつぶす原因になってしまった。

アリプールのハイビスカスの香りは、郊外の高級住宅地と市の中心部の境界線になっているトリー運河に近づくにつれて、下水の臭いにとってかわられていく。道路は穴ぼこだらけで、わたしの頭は車の天井にぶつかりつづけ、カーリー神が首に巻いている髑髏《どくろ》のひとつになるのではないかと一瞬思ったくらいだった。

車が下宿屋に着いたときには、すっかり日が暮れていた。プレームチャンド・ボラル通りはお世辞にも品のいいところとは言えないが、家賃は安いし、それより何より、家主は白人とインド人が部屋をシェアしていることに目を吊りあげたりしない。この時間の通りはまだ静かだった。売春宿の娘たちが仕事を始めるのは八時ごろからで、通りが賑《にぎ》わいを見せるのは十時になってからだ。それまで、ここにやってくるのは、勤め先から帰宅途中の予約客で、糊のきいた腰布《ドーティ》を着け、黒光りする髪をかっちり横分けにし、手に砂糖菓子を持ち、顔に笑みをたたえている。

階段をあがり、ドアの錠をあける。廊下は暗い。バネルジーはまだ帰ってきていないということだ。だが、もちろんサンデシュはいる。たぶん台所で蠟燭《ろうそく》の明かりを頼りに食事の支度をしているのだろう。電灯をつけないのは節約のためではない。電気を信用できないのだ。

「サンデシュ」わたしは言った。声が壁に反響する。

「おかえりなさいませ、サーヒブ」

返事は台所ではなく居間からかえってきた。家具が床をこする音がしたので、おそらくテーブルの下で居眠りをしていたのだろう。マッチを擦《す》って火をつける音がし、灯油ランプの柔らかい明かりがともり、サンデシュが廊下に出てきた。

「電灯をつけてくれ。それから、いつもの強壮剤を」

「かしこまりました、サーヒブ」サンデシュはうなずき、廊下の明かりをつけて、台所に向かった。

わたしは居間に入ると、上着を脱いで椅子の背にかけ、リキュール・キャビネットの前へ歩いていった。

数分後には、グレンファークラスのグラスを持ってベランダに出て、石を詰めた袋のようなすわり心地の籐《とう》椅子に腰かけていた。震える手で重いグラスを口もとへ持っていったとき、サンデシュがベランダに出てきて、持ってきたものをかたわらの小卓に置き、何も言わずに立ち去った。琺瑯《ほうろう》のカップ、小さな真鍮《しんちゅう》の壺、スプーン。カップのなかの灰色のどろっとした液体は、ガンジス川の水でさえもっとましな味がするだろうと思わせる代物だ。けれども、文句はつけられない。この液体にも。それといっしょに飲む、真鍮の壺のなかのバターオイルにも。

この調合薬を処方したのは、チャテルジーという開業医で、ダルマトラー通りの奥の薄汚い路地に、告解室といくらも変わらない広さの診療所を開いている。自然療法士と自称しており、壁にかかっている多くの免状から判断するかぎり、一応の資格は持っていると思われる。

いかにも怪しげだが、背に腹はかえられない。阿片の禁断症状はもはや隠しきれないところまで来ていて、いまでは自分をだますことすらむずかしくなっている。だが、カルカッタの街に、守秘義務に関するヒポクラテスの誓いを遵守《じゅんしゅ》する者がどれだけいるかと思うと、ヨーロッパ人の医師はもとより、バル・バザール周辺で開業しているアルメニア人の医師にもかからないほうが無難だろう。そもそも、西洋医学に限定するなら、阿片中毒の治療法は電気ショックくらいしかない。それなら、蛭《ひる》に血を吸われたほうがまだましだ。

だから、医者はインド人でなくてはならず、かつ秘密を守れる者でなければならない。そのような医者を探しているということだけでも、誰かに知られたら始末に負えないことになりかねない。だが、わたしは十年以上の潜入捜査の経験を持つ刑事だ。ひとを探すのが仕事なのだ。しかるべき医師を見つけるのはそんなにむずかしくないと最初から思っていた。その思いがさらに強くなったのは、ステイツマン紙の広告欄にチャテルジー医師の名前を見たときだった。

ドクター・ハリプラサード・チャテルジー
アーユルヴェーダと自然療法専門
各種感染症、依存症、便秘、夫婦関係にお悩みの方は……

十一月のある火曜日の夕方、わたしはその診療所へ罪を告解しにいった。チャテルジーは分厚い眼鏡をかけた痩身の男で、半袖のシャツに腰布といういでたち。シャツの胸ポケットには、ペンから漏れたインクの染みがついている。

チャテルジーは白人が診察を受けにきたことに驚いた様子もなく、わたしがためらいがちに切りだした話に黙って耳を傾け、一通りの説明がすむまで、しかつめらしく何度もうなずいていた。

「わかりました」と、チャテルジーは言った。「阿片中毒というのはきわめてゆゆしき問題です。長期にわたり集中的な治療が必要になります。西洋の考え方からすると、邪道かもしれませんが――」

「でも、効き目はあるんですね」

「もちろんです。アーユルヴェーダをご存じですか」

「知っていると言えるほどではありません」

バネルジーはアーユルヴェーダの信奉者だが、わたしにとって、それはインドの種々の民間療法と同様に怪しげな神秘思想であり、まったく理解しがたいもののひとつだった。

「治療は浄化を意味します」と、チャテルジーは言った。分厚い眼鏡の向こうで、瞳が拡大されて見える。

「肉体と精神の浄化です。いちばんいいのは、アッサムにあるデヴラハ師の僧院《アシュラム》に行くことです」

「そんなに頼りになるんですか」

口もとに笑みが浮かんだ。「間違いありません。デヴラハ師は百七十歳を超えていると言われています」

「会ったことは?」

「ありません。でも、多くの患者を紹介しています。治療に必要な日数は二十五日です。そのあいだに、体内から多くの毒素が排出されます。あなたは排泄物を念入りにチェックしなければなりません」

素晴らしい。

問題は時間だ。このような状況下でタガート卿が二十五日の休暇をくれる可能性は、ドイツ皇帝ヴィルヘルム二世がフランスのレジオン・ドヌール勲章を授かる可能性と同じくらい低い。

「ほかに方法はありませんか。薬物治療とか」

チャテルジーは首を振り、眼鏡が揺れた。「残念ながらありません。完治をご希望であれば」

わたしは力なく椅子の背にもたれかかった。

「一時しのぎなら可能です。ケルデュー——つまり冬瓜《とうがん》です。治療薬ではありませんが、冬瓜の果肉には阿片の禁断症状を和らげる効果があります」

絞首刑を免れた男の気持ちがわかったような気がする。

チャテルジーは薄っぺらな用紙に書きこみを始めた。

「一個の半分の果肉をすりつぶして、それを小さじ一杯のバターオイルといっしょに飲むのです。症状が出

て、ひどくなりそうだと思ったら、試してみてくださ
い」

眉唾ものではないかという思いはあったが、選択の余地はない。少なくとも、排泄物のチェックをするための一カ月の時間をひねりだすことができるまでは。そこで、眉に唾をつけながら試してみたら、びっくりするほど効いた。それを飲むと、二、三日は痛みが和らぎ、禁断症状が耐えがたいものになりはじめてから真夜中の阿片窟へ駆けこむまでのあいだに若干の余裕をもたせることができるようになった。

ウィスキーのグラスを置いて、琺瑯のカップを手に取り、覚悟を決める。なにしろひどい味なのだ。二口で飲みほし、壺に入ったバターオイルをスプーンですくい、吐き気をこらえながら嚥下《えんげ》する。これまでの経験から効果が出るまでしばらく時間がかかることはわかっていたので、あわてることなく、またウィスキーのグラスを取り、椅子の背にもたれかかって飲みながら待つことにした。

思案はすぐまた昨夜の出来事に戻った。H機関の急な要請により秘密裏に行なわれた強制捜査。現場に何人もの警察官がいたのに、誰にも見つけられずに、あるいは誰にも気づかれずに消えたと思われる男の死体。だが、死体が消えることなどありえない。榴弾《りゅうだん》でも落ちてこないかぎり。そして、阿片窟にそんなものは落ちない。としたら、あの中国人の死体はまだあそこにあると考えるのが自然だろう。すべてが幻覚だったのでなければ。

たしかめる方法はひとつしかない。わたしは立ちあがって、上着をつかむと、タクシーを呼びとめるために霧のなかに出た。

通りはしんと静まりかえっている。こんな冬の日の夜、カルカッタは霊界の様相を呈し、生と死の世界のあわいには紗がかかり、比較的暖かい日でもその境界は判然としないが、いまはほとんど溶けあっているよ

うに思える。闇のなかから一台の人力車が現われた。車夫はセーターとマフラーと毛糸の帽子を身にまとい、まるで南極にいるスコット隊長を迎えにいくかのような格好をしている。

タングラに向かう途中、車夫は何度も空咳をし、そのたびに悪態をつき、そして謝った。

「すみません、サーヒブ。寒すぎて、咳がとまらないんです」

冬はいつも同じだ。気温が十度以下になると、住民の半分は体調を崩し、肺炎や結核の話が普段ベンガル人が愛してやまない政治と下痢の話と首位の座を奪いあう。

わたしはめざす建物の少し手前で降り、そこから歩いていった。外から見るかぎり、その建物は近隣の建物とどこも変わらない。鎧戸がおりた鉄格子つきの窓、ひび割れた染みだらけの漆喰壁、ところどころ崩れかけた煉瓦。南京錠がかかったドアの上に、色褪せた赤い中国の文字が記された木の看板が出ている。

風防つきのランプの横に、マフラーを巻いた巡査が立って、身体を温めるために足踏みをしている。年はやっと二十歳といったところで、ぴりぴりと神経を尖《とが》らせて見張っていたらしく、わたしの足音が聞こえると、あわててライフルをあげた。

「そこにいるのは誰だ」売春宿にいる牧師のように泡を食っている。

わたしが白人だとわかると、ほっとしたみたいで、さしだした身分証をちらっと見ると、もっとほっとしたみたいだった。

「名前は？」と、わたしは尋ねた。

「ミトラです。タングラ署に所属しています」

わたしは風俗課から来たと嘘をついた。「現場を見せてもらいたい」

「了解です」

ミトラはポケットから鍵束を取りだすと、そのなかからひとつ選んで後ろを向き、前かがみになった。カチッという音がして南京錠があき、そこにかかっていたチェーンが地面に落ちると、足でどかしてドアをあけた。わたしはランプを借りて、闇のなかに足を踏みいれた。

昨夜とはちがう臭いがする。ホルムアルデヒドや阿片の臭いではなく、よくわからないが、塹壕を思いださせるような臭いだ。階段をおりて、地下の廊下を進み、昨夜の部屋に入る。二十数時間前、わたしはこの粗末な寝台に忘我の境で身を横たえていて、まわりには五、六人の客がいた。いまは無人で、ファラオの墓の控えの間のように静まりかえっている。それでも昨夜の出来事の名残《なご》りは残っていた。壊れた椅子、ひっくりかえった寝台、付け足しのように部屋の隅に転がっているトレイ。いずれもここで何があったのかを沈黙のうちにはっきりと物語っている。

暗がりのなかで、竹のキセルを踏みつけたらしく、ポキッと折れる音が聞こえた。それを横に蹴飛ばして、闇のなかへ転がすと、部屋を横切り、ゆうべ東洋の娘に連れていかれた廊下に向かう。廊下を抜け、階段をあがって、跳ねあげ戸をあけ、死にかけていた男を見つけた部屋に入る。

部屋は空っぽだった。べつだん驚くべきことではない。いかに人員不足とはいえ、風俗課の刑事が部屋のまんなかに横たわっている死体を見逃すはずはない。膝をつき、床のタイルを指でこする。血の痕跡はない。実際のところ、なんの痕跡もない。わたしが逃げたあと、キャラハンの部下が部屋に集まってきて、死体を移動させ、床を掃除したということだろうか。にわかには信じがたいが、そうとしか考えられない。そうでないとすれば、すべてが妄想だったということになる。

わたしは首を振った。ふたたび自分を疑う気にはなれない。気はたしかなつもりだ。

「しっかりしろ、ウィンダム」と、わたしはつぶやいた。

あれは阿片による幻覚ではない。あのときのことははっきりと覚えている。耳を口もとに近づけて、息をしているかどうか確認したことも覚えているし、シャツや手に血がついたことも覚えている。曲がり刃のナイフのことも覚えている。だが、そういったことを裏づける証拠のようなものは何もない。

何より重視しなければならないのは事実関係だ。わたしは刑事なのだ。大事なのは証拠であり、証拠がないのなら見つけなければならない。廊下に戻り、膝をついて、床を指でこする。埃《ほこり》がたまっているだけだ。

また部屋に入り、死体が横たわっていたはずのところに歩いていく。小さな折りたたみナイフを取りだし、床に膝をつく。ナイフの刃を出し、タイルの継ぎ目に刺しこみ、セメントの目地に沿って走らせる。ナイフをあげ、刃先を見ると、埃と赤黒い粉がこびりついている。ほかのタイルの目地も同じように削ってみると、刃先にはやはり赤黒い粉がついている。

シャツの袖で刃先を拭い、立ちあがる。死体は運びだされ、床はモップで拭かれたが、大急ぎの作業だったので、細かいところには目が届かなかったのだろう。血はタイルの継ぎ目に入りこみ、そこで凝固した。

問題は誰がモップをかけ、死体をどうしたかだ。キャラハンの部下がやったとは考えにくい。キャラハンは犯罪捜査部の手を借りなければならないようなことは何もないとはっきり言った。あの男は嘘をつくような人間ではない。少なくとも、上手に嘘をつくことはできない。

とすると、H機関か、地元の警察署、あるいは中国人のしわざということになる。

だが、中国人は逃げるか、捕まるかしたはずだ。いずれにせよ、長時間この部屋に居残って、死体を隠したり床を拭いたりしていたとは考えにくい。地元の警察署に関していうなら、どうして殺人事件を隠蔽《いんぺい》しなければならないのか。

となると、あとはH機関しかない。H機関なら、死体を隠す理由があってもおかしくない。そもそもガサ入れは彼らの要請によって行なわれたのだ。おそらく、死んだ男は上海から来た青幇《チンパン》の最高幹部フェン・ワンだろう。麻薬の密売組織の大物とされる中国人がカルカッタで殺されたとすれば、揉み消し工作が行なわれたとしても不思議ではない。

折りたたみナイフをしまって、わたしはゆっくりと玄関口に戻った。ミトラはライフルを手に持ち、いかにも新米警官らしい緊張の面持ちで立っていた。

「楽にしろ、巡査」わたしは言って、ポケットから煙草を取りだすと、いかにも風俗課の刑事といったそぶりで一本を口の端にくわえ、もう一本をミトラにさしだした。

ミトラは肩の力を抜いて微笑み、嬉しそうに煙草を受けとった。わたしはマッチを探すふりをした。

「火を持ってるか」

ミトラは顔をほころばせて、ライフルをおろし、上着のポケットからマッチを取りだして擦った。闇のなかで、黄色い光の輪が浅黒いあばただらけの顔を照らしだす。あいた手で炎を覆って、わたしの煙草と自分の煙草に火をつけた。わたしが礼を言うかわりにうなずくと、勲章を授与されたような表情がかえってきた。

「いつからここに立っているんだ、ミトラ」

「午後六時からです」

見張りの時間は通常六時間だが、昨今は長くなっている可能性もある。いずれにせよ、少なくとも夜の十二時までは、ここにいなければならないということだ。それまでまだ数時間ある。

わたしは煙草を一喫いし、煙を吐いた。

「昨夜もここにいたのか」

「はい。夜中の三時から七時までいました」

つまり、キャラハンの部下が撤収したあとすぐに見張りの任務についたということだ。

「そのあいだにここに来た者はいるか」

ミトラは首を振った。「民間人は来ていません。来たのは捜査官だけです。時間は午前五時ごろ。夜が明けるちょっとまえです」

「何人で？」

「ふたりです」

「白人か」

意外な質問のようだった。

「はい。上司と部下です。でも、風俗課の刑事ではないようでした」

「身分証を見たはずだ。どこの課の刑事だったんだ」

インド人が悪い知らせを告げるときにする仕草で、ミトラは首を振った。「それがちらっと見ただけですので……」

べつだんおかしなことではない。白人というだけで充分なのだ。認証などは必要ない。

「なぜ風俗課じゃないと思ったんだ」

「制服です。カーキ色でした」

「なるほど」わたしは微笑んだ。カルカッタの警察官の制服は白く、風俗課も例外ではない。カーキ色の制服を着ていたということは、カルカッタ市外の警察官ということになる。「素晴らしい観察力だ。できれば、ラル・バザールに来てほしいよ」

ミトラは満面の笑みを浮かべた。

だが、この街にはカーキ色の制服を採用している政府機関がひとつある――軍だ。

「何をしにきたかわかるか」わたしは訊いたが、返事を期待していたわけではない。H機関の情報員がそんなことをいちいち説明していくとは思えない。ましてや相手が夜のタングラで寒さに震えながら見張り番をしているインド人の巡査であれば。

「残念ながら、まったくわかりません」

「気にするな。それで、そのふたりはどれくらいここにいたんだ」

ミトラは煙草を一喫いした。「一時間かそこらです」

「何か持って帰ったか」

「いいえ。少なくとも、ポケットに入らないようなものは何も」

「そのあと戻ってこなかったか。ふたりでも、別の誰かでもいい」

「自分がここにいたときは、誰も来ていません」

「そのあとは？　きみは誰と交替したんだ。タングラ署の別の巡査か」

ミトラはうなずいた。「グレワル巡査です。今朝の十時から交代時間の六時まで、ここにいました。そのあいだに何かあったという話は聞いていません」

「念のためにもう一度訊いてみてくれ。その男の受け持ち時間に、ここへ来た者はいないか。ここから持ちだされたものはないか。できるだけ詳しく。筆記用具を持っているな」

「はい」

「よろしい。では、メモしてくれ」

わたしはラル・バザールの中央交換台の電話番号を伝えた。そのときは、わたしを呼びだすようにと言うつもりだったが、途中で思いとどまった。考えすぎかもしれないが、用心するに越したことはない。わたしは風俗課の刑事ということになっているのだ。H機関が相手となると、考えすぎるくらいでちょうどいい。

「下級刑事の詰め所につないでもらってくれ」と、わたしは言った。そこは各部局の現地人刑事が机を並べている部屋だ。「当直官が出たら、サレンドラナート・バネルジーという名の部長刑事を呼んで、わかったことを伝えてくれ」

ラル・バザールには、バネルジーという名の刑事が数人いる。たとえ誰かがミトラ巡査の電話に興味を示したとしても、バネルジーはそれが間違い電話であり、別のバネルジーにかかってきたものだろうと言い張ることができる。

「最後にあとひとつ。昨夜ここに来た白人の二人組だが、どちらかパイプ煙草を喫っていなかったか」

「さあ、どうだったでしょう……ちょっと待ってください……」それから口もとに笑みが浮かんだ。「車に乗って帰るときのことです。部下は車を運転し、上司は後ろにすわっていたんですが、車が出るとき、たしかにパイプに火をつけていました」

どうやらH機関を率いるドーソン大佐のようだ。彼はどこへ行くにもパイプを手離さない。亜熱帯のシャーロック・ホームズをきどっているのだろう。

ドーソン大佐がガサ入れの数時間後にここへ来たとしたら、真の狙いは中国の麻薬王の捜索以外のところにあるということになる。H機関の幹部がもぬけの殻になった阿片窟を見学しにきたとは思えない。では、なんのために来たのか。おそらく死んだ男の身元を確認するためだろう。だとすれば、死体はまだここのどこかにあるということになる。少なくともドーソン大佐がここに来たときは、間違いなくあった。そしてミトラの話だと、その後死体を運びだしにきた者はいない。

としたら、死体はどこにあるのか。

わたしは通りに出て、後ろを振り向き、葬儀屋の薄汚い二階建ての建物を見あげた。鉄格子がはまった窓。ドアの上の色褪せた看板。阿片窟のある地下室。そのときピンときた。答えは目の前にあった。

煙草の火を壁に押しつけて揉み消し、急いで建物のなかに戻る。何かを隠すのに最適な場所は、ごくありきたりな場所であることが多い。死体は死体のあいだに隠すのがいちばんだ。階段をおりて、地下の霊安室を探す。ホルムアルデヒドと腐臭の入りまじった臭いをたどればいいので、見つけるのにそんなに時間はかからなかった。

そこは、明かりをつけても薄暗い、低い丸天井の部屋だった。片方の壁には、金属の収納棚が作りつけられている。ハンカチを取りだして鼻と口を覆い、収納棚のいちばん手前の引出しの取っ手をゆっくりと引く。死体は頭を奥にして収納されているので、胸と顔を見るには引出しを最後まであけなければならない。それは探していた男ではなかった。中国人ではあるが、死因は胸の刺し傷ではなく、老衰のように見える。引出しを閉め、次の引出しをあける。そこは空だった。三番目の引出しには、中国人の老女の死体が入っていた。異臭がだんだん耐えがたいものになってくる。おぞましさを募らせながら、最後の引出しをあける。血まみれのシャツを目にした瞬間、あの男だとわかった。確認のため、顔を見る。大きな傷あとがあり、両目をえぐられている。よかった。やはり幻覚ではなかった。

引出しを閉めて霊安室を出ると、階段をあがって、玄関口に戻る。ミトラに礼を言い、先ほどグレワル巡査に尋ねてみてくれと言ったことは忘れていいと告げた。それから煙草をもう一本渡して、その場を離れ、馬車乗り場のある表通りに向かった。

歩きながら、考えを整理した。キャラハンの部下が引きあげたあと、軍の制服を着たふたりのイギリス人がやってきた。そのひとりはおそらくドーソン大佐だろう。そして一時間ほどそこにいたが、何も持たずに帰っていった。そのときに死体を葬儀屋の霊安室へ運び、空いていた収納棚の引出しに入れたにちがいない。としたら、H機関に情報を提供した者がキャラハンの部下のなかにいたということになる。もしかしたら、それはキャラハン自身かもしれない。そもそも昨夜の強制捜査はH機関の要請によるものだったのだ。裏でH機関が動いているのは間違いない。問題は、なぜ死体を隠したのか、そしてその死体をどうするつもりなのかだ。

ここで思考が途切れた。ふと気がつくと、いつのまにか見慣れた小路に入っていた。この小路の先には、久しく訪れていない阿片窟があり、その隣にもぐりの酒場がある。ピエトという名のオランダ人が経営する店で、酒の質同様、客の質も悪い。ピエトは樫《かし》の木のような体軀《たいく》をした男で、潮に流されて岸に打ちあげられた漂流物のように、ある夏の日ふらりとカルカッタにやってきて、長っ尻《ちり》になってしまったらしい。感じのいい男だ。余計なことは何も言わず、酒を出し、あとはひとりにしておいてくれる。時間があれば、寄ってみようという気になっていたかもしれない。だが、そうはせずに、その店の前を通りすぎ、わたしは阿片窟へと向かった。

8

一九二一年十二月二十三日

驚いたことに、紅茶はまだ温かかった。わたしがいつもより早く目覚めたのかもしれないし、でなかったら紅茶をいれる時間が遅れたのかもしれない。腕時計がとまっているので、どちらかはわからないが、たぶん前者だろう。サンデシュは日課をたがえるような男ではない。

身体を起こし、身支度をし、カップの中身を窓の外に捨てて、廊下に出る。ゆで卵の匂いが漂ってくる。
「おはようございます、サーヒブ」サンデシュがライムジュースのグラスを持ってやってきて、居間に入っていった。わたしもあとに続く。バネルジーは食卓につき、卵を三角形のトーストですくいながら、イングリッシュマン紙を読んでいた。サンデシュがグラスを置くと、紙面から目を離すことなくうなずいた。

帝国警察の刑事が部下と部屋をシェアするのは、あまり一般的ではない。相手がインド人である場合はなおさらのことだ。わたしのその決断に、ある者は困惑し、またある者は天を仰いだが、それによって考えが変わることはなかった。じつのところ、恐怖を覚えていた者までいたらしいが、そんなことはお笑いぐさでしかない。もちろん、わたしにとっては現実的な理由もあった。たとえば、パリのことを知りたいとき、近くにフランス人がいるのにドイツ人から話を聞く手はない。カルカッタの土地や住民のことを知りたければ、現地の人間に訊くのがいちばんだ。バネルジーはケンブリッジ大学出で、洗練された英語を話すが、生まれも育ちもカルカッタで、オリエント学の大学教授も顔負けの博識を有している。それに、わたしの命を救ってくれたこともある。カルカッタでそこまでのことをしてくれたイギリス人の同僚はいない。

「おはよう」と、わたしは声をかけた。

バネルジーは顔をあげて、まるで数ヵ月ぶりに会ったような驚きの表情を浮かべた。実際、この時間に顔をあわせるのは数ヵ月ぶりかもしれない。

バネルジーは立ちあがった。「おはようございます」

わたしが向かいの席に着くと、サンデシュはその後ろに立った。わたしが珍しく早起きをしたので、とまどっているのかもしれない。

「面白そうな記事はあるか？」と、わたしは訊いた。

バネルジーは第一面の見出しを指で叩きながら言った。「国民会議の自警団の活動を禁止する総督令についてです。三段組で、社説でも取りあげています」

わたしはサンデシュにトーストとコーヒーを頼み、

それからバネルジーのほうを向いた。「それで、インングリッシュマンの主筆はなんと言ってるんだい」

イングリッシュマン紙はダースと国民会議に対して一貫して手厳しい論陣を張っている。なにしろカルヴァンのローマ・カトリック教会批判すら生ぬるいと痛棒を食らわすような新聞なのだ。わたしの好みではないが、バネルジーはそれを愛読している。おかしな話と言えばおかしな話だが、本人は気にならないのだろう。大英帝国至上主義を標榜し、インド人は怠惰で、狡猾で、果ては恩知らずだとまで言っているのに、それを熱心に読むのは、一種の自虐行為なのかもしれない。

「良識の勝利だと言っています。むしろ遅すぎたくらいだとのことです」バネルジーは言って、新聞をさしだした。「読んでみてください」

たしかに。見出しの下には〝支配権を取りもどせ〟とあり、政府の強硬姿勢を称賛している。一方で、扇動者の取締まりに対して腰が引けていると警察を批判し、この新しい法令に従わない者や、街の活力源である自由な商取引を妨害する者には断固たる措置をとるべきだと主張している。

警察は強権を行使し、抗議行動を力で抑えこむべしというのが前々からの持論だ。集会の参加者が骨をへし折られたり、頭を叩き割られたりするのを見なければ納得できないのだろう。逆に言えば、警棒を振りまわしていさえすれば、手ぬるいとは見なされないということだ。

「どうしてこんなものを読んでるんだ」と、わたしは訊いた。

バネルジーは困惑の表情を浮かべた。「自分が同意できるものだけを読んでいればいいということですか」

サンデシュがトーストとコーヒーを持ってきた。わたしは新聞をテーブルの上に放り投げた。「そうだ。

少なくとも朝食のときぐらいは。朝から愚にもつかない与太記事を読んだら、消化に悪い」

のちにわかったことだが、わたしの言葉は間違っていなかった。

九十分後、ラル・バザールの最上階にある総監室で、わたしとバネルジーは校長先生に呼びだされた小学生みたいに居ずまいを正していた。タガートがわたし以上に睡眠不足であることは一目でわかった。頭のなかにあるのはひとつのことだけで、口にしたのはひとつの名前だけだった。

「ダース」

そして、エーカー単位の広さがあるのではないかと思える机の上から一枚の用紙を手に取った。

「書状が届いた。今回の法令のことを事前に知らせてくれたことには感謝するが、無辜《むこ》の民の命を危険にさらすことは良心が許さないので、貴殿の要請には応じられないとのことだ。馬鹿馬鹿しい。良心が聞いてあきれる」こめかみが脈打っている。「街の治安を守っているのは自分だと思っているのか」

「何をするつもりか書いてありますか」

タガートはわたしを睨《にら》みつけた。「忘れたわけじゃあるまい、警部。それを聞きだすのがきみの仕事だったはずだ。ダースが親切な男でよかったよ。わざわざ書面で知らせてくれた。今日の午後四時、法令に抗議する大規模な集会を開く予定らしい」

「マイダン公園で？」

「わかっているはずだ。公園のまんなかでやっても、都市機能にはなんの支障もきたさない。ダースは策士だ。抜かりはない」

「では、どこで？」

「自分で見てみたまえ」タガートは机ごしに書状をさしだした。

わたしはそれを受けとり、目を通した。パブリックスクールで教育を受けた者らしい流麗な筆致で、いちばん下に飾り書きの署名が入っている。

「ハウラー橋ですね」

「そう。正確には、ハウラー橋に通じる道路だ。ダースは優秀な戦術指揮官になれるにちがいない」

たしかに絶妙と言える。カルカッタは元々地勢的な難点をかかえている。インドの国土の大半がフーグリー川の西側にあるのに、街はその東側にあるからだ。その昔ムガル帝国の太守の支配下にある小さな交易所にすぎなかったころは、それでなんの問題もなかったが、いまはちがう。ハウラー橋は街と対岸のターミナル駅を結ぶ生命線であり、昼夜を問わず混雑をきわめている。

「利口です」わたしは言った。「ストランド通りを封鎖して街の機能を停止させるのに、多くの人間は必要ありません」

「それで、カルカッタはインド全域から切り離されます」バネルジーが付け加えた。

「そうはさせん」タガートは言って、立ちあがり、鼻息を荒らげて窓辺に歩いていった。これから何を言おうとしているとしても、よくよく考えてのことではないにちがいない。「この街を人質に取られるわけにはいかん。イギリス帰りの驕慢《きょうまん》な弁護士の好きにはさせん。二日後に次の国王がやってくるというときに。ハウラー橋の通行を妨害することは絶対に許さん。ダースにそう伝えておけ」

その言葉はわれわれふたりに向けられたものだったが、視線はバネルジーに据えられていた。

「なめた真似をしたら、本人だけでなく、家族も支持者も全員逮捕する。必要とあらば軍を投入することも辞さない」

バネルジーはごくりと唾を呑みこんだ。地面が割れて、そこに落ちることを望んでいるような顔をしている。

「お言葉ですが、総監」とわたしは言った。「それこそ相手の思う壺ではないでしょうか。ダースはわれわれを挑発しているのです。この種の抗議行動は始まってからもう一年近くになります。人々のあいだには疲れが目立ちはじめています。支持者の士気はさがっています。士気をふたたび高めるには、何か大きなことをする必要があります。それで、ダースは警察に自分を逮捕させるという手を打ったのです。挑発に乗ったら負けです」

「一言よろしいでしょうか」わたしの横で、バネルジーが身体をもぞもぞと動かしながら言った。「考慮に入れるべきことがもうひとつあります。ダースの健康状態です。年齢のこともあります。逮捕されたら、体調の悪化を招き、万が一、死亡するようなことにでもなれば、人々の怒りは沸点《ふってん》に達し、軍隊の出動がなければ抑えられなくなります。そうなれば、多くの人命が失われるのは避けられません」

その言い分はよくわかる。ダースはベンガルで誰よりも敬愛されている人物だ。勾留《こうりゅう》中に死亡したら、何が起きるか想像もできない。

「部長刑事の意見に同意せざるをえません」と、わたしは言った。「ダースを殉教者にするようなことは、なんとしても避ける必要があります」

タガートは机に戻り、どさりと椅子に腰をおろした。数分前よりさらに疲労の色が濃くなっている。片方の手で顎をこすりながら尋ねた。「もっといい案があるというのか」

「こういうのはどうでしょう。ダース以外の者を全員逮捕するのです。法に従う必要はないと説いた者はなんのお咎めも受けず、それに従った者はみなしょっぴかれたとすれば、〝国民の友〟の看板が泣きます。民衆がもがき苦しんでいることなどどこ吹く風で、指導者は安逸《あんいつ》をむさぼっている、と多くの者が思うようになるでしょう。戦時中にドイツ軍がフランスの塹壕に

〝イギリス人はフランス人を犠牲にして戦っている〟と書かれたビラを撒《ま》いたのと同じです」

タガートは首を振った。「駄目だ。ダースには自分の言動がどんな結果をもたらすかをわからせてやる必要がある。ダースもその仲間も全員逮捕する。そのようにダースに伝えておけ」

9

カルカッタは複数の地区に分かれている。北にはインド人居住区のブラック・タウンがあり、南にはイギリス人居住区のホワイト・タウンがある。そして、そのあいだには、中国人、アルメニア人、ユダヤ人、パーシ人、アングロ・インディアンといった種々雑多な人々が居住する地区がある。法律によって定められているわけでも、柵や塀で仕切られているわけでもなく、いつのまにか自然にそうなったのだ。もちろん例外はあり、アリプールにアングロ・インディアンが住んでいたり、ボウ・バザールにイギリス人が住んでいたりする。けれども、おおよそのところ住みわけのルールは守られている。

このルールにあてはまらないのがボーワニプールだ。ベンガル人の名士の多くはシャイアン・バザールに住んでいるが、ホワイト・タウンの一角に居を構えたらさぞかし爽快《そうかい》であろうと考える者も少なからずいる。もちろんホワイト・タウンならどこでもいいというわけではない。そこはホワイト・タウンのなかでももっとも高級な住宅地であるアリプールから指呼の間《かん》にある。塀の高さや、建物の大きさにさほどの違いはないが、アリプールでは家屋敷が道路から離れたところに建てられ、外からは見えないようになっていて、そこの住民と同じく建物も外界と隔絶しているような印象を与えるのに対して、ボーワニプールでは柱廊玄関が道路に面していることが多い。そういった建物のいくつかが運河ごしにアリプールから見えるのは、かならずしも偶然ではない。インド人が二級市民とされている街にあって、それは政治的な意思表示であり、つまりボーワニプールはイギリスに中指を突き立てているということなのだ。そのボーワニプールにダースは住んでいる。

わたしはバネルジーといっしょにウーズレーの後席にすわり、冬の靄《もや》った陽がさすルッサ通りを進んでいた。タガート卿の執務室を出てから、バネルジーはずっと苦虫を噛みつぶしたような顔をしていた。

「いいから話してみろ」と、わたしは言った。

バネルジーはわたしのほうを向いた。「何をです？」

「いったいどうしたんだ。お菓子を横取りされた子供のような顔をして」

あきらかにためらっている。

「業務命令だ。答えろ」

「先ほどの総監の命令のことです。総監はぼくがダースになんらかの影響力を持っているとお考えのようですが、実際はちがいます」

「家族ぐるみの付きあいをしてるんじゃなかったの

か」

「ダースは家族の友人です。ぼくの友人じゃありません。ぼくの言うことなど、あなたと同じぐらい、いやそれ以上に聞いてくれないでしょう。ぼくはインド人でありながら……」

言葉は途中で途切れた。だが、最後まで言う必要はない。バネルジーはインド人でありながら、イギリス人の側についている。少なくとも、ダースやその周辺にいる者はそう考えている。が、本人はそんなことを気にしていない。彼は彼なりに国のことを憂《うれ》えている。そして、自分が正しいと信じる道を歩み、職場にとどまって仕事を続けている。そのために大きな代償を払ってもいる。

車がダース宅のゲートの前でとまった。

「きみの実家より大きいんじゃないか」

白い上衣《クルタ》を着た門番がゲートをあけると、車はゆっくり前に進んだ。

バネルジーは微笑んだ。「ええ。でも、ダージリンの別荘は、広さも立地もダースの別荘より上です」

「それは何よりだ」

車は柱廊玄関に通じる大理石の階段の前でとまり、われわれはそこで降りた。

駆け寄ってきた従僕に、わたしは告げた。「ミスター・ダースにお会いしたい」

「失礼ながら、お約束はおありでしょうか、サーヒブ」

「われわれは警察だ。約束は必要ない」

従僕は眉を寄せながらも礼儀正しく応じた。「では、こちらへどうぞ」

われわれは氷山サイズのシャンデリアがさがっている高い天井の廊下を進み、サッカー場の倍はあろうかと思われる中庭に面した応接間に通された。

バネルジーはソファーにゆったりと腰をおろし、わたしは部屋のなかを見てまわりはじめた。インドの独立を説く者の部屋にしては驚くほど西洋風で、リンカーン法学院出の高給取りの弁護士にふさわしいものだ。フランス製の家具、金箔《きんぱく》張りの枠の鏡、いかめしい顔をしたインド人の肖像画。

これで手織りの粗末な民族服しか着ないと公言しているのだから場違いな感じは否《いな》めないが、バネルジーの話だと、家屋敷も家財もすべて国民会議と独立運動のために寄贈したという。高給取りの弁護士から無一文の活動家への劇的な転身は、ダマスカスで回心した聖パウロにも比すことができるだろう。違いは新たに見いだした指導者が、メシアではなく、マハトマだということだけだ。

ドアが開き、質素な青いサリーを着たインド人の中年女性が入ってきた。

バネルジーを見ると、顔がぱっと明るくなった。

「あら、サレン。お久しぶり。変わりない？」

バネルジーはソファーから立ちあがった。「はい、おかげさまで」

婦人は歩いてきて、バネルジーの手を取った。「ご両親はお元気？」

バネルジーはその質問を受け流した。「紹介させてください。上司のウィンダム警部です」

婦人は微笑んで、手をあわせ、インド式の挨拶をした。

「ご紹介します、警部。こちらはミスター・ダースの奥さまのミセス・バサンティ・ダースです」

「はじめまして」

ダース夫人は意外なほど長身で、高価な装飾品がよく似あう女性の気品を備えていた。だが、いまは数個のバングルしかつけていない。おそらく夫の身の処し方にならっているのだろう。

「ごめんなさい。主人はいま会議中なんです」ダース夫人はわたしの目を見ながら言った。初対面の相手に対してこれほど臆さずに接することができるインド人女性はそんなに多くない。「終わったら、すぐに参ります。どうぞおかけになって。紅茶はいかが」

それは質問ではなかった。ベンガルでは、紅茶はイギリス以上にそこにあって当然のものであり、空気のようになくてはならないものだ。

ダース夫人が壁に取りつけられた真鍮のボタンを押すと、すぐに白いサリーを着たメイドがやってきた。そして、夫人から何か言いつけられると、うなずいて、部屋から出ていった。

ダース夫人はわれわれの向かいのソファーに腰をおろし、バネルジーのほうを向いた。「今日は世間話をするために寄ったのじゃないんでしょ、サレン。昨日、主人が裁判所であなたに会ったそうね」

バネルジーは咳払いをした。「おばさん《カキ・マ》から話してもらえないでしょうか。そうしたら、おじさん《カク》も耳を貸してくれるでしょう。予定されている抗議集会を中止してほしいのです」

ダース夫人は微笑んで首を振った。「そんなことは頼めないわ」

バネルジーは髪を指で掻きあげた。「当局は神経を尖らせています。われわれは皇太子の歓迎行事をつつがなく取りおこないたいだけです。カルカッタは危険な街だという印象を世界の報道機関に与えるわけにはいきません」

ダース夫人はバネルジーの手を取り、バングルが触れあう音がした。「カルカッタは危険な街ではありませんよ、サレン。抗議行動は平和的に行なわれます。当局が求めているのは平和ではなく、人々の従順さです。でも、それは手に入りません。いまはむしろ抗議行動を倍加させるべきときです。そうすれば、あなたのおじさんの戦略は実を結びます。イギリスは窮地に追いこまれ、わたしたちの要求を呑まざるをえなくなる」

「それはちがうと思います」バネルジーは食いさがっ

た。「実際は取締まりの強化と一斉検挙という事態を招くだけです。おじさんも逮捕され、投獄されます。もしかしたら、ここから何百マイルも離れたところへ連れていかれるかもしれません。国外ということだってありえます。ビルマの刑務所に閉じこめられて、いったい何ができるというのです。身体にも悪い。おじさんはもう若くないんです。過酷な獄中生活にはとても耐えられないでしょう」

夫人の顔に不安の影がよぎったとき、ドアが開いた。ふたりは素早く振りかえったが、入ってきたのはダースではなく、メイドで、紅茶とベンガルの菓子をテーブルの上に置くと、カップにお茶を注いだ。

「それで、わたしにどうしろと言うの」と、ダース夫人は言った。「わたしが何を言っても、どうにもならないわ。誰が何を言っても同じ。誰の話も聞かない。マハトマの話以外は。最近ではマハトマでも、主人を説得することはできないでしょうね」

バネルジーの顔に苦悶の仮面をかぶったような表情が浮かんだ。この十二ヵ月で急に何歳も年をとったように見える。この理想家肌の謙虚な若者と知りあったのは二年ほどまえだが、この間の成長は著《いちじる》しく、家族や地域社会に対する愛と、仕事への情熱と、自分が正道を歩んでいるという信念のあいだにある溝に橋をかけようと奮闘しつづけてきた。だが、結局丸いものを四角くすることはできず、親戚縁者からも義絶されかけていて、いまはこの街で皮肉にもわたしと同じように寄るべなき身をかこっている。

〝なんぴとも孤島にあらず〟とはいうものの、実際は多くの者が運命や不可抗力によって孤立を強いられている。わたしもそのひとりだ。バネルジーも急速にそうなりつつある。

メイドがそれぞれの前にティーカップを置いていく。ダース夫人はカップを手に取って、一口飲んだ。

「どうしてもと言うなら、スバスに相談してみたら」

「ボースという若者ですね」と、わたしは言った。

「彼も逮捕されることを得たり賢しととらえている口です」

「そうかもしれません。でも、スバスは夫を敬慕しています。自分の逮捕より、夫の身の安全を優先させるはずです」

「誰の逮捕だって?」ドアが開き、覚えのある声が聞こえた。バネルジーとわたしが立ちあがると、ダースがいたずら小僧のような笑みを浮かべて、部屋に入ってきた。腰布《ドーティ》にグレーの斑《まだら》模様のチャドル姿で、数百万の州民の指導者というより、単なる気のいい叔父さんのように見える。その後ろにスバス・ボースがいた。そこには、挫折を知らない若者だけが持つ一途さがある。はじめて会ったときのバネルジーがそうだった。そして、戦争で多くのものを失うまえのわたしも。

ダースがやってくると、夫人は言った。「ウィンダム警部は抗議集会の中止を要請しにいらしたのよ。話だけでもお聞きになったら」

ダースは優しく妻の手を握り、われわれに腰かけるよう手振りで示したが、その目には冷たい光があった。

「では、わたしはこれで失礼させてもらいます」ダース夫人は中座することを詫びて、紅茶を飲みかけにしたままドアのほうへ向かった。

ダースは妻がすわっていたところに腰をおろした。ボースはやはりその数フィート後ろに立っている。

「さて、ウィンダム警部」ダースは言った。「タガート卿からまた伝言をことづかってきたのですか」

「総監の代理として申しあげます。今日の午後ハウラー橋周辺で予定されている抗議集会を中止していただきたい。交通を遮断するような行為をすれば、厳罰に処せられます」

ダースは礼儀正しく最後まで話を聞いていた。「わかりました、警部。では、総監にこうお伝えください。今日の午後までに国民会議の自警団の活動禁止令を撤回すれば、その要請を喜んで受けいれる」

「無理です、おじさん。これはデリーからの命令なんです」

「もちろん、おっしゃったことは総監に伝えておきます」と、わたしは付け加えた。

「袋小路に入りこんでしまったようですね。何か打開策はないでしょうか」

「あります」バネルジーが言った。「抗議集会の場所を変更するのです。たとえばマイダン公園とかに。そうすれば、当局を刺激することなく抗議の声をあげることができます」

ボースが鼻で笑い、ダースが手をあげて制した。

「もちろん変更は可能だ、サレン。でも、そうしたら、非暴力不服従の原則をみずから否定することになってしまう。そもそもわれわれの抗議行動の目的は、当局の反応を引きだすことにある。でなければ、どんな意味があるというのか。われわれは暴力を否定する。だが、無視され、何事もなかったかのような顔をされるつもりはない」

愚かな話だ。われわれはカルカッタ南部にある豪邸の応接間でお茶を飲みながら、おたがいの要求を穏やかな口調でぶつけあっている。このままだと、抗議集会の場は阿鼻叫喚《あびきょうかん》の巷《ちまた》と化し、大量の逮捕者や死者が出るのは避けられない。なのに、どちらも一歩も譲ろうとはしない。まるでブレーキのきかない車で崖に突進しているようなものだ。まだ車から飛びおりる時間はあるのに、どちらもなんの行動も起こせずにいる。

ダースは腰布にはさんでいたハンカチを取りだし、口にあてがって咳をした。

わたしの横で、バネルジーはいらだちの色をあらわにし、握りしめた片方の手でもう一方の手を叩いている。「強行したら、この一年でもっとも多くの逮捕者が出ます。父親たちは家族から引き離され、息子たちは投獄されて国外追放になります。あなたの良心はそんなことを望んでいるのですか。われわれはすでに充分な苦しみを味わっていると思いませんか」

「戦いには苦しみがつきものなんだよ、サレン。犠牲を払ってこそ、新しく生まれるインドは価値あるものになる」

わたしは塹壕でいやというほど苦しみと犠牲者を見てきた。だから、そのようなことは戯言だとわかっている。だが、ダースは信じている。信じるしかないのだ。そうしなければ、ガンジーの呼びかけに応じることによって大勢の人々がこうむる苦しみを正当化することはできない。

「お願いですから、お身体のことを考えてください、おじさん」バネルジーは必死だった。「刑務所に入ってはいけません」

ダースは人差し指を立てた。「それはどうかな、サレン。わたしが刑務所に入れられたら、それは何より強いメッセージになる」

バネルジーは絶望的な面持ちでボースのほうを向いた。「きみからも言ってくれ、スバス。刑務所で命を落としたら誰のためにもならない」

ボースは大きく息を呑んだが、何も言いはしなかった。

「いいでしょう」ダースは立ちあがりながら言った。その声には新しい強さが加わったように思えた。「ほかに何もなければ、これで失礼させていただきますよ。今日はひどく忙しくなりそうなので。あなたたちもそうでしょう」

わたしは時間を割いてもらった礼を述べ、ドアのほうへ向かった。

「そうそう、警部」後ろからダースが呼びとめた。「タガート卿によろしくとお伝えください」

われわれは冬の陽ざしのなかに出て、待たせていた車のほうへ歩いていった。運転手は煙草を手に持ち、ぼんやりした顔で車にもたれかかっていた。われわれを見ると、素早く身体を起こし、喫いさしを地面に投げ捨てて、総督官邸の従僕のような恭《うやうや》しさで後部座席のドアをあけた。

　そのとき、白い制服にトルコ帽姿のインド人の巡査が自転車でやってきて、車のすぐ前でとまった。自転車を街路樹に立てかけると、こっちに歩いてきて敬礼をした。

「ウィンダム警部ですね。ラル・バザールから伝言があります」

10

　車はグランド・トランク街道を猛スピードで走っていた。舗装されてはいるが、ドイツ軍の弾幕砲撃を受けたのではないかと思うような穴ぼこだらけの道だ。陽は高く、灰色の靄ごしに光が降り注いでいて、インド人には寒すぎるかもしれないが、イギリス人にとっては過ごしやすい陽気になっている。

　ダースの屋敷をあとにして、われわれはハウラー橋に向かい、それを渡って北上し市外へ出た。右手の木立ちの向こうには、ベンガル平野を深傷《ふかで》のように切り裂くフーグリー川が見え隠れしている。目的地のリシュラの町は川を十マイルほどさかのぼったところにある。そこには、木のかわりに煙突がそびえ、これがイギリスであればウィリアム・ブレイクが嬉々として焼き払っていたにちがいない〝闇のサタンの工場〟が立ち並んでいる。巡査から受けとったメモによると、その町で殺人事件が発生したが、地元警察は自分たちの管轄外と判断し、ラル・バザールに連絡してきたらしい。つまり、被害者はイギリス人か、少なくともヨーロッパ人であるということだ。そういった情報がタガート卿の耳に届いたのだろう。このような事件の捜査をわたしとバネルジーに担当させる者はほかにいない。

車は速度を落とし、閉店まで飲んで家路についた酔っぱらいのようにくねくねと進んで穴ぼこをよけ、それからしばらく行ったところで、ナツメヤシやオウギヤシの天蓋の上に最初の煙突群がそびえ、煤《すす》けた空に黒煙を立ちのぼらせているのが見えた。

沿道に、煉瓦と竹でできた苫屋《とまや》がぽつりぽつりと姿を現わしはじめた。薄汚い商店、暇そうな老人が集うチャイ屋、野良犬、通りをのんびり歩く牛……インドの田舎町で繰りひろげられている日常生活の断片が車窓を流れていく。さらに行ったところで、民家は肥料やジュートの工場にとってかわられた。高い塀の上には、不心得者を寄せつけないようガラス片が埋めこまれている。

運転手が車をとめ、自転車を押して歩いていた痩身の男に大声で道を訊いた。男は愛想も小想もない仏頂面で道路前方を指さし、早口のベンガル語でそっけなく答えた。運転手はうなずいただけで、すぐにギアを入れ、車を発進させた。そこから少し行って左に折れ、狭い脇道に入ったところに、エビ茶色の壁の小さな建物があった。ドアの上の手書きの看板に、〝リシュラ警察署〟の文字と帝国警察の紋章が描かれている。

わたしとバネルジーは車を降り、開け放たれた戸口に向かった。

それは田舎町によくある、しょぼい警察署で、電灯は薄暗く、そこにいる巡査はやる気がまるでなく、背筋をのばして気をつけの姿勢をとるのは職務の範囲外のことと見なしているみたいだった。

「ここの責任者は？」と、わたしは訊いた。

巡査は二重顎を掻きながら答えた。「ラモント部長刑事です、サーヒブ。いまは外に出ています」

「どこへ行けば会える」

巡査は書類の散らかったカウンターに身を乗りだし、目を大きく見開いた。「シャンティさんの診療所です。死体を検分しています」

「そこで死体が発見されたのか」バネルジーが訊いた。

巡査はとまどい、眉根を寄せた。「いいえ、ちがいます」

「犯行現場から動かしたってことだな」

巡査は大きくうなずいた。「ええ。そういうことです」

わたしはバネルジーと顔を見あわせた。

「その診療所はどこにある」

「すぐそこです、サーヒブ。カリタラ小路です。近くに池があります。ガウルさんの店はご存じですか。そのすぐそばです」

わたしが目で合図を送ると、バネルジーはため息をつき、強い口調のベンガル語で巡査に道案内を命じた。

二分後、巡査は鞭《むち》打たれた犬のような潮垂《しおた》れた顔で外に出て、ぬかるんだ路地を足早に歩き、白い漆喰壁の建物へわれわれを連れていった。ドアの横には、赤十字のマークと現地語の案内が記された看板がかかっている。

その前まで行ったとき、なかからカーキ色の制服に制帽姿のイギリス人が出てきた。煙草に火をつけようとしたところだったが、われわれの姿を見ると、急いで煙草を箱に戻してポーチからおりた。

「ラモント部長刑事？」

「そうです。よろしくお願いします」ラモントはうなずき、手をさしだした。

年のころは二十代後半、引き締まった身体。体力に自信のあることは握手の力からわかる。

「ウィンダムだ。ラル・バザールの犯罪捜査部から来た。こちらはバネルジー部長刑事」

「助かります。この管区で殺人事件が起きることはめったにありませんので」スコットランド訛りがある。

当然だろう。リシュラはセランプールにほど近い。そして、セランプールは事実上タータンチェックの同胞の支配下にある。

「死体はどこにあるんだ」

ラモントは背後に指を向けた。「建物のなかです」

「犯行現場から動かしたのか」

「やむをえず。セランプールから指示があったんです。人目を避けるためです。ここの住民は気が荒いので。この種の事件は思わぬトラブルにつながりかねません」

そもそも殺人事件そのものが〝トラブル〟の定義に当てはまっていると思うが、そんなことをここで指摘する必要はない。

「被害者の身元はわかっているのか」

首がほんの少し縦に動いた。「ええ。ルース・フェルナンデスという女性です」

「外国人だな」それがラル・バザールに要請が入った理由だろう。

「見方によっては」

「見方というと？」

「何をもって〝外国人〟というかです」

ラモントに案内されて、われわれは狭い待合室に入った。二辺の壁際に木のベンチが置かれているが、すわっている者はいない。カーテンの間仕切りの向こうに控え室があり、奥のドアの前にひとりの巡査が立っていた。

巡査は脇に身体をよけ、ラモントは歩きながら言った。「リシュラにはちゃんとした病院がないんです。

セランプールまで行けばあるんですが、ここに運びこんだほうがいいんじゃないかということでして」

「セランプールはこの事件の捜査にかかわりたくないということか」

「そんなことはないと思います。ただ、その……政治的なことやら何やらがありますから」

死体は白いシーツに覆われ、部屋の中央に置かれた金属の台の上に横たわっていた。早くもかなりの異臭がしている。ラモントがシーツをめくると、インド人女性の顔——というより顔だったものがあった。わたしはいきなり頭を殴られたように一歩あとずさった。両方の目玉がない。タングラの男と同様にえぐりとられ、血まみれの空洞になっている。唇にも血がこびりついている。そこに歩み寄り、気を引きしめてシーツをさげ、死体の上半身を露わにした。女はサリーではなく、血染めのブラウスを着ていた。胸の左右に刺し傷がある。部屋がぐるぐると回りだしたので、わたしはあとずさって、椅子に寄りかかった。

十マイルと二十四時間という距離と時間をおいて、二件の殺人事件。どちらの死体にも同じ傷があるというだけでも尋常《じんじょう》ではない。しかも、その類似性を指摘できるのは、いまのところわたしひとりだけなのだ。単なる偶然だとは到底思えない。

「だいじょうぶですか、警部」と、バネルジーが訊いた。

「ああ、だいじょうぶだ」

ラモントは面白がっているみたいだった。「犯罪捜査部の方なら慣れっこかと思ってましたが」

わたしはラモントを血祭りにあげることにした。その主たる理由は、自分の頭のなかで考えが千々《ちぢ》に乱れていることを隠すためだ。

「ナイフの餌食《えじき》になった女性を見るのが楽しいと、きみは思っているのか」

「い、いいえ、警部。そうじゃなくて——」

「ひとつ言っておく、部長刑事。わたしはこういったものに慣れたいとは思わない」

阿片中毒には被害妄想がつきものらしいから、きっとそのせいなのだろう。わたしの頭に真っ先に浮かんだのは、何者かに弄《もてあそ》ばれているのではないかという思いだった。ラル・バザールにはいくらでも捜査官がいるのに、どうしてわたしにインド人女性の殺害事件の捜査のお鉢がまわってきたのか。

ラモントがもごもごと弁解しているが、わたしはほとんど聞いていなかった。

「どうしてわれわれなんだ」

ラモントはきょとんとした顔をしている。

「えっ?」

「この女性はインド人だ。名前はどうであれ、ヨーロッパ人じゃない。これはセランプール警察の管轄だ。カルカッタじゃない」

「ちょっと待ってください」

ラモントは金属の小さなワゴンの前に歩いていった。そこには、被害者の所持品と思われるものが並べられている。そのひとつを手に取ると、振りかえって掲げてみせた。小さな金の十字架がきらきら光っている。

「ヨーロッパ人じゃありません。でも、ゴアの出身で、法的にはポルトガル人です。それにキリスト教徒でもあります」

わたしの横で、バネルジーが口笛を吹いた。

かつてポルトガルはインドの西海岸のかなりの部分を領有していた。いまはゴアを残すのみだが、そこでは、宣教師が多くの地域住民を無理やりカトリックに改宗させ、少なくともわたしの目には権柄《けんぺい》ずくと思えるやり方で威令を行き届かせている。

「現在の不穏な情勢と関係があるかもしれないと疑われる事案は、すべてラル・バザールに上申するという決まりになっているんです」

「誰かがわたしとバネルジー部長刑事を指名したの

か」

ラモントは肩をすくめた。「いいえ、誰もそんなことはしていません。ラル・バザールには電話で事件のあらましを伝えただけです。誰を派遣するかはそこでの判断だったはずです」

わたしは前に進みでて、あらためて死体を観察した。頭と胸の傷に加えて、左手の指が一本あらぬ方を向いている。骨が折れているということだ。

「これを見ろ」わたしはバネルジーに言った。

バネルジーは折られた指をじっと見つめた。「気になりますね」

「この女性についてわかっていることをすべて教えてくれ」

ラモントはポケットから手帳を取りだして開いた。

「ルース・フェルナンデス。看護婦。三十四歳。既婚。夫はジョルジェ・フェルナンデス、リシュラのヘイスティングス・ジュート工場で技師をしています」

「彼女の勤務先は？　この診療所か。それともセランプールの病院か」

ラモントは首を振った。「どちらでもありません。川向こうのバラクプールにある陸軍病院です」

「連絡は？」

「まだとっていません」

被害者が軍の仕事をしていたとなると、話は途端にややこしいものになる。軍情報部が事件のことを知ったら、表にしゃしゃりでてきて、捜査権をかっさらっていく可能性は少なからずある。そのほうがいいのかもしれないが、できればいましばらくは選択の余地を残しておきたい。

「わかった。連絡するのはあとにしよう。殺害の動機については？」

「一般的な動機は除外できると思います。何も奪われていませんし、その……暴行の形跡も認められません」ラモントは言って、死体を指さした。「着衣に乱れはないし、下着もつけています。昨今の不穏な情勢との関係を疑ったのはそのためです。連中の非暴力というのは口先だけで、現実はこうです。邪魔者は消せってわけです」

「どうしてそう言えるんです」と、バネルジーが訊いた。

意外な質問だったようだ。「えっ？」

「この女性がインドの独立運動に反対だったとなぜわかるんです」

「そりゃそうでしょう。軍で働いていて、キリスト教徒で、しかも地元の人間じゃない。国民会議の連中にとっては、格好の標的です」

死体をよく見ると、首の両側にわずかな変色箇所があった。痣《あざ》のように見えるが、褐色の肌なのでわかりにくい。右腕を持ちあげ、てのひらを上に向けると、手首にやはり変色箇所があった。これは間違いなく痣だ。

「検視の手配は？」

「まだです。あなたたちの到着を待ってからのほうがいいと思いましたので」

「ドクター・ラムに連絡を入れてください」と、バネルジーが言った。「カルカッタの大学病院の監察医です」

ラモントは名前を手帳に控えた。

「遺体の搬送は早ければ早いほうがいい。それにしても、ゴアの女性がどうしてベンガルで最後のときを迎えたのか」

最後のは独り言のようなものだったが、ラモントは質問と思ったみたいだった。

「さっきも言いましたが、夫がここのジュート工場の技師なんです。なので、この地で女房の働き口を見つけて、呼び寄せたってことでしょう。よくあるパターンです」

「夫はいまどこにいるんだ」

「家に帰しました。今朝、署に失踪届けを出しにきたんです。ここに連れてきて、身元の確認をさせると、ショックのあまり倒れてしまいました。かわいそうに」

「その男から話を聞きたい。あとどうしても話を聞かなければならないのは……そうそう。死体を見つけたのは誰だ」

「どこで見つかったのかも教えてください」バネルジーが付け加える。

「溝《どぶ》のなかに、うつぶせに倒れていたんです。渡舟場から数百ヤードほど離れたところです。渡し守に話を聞いてまわったところ、そのひとりが午前五時ごろ彼女を自分の舟に乗せたことを覚えていました」

「それが第一発見者か」

ラモントはいわくありげに笑いながら首を振った。

「いいえ、見つけたのは別の者です。一風変わった女性で、地元では〝マタジー〟と呼ばれています。〝修道女〟という意味らしいのですが、俗に言う修道女とはちがいます。話をお聞きになりたいのでしたら、署のほうにいます」

11

ラモントの言ったとおりだった。われわれの前にいる女性は修道女には見えなかった。まず第一に、陶製のパイプをふかしている。臭いからすると、煙草ではない。

ラモントのオフィスには三脚のちゃんとした椅子があるのに、胡坐《あぐら》を組んで床にすわっている。年のころは四十代で、思っていたより若い。黒い髪は長く、もつれている。サフラン色の綿のサリーを着て、額に灰を塗り、骨を削ってつくった小さな髑髏の数珠《じゅず》を首にかけている。

その向かいに腰をおろすと、バネルジーは言った。

「サドゥーヴィ――流浪《るろう》の聖女です。キリスト教の隠修士みたいなもので、俗世に背を向け、ひたすら神への道を究めようとしているんです」

その目を見るかぎり、少なくともいまは何も究められそうにない。ただそこにちんとすわって、にやにや笑っているだけだ。

「英語は話せるのか」わたしはラモントに訊いた。

「話せますよ」本人が答えた。「フランス語も」

「では、最初に名前から」

「名前はたくさんある。どれがいいかしら」

「親御さんにつけてもらったものを」

「それだったら、マーラ」

「あなたが死体を見つけたんですね」

マーラはうなずいた。「そう。川に出る細い通りで。舟着き場と工場のあいだの空き地の近くよ」

「それはいつのことです」

「今日」

「もう少し具体的に。何時ごろです」

無意味な質問だと言わんばかりにマーラは首を振った。「時間なんて知らない。三時間か四時間前」

「死体を見つけたいきさつを教えてください」

「いきさつ？」

「どうやって死体を見つけたんです。通りから見えたんですか」

「いいえ。そうじゃない」

「だったら、どうして死体がそこにあるとわかったんです」

「鳥が教えてくれたのよ」

「鳥？」

「そう」マーラは大きくうなずいて、背筋に寒気が走るような視線をわたしに投げ、それからバネルジーのほうに向いてベンガル語で何やらつぶやいた。

「なんと言ったんだ」

バネルジーはちらっとラモントに目をやってから答えた。「こう言っただけです。そこに注意を向けられたのはハゲワシのおかげだ。自分は世界と一体化している」

「近くに誰かいませんでしたか」

マーラは目を閉じ、首を大きく振った。「いなかった。洗濯物をかかえた女たちが川の洗い場に向かっていただけ」

「ほかには？　怪しい者を見ていませんか」

マーラは目をあけて、ラモントを指した。「あとはあの刑事さん。それから、あなたたち」

「そんな朝がたに、あなたはどこへ行こうとしていたんですか」バネルジーが訊いた。

マーラは眉間《みけん》に皺《しわ》を寄せた。「アサガタ？　どういう意味？」

「朝早くという意味です」

「神さまを探しにいってたのよ。見つかったのは悪魔だった」

聖なる女性の叡知《えいち》の泉はほどなく涸《か》れた。ラモントが彼女を部屋から連れてでると、わたしはバネルジーのほうを向いた。

「どう思う」

「筋は通っています。ハゲワシが集まっているのを見て、行ってみたら死体があった。嘘をついているとは思いません」

わたしも嘘をついているとは思わなかったが、いまひとつ釈然としなかった。

「あのとき、本当はなんと言ったんだ」

「あのときって?」

「彼女がわたしを見つめたときだ。きみは世界と一体化していると答えた」

一瞬の間があった。「自分には生きとし生けるものの気の乱れがわかる。ひとの気の乱れもわかると」

バネルジーは訊いた。「何か気になることでも、警部」


われわれはリシュラ署をあとにし、ラモントの部下の巡査に案内されて、迷路のように入り組んだ狭い道を歩いていた。そこは川ぞいの工場地帯から線路までの半マイルほどのあいだに広がる貧民窟で、工場に勤務するインド人が住まう、日干し煉瓦の粗末なあばら屋が軒《のき》を寄せあっている。

「隠者がどうやって英語を学んだのだろうと考えていたんだ」

「フランス語もです」

「ああ、フランス語も」

「高位カーストの未亡人なんじゃないでしょうか。子供のころ英語教育を受けた。そして、幼くして結婚し、だが夫に死に別れてサドゥーヴィの道に入った。珍しいことじゃありません。そういう女性はけっこういます。インド社会では、若い未亡人は傷ものと見なされています。それは社会からの放逐《ほうちく》を意味し、だったら神への道をたどったほうがいいというわけです」

「そりゃそうだろうな」

われわれは小さな平屋が立ち並ぶ小路に入った。赤い瓦屋根はたわみ、壁には乾かして燃料にする牛糞が貼りつけられている。巡査はそういった家の一軒の前で足をとめた。壁の青い塗料は剝がれかけ、屋根瓦は歯抜け状態になっている。窓はなく、小さなドアを開け放って光をとりこんでいる。バネルジーはドアをノックし、返事を待つことなく頭をさげてなかに入った。

子供たちの声が聞こえた。暗がりに目が慣れてくると、子供は三人いることがわかった。いちばん上の子は十歳くらい。いちばん下のよちよち歩きの子は肌着姿で、部屋のスペースのほとんどを占める寝台の上にすわっている。褪せた柄物のサリーを着た老女が、小さな声で手遊び歌を口ずさんでいる。われわれが入っていくと、老女は歌うのをやめて顔をあげた。家のなかに家具はいくらもない。寝台の横に粗末な衣装だんすがひとつと、部屋の隅に木のテーブルと椅子があるだけだ。この階級のベンガル人は床にすわって食事をするのが普通なので、これはちょっと珍しい。その椅子のひとつに、ひとりの男がすわっている。われわれが入ってきたことには気づいていないようだ。

「フェルナンデスさんですか」

それで、物思いから覚めた。

「ジョルジェ・フェルナンデスさんですね」

男はうなずいた。

「英語は話せますか」

「ええ」ささやいているような小さな声だ。

「ウィンダム警部です。こちらはバネルジー部長刑事。ラル・バザールから来ました。いくつかお訊きしたいことがあります」

「ラル・バザール？」

「カルカッタの警察本部です」

「これ以上お話しできることがあるとは思いません。もうすでに全部話しました。ラモント刑事に訊いていただければ――」

「本件はわれわれが担当することになりました。できれば、お子さんたちのいないところで……」

その言葉の意味を理解するのに少し時間がかかった。フェルナンデスは老女のほうを向き、奥のドアを指さした。老女はいちばん下の子を抱いて立ちあがると、上のふたりの子を連れて隣の炊事場らしきところへ行った。

「お悔《く》やみ申しあげます」と、バネルジーが言った。

フェルナンデスはうなずいた。「なんなりと訊いてください」

「あなたは奥さまの失踪届けを出しに警察へ行きましたね」

「ええ。帰ってこないので、心配になって……」

フェルナンデスの視線はわれわれの肩ごしに壁にかかった聖母マリアのカレンダーに向けられている。その聖母マリアの慈悲深いまなざしの先には、向かい側の壁にかけられた十字架上の息子の姿がある。

「失踪に気づいたのはいつですか」

フェルナンデスは額を手でこすった。「家内はバラクプールで看護婦として働いているんです。昨日は夜勤だった。あがるのは朝の六時……いつもなら、舟に乗って七時半には家に帰ってくる。わたしはこの町のジュート工場で働いていましてね」指を曖昧《あいまい》に戸口のほうへ向けて、「八時半からの勤務なんです。その時間になっても戻ってこないので心配になって……川まで捜しにいった。でもいない……それで、舟着き場で待っていたんです。ちょうど舟が向こう岸からこっちに向かってくるところでした……急患か何かで残業になり、次の舟に乗ってるんだろうと思っていたんです……でも、舟が着いて、渡し守に訊くと、家内はとうに川を渡ったとのことだった。それで警察に……」

途切れ途切れで、ためらいがちな物言いはショックのせいかもしれないし、英語がすらすらと出てこないせいかもしれない。それとも、ほかに何か理由があるのだろうか。

「それは何時ごろのことです」

「九時です。警察署で待っていたら、一時間ほどして見つかったと言われました」

フェルナンデスは頬に伝う涙をてのひらの付け根で拭った。

「奥さまが狙われた理由に何か心当たりは？」

「ありません」

「軍で働いていたからということは考えられませんか」

フェルナンデスはじっと床を見つめ、それから首を振った。「イギリス人に雇われていたのはたしかです。でも、看護婦です。敵をつくるようなことはしていない。病気の子供にはいつも薬を与えていました。家内はみんなに好かれていました」

「あなた自身はどうですか」バネルジーが訊いた。

「あなたに危害を加えたいと思っている者はいませんか」

フェルナンデスは弱々しくため息をついた。「わたしですか。わかりません。近ごろはみんな怒っている」

「特定の誰かに心当たりは？」

「ありません」

「職場の様子はどうですか。ストライキとかは？」

「ジュート工場です。ストライキに反対する者はいない。でも、この二カ月ほどは平穏な状態が続いています」

「あなたもストライキに加わったんですか」

「加わりたくても加われませんでした。家族を養わないといけないので。母は医者にかかってるんです。稼ぎがなくなったら、医療費を払えなくなる」

「あなたはなぜゴアからベンガルに来たんです」わたしは尋ねた。

口もとにごく小さな笑みが浮かんだ。「ストライキのせいです。十年ほどまえ、ヘイスティングス工場とウェリントン工場がいっせいにストライキに突入したんです。作業員だけじゃなく、機械技師まで。その結果、大勢の従業員が馘《くび》になった。作業員のかわりはいくらでもいる。でも、技師となると、そうはいかない。イギリス人は高くつくし、ベンガル人は血の気が多すぎる。だから、経営者はボンベイとデリーの新聞に人材募集の広告を出したんです。そのとき、わたしはボンベイで働いていました。それで、その新聞を見て応募し、面接を受け、採用されたんです。ここに来ると、しばらくして家族を呼び寄せました。家内はゴアの診療所で働いていたので、ここでも仕事はすぐに見つかりました」

「あなたは遺体を確認されたんですね」

「ええ」

「あのような傷つけ方をされなきゃならない理由に何か思いあたることはありませんか」

フェルナンデスは口をつぐみ、それからすすり泣きはじめた。「あんなひどいことをする者がどこにいるというんです」

いい質問だ。

そのあとさらに十分ほど話を聞いたが、これ以上有益な情報を得られないことはあきらかだった。わたしはあらためてお悔やみの言葉を述べ、フェルナンデスを悲しみの淵《ふち》に残して家を出た。

通りに戻ると、キャプスタンの箱を取りだし、最後の二本を抜きとった。一本をバネルジーに渡し、もう一本を自分の口にくわえると、空箱を握りつぶして、通りのまんなかに掘られた排水溝に投げ捨てた。バネルジーがライターを取りだし、両方の煙草に火をつける。

「きみはどう思った」

バネルジーは肩をすくめた。「とてもつらそうに見えました」

「そう見えたな」わたしは口先だけで同意した。

その口調の曖昧さをバネルジーは感じとったみたいだった。

「事件に関与しているとお考えなんですか」

「どうとも考えていない。いまのところは。現時点でわかっているのは、物盗りでもレイプでもないということだけだ。それで行きずりの犯行の線は消える」

「切り裂きジャックの一件はどうなんです。あれは物盗りでもレイプでもありません。ただ切り裂いただけです」

バネルジーは切り裂きジャックの事件に魅せられている。わたしが捜査をしていた者を知っていると言ったせいもある。実際のところ、わたしが警察に入ったのは事件の何年もあとで、もちろんそのことも伝えてあるが、それでもバネルジーはわたしがその種の犯罪の専門家であるかのように考えている節がある。

わたしは首を振った。「いいや、あの事件とはちがう。あれは被害者がみな売春婦だった」

バネルジーは引きさがらない。「犯人は看護婦に恨《うら》みを持っているのかもしれません」

わたしとちがって、もちろんバネルジーはタングラの死体のことを知らない。

「それはどうかな。誰からも好かれる者がいるとしたら、それは看護婦だ」

警察署へ歩いて戻るあいだ、わたしは貧民窟の異臭と尖った神経を煙草の甘い煙で包みこまなければならなかった。いつもの阿片の禁断症状のせいだけではない。何者かにいいように弄ばれているのではないかという気がしてならなかったのだ。何カ月もなかった阿片窟の強制捜査が、わたしがたまたまそこへ行っていたときに行なわれた。そこで出くわした殺人事件は闇に葬られ、死体は現場から消えていた。そしていまはこの事件。被害者の身体には、阿片窟の中国人と同じ傷がついていた。ラル・バザールには多くの捜査官がいるのに、なぜかわたしにお鉢がまわってきた。それぞれにつながりはない。一連の出来事の時間と場所がたまたま一致したとは考えにくい。すべてが偶然のなせるわざということはありえない。だとしたら、そこにはどんな意味があるのか。なぜわたしがかかわりを持たされているのか。

何もかも被害妄想として片づけたくなる。まともな人間なら、わたしの疑念を鼻で笑うだろう。そういったことはこれまでにも何度かあった。だが、笑った者の多くは死に、一方のわたしはいまも神経を擦り減らしながら生きのびている。

リシュラ署に戻ったとき、ラモント部長刑事は机に向かっていて、ちょうど受話器を置いたところだった。

「ウィンダム警部、ご指示どおりルース・フェルナンデスの遺体をカルカッタの大学病院へ搬送するよう手配しました。ドクター・ラムに検視の依頼もしておきました」

「よろしい。何か見つかるといいんだが。被害届の受理証明書はできているだろうな」

「はい。今朝、夫がここに来たときに作成ずみです。今回新たにわかったことはありますか」

「特にない。被害者はみんなから愛されていたということぐらいだ。夫は茫然《ぼうぜん》自失のていだった」

「それで、次は何を？」

「そうだな……では、われらがカロンを訪ねることにしよう」

ラモントは眉を寄せた。「カロン？」

「三途《さんず》の川の渡し守をしているギリシアの神だ」

フーグリー川はのどかだった。少なくともカルカッタまで下ったところとは比べものにならない。大型船や外航船の姿はない。川面《かわも》に行き交っているのは、ジュートを下流へ運ぶ平底船と、人や荷物を載せて川を横切る昔ながらの小さな渡し舟だけだ。

朽ちかけた木の桟橋《さんばし》に、何艘《そう》かの舟が係留されている。ほかの舟は川岸の泥の上に置き去りにされ、上げ潮によって身動きがとれるときが来るのを待っている。数人の渡し守が茶屋にたむろし、安煙草《ビディ》を喫いながら、大きな声で何やら議論をしている。シャツに腰布姿で、足には何もはいていない。われわれが近づくと、ギロチンが落ちたかのようにぱたりと話し声が途絶え、目によそ者に対する警戒の色が浮かんだ。

バネルジーが話を聞きにいき、わたしは少し離れたところで待った。見ていると、男たちの口は重く、受け答えはいかにも渋々といった感じだった。

しばらくしてバネルジーが戻ってきた。「今朝がたミセス・フェルナンデスを乗せたのはカナイ・ビスワスという男だそうです。ここにはいません。いまは対岸のカルダハへ荷物を運んでいるそうです。おっつけ戻ってくるでしょう」

それで、われわれは待つことにした。バネルジーは茶屋に引きかえし、二人分のチャイを買ってきた。それからしばらくのあいだ、われわれは川面の景色を眺めていた。

丸っこい船体に尖った舳先《へさき》の舟が波にたゆたっている。ディンギ・ナウカといって、英語の小型船舶《ディンギー》の語源となった舟だ。船尾に日に焼けた男がすわり、縫い物をするお針子のような繊細な手つきで網を打っている。ヒルサを獲ろうとしているのだろう。銀色の川魚で、わたしに言わせれば鱗《うろこ》に覆われた無数の小骨でしかないが、ベンガル人はその味覚をこよなく愛している。

土手に列をなすココヤシの葉が昼下がりの風に揺れている。バネルジーは気忙《きぜわ》しげに時計に目をやっている。

「焦ることはない、部長刑事。抗議集会は四時からだ。カルカッタに戻る時間は充分にある」

「わかりました」バネルジー答えたが、あまり納得してはいないみたいだった。

ほどなく渡し舟がやってきた。現地でチャンディ・ナウカと呼ばれる舟で、サイズはカヌーを一回り大きくした程度しかない。粗末な木のデッキのなかほどに、黄麻布の幌《ほろ》がかけられている。舟頭は艫《とも》で流れに長い棹《さお》をさしている。シャツに市松模様の腰布という格好。頭には、薄汚れた青い布を緩く巻いている。その身体は骨と皮で、ときおり川を流れていくバニヤンの木の枝を思わせる。

桟橋のそばまで来ると、舟頭は川に飛びおり、腰まで水につかって舟を押しはじめた。茶屋にいたふたりの男が手伝いにやってきて、そのひとりがわれわれを指さした。舟頭は腰をのばして、顔にかかった水を拭いながら振り向いた。

それから乾いた地面にあがると、身体をかがめて濡れた腰布を絞り、茶屋に向かった。われわれが立ちあがって歩きはじめたときには、紅茶のカップを持って古い木のベンチに腰を落ち着けていた。

「カナイ・ビスワス？」バネルジーが言った。

渡し守はチャイを一口すすってから顔をあげた。がさがさの肌。目は落ちくぼみ、顔にあいた暗い穴のように見える。無精ひげには白いものがまじっている。

「ハー」

「今朝がた舟に乗せた女性の話を聞きたいと伝えてくれ」

バネルジーが訳すと、ごく短い答えがかえってきた。

「知ってることはすべて警察に話したと言っています」

「だったら、バラクプールまでの舟賃を訊いてくれ」

バネルジーは訝《いぶか》しげな顔をしていたが、言われたとおり伝えた。

「ドゥイ・タカ」

「二ルピー」

「プラティ・タ」

「ひとりにつき、と言っています。ぼったくりです。あなたが白人だから、ふっかけているんです」

「五ルピー出すと言ってくれ。舟代プラス情報代だ」

渡し守が承諾し、チャイを飲みほしているあいだに、バネルジーは車に戻り、先にラル・バザールへ戻っていてくれと運転手に伝えた。

五分後、われわれは桟橋から舟に乗りこんだ。川に棹がさされ、舟が出る。黄麻布の幌の下には、舟頭の私物らしきものが置かれている。葦《あし》の敷物、水筒、カーリー神とドゥルガー神を祀《まつ》った小さな祠《ほこら》……バネルジーはわたしと舟頭のあいだの左舷にすわっている。

わたしは古い木の背もたれによりかかった。「バラクプールまでどれくらいかかるか訊いてくれ」

「ビシュ・ミニト・プラーイ」

「二十分ほどだそうです」

わたしは片手をフーグリー川の冷たい水に浸し、しばらくそのままにしていた。奇妙だ。岸からだと、茶色に見えるのに、ここで見ると、ずっと緑がかっている。順流なので、舟頭は棹で方角の調整をするだけでいい。

「大学時代を思いだすんじゃないか。ケンブリッジでボートを漕《こ》いでいたんだろ。そのときに体得した技術をミスター・ビスワスに教えてやったらどうだ」

「ご冗談を。ケム川なんて、一漕ぎで渡れてしまいますよ」

たしかに。このあたりの川幅はカルカッタほどではないが、それでも一マイルはある。

「ああ。でも、何かの役に立つことをしたほうがいい。ルース・フェルナンデスについて訊いてくれ」

バネルジーは質問を始めたが、それに対する返事はごく短く、相槌《あいづち》のようにしか聞こえなかった。

「馴染みの乗客なので、よく知っているとのことです。キリスト教徒で、ベンガル人でもなかったけど、とても感じのいい女性だったと言っています。日勤のときも夜勤のときも、ほぼ毎日乗せていたそうです」

「渡し舟の営業時間は」

「そんなものはありません。舟に住んでいるんです。夜はリシュラかカルダハに舟をとめて。今朝はいつもより早かったそうです」

「早かったというと、どれくらい？」

「一時間かそこらです。いつもは木立ちの向こうに陽がのぼるころバラクプールの桟橋にやってくるのに、今朝はそのまえで、空が白みかけたときだったそうです。いつもなら川のなかほどまで来たときに、ウェリントン・ジュート工場のシフト替えのサイレンが聞こえると言っていました。たぶん七時でしょう。でも、今朝は次の客を乗せて引きかえしているときに聞こえたそうです」

「彼女のほかに乗客は？」

バネルジーが訊くと、ビスワスは首を振って、やはり言葉少なに答えた。

「いなかったと言っています」

「いつもより早かった理由は？」

バネルジーは訊き、そして答えた。「そんな立ちいったことは聞いていないと」

「いつもとちがったところはなかったか。おどおどしていたとか」

「わからないと言っています。彼女はビスワスに背中を向けて、いまあなたがいるところにすわっていたそうです」

後ろで、咳払いの音が聞こえ、ビスワスが何か言った。バネルジーはそれに反応し、矢継ぎ早にいくつかの質問をした。

「どうした。なんの話をしているんだ」

「少し気になることがあったと言っています」

わたしは背もたれから身体を起こした。「どういうことだ」

「リシュラの桟橋に着いたとき、道ばたをうろついていた男がいたそうです。彼女を待っていたように見えたと言っています」

「どんな容姿の男だ」

「黒い短い髪で、中年、おそらく四十代。わかっているのはそれくらいです。注意して見ていたわけじゃない。薄暗かったし、距離もあったから。でも、見たことのない男だったそうです。少なくとも地元の人間ではなかった」

「夫のジョルジェ・フェルナンデスだったんじゃないのか」

バネルジーは問いただした。

「ちがうそうです。連れあいの顔は知っていると言っています。ベンガル人でもない。チャドルをまとっていたけれど、下は腰布ではなく、ズボンをはいていたそうです。〝東部人〟のように見えた。たぶんアッサム人だろうとのことです」

珍しいことではない。アッサムはベンガルの隣だから、アッサム人はカルカッタに大勢いる。稼ぎのいい仕事を求めてやってくるのだ。

「彼女を待っていたと思った理由は」

バネルジーは尋ねた。

「彼女がそっちのほうへ歩いていったからです。舟をおりると、通りを右へ折れ、その男のほうへ歩いていったのです。家の方角ではありません」

わたしは点と点をつなぎあわせた。ルース・フェルナンデスは仕事を早退し、リシュラへ戻る舟に乗った。それは男に会うためだったと思われる。としたら、知らない男ではないはずだが、渡し守の話だと、地元の人間ではない。その数時間後、彼女は死体となって発見された。ピカソの絵のような顔にされて。

その男と川岸で待ちあわせていたとすれば、逢引《あいび》きここが反乱の起点となったところだとは思えなかった。これほどイギリスらしい場所はインド中を探してもないだろう。首都がデリーに移ってからはほとんど使われていないが、総督の私邸もある。

舟着き場に近づくと、ビスワスは棹を押して、舟を回し、桟橋にぴたりと横づけした。わたしは腕時計に目をやった。もうすぐ二時だ。ハウラー橋で抗議集会が始まるのは四時。のんびりしてはいられない。そのまえに、いったん家に帰って冬瓜の果汁を飲もうと思っているのであれば、なおのことだ。

の可能性もある。とすれば、容疑者として浮かびあがるのはふたりの男——間男と夫。

このとき、舟は川のなかほどにさしかかり、対岸の様子が見えてきはじめた。バラクプールはリシュラとはずいぶんちがう。倉庫もなければ、煙突のそびえる工場もない。将校用の小ぎれいな白い宿舎が並び、岸辺には芝地が広がっている。

「バラクプールは一八五七年のインド大反乱が始まったところです」と、バネルジーが言った。

「それはラクナウの近郊だったと思っていたが……ライフルの薬包の手入れに、ヒンドゥー教徒が神聖視する牛とイスラム教徒が不浄と見なす豚の脂を使うことを強いられたという理由で」

「一応そういうことになっていますが、厳密に言えば、その数カ月前マンガル・パンデーという傭兵《ようへい》がここで一発目を撃ったのが最初です。本人は絞首刑になり、所属連隊は解体されました」

12

道路脇に、自転車で引く輪タクが並んでいる。われわれは低い土手をあがって、そのうちの一台に乗りこんだ。

「どちらまで、サーヒブ?」と、輪タクの車夫は尋ねた。

意思の疎通に問題はない。この国に流暢《りゅうちょう》な英語を話す車夫がいるとすれば、それはバラクプールの駐屯地御用達《ごようたし》の車夫だ。

「病院へ。急いでくれ」

結果的に、車夫はいくらもペダルを漕がなくてよかった。病院は通りを二本隔てているだけだった。歩いても五分とかからなかっただろう。だが、目的地は目と鼻の先だと言って客を逃す車夫はいない。

輪タクをおりたとき、シク教徒の分遣隊に出くわした。オリーブ色の軍服にターバン姿で、軍曹の掛け声にあわせて行進している。パンジャブ人が故郷から千マイルも離れたところにいるのは、べつだん驚くべきことではない。ここにいる兵士の大半は遠方から来ていて、ジャート族もいれば、パシュトゥーン族もいる。よく知られていることだが、現地兵は故郷から離れれば離れるほど従順になる。だから、生まれ育った土地から遠く離れた、地縁を持たないところに配置される。シク教徒はベンガルに、グルカ族はパンジャブにといった具合に。そうすれば、騒擾が発生しても、兵士が地元民の側につく可能性は低くなる。ベンガル人だけは、どこに送りこんでも同じだが。

病院はなんの変哲もない三階建ての建物だった。手前に手入れの行き届いた芝地があり、そのまんなかをヤシの並木に縁どられた小道が突っ切っている。白漆喰の建物の正面には、端から端までベランダが続き、緑色の鎧戸がついた窓が並んでいる。外見は戦争中にわたしが見たどの病院よりも立派だ。わたしが戦場で負傷してかつぎこまれた病院とちがって、外で体操をしている患者はみな五体満足だし、血染めの包帯をしている者もいない。もっともあれは五年近くまえの話で、当時の世界は、ベンガルを除いて、いま以上に狂っていた。

一点の曇りもなくピカピカに磨きあげられたロビーの受付で、バネルジーがベルを鳴らすと、青い制服を着たインド人の当直看護婦が出てきた。

「ここの責任者は?」と、わたしは言葉少なに尋ねた。本当ならもう少し丁寧な言い方をしたほうがよかったかもしれない。おそらく阿片の禁断症状のせいだろう。

「病院長はマグァイア少佐です」

「どこへ行けば会える」

予想していなかった言葉だったにちがいない。「少佐にですか」

「ここにいないのか」

「いますが、約束のない方とはお会いになりません」

わたしは身分証を取りだして、彼女の鼻先に突きつけた。「警察のこういう者なら会ってくれるはずだ」

数分後、われわれは病院長の助手をしている看護婦に案内されて階段をのぼっていた。制服につけている名札によると、名前はルーヴェル。フランス訛りのある英語をしゃべる美しい女性で、彼女に看護してもらったら、いつまでも退院したくなくなるにちがいない。

このような女性がどうしてこんなところで働いているのか不思議な気がしたが、口にはしなかった。長くこの地にいると、ベンガルにはその種の詮索を快く思わない者が多くいることが次第にわかってくる。ベンガルははみだし者を磁石のように引き寄せる。わたしを含めて、そういった者の多くは自分の過去を語りたがらない。実際のところ、過去を忘れるためにここにやってくる者は、フランスの外人部隊に入る者よりずっと多いはずだ。そもそも、質問が凡庸すぎる。毎度毎度同じことを訊かれて喜ぶ女性はいない。もっとも、だからといって、わたしがそのかわりに発した言葉がそれより気のきいたものだったというわけではないが。

「ずいぶん遠いところからいらしたようですね、ルーヴェルさん」

「いいえ。わたしの家はここから十五マイルほどしか離れていません」

わたしの横で、バネルジーは笑いを嚙み殺していた。

「発音からフランスの方だと思っていました」

「ええ、わたしはフランス人です。シャンデルナゴルで育ちました。名前をお聞きになったことくらいはあると思います」

もちろんある。カルカッタからフーグリー川を二十五マイルほどさかのぼったところにあるフランスの植民地だ。何世紀ものあいだイギリスと角《つの》を突きあわせ、さらにはナポレオン戦争を経験しながらも、そこはいまもフランス領であり、バゲットやら何やらの世界である。

ルーヴェルのあとについて、われわれはヨードの臭いのする廊下を進んだ。廊下の片側には病室が並び、反対側からは窓ごしに兵営を望むことができる。院長室はいちばん奥にあった。

ルーヴェルはわれわれをなかに通した。「ただいま回診中ですが、もうすぐ戻ってきます。おかけになってお待ちください」

いかにも医者であり同時に軍人でもある人物らしい部屋だった。片側の壁際には、医学書が色や大きさ別に整然と並べられた書棚があり、別の壁には、額装した写真がかけられている。その大部分は将校とその部下たちといっしょに撮ったものだ。戦時中はこの種の写真が頻繁《ひんぱん》に撮影された。それは仲間意識を共有するためのものであると同時に、死がいつ誰に訪れるかわからないとき、万が一の事態に備えて、自分が生きていたことの証《あか》しを残し、自分が戦没者慰霊碑に刻まれる名前以上のものであったことを示すためのものでもある。

部屋のまんなかには、天板に革が張られた大きな机が鎮座し、ガラスの文鎮が載った黄褐色のカルテの束と二枚の額入り写真が置かれている。一枚はヴィクトリア女王ばりの厳《いか》めしい顔をした女性のもので、もう一枚は軍服姿の若い男のものだ。机の後ろの窓から見えるのは、その大きさからして旧総督邸だろう。でなければ、この駐屯地の指揮官はヴェネチア共和国の元首なみの暮らしをしているということになる。

ドアが開き、目鼻立ちの整った赤ら顔に金髪の男が入ってきた。将校の軍服の上に白衣をまとっている。

わたしは壁の写真から目を離して訊いた。「マグァイア少佐？」

「そうです。ご用件は？」

「わたしの名前はウィンダム。帝国警察の警部です」わたしは言って、手をさしだした。「こちらはバネルジー部長刑事。当病院のスタッフのことで残念なお知らせがありまして……」

わたしがルース・フェルナンデスの殺害事件について話しているあいだ、マグァイアは机の向こうに腰をおろし、ハンカチで額を拭っていた。決して暑い日ではなかったが、こめかみには汗が噴きだしている。

「ひどい話です」と、これは二度目に口にした言葉だった。「フェルナンデス看護婦とは長い付きあいなんです。戦前からここで働いてくれていました。昨日も顔をあわせたというのに」信じがたいというように首を振る。首を振ることで、死んだ者が生きかえると思っているかのように。

「最後にお会いになったとき、何か心配ごとをかかえている様子はありませんでしたか」

マグァイアは頬を膨らませ、それから机の上にあったペンを取って、指のあいだで回しはじめた。「なかったと思いますが、ちらっと顔をあわせただけなので。ルーヴェル看護婦にお訊きになったほうがいい。フェルナンデス看護婦の直属の上司なんです」

「そうすることにします。今朝ミセス・フェルナンデスはいつもより早く仕事を終えたようです。その理由をご存じないでしょうか」

「それもルーヴェル看護婦にお訊きになったほうがいいでしょう。正直なところ、わたしはこれ以上なんのお役にも立てそうにありません」

「今朝早くリシュラの桟橋で渡し舟を降りたのが最後の目撃情報です。そこで〝東部人〟のように見える男が待っていたそうです。アッサム人かネパール人で、年のころはおそらく四十代。そのような男にお心当たりはないでしょうか」

その質問は心なしかマグァイアをたじろがせたみたいだった。

「その男がフェルナンデス看護婦を殺したとお考えなんですか」

話す必要のないことを話そうとは思わない。

「可能性はあるでしょうね」わたしは答えたが、そこに色恋沙汰が絡《から》んでいるとしたら、犯人は夫である可能性が高い。だからといって、もちろん、その男を除外することはできない。なんといっても、痴情《ちじょう》のもつれは殺人のいちばんの動機なのだ。けれども、犯人が別れ話を切りだされた情夫であれ、妻を寝取られた夫であれ、三十時間前にチャイナタウンで殺された麻薬密売人と同じように顔や身体を傷つけたとは考えにくい。いずれにせよ、本人から話を聞かないかぎり、たしかなことは何も言えない。

「でも、現時点では話を聞きたいだけです。場合によれば、捜査対象からはずすことができるかもしれません。ここのスタッフのなかに、該当する人物はいないでしょうか」

マグヴァイアはペンを置いて、眼鏡をはずし、額を拭ったハンカチでレンズを拭きはじめた。「アッサム人はいないと思いますが、とにかくルーヴェル看護婦に確認させましょう。ネパール人に関して言うなら、グルカ族の連隊がここに駐屯しています」

グルカ族とは戦時中ともに戦った経験がある。ネパールの山岳部族の子孫で、一八一四年にはイギリス軍と戦火を交え、互角に渡りあった。戦局は膠着《こうちゃく》し、にっちもさっちもいかなくなった。それでイギリス軍は彼らと手を結び、傭兵として雇いいれることにしたのだ。勇猛と言うべきか無謀と言うべきかは意見の分かれるところだが、いずれにせよ、死をも恐れぬ古今無双の兵《つわもの》であるのは間違いない。先の大戦では、熾烈《しれつ》をきわめた多くの戦線の中核を担い、味方であってよかったと、わたしはイギリスの士官としてつくづく思ったものだ。

マグヴァイアはいらだたしげに腕時計に目をやった。「ほかにまだ何か？　これからカルカッタでひとと会う約束をしていましてね。そろそろ出ないと遅刻してしまいます」

そして、腰を浮かせかけた。

「もうひとつだけ」と、バネルジーが言った。「ミセス・フェルナンデスの人事記録簿を見せていただけないでしょうか」

マグヴァイアはバネルジーを見つめた。

「通常の捜査手順です。被害者の人物像をできるだけ詳細に把握する必要がありますので」

「上部の承認を得なければなりません。軍の記録を文官当局に開示することは通常ありませんので。そもそも、この一件は憲兵が扱うべきものじゃないでしょうか。被害者は軍に雇われ、軍の施設で働いていたのですから——」

「でも、一般市民です」わたしは口をはさんだ。「しかも、殺害されたのは駐屯地内ではなく、川向こうの民間の土地です。つまり、これは警察案件ということです。あらためて指摘するまでもないと思いますが、われわれは殺人事件の捜査のためにここに来ているのです。捜査にご協力をたまわり、フェルナンデス看護婦の人事記録簿を見せていただければ幸いです」

少し間があった。「さっきも申しあげたように、上部の承認が必要なんです。でも、できるかぎりのことはするつもりです。そうそう、ルーヴェル看護婦にこの話を伝えなければ……」マグァイアは立ちあがって、部屋を横切り、ドアをあけた。「ルーヴェル看護婦、ちょっと来てくれ」そして、ルーヴェルが部屋に入ってくると、言った。「悲しい知らせだ、マティルド。椅子にすわったほうがいい」

バネルジーは立ちあがって椅子を譲り、ルーヴェルはそこに腰をおろした。困惑のていで、じっと押し黙っている。

「きみの同僚のルース・フェルナンデスが今朝がた自宅からそう遠くないところで遺体となって発見された」

ルーヴェルは手で口を覆った。

「仕事を終え、川向こうのリシュラに着いた直後に、何者かに襲われたらしい」

ルーヴェルは首を振った。「信じられません《セ・パ・ポシーブル》。ほんの数時間前までいっしょだったのに」

マグァイアは慰めるように肩に手を置いた。そのとき、ルーヴェルは心なしか身体をこわばらせたように見えた。

「しっかりしなさい、マティルド。こういうときこそ強くあらねばならない。刑事さんのほうからいくつか訊きたいことがあるそうだが、だいじょうぶかね」

ルーヴェルは宙を見つめたままうなずいた。

マグァイアはわたしのほうを向いた。「では、わたしはこれで失礼させてもらいます、警部。話はここで続けていただいてけっこうです」

わたしは立ちあがって握手をし、時間を割いてくれたこととオフィスを使わせてもらうことに礼を言った。マグァイアが部屋から出てドアを閉めると、窓辺に歩いていき、その下枠にもたれかかった。

「ミス・ルーヴェル、水を持ってきましょうか」

ルーヴェルは我にかえって、わたしのほうを向いた。

「ありがとう。でも、けっこうです」

「では、最後に会ったときのフェルナンデス看護婦の様子を教えてください。どこかおかしなところはありませんでしたか。興奮していたとか、いらだっていたとか」

ルーヴェルはしきりに手を組みかえている。「最後に会ったときには、疲れているように見えました。というか、ここ一週間ほど、ずっと浮かない顔をしていました」

「何か心配ごとでもあったんでしょうか」

ルーヴェルは肩をすくめた。「さあ、どうでしょう。あったかもしれませんが、わたしにはよくわかりません」

「今朝は早退したそうですね。午前四時ごろに。どことなく不自然な感じがしますが、その点について何かご存じありませんか」

「どこも不自然じゃないと思います。早退届も出ていました。朝の八時にカルカッタの診療所の予約をとってあって、義理のお母さんをそこへ連れていかなきゃならないと言っていました。専門医の診察が必要だったんでしょう」

頭のなかで警報が鳴った。ジョルジェ・フェルナンデスの話だと、妻を捜しはじめたのは八時半ごろ。通常の帰宅時間を少し過ぎてからだ。義母を八時までにカルカッタに連れていかなければならなかったとしたら、もっと早くに捜しはじめてしかるべきではないか。誰かが嘘をついている。ジョルジェ・フェルナンデスが作り話をしたのか、ルース・フェルナンデスがマティルド・ルーヴェルをだましたのか。それとも、ルーヴェルがでたらめを言っているのか。さらに言うなら、三人とも嘘をついている可能性もなくはない。

考えていることを悟られないよう、ルーヴェルに背中を向け、窓の外を見やった。ちょうどそのとき、マグァイアが建物から出てきた。左に曲がり、ずいぶんな急ぎ足で小道を川のほうへ歩いていく。しばらくいったところで角を曲がり、その姿は視界から消えた。

振りかえって、またルーヴェルのほうを向く。

「カルカッタの診療所の名前を聞いていませんか」

「ええ。わたしのほうからも尋ねていません」

「ここで診《み》てもらうことはできなかったんですか。近くに設備の整った病院があるのに、わざわざカルカッタまで行く必要があったんでしょうか」

ルーヴェルは首を振った。「ここでは診てもらえないんです。診てもらえるのは、駐屯地の軍人と、将校の家族だけです」

「長く勤務しているスタッフの身内でも駄目なんですか」

「駄目です。特にインド人は」ルーヴェルは床に目を落とした。「訃報《ふほう》を仲間たちに伝えなければなりません。ほかにお手伝いできることは何かありますか」

「できればフェルナンデス看護婦の人事記録簿を見せていただきたい」

「わかりました。でも、病院長の許可をもらってからでないと……」

許可はもらってあると嘘をつく手もある。いまは気が動転しているので、何を言っても信じるだろう。善良な市民には、警察は嘘をつかないという思いこみが強くあり、われわれはしばしばそれを利用する。けれども、いまはそんなことをするつもりはない。ひとつは、あとでそのことがマグァイアの耳に入ったら、ルーヴェルが困った立場に追いやられるからであり、もうひとつは、相手が女性だから。それはわたしの数ある欠点のひとつだ。

「このことはすでに病院長に話してあります。それは通常の捜査手順であり、病院長はいま上部に問いあわせ中です。ただ時間を無駄にしたくないので、いまここで見せていただけるとひじょうに助かります」

「申しわけありませんが、病院長の許可がおりるまでお待ちいただくしかありません。お役に立てなくてごめんなさい」

「お気になさらず」わたしは部屋の中央に戻り、机の後ろの椅子に腰をおろして、ルーヴェルと向きあった。

「まだ何かあるんでしょうか」

わたしは机の上の女性と若い兵士の写真に目をやった。あらためて見ると、女性は意外に若い。四十代前半だろう。実際より老《ふ》けて見えたのは、くたびれた感じのする目と気むずかしげな表情のせいだ。兵士のほうはコールドストリーム近衛連隊の中尉の徽章と肩章をつけている。

「この写真の女性は病院長の奥さんですか」

そのような質問は予期していなかったようだ。

「ウィ。マダム・マグァイアです」

「若者のほうは」

「ご子息のジョージです。イーペルでお亡くなりになりました」

ベルギー北西部の激戦地だ。葬るべき遺体さえなかったかもしれない。母親は気持ちの整理をつけるのに苦労したにちがいない。

「警部」ルーヴェルは言い、わたしは我にかえった。「ほかに何もないようでしたら、仕事に戻りたいのですが」

「わかりました。そのまえに、われわれのために帰りの車を手配してもらえないでしょうか」

口もとに笑みが浮かんだ。「承知しました」

ルーヴェルが立ちあがって部屋を出ていくと、わたしは窓辺へ戻って、また外を見やった。

わたしの後ろで、バネルジーが書棚の本を見ながら訊いた。「どう思われますか」

本当のところを言うと、どう思うもこう思うもなかった。タングラの死体との類似性を無視することはできないが、ルース・フェルナンデスの殺害事件が痴情のもつれ以上のものであることを示す手がかりはまだ何も見つかっていない。ふたつの事件がどこかでつながっているとすれば、可能性は充分にある。ジョルジェ・フェルナンデス、あるいはリシュラの川べりに立っていた余所者《よそ》の男が、ルース・フェルナンデスとタングラの麻薬密売人の両方を殺したとは考えられないだろうか。想像力をたくましくしたら考えられなくもないだろうが、やはり馬鹿馬鹿しいという思いのほうが強い。

窓の外を見ながら、あれこれ考えていたとき、オリーブ色の軍用車がやってきて病院のエントランス前にとまった。

ドアをノックする音がして、マティルド・ルーヴェルが部屋に入ってきた。

「お車の用意ができました」

わたしは礼を言い、すぐに行くと答えた。そして、ルーヴェルが部屋から出ていくと、バネルジーのほうを向いた。

「妙だな」

バネルジーは書棚から抜きとった本を見ていた。

「何がです」

「マグァイアはカルカッタでひとと会う約束をしていた」

「それが何か」

「大事な用件で、どうしても遅れたくないみたいだった」

「そうですね」

「それなら、なぜ外に車を待たせておかなかったんだろう」

「えっ？」

「さっき、マグァイアが建物を出て、小道を歩いていくのを見た。あんなに急いでいるのに、どうして車を呼んで、病院の前で待たせておかなかったんだろう。ルーヴェルに頼んだら、車の手配をするのにいくらも時間はかからないはずだ」わたしは言って、窓の外を指さした。「げんにわれわれの車はもう来ている」

バネルジーは少し考えてから言った。「先に行っておかなきゃならないところがあったのかもしれません」

「かもしれない。あるいは、われわれとの話を早々に切りあげたかったのかもしれない」

13

帰路は思った以上に時間がかかった。チットプール通りが、靴さえ履いていない、みすぼらしい身なりの群衆によって埋めつくされていたからだ。人々は手に手にプラカードを持ち、競馬の開催日のように南へ向かって進んでいる。当初の心づもりでは、ラル・バザールに行く途中に下宿に寄って、冬瓜の果汁を飲むつもりだったが、そんな時間の余裕はなくなってしまった。それで、阿片の禁断症状にさいなまれながら、運転手に本部へ直行するよう命じ、そこに着くと、バネルジーに調書の作成を命じてから、タガート卿の秘書のダニエルズに案内されて総監室に入った。

タガートは机の後ろでペンを手に持ち、書類に身を乗りだしていた。「用件は、サム？」と言っただけで、わたしが両開きのドアから机の前までの広い空間を横切るあいだ、顔をあげようともしない。

「ダースの一件です。抗議集会は中止しない、場所も変えないとのことです。状況がどれだけ深刻なものであるか、無謀な行動がどのような結果を生むか、意を尽くして説明したのですが」

「それは残念だな」タガートは身ぶりで椅子をすすめた。「でも、もうどうにもならない。総督が軍に出動を命じた。今夜六時から外出禁止令が出る」

火に油どころか大量の爆薬をくべるようなものだ。軍隊は群衆の扱いの巧みさで知られてはいない。

「本当ですか」

「もちろん。用件はそれだけか」

「いいえ」わたしは机の前の椅子にすわった。「リシュラに行ってきました」

タガートは目の前の書類にタイプされた文字をペンで消して、行間に何やら走り書きしている。「ほう。それで？」

「殺人事件です。被害者はゴア出身の看護婦で、殺されたのはバラクプールの陸軍病院からの帰宅途中のことです。もしかしたら、あなたはわたしとバネルジーが本件を担当することになった理由をご存じなのではありませんか」

ここでようやく顔をあげた。「鈍いぞ、サム。わたしを疲れさせないでくれ。きみたちが担当になったのは、わたしが命じたからだ。なぜ命じたかというと、総督の目下の主要な関心事が、ガンジーやダースを始めとする国民会議の偽善者どもの信用を落とすことにあるからだ」タガートはペンを置いて、ため息をついた。「いいか、サム。なにも殺人事件の捜査をないがしろにしていいと言っているわけじゃない。それが自分の管轄区域内で起きた事件なら、なおさらのことだ。ただ、昨今の状況を考えたら、利用できるものはなんでも利用したほうがいい。そのためにも、この一件の真相は可及的すみやかに解決する必要がある。総督からやいのやいの言われるのは、できればご免こうむりたい」

禁断症状のせいかもしれないが、その話が自分にとって何を意味しているのかどうもよくわからない。利口な人間なら黙っているかもしれないが、わたしは自分の無知を隠そうとは思っていない。

「つまり、本件をダースらの一党に結びつけろということでしょうか」

タガートのこめかみの血管が脈打ちはじめた。「馬鹿なことを言うな。わたしが捜査結果の捏造《ねつぞう》を望んでいると思うのか。だとしたら、きみたちにこの仕事をまかせていない。そういったことを得意とする従順な部下はいくらでもいる、サム、わたしは真実を求めているんだ。総督にはもっとも優秀な部下に捜査を担当させたという報告をしたい。意外に思うかもしれないが、その部下というのがきみとバネルジー部長刑事だ」

「ダースの支持者のしわざでなかったとしたら？」

タガートは訝しげな視線をわたしに向けた。「そう考える理由があるのか」

わたしが何より気にしているのは、死体の顔や身体の損傷がタングラの阿片窟にあった死体のそれと同じものだったということだが、そんなことをここで言うわけにはいかない。

「ありません。ただ、家庭内のいざこざという可能性もあります。夫が関与しているということも考えられます」

「証拠はあるのか」

わたしは首を振った。「そういう考えも成り立つというだけの話です」

それから、ひとしきり間があった。「被害者はベンガル人ではなく、イギリス軍の病院に勤務し、モスクワの東でもっとも赤い町であるリシュラに住んでいた。夫のしわざだということを証明できないのであれば、国民会議の同調者に捜査の的を絞るのは当然のことだ。よろしい。ほかには何か？」

「ありません」

そう言いつつ、わたしは心に決めた。ルース・フェルナンデスが行方不明になっていた時間に、夫が何をしていたかを確認しなければならない。バネルジーに頼んで、リシュラのラモント部長刑事に調べてもらおう。友人や隣人から話を聞く必要もある。イギリスと同様、ベンガルでも人の口に戸は立てられない。誰かがひそかな逢瀬《おうせ》の現場を見ている可能性もある。

「よかろう」と、タガートは言った。「だったら、これからバネルジー部長刑事といっしょにハウラー橋に向かってくれ。総督は軍に出動命令を出している。きみたちはそこへ行って、現場でなりゆきを見届けるんだ」


ストランド通りは完全に麻痺していた。トラックも自動車も乗りあい馬車も、すべて海のなかの小島のように静止している。まわりには人の海が広がっている。無数の褐色の肌、白い腰布《ドーティ》と上衣《クルタ》、そして国民会議の帽子。一瞬、ダースがわれわれの警告を聞きいれ、自警団に動員をかけるのをやめたのかと思ったが、次の瞬間、カーキ色のシャツと半ズボン姿の若者たちの一団の姿が目に入った。学生風の青年もいれば、鳩胸に細い脚の少年もいる。世界中の誰の目にも、ハムステッド・ヒースを散策中に迷子になったボーイスカウトのようにしか見えないだろう。これがイングリッシュマン紙の読者と編集者を震えあがらせ、総督に活動を禁止する命令を出さざるをえなくした集団とはとても思えない。

正直そんなに恐れる必要があるのかと思う。あのような若者たちによって、われわれが本当にインドから追いだされるようなことになるのか。実際のところ、軍隊を出すとすれば、婦人補助部隊の一個小隊で充分だろう。バネルジーが異性と話をするのを苦手にしていることを考えると、婦人補助部隊は武力を行使する必要すらないのではないか。ただ話しかけるだけで、みな尻尾《しっぽ》を巻いて逃げだすのではないか。

馬鹿馬鹿しいと思って、わたしは首を振った。たとえそれが事実だったとしても、そう思っているのはわたしひとりかもしれない。自警団員の顔は真剣そのものので、軍の陣立てからして、兵士たちも対決姿勢を崩していない。通りの角々に集結しているのは婦人補助部隊員ではなく、強面《こわもて》のグルカ兵で、一斉射撃の準備を整え、帽子の広い鍔《つば》ごしに冷たい目で群衆を見つめている。獲物に襲いかかろうとしているライオンのような不気味さだ。いまは何もせず、機をうかがっているだけだが、そのときが来ると、白い服は一瞬のうちに赤く染まる。

そうならないでほしい。われわれイギリス人のためにも。見るかぎり、群衆の数はここ数ヵ月でいちばん多い。流血の事態になれば、傷つくのはインド人だけでない。騒ぎはストランド通りを越え、さらにはカルカッタをも越えて、どこまでも広がっていく。イングリッシュマン紙も、その読者も、そして総督も、みなわかっていない。国民会議や自警団が脅威なのではない。本当の脅威は、インドの現実をかたちづくっている数百万の虐《しいた》げられた地の民なのだ。この国の人口の九割にあたる、無学で、貧しく、物言わぬ人々が、はじめて街頭に出て声をあげはじめたのだ。彼らの怒りが爆発したら、ガリバーを縛りつけたリリパット人のように数にものを言わせて、グルカ兵もイギリス人もこの地からいとも簡単に叩きだしてしまうだろう。実際のところ、それくらいのことはやろうと思えばいつでもできる。まだそういった事態に至っていないのは奇跡に近い。現状は抗議集会に参加し、ただ祈っているだけだ。それは勿怪《もっけ》の幸いと言うべきものだろう。ありがたいことに、革命ではなく抗議なのだ。そうでなければ、いまとは比べものにならないくらいの死者が出ているにちがいない。わたしの命も例外ではないだろう。問題はなぜそうならないのかということだ。紫煙渦巻くベンガル・クラブのサロンでの茶飲み話を信じるなら、インド人の生来の臆病さと、白人に対抗する能力の欠如のせいということになるが、わたしは知っている。先の戦争時に、インド兵は機関銃の鉛《なまり》のカーテンを破ってドイツ兵の塹壕に突進し、ライフルの銃床だけを使って肉弾戦を繰りひろげていたのだ。だから断言するが、臆病さは関係ない。

理由はほかにある。彼らの精神にかかわるものだ。何かはわからないが、わたしはそれに心から感謝している。

わたしはバネルジーといっしょに人波を掻きわけて進んだ。群衆の先頭の、橋のたもとからそう遠くないところに、演壇がしつらえられていた。国民会議のシンボルカラーである赤と白と緑の布がかけられ、マリーゴールドの花輪が飾られている。その横には、六フィートの高さの衣類の山ができている。演壇に立っているのは、眼鏡をかけた小太りのインド人で、二台の黒い大きなスピーカーと自動車のバッテリーのような形の器具に接続された金属のマイクの前で、汗だくの顔を大きく歪めて悲憤慷慨《こうがい》の表情をつくり、太い指でわざとらしく天をさし、ガトリング銃のように早口でまくしたてている。ドルーリー・レーン王立劇場の舞台俳優ばりの演技力だ。こういった弁論術を好む者の場合、話の内容は空疎であることが多い。なのに、妙に押しつけがましい。決めゼリフを連呼し、煽《あお》りたて、議論を封殺する。悲しいのは、それが受けることだ。

弁士は拳を突きあげてスローガンを叫び、群衆がそれに続く。多くの者はジェスチャーまで真似ている。意味は不明だが、最後の二語だけは理解できた。〝チョルべ・ナ〞――〝受けいれられない〞とか〝我慢ならない〞といった意味で、ベンガル人がよく使う言葉だ。彼らの属性ともいえる反骨心を端的に言い表わすフレーズがあるとしたら、それはこの〝チョルべ・ナ〞だろう。彼らに受けいれられるものは何もなく、それは世のすべてのものに対する敵愾心《てきがいしん》のせいではないかと思うことさえある。それゆえ、いま演壇に立っている男と同様、彼らの怒りは猿芝居であり、見物人のために演じられているものではないかという疑念を拭うことはできない。ついさっきまで〝チョルべ・ナ〞と非難していたことを楽しそうにやっているのを見たとしても、決して驚きはしないだろう。

「何を言ってるか教えてくれ、部長刑事」

バネルジーは演壇から目を離さずに答えた。「軍の外出禁止令に抗議しているんです」

「さしさわりがなければ、もう少し詳しく」

振り向いたときのバネルジーの表情は暗かった。

「こう言っています。先の総督令は人民の力を恐れている証拠にほかならない。イギリスの統治はわれわれの首にかけられた軛《くびき》であり、同胞の奴隷化に手を貸す者はみな売国奴《ばいこくど》である」

訊かなければよかった。弁士の言葉を正確に伝えると角が立つので、さっきはわざと大雑把《おおざっぱ》に答えたのだ。

わたしは腕時計に目をやった。すでに五時半をまわっている。陽は沈みかけていて、光が水面に反射して川を深紅に染め、ライフルを構えている兵士たちの長い影を岸辺に落としている。六時には外出禁止令が発効する。それがどのような惨禍をもたらすかは、これからいくらも待たずにわかる。

演壇の男が一呼吸おき、ハンカチで額を拭ってから、しかつめらしい丁寧な口調で何か言うと、聴衆のあいだからどっと歓声が起こった。

「〝国民の友《デーシュバンドゥ》〞を演壇に呼んでいます」と、バネルジーが言った。

ベンガルの愛国者然と白い腰布《ドーティ》とチャドルを身にまとい、ダースが間仕切りの後ろから姿を現わし、ゆっくりと演壇にあがった。小太りの男と握手して、マイクに歩み寄ると、拍手が鳴りやむのを待った。すぐにまわりは静かになり、咳《しわぶ》きひとつ聞こえなくなった。カルカッタでは、それはパンと魚を急に増やしたり、水をワインに変えたりというキリストの奇跡に近い。

ダースはベンガル語で穏やかに話しはじめた。バネルジーはそれを通訳した。「スワラージについて話しています」

それはガンジーのお気にいりの言葉のひとつで、〝自治〟という意味だが、ガンジーやダースの用法では、政治だけではなく、経済の分野にも及ぶものらしい。

「今日《こんにち》のインド人は奴隷である……政治的な隷属より経済的な隷属のほうが問題は大きい……インドの富はマンチェスターやリーズの繊維工場に奪われ、ロンドンの商社に吸いあげられている」

そのとき、ダースと目があった。ダースは微笑み、わたしのためかどうかはわからないが、急にベンガル語から英語に切りかえた。

「マンチェスターからだけでも、六十クローレつまり六億ルピー相当の衣類が毎年この国に入ってきている。なぜ六億ルピーものインドの富をイギリス人に手渡さなければならないのか。毎日一、二時間、自分で糸を紡《つむ》げば、年末には家族全員分の衣服ができあがるのに」

そこでまたベンガル語に戻った。声が大きく、早口になってきたが、訴え方はまえの弁士とはまったくちがっていた。それはアジ演説ではない。知的であり、聴衆に合意を押しつけるのではなく、世の偏見に疑問を投げかける演説だ。

十分ほどして演説が終わると、万雷の拍手が沸き起こった。ダースは聴衆に向かってうなずきかけ、演壇から降りた。階段の下には、自警団の制服を着た若い腹心のスバス・ボースが、先端に布きれを巻きつけた木の棒を持って立っていた。まるで申しあわせていたかのように、聴衆のひとりがライターをさしだした。ダースはそれを受けとり、蓋をあけ、小さな炎を布きれに近づけた。布切れには油が染みこませてあったらしく、火はすぐに燃え移った。ダースは松明《たいまつ》を手に取り、衣類の山に歩み寄って、その下部に押しあてた。しばらく何も起こらなかった。それから黄色い炎がちろちろとあがりはじめ、周囲に燃え広がり、数分のうちに衣類の山は火柱となった。オレンジ色の炎が暮れなずむ空に舞い、ほどなくすべてが煙と灰になった。

軍はいつ動きだしてもおかしくない。グルカ兵のあいだには緊迫した不穏な空気が漂っていて、ゲートを飛びだす直前のグレーハウンド犬のように見える。群衆もそれを感じとっているにちがいない。だが、ダースは自分に与えられた時間を正確に読みきっている。六時にはまだ数分ある。外出禁止令が発効するまで、軍は一歩も動くことができない。抗議行動そのものが違法だという事実は、双方から都合よく見落とされている。いつもながら、すべてがゲームのようだ。どちらの陣営も、どの規則を適用し、どの規則を無視するかよくわかっている。結局のところ、何よりも重視すべきは規則なのだ。規則なしでゲームは成り立たない。幸いなことに、インド人はわれわれイギリス人と同じくらい規則を重んじている。でなかったら、どちらもクリケットを愛好していることをどうやって説明すればいいのか。試合は退屈だし、ルールは複雑この上なく、そのせいもあって試合時間は最長で五日もかかるうえ、結局は引き分けに終わることも多いというのに。実際のところ、この非暴力運動は延々と続くクリケットの国別対抗戦のようなものではないか。イギリス人は定位置線《クリース》の内側で動かずに待ちかまえ、インド人はその向こうからありとあらゆる曲球《くせだま》を投げてくる。

六時ちょうど、ダースはふたりの助手に付き添われて演壇に戻った。ベンガル語で何か言ったが、それは演説ではなく、なんらかの指令のようだった。群衆のなかにいた自警団員が立ちあがり、橋への進入路に歩いていく。そして、その場に腕を組んですわりこむ。そこへ白装束の多くの男たちが加わる。軍が動くとしたら、いまということになる。ダースもそう思っているにちがいない。もしかしたら、それを望んでいるのかもしれない。群衆のあいだには、重苦しい沈黙が垂れこめている。禍事《まがごと》の予感が電気信号のように走る。息が詰まるような時間が過ぎていく。だが、グルカ兵はその場に根をおろしたように動かずに立ちつづけている。その顔にはなんの表情もない。石のように冷たい。指揮官がどこにいるのかはわからないが、それが誰であれ、その良識ある判断は敬服に値する。ダースの抗議行動は、われわれがそれに反応し、撒かれた餌に食いつくことで、はじめて意味を持つ。われわれが挑発を無視すれば、抗議者は早晩自発的に矛をおさめるだろう。日が暮れたら、気温は急速にさがる。寒さは地下のワイン貯蔵庫におりたフランス人以上の早さでベンガル人の心と身体を冷やす。われわれは何もせずに、ただ待つだけでいい。

もちろん、ダースもそれくらいのことは承知しているはずだ。としたら、その目にはいくばくかの不安の色が宿っているかもしれない。そう思って、あらためてダースを見たが、そこにあったのは作戦どおりに展開していく戦況を見守る将軍のような自信だった。このときはじめて、わたしはこれまでダースを過小評価していたことを理解した。とそのとき、とつぜんダースは口調を変え、ベンガル語で何か言った。聴衆がいっせいに立ちあがる。ダースはおごそかに歌いはじめ、数秒のうちにそこに数百人の声が加わった。

「なるほど、そういうことか」バネルジーがぽつりと言った。「ヴァンデー・マータラム——〝母なる大地〟という歌です」

その歌は知っていた。歌詞までは知らない者もいるだろう。だが、その歌は誰もが知っている。インドの非公式な国歌だが、歌うことは禁止されている。歌えば、懲役刑を科せられる場合もある。耳に心地よくないという意味では、わたしもそれに異を唱えるつもりはない。そこには、背筋に冷たいものを感じるくらいの物悲しい響きがある。

今朝がたダースが口にした言葉を思いださずにはいられなかった。

〝われわれの抗議行動の目的は、当局の反応を引きだすことにある〟

当局の反応を引きだすには、〈ヴァンデー・マータラム〉ほどお誂《あつら》えむきのものはない。

一九〇五年にカーゾン卿がベンガルを二分割しようとして失敗したとき以来、それはベンガル人の抵抗歌でありつづけ、その政治的な意味あいは軍にとっても無視できないものになっている。皮肉なことに、この十五年のあいだ、処罰の恐れなくこの歌をうたえたのは、先の戦争での軍隊のなかだけだった。とりわけ西部戦線の戦場では、ドイツ軍の塹壕に突進していってくれさえすれば、誰がどんな歌をうたっても、上官は喜んで聞こえないふりをした。もちろん、それは別の時と場所での話だ。いまここでの反応はちがう。

このときはじめて気がついたのだが、ダースが見透かしていたことはもうひとつある。当局が挑発を無視できるのはある程度までで、そこを踏み越えたのに何もせずに手をこまねいていたら、弱腰のそしりは免れないということだ。

ダースとガンジーが見透かしていることはまだある。イギリスの立場の根本的なもろさについてだ。イギリスのインド支配は軍事力に頼っている。暴力しか切るカードがなければ、どこかの時点でそのカードを切らなければならない。

歌をうたったせいか、服を燃やしたせいか、外出禁止令をあからさまに無視したせいか、あるいはそのすべてのせいかわからないが、挑発はあきらかに度を越えていた。甲高いホイッスルの音が鳴り響き、グルカ兵がいきなり民衆に襲いかかった。警棒が背中や肩に雨あられと降りそそぎ、悲鳴が空を切り裂きはじめる。

フラッシュが光り、それで記者がいるところがわかった。数人のグルカ兵がすぐにそっちのほうへ走っていく。外国の新聞社にちがいない。地元の英字紙がこのような写真を掲載することはない。理由は簡単で、読者が望まないからだ。現地語の新聞社はどうかといえば、ほとんどが報道法違反のかどで閉鎖を命じられるか、資産を没収されるかしていて、それ以外の新聞社はそのような事態になるのを避けるだけの分別を持ちあわせている。

数分のうちに、軍隊は演壇の下までやってきた。ボースは自警団員に腕を組んで人垣をつくれと懸命に指示を出していたが、グルカ兵は紙の垣根であるかのように易々《やすやす》とそれを突破し、ダースとふたりの助手に襲いかかった。マイクが地面に倒れ、スピーカーから耳をつんざくような甲高い音が響く。群衆のあいだから悲鳴があがる。わたしのまわりで、兵士が抗議の声をあげている者を待機中の護送車に次々に連行していく。演壇の上では、ボースとダースが腕を背中で縛られ連行されようとしている。

グルカ兵がダースを階段の下に引きずりおろしはじめた。バネルジーがそれを阻止しようと前に進みでかけたので、わたしは引きとめた。バネルジーは荒い息をつきながら、これまで見たことがないような怒りの表情でわたしを見つめた。

そして、騒音に掻き消されないよう大声で叫んだ。

「放ってはおけません」

わたしはバネルジーの胸に手をまわして制止した。

「われわれには何もできない。余計な手出しをしたら、きみも逮捕される。それで、きみのキャリアは終わる。顎を砕かれるだけじゃすまない」

数人の兵士が演壇にかけられた赤と白と緑の布を引きはがし、別の数人の兵士がダースとボースを待機していた軍用車へ引っぱっていった。国民会議の三色の布は地面に落ち、兵士のブーツと逃げまどう群衆の足に踏みつけられている。

「きみはラル・バザールに戻れ、部長刑事。これは命令だ」

「戻って何をすればいいんです」

「そうだな。ルース・フェルナンデスの検視結果を問いあわせてくれ」

わたしは振り向いて、歩きはじめた。

「あなたは？　ラル・バザールに戻らないのですか」

「なるべく早く戻るようにする。これからアリプールに行かなきゃならない」

14

アニーの家の私道のはずれに、大きな赤いイスパノ・スイザがとまっていた。カルカッタの通りではめったに見かけない車だ。スペイン製だということもあるし、ロールスロイスより高価だということもある。見たのはこのときがはじめてで、ハイドパークのサーペンタイン湖で見つけたサメのように神経を逆撫でするものがあった。

なぜここに来たのか自分でもよくわからなかった。無事でいることを確認したかったからかもしれないし、アニーの顔を見たら、グルカ兵が非武装の民間人に襲いかかっている光景を頭から追い払えると思ったからかもしれない。

玄関のドアは塗りなおされ、作業員が家のなかを忙しそうに歩きまわっていた。割れた窓の修理をしているのだろう。このときも、メイドのアンジュが居間に通してくれた。昨日の動転ぶりはもうない。

廊下を歩きながら、わたしは訊いた。「あれは誰の車なんだい」

「ミスター・シュミットです、サーヒブ」相手がローマ教皇であるかのような恭しげな口調だった。

あまりいい感じはしない。

「ドイツ人？」

「いいえ。アメリカ人です」

「最悪だ」

アンジュは客間のドアをあけて、わたしをなかに通した。窓の前に、ロひげをたくわえた背の高いブロンドの男が、酒のグラスを手に持って立っていた。カーキ色のズボンの折り目と裾の折りかえしは、パンを切れそうなくらい鋭く、シャツは滑稽《こっけい》なほど完璧な歯と同様の白さだ。

「お嬢さま《メムサーヒブ》はすぐにまいります」と、アンジュが言った。

コロンの香りとともに男が歩いてきて、指の先まで手入れの行き届いた手をさしだした。

「シュミットです」と、尋ねてもいないのに言った。「スティーヴン・シュミット。あなたは？」

わたしは一呼吸おいてから握手に応じた。「ウィンダム。ウィンダム警部です」

「お知りあいになれて光栄です、ウィンダム警部。お話はミス・グラントからうかがっています」

「そうなんですか」

「ええ、警察の方だという話を。ちょうどよかった。昨日の一件について、捜査はどこまで進んでいるんでしょう」

「窓を割られた件ですか」

「そうです。朗報を伝えにいらしたのであればいいのですが」

「残念ながら、そうではありません」

シュミットはひどくがっかりした様子で首を振った。

それだけ期待していたということかもしれない。あるいは、もともと期待していなかったことがあきらかになっただけかもしれない。

「一刻も早く犯人を捕まえて、告発し、厳罰に処すべきです」

じつのところ、アニーの家の襲撃事件については、ほとんど何もできていない。というか、まったく何もできていない。巡査を玄関の前に立たせたらどうかというその場しのぎの提案が却下されたあと、それどころではなくなってしまった。だが、そういったことをシュミットに話して聞かせるいわれはない。

「鋭意捜査中です。ご安心ください。罪は償わせます。いやというほど償わせます」

「わかりました。お願いしますよ」シュミットは言って、彫刻が施された銀のシガレットケースから煙草を一本取りだした。

わたしは煙草を受けとった。「カルカッタにはどのようなご用件で？」

シュミットはライターをさしだした。「ビジネスです」

「ビジネスというと」

「紅茶です。アメリカの北西部で消費される紅茶の五分の二を、うちでまかなっています」

「実際の量はどんなものなんでしょう。アメリカ人は紅茶を飲むのではなく、ボストン港に投げ捨てるものと見なしていると思っていました」

「けっこうな量です」

「こちらには長期滞在されるおつもりですか」

ドアが開き、アニーが入ってきた。青いシルクのドレスに、ダイヤモンドをちりばめた銀のネックレス。夜のおでかけの準備はできているようだ。

「いい質問ね。いつごろまでいらっしゃるの、スティーヴン」

シュミットは微笑んだ。「まだ決めていません」

わたしが望むよりもだいぶ長いようだ。

アニーはわたしのほうを向いた。「すでに打ちとけたみたいね」

「もちろん」と、シュミット。

「燃える教会のなかにいるように」わたしは言った。

「お酒を持ってきましょうか、サム。スティーヴンにはバーボンをお出ししたんだけど」

「いや、結構だ。任務中なんでね」

アニーはリキュール・キャビネットの前へ行って、自分用にピンク・ジンと思われる飲み物を作った。

「それでご用件は？　襲撃者は捕まったの？」

「いまその話をミスター・スミスにしていたところなんだよ」

「シュミットです」

「これは失礼。ミスター・シュミットにも言ったように、鋭意捜査中だ。今日ここに来たのは、何か問題が起きてないかたしかめたかったからだよ」

「ご心配なく、サム」アニーは言って、酒を一口飲んだ。「でも、お気遣いには感謝するわ」

「今夜、街に行こうとしているのなら、考えなおしたほうがいい。道路が封鎖されている」

「本当に？」と、シュミットが言った。「今回は何なんです」

「抗議集会です」

「またですか。いい加減にしてもらいたいですね」

「イギリスの国王を追い払おうとしているんです。アメリカ人としては喜ばしいことじゃありませんか」

シュミットは首を振った。「そのせいでミス・グラントとの食事が流れてしまうとしたら、ご免こうむります」残ったバーボンを一気に飲みほして、「行きましょう、ミス・グラント。ウィンダム警部が言ったとおりだとしたら、どの道路もこみあっているはずです。早めに出たほうがいい」

そういうつもりで言ったのではない。〝考えなおしたほうがいい〟ではなく、〝やめたほうがいい〟と言うべきだった。

アニーがわたしのほうを向いた。「というわけなんだけど、サム」

「少しだけ待ってくれ」わたしは言い、それからシュミットのほうを向いた。「ミス・グラントとふたりだけで話をしたいのだが、いいでしょうか。捜査の進捗《しんちょく》状況について知らせたいのです」わたしは嘘をついた。

シュミットは疑わしげな視線をわたしに投げ、それからアニーのほうを向いた。「ディナーの予約をとってあります」

「警部のお話は何分もかからないと思うわ」アニーは言って、ドアのほうへ歩きはじめた。

わたしはそのあとを追った。「もちろん。長くて五分」

廊下に出て、話し声がシュミットに聞こえないところまで来たとき、わたしは言った。「ディナーの予約? 連れていってもらえるのが高級レストランならいいのだが」

アニーはわたしの言葉を無視した。「話っていうと?」

「リシュラで襲撃事件があった。ゴア出身のキリスト教徒の女性が殺されたんだ。総監は過激派のしわざだと考えている」

アニーはきょとんとした顔をしていた。「それがわたしとどんな関係があるの?」

わたしもそのことを考えていたところだった。じつをいうと、関係はほとんどない。おそらくまったくない。けれども、アニーの家が襲われ、ダースの抗議集会が暴力的に解散させられたいま、事態が急速に手に負えなくなりつつあるのはたしかだ。アングロ・インディアンのアニーはすでに連中の標的になっている。万が一の際には、助けることができなくなるかもしれない。妻のサラを助けられなかったように。

「事態は悪化の一途をたどりつつある。今年中にインドは独立できるというガンジーのご託宣のせいで、どちらの側の人間も殺気だっている。皇太子の訪印も事態の鎮静化の役に立っていない。銃弾が飛び交うようになったときに、きみを危険にさらしたくないんだ」

アニーはわたしの腕にそっと手をかけた。「ずいぶん芝居がかった言い草ね、サム」

「冗談で言ってるんじゃない」

一瞬の沈黙があった。片方の手の指はダイヤモンドがついた耳たぶを引っぱっている。

「ほかになければ、スティーヴンが待ってるので……」

「あの男は信用できるのか」

「えっ？」

「本当に紅茶商人なのか。アメリカ人が紅茶をたしなまないってことは誰でも知っている。ぼくの勘では、酒の密造業者だ。ここには蒸留器を買いにきた」

アニーは訝しげだった。「あなたの勘がどれだけ頼りなるっていうの、サム。スティーヴンは紅茶商人であって、アメリカのギャングじゃない。カルカッタにやってきたどの男性より裏表のないひとだってことは一目でわかる。それが彼の魅力のひとつなのよ。どんなことに対しても決して斜に構えたりしない。人生を心から楽しんでいる。あなたとちがって。あなたは人生を苦行のように考えている。ヒンドゥー教の隠者のように、過去の罪をつねに償わなきゃならないと思っている」

声が聞こえたらしく、とつぜんシュミットが廊下に出てきた。

「何か問題でも？」

「いいえ、何も」と、アニーは答えた。「ウィンダム警部はお帰りになるところよ」

「本部に戻らなければならないので」わたしは付け加えた。

「夜のこんな時間に？」

「仕事があるんですよ。二日後にイギリス皇太子がこの街にやってくる」

シュミットは目を大きく見開いた。「その件にかかわっておられるのですか」

「ええ」わたしはまた嘘をついた。「警備態勢の最終チェックをしなければならないし、それ以上に大事なことに、この家の窓を割った者を逮捕する必要もある」

15

ラル・バザールには行かなかった。かわりに下宿に帰った。アニーの家での出来事のせいで気落ちしていたということもあるし、冬瓜の果汁を飲まなければならなかったからということもある。

そこに着いたとき、部屋はやはり暗かったが、錠をあける音が聞こえたようで、サンデシュはすぐに居間の明かりをつけてくれた。

なにやら困ったような顔をしている。

わたしはウィスキーと冬瓜を頼み、肘かけ椅子に腰をうずめた。

「かしこまりました、サーヒブ」と、サンデシュは答えたものの、リキュール・キャビネットのほうへ行こうとしない。わたしの数歩後ろのところをうろうろしている。刑事でなくても、何かがおかしいことはわかる。

「どうかしたのか」

「冬瓜のことです、サーヒブ」

「冬瓜がどうしたんだ」

「なくなりました」

「なんだって」

「二個残っていたんですが、今日の午後確認したら、二個とも腐ってまして。市場に買いにいったんですが、ひとつも見つからなかったんです」

「どこの市場にも置いていなかったのか」わたしは募る不安を隠して訊いた。

「三つの市場をまわったんですが、今日はどこもほとんど何も売ってないんです。農家も露店商も街に来ていません。店をあけていた者も、ハウラー橋での抗議集会に参加するために早じまいしたようです」

額に汗が噴きだすのがわかった。「腐った部分を切りおとして、残りを使えばいい」

サンデシュは首を振った。「全部捨ててしまいました」

このあたり一帯のゴミは道路脇の集積所に出され、市の職員によって回収される。回収日は決まっておらず、ほとんど気まぐれといっていい。腐った冬瓜をゴミ集積場に取りにいってくれと頼もうと一瞬思ったが、馬鹿も休み休みにしなければならない。わたしはすでに自分に敬意を払えなくなっている。使用人にまで敬意を払われなくなったらおしまいだ。

「だったら、ウィスキーだけでいい」

よく思いとどまったと自分で自分を褒めながら、わたしはさしだされたグラスを受けとった。できることなら、自分が依存症であるとは認めたくない。小さな勝利をいくつか積み重ねると、大きな敗北を覆い隠すことができるような気がしないでもない。けれども、体内で猛威を振るう禁断症状の前では、そのような淡い期待などデカン高原の朝露のようにすぐに吹き飛んでしまう。

ウィスキーを飲みほし、サンデシュにおかわりを頼む。玄関の間の時計が正時十五分前の時報を告げたときには、ひどく憂鬱な気分になっていた。それにしても、この四十八時間は尋常ではなかった。一見なんの関係もなさそうなのに遺体に同じような傷のある二件の殺人事件が発生し、さらには、平和的な抗議集会が暴力的に解散させられ、ダースは軍によってどこかへ連れ去られた。わたしにできたことといえば、バネルジーがダースのあとを追ってキャリアを棒に振るのを思いとどまらせたことくらいだ。そして、アニー。タイム誌の表紙にふさわしい顔に、デンタル・ウィークリー誌の表紙にふさわしい微笑を浮かべたアメリカの大金持ちと連れだって、食事にいってしまった。わたしはといえば、ここにすわって、やはりゴミの山へ腐った野菜を取りにいったほうがいいのではないかと考えている。

カルカッタにクリスマス気分というものがあるとしても、プレームチャンド・ボラル通りまでは及んでいない。そもそもわたしはこれまでお祭り気分とほとんどなんの縁もなかった。それでも、記憶に残っているものをあえてひとつあげるとすれば、戦争が始まる前年の一九一三年のクリスマスだろう。

そのときは数カ月前にサラと出会ったばかりで、一年後に結婚することになるとわかっていたわけではなく、好意を持ってもらおうと必死だった。クリスマスの日には、パビリオン劇場にマリー・ロイドのショーを観にいき、ヴィクトリア公園の凍った池でスケートをした。八年前――遠い遠い昔のことだ。

アニーと同じように、競争相手は大勢いたが、気にはならなかった。当時のわたしはいまとちがっていた。若く、そして自信に満ちていた。競争相手もちがっていた。いまアニーに言い寄るのは大金持ちやマハラジャだが、サラの場合はインテリや政治的急進派だった。表面的にはまったくちがっているが、基本的なところは同じだった。サラの崇拝者の武器は知性で、アニーの崇拝者の武器は金だが、わたしに言わせれば、どっちもどっちだ。

サラは戦争末期に死亡した。あのころ猖獗《しょうけつ》をきわめたインフルエンザ禍の初期の犠牲者だ。わたしは枕もとにいてやることもできなかった。亡くなってから数カ月後まで、そのことを知りさえしなかった。わたし自身も病院にいて、大量のモルヒネを投与され、戦場で負った傷の手当てを受けていた。もし神が本当にいたら、そのときわたしの命を奪ってくれていただろう。だが、実際は生き残り、生きつづけている。死んだほうがよかったのに。そのほうが理にかなっていたのに。

アニーの言ったとおりかもしれない。わたしの償いは死ぬまで続くのかもしれない。

サラの死がわたしをカルカッタに連れてきて、アニーの存在がわたしをカルカッタにとどまらせている。それでも、サラの記憶はいまも生きていて、日々わたしをさいなみつづけている。サラがいまの自分を見たらどう思うか。ウィスキー漬けの阿片中毒者。もう結婚したときの面影すら残っていないかもしれない。真っ赤に焼けた針がこめかみに突き刺さっているような気がする。なんとかしなければならない。

腕時計に目をやる。夜はふけつつある。バネルジーはいったいどこで何をしているのか。

本当なら、もうすでにラル・バザールから戻っていなければならない時間だ。もしかしたら、ダースの連行先を調べているのかもしれない。軍の取調べの場に立ちあうために。だとしたら、無駄な試みだ。軍は警察官を立ちあわせる習慣を持たない。インド人の警察官であればなおさらのことだ。

立ちあがり、ジャケットをつかんで、ドアのほうに向かったが、それはバネルジーを探しにいくためではなく、考えるのをやめるためだった。階段をおり、玄関のドアを抜け、ポーチの端にすわると、そこで煙草に火をつけ、バネルジーを待つことにした。

　夜気はひんやりとしていて、街は冷血動物のように活力を取りもどすのに時間を要している。売春宿の明かりはわずかしかついておらず、男たちの性欲は寒さのために凍てついてしまったのか、客足は途絶えがちだ。煙草を根元まで喫うと、それを歩道に投げ捨て、もう一本を喫いはじめた。バネルジーは当分戻ってきそうにない。いまもラル・バザールにいて、リシュラでの聞きこみ捜査の書類づくりに精を出しているのであればいいのだが。なにしろ仕事熱心を絵に描いたような男なのだ。最近は特にそれが目立つ。もっとも、それはわたしを避けているせいかもしれない。だとしても、責めることはできない。わたしだって、できれば自分といっしょにいたくない。

　後ろのドアが開き、ポーチのコンクリートに黄色い光がこぼれた。振り向くと、そこにはサリーのシルエットがあった。同じ階にある売春宿の娘のひとりだ。

「ここで何をしてるの《キー・コルチョ》、サーヒブ」叱りつけることができない男に対して、女性が冗談めかして咎めだてる口調だ。

　その声には聞き覚えがあった。簡単な挨拶程度だが、何度か話をしたことがある。が、だいぶまえのことなので、名前を思いだすこともできない。

「何をしているように見える？　すわって煙草を喫っているんだよ」わたしは言って、煙草を娘のほうに向けた。

　娘は首を振った。「ここは禁煙よ」

「気にすることはないさ」わたしは煙草を喫った。知ったことかと思うことが、この国ではよくある。イギリス人が玄関前で心安らかに一服つけることもできないとしたら、われわれはいったいなんのためにインドを統治しているのか。

「これじゃ、客が寄りつかないよ、サーヒブ」娘は言い、野良犬を追い払おうとしているようにポーチにおりてきた。

　ここでようやく名前を思いだした――プルニマ。バネルジーがひそかに心を寄せている娘だ。いつもそうだが、女性に少しでも心を魅かれたとき、バネルジーは何日もかけて交友関係をたどったり、警察の記録をチェックしたりと、本人に話しかける以外のあらゆる手段を使って徹底的に相手のことを調べあげる。いうまでもなくまったく無意味な行為だが、無意味だからこそやっているのではないかと思われる節もある。

　プルニマという名前の意味もバネルジーに教えてもらったが、思いだせない。たぶん太陽か月か女神だろう。インドの女性の名前はたいていその三つのどれかにちなんだものだ。

「客が寄りつかない？　わたしがここにすわってから、この通りに入ってきた者はひとりもいないぞ」

　プルニマはわたしの横に腰をおろして、手をさしだした。わたしは煙草を一本渡し、マッチに火をつけた。

「客の問題だってこと？」と、煙草を喫いながら言う。

「いまここにすわってるのは白人なのよ。白人の警官なのよ。この通りに入ってくるときに姿を見たら、人力車の車夫に素通りしろって言うに決まってるでしょ」

「こんなに暗くて、あんなに離れたところからわたしの姿が見てとれるとしたら、驚異的な視力の持ち主だってことになるね。警官だとわかるとしたら、霊能者でもあるんだろう。きみの客は変わり者が多いようだな。ところで、カルカッタで売春は違法行為になっている。なんなら、きみを逮捕したっていいんだが」

　プルニマは目をむいた。「やめてちょうだい。誰でも知ってるわ。警察はあたしたちを逮捕しない。客が通りの角を曲がるのを待って、袖の下を使わないとムショ送りだぞって脅《おど》すだけ」

たしかにそのとおりだ。売春は麻薬の密売と同様キャラハン率いる風俗課の所轄だが、夜の取引をとめるのは、潮の満ち引きをとめるに等しい。あるいは、非暴力運動の波をとめるに等しい。今夜、街のすべての売春婦を逮捕したとしても、翌日にはどの売春宿も新しい娘でいっぱいになっている。警察はときどき手入れをするが、それは主として新聞の記事づくりのためで、キャラハンの部下の仕事は麻薬関連の捜査におおむねかぎられており、売春の取締まりを担当しているのは地元の警察署で、路地で店の客を待ちかまえて捕まえ、いくばくかの小遣い銭をせびりとっては無罪放免にしている。

「それに、本当にあたしを逮捕するとしたら、三つの問題が出てくる」

「三つ?」

「そう。まず第一に、あたしを捕まえるなら、ほかの者もみんな捕まえなきゃならない。でないと、不公平でしょ。第二に、刑務所はどこも満杯で、あたしたちを受けいれる余地はない」

「三番目は?」

「三番目は、娘たちがいなくなれば、ここはもっとお上品な地区になって、あんたの部屋の家賃は三倍に跳ねあがる」

理屈では勝てない。ベンガルの女はまったくもってあなどれない。言い争いになったら、論破することは不可能だ。思うに、ベンガルの男が政治談義に花を咲かせ、イギリスの支配を舌鋒《ぜっぽう》鋭く非難するのは、圧政に抗議するほうが、妻の専横に手向かうより楽だからではないか。少なくとも、この説は検証に値する。

プルニマは立ちあがった。「わかったら、どこかへ行ってちょうだい。いつものように夜のお散歩に出て、夜半すぎにご帰館というのも悪くないかも」

言いかえそうとしたとき、ふと思った。それも悪くないのではないか。まだ早いが、空はすでに暗い。ここにすわって、煙草を最後の一本まで立て続けに喫い、娘たちの商売の邪魔をしているよりは、これ幸いとタングラへ足をのばすのもアリかもしれない。

わたしは立ちあがって、娘に会釈《えしゃく》し、夜の闇に足を踏みだした。

もよりの馬車乗り場は通りの数本先にあり、わたしはそこへ直行した。以前はもっと遠いところから馬車に乗り、経路も変えていたが、近頃は阿片の誘惑が勝《まさ》り、ついつい用心を怠りがちになっていた。それがいけなかった。カレッジ通りに入ったとき、金髪で、がっしりとした身体つきの男が、街灯の明かりの下で新聞を読んでいた。スーツの仕立て方からすると、おそらくイギリス人だろう。わたしが近づくと、顔をあげた。その顔には、どこかなれなれしげな表情があった。

「すみません。煙草の火を貸してもらえませんか」

わたしは何も考えずにポケットから紙マッチを取りだし、火をつけてやった。男は手をのばしたが、そこにあったのは煙草ではなく、リボルバーだった。背後で歩道わきに車を寄せる音がした。振りかえったとき、後部座席のドアが開いた。

紙マッチが燃え、指を火傷《やけど》しそうになったので、地面に投げ捨てる。

男が拳銃で車をさした。「乗れ」

断わろうかと思ったが、脇腹に拳銃を突きつけられて議論するのはむずかしい。仕方なく言われたとおりに車に乗ると、拳銃を持った男がそのあとに続いた。奥の席にはスーツを着たゴリラがいて、車内の居心地をいっそう悪いものにしていた。ドアが閉まると、インド人の運転手がすぐに車を出した。

わたしは深呼吸をして気持ちを落ち着かせ、自分に言い聞かせた。これがわたしの頭をぶちぬくためのものだとしたら、拉致《らち》の手口がいささかヤワにすぎる。

それに、殺害が目的なら、イギリス人ではなくインド
人をさしむけたはずだ。そのほうが手っとりばやい。
それに安あがりだ。

別の心配事が頭をもたげてきた。どこへ連れてい
かれるかわからないが、阿片窟でないのはたしかだ。す
でに禁断症状が始まっているのに、この次いつ一服で
きるかわからない。ここにいる新しい友人たちはそん
なに話好きではないようだったので、沈黙はわたしの
ほうから破らざるをえなかった。

「どこか面白いところに連れていってくれるのかい」
「すぐにわかる」煙草の男が言った。実際のところ、
どこに向かっているかは薄々勘づいていた。この手の
男たちにはまえにも出くわしたことがある。木の幹の
ような首、軍人タイプの筋骨隆々の身体。軍情報部は
現場の荒っぽい仕事をさせるときにこのような男たち
を使う。ドアを叩きこわしたり、ときには顔面を叩き
つぶしたり。

車はマイダン公園に入り、遠くのほうにウィリアム
要塞の分厚い壁が悪夢のように聳えているのが見えて
きた。陸軍の東部方面司令部であり、その一角に軍情
報部のH機関の本部が設置されている。

要塞のゲートのひとつで、衛兵が手を振って車をな
かに通した。そこははじめての場所ではない。時間は
遅いが、おそらくH機関の幹部のところに連れていか
れて誼を結ばされるのだろう。歯を抜かれるくらい魅
力的な予測だ。ブラム・ストーカーの著書のなかの吸
血鬼のように、H機関は日が暮れてから本来の仕事に
とりかかる。けれども、車はH機関の本部の前にとま
らず、さらにスピードをあげ、ヘッドライトは闇を切
り裂きつづけた。わたしは背中に汗が噴きでるのを感
じた。

しばらくして、車はずんぐりとした長方形の建物の
前でとまった。隣のゴリラがドアをあけて、車からお
り、だがわたしがそのあとに続かないでいると、腰を

かがめて目を尖らせた。

「降りろ」

その言葉に従わないと思ったのか、もうひとりの男がテニスラケット・サイズの手でわたしを押した。よろけながら車をおりると、わたしは身体を起こして、周囲を見まわした。建物には鉄扉があり、その両側に明かりとり用の細長い穴が三つずつあいている。冷たい汗が頬を伝い、首に落ちる。

男のひとりが扉を叩くと、すぐに覗き穴が開いた。二言三言ことばが交わされたあと、閂《かんぬき》を引く音がして、扉がゆっくり開いた。扉は分厚く、ドレッドノート級の戦艦から剝ぎとってきた装甲板のように見える。前方には暗い地下に通じるコンクリートの階段がある。

わたしは訊いた。「下に何があるんだ」

男の手がわたしの背中を押す。「行けばわかる。地下にあるのはカルカッタのブラック・ホールだよ」口もとには笑みが浮かんでる。

その話は聞いて知っている。カルカッタのブラック・ホールというのは、大勢のイギリス人が窒息死した監獄だ。そこにはいまでも死者の霊がさまよっていると言われているが、そんなことは気にならない。霊を信じていないからではなく、その監獄があったのはダルハウジー広場にほど近い旧ウィリアム要塞で、事件のすぐあとに取り壊されている。

ふたりの男にはさまれて、急勾配の階段をおり、要塞の深部へ向かう。

上階の壁のコンクリートは冷たい石に変わり、消毒剤の異臭が喉を刺激しはじめる。階段をおりたところには、薄ぼんやりとした電球がついた通路があった。その両側に並ぶいくつかの監房の前を通りすぎたところで、男は足をとめ、ドアをあけると、自分はその後ろに立って、なかに入るようにと言った。

ここで尋問を受けることになるのだろう。だが、このようなゴシック調のしつらいにわたしがビビると思っていたとしたら、それは大きな間違いだ。

「どうせやるのなら、手っとりばやくやってくれ」わたしは言って、なかに入り、部屋を見まわしたが、驚いたことにそこには誰もいない。ドアの手前で男は笑いながら首を振り、ドアを閉めた。

わたしは大声で叫びながら冷たい金属のドアを叩いた。

ドアの監視用の小窓が開く。

「ここで何が起きようとしているんだ」

「もうすぐドーソン大佐が来る。それまでおとなしく待っていろ」

小窓が閉まり、ブーツが通路を戻っていく音が聞こえた。

恐怖の波が押し寄せる。インド人の政治犯に殴る蹴るの暴行を加えるのと、警察官を拉致拘禁するのとでは、話がまったくちがう。H機関はここまでのことをする権限をはたして有しているのだろうか。


またドアを叩こうと思ったが、そんなことをしても意味がないことはもちろんわかっていた。しかも、阿片の禁断症状で身体の節々が痛みはじめている。悪あがきをして痛みを倍加させるような愚は避けなければならない。

振り向いて、周囲をあらためて見まわした。室内は狭く、片側の壁の高いところで、金網のケージつきの電球がともっている。反対側の壁際には寝台があり、薄いマットレスとクリミア戦争の遺物のような擦り切れた毛布が敷かれている。

街の箍《たが》が音を立ててはずれていきつつあるときに、わたしはウィリアム要塞の監房に閉じこめられ、なすすべもなく悶々《もんもん》としている。拘束下にある一分は無駄な一分であり、ルース・フェルナンデスとタングラの中国人を殺害した犯人につながる痕跡は刻一刻と薄れていく。

寝台に横たわり、ドーソンが来たときに何を言おうかと考えた。あの男のことだから、わたしを待たせることに大きな快感を覚えているにちがいない。待ち時間が長くなりすぎないことを祈ろう。

16

悶絶するほど時間はゆっくりと過ぎていく。阿片への渇望神経はびりびりに引き裂かれている。考えなければならないことを無理にでも考えていれば、ひりつくような痛みはいくらか軽減するはずだ。そう思って、ルース・フェルナンデスとその死の直前に会っていたという男のことに意識を集中しようとしたが、無理だった。思案はめぐりめぐって、なぜドーソンはわたしをここに閉じこめているのかという疑問に立ち戻った。ドーソンはわたしが葬儀屋の地下の霊安室にフェン・ワンとおぼしき男の遺体を見つけたことを知っているのだろうか。あるいは、先刻の抗議集会でH機関の工作員が秘密の任務に携わっているのをわたしに見られたと思ったのだろうか。もしそうだとしたら、実際のところそのようなものは見ていないのだから、そう答えればいい。ドーソンに本当のことを言うのは片腹痛く、本意ではないが、ここから出るためならいたしかたない。

時間が経過し、痛みが増すにつれ、心底からの恐怖もいやましに募っていく。朝までこのまま放置状態が続いたらどうなるか。あるいは、ドーソンがまったく姿を現わさなかったら？　本当の禁断症状がどのようなものかは、過去の経験からよくわかっている。そのたびに阿片をやめようとしたが、成功したためしはない。ドーソンがすぐに姿を現わさなかったときにどうなるかという恐怖は、いま感じている苦痛に勝るとも劣らないくらい大きい。

わたしの腕時計は十二時すぎでとまっていた。目が潤み、鼻水が出はじめたことを考えると、ここに閉じこめられてから一時間はたっているはずだ。巷ではこれを〝阿片風邪〟と呼んでいる。本格的な痛みが来る前触れだ。このときのために、煙草の最後の一本は取ってあった。これ以上先のばしにしたら、激痛のあまり煙草どころではなくなってしまう。箱から一本抜きとり、震える手で火をつける。一服すると、苦痛と頭のなかで渦を巻く恐怖が一瞬和らいだ。だが、それも束の間のことで、一本の煙草を喫いおわるまえに、すべてが元の状態に戻ってしまった。身体がぶるぶる震え、煙草の喫いさしを床に落としてしまう。両腕に鳥肌が立っている。きっぱりやめよう、とまた心に誓う。

毛布を肩にかけ、身体を丸めて、体温をあげようとしたが、効果はなかった。十二月の西部戦線でも、ここより暖かい。身体は凍えそうなのに、服も毛布も汗でびしょ濡れになっている。もうすぐ死ぬのではないかという気がする。翌朝ドーソンがここに来て、冷たくなったわたしの死体を見つける光景が頭に浮かぶ。ドアの前まで這っていくだけの力もない。ありったけの声で衛兵を呼んだが、聞いている者はいないみたいだった。気にしている者はいないということかもしれない。

戦争中以来していなかったことをしているのに気がついたのは、そのときだった。知らず知らずのうちに祈りの言葉をつぶやいていたのだ。

失神していたにちがいない。気がつくと、制服姿の衛兵に身体を揺すられていた。その後ろに誰かが立っているようだが、わたしの視界はぼやけている。徐々に焦点があってくる。後ろに撫でつけた褐色の髪、口ひげ、トレードマークのパイプ。

「ウィンダム警部」ドーソン大佐が言った。「ひどい姿ですな」

正しい見立てだ。そう思った瞬間、パイプの煙の臭いが鼻孔に達した。胃がむかつき、わたしは床にゲロをぶちまけた。

ドーソンが顔をしかめたところを見ると、反吐《へど》の一部が靴にかかったのかもしれない。そうであればいいのだが。どんなに小さな勝利でも、ひとはそれで前向きになれる。

ドーソンは衛兵に命じた。「汚れを落として、オフィスに連れてこい」

十分後、顔にバケツの冷たい水を浴びせられたあと、路上でわたしに声をかけてきた金髪の男に連れられて、要塞内の管理部の殺風景な建物の階段をあがり、ドーソンの執務室に入って、椅子にすわった。室内にはパイプ煙草の臭いがこびりついていて、吐き気をこらえるのは容易ではなく、自制心を総動員して危ないところをなんとか乗りきることができた。われながら上出来だ。ドーソンがやってくるまえに、その執務室で吐いたりしたら格好がつかない。

背後でドアが開き、ドーソンが部屋に入ってきた。

その後ろにいた補佐官に待機を命じると、机の向こうの椅子に腰をおろした。そして、机の上に置かれていた書類に目を落とし、それから数分間の沈黙のときをつくった——尋問法の教本に出ているとおりの心理戦。脅そうとしても無駄だ。わたしも教本を読んでいるからではない。脅しに怯えるような状態にないからだ。

しばらくしてようやく書類から目をあげた。

「あのようなやり方でお連れして申しわけありませんでした。いくつかお尋ねしたいことがあるんです」

「警察官を拘禁するのは違法行為だということはご存じのはずです」

ドーソンはわたしを見つめ、ため息をついた。「なんなら、ここで一夜あかしてもらってもいいんですよ。一夜が一週間になっても誰も気にしません。ですから、ややこしいことは言わないでいただきたい」

「何をお望みなんです」

「あなたはリシュラで起きた看護婦の殺人事件を担当していますね」

「お耳の早いことで」驚くにはあたらない。H機関はいたるところに情報網を張りめぐらしている。百ルピーで兄弟の喉を喜んで切り裂く者がいくらでもいる街では、どれだけあてになるかわからない友情より、気前よくさしだされる金品のほうがずっと頼りがいがある。「いずれにせよ、それはあなたの仕事じゃありません」

「被害者は陸軍病院の看護婦です」

「でも、民間人だ」

「国籍はポルトガルです。殺人事件の被害者が外国籍である場合は、たとえインド人であっても、われわれの管轄になる」

「その事件についてお話しできることはいくらもありません。夜勤からの帰宅途中のことです。魚のように切り裂かれていました」

「容疑者は？」

被害者の夫や、現場付近にいたアッサム人とおぼしき怪しげな男のことを告げることもできたが、いまは協力したい気持ちになれない。

「まだいません」

ドーソンはうなずき、それから机の上の書類にまた目を落とした。

「もうひとつ気になることがあります。あなたはタングラの阿片窟を訪ねたそうですね。数日前に風俗課がガサ入れをした店です」それから少し間をおいて、「それについて何かおっしゃりたいことは？」

「何のことかわかりません」

ここでドーソンは顔をあげた。「しらばっくれちゃいけませんよ、警部。わたしにそんなまやかしが通用すると思っているのですか。昨夜、あなたはそこにいて、巡査から話を聞いたんじゃありませんか」

わたしは自分を呪った。キャラハンの話だと、ガサ入れをしたのはH機関の要請があったからだ。その後もそこがH機関の監視下に置かれていたことは容易に察せられる。もっと慎重になるべきだった。

ドーソンは続けた。「そこで何をしていたんです」

「仕事です。警察案件で、あなたに関係のあることじゃありません」

納得したようには見えない。「警察案件？　タングラのあちこちの阿片窟を訪ねているのも？　それも警察案件ですか」

わたしはすっとぼけようとしたが、動揺が顔に出ていることは自分でもわかった。

ドーソンは冷ややかに笑った。「そういうことです。われわれはあなたの悪習のことを知っています。あなたはこの街の多くの阿片窟へ足繁く通っている。われわれが知らなかった店も何軒かあったくらいです。先日ガサ入れのあった店をとりたてて贔屓《ひいき》にしていたというわけではない。そこで、もう一度お訊きします。昨夜、あなたはあそこで何をしていたんです」

阿片の常用癖をドーソンに知られていたことは、驚くにはあたらない。二年半ほどまえ、阿片窟を出たところで襲撃され、危うく殺されかけたとき以来、そういったことは心のどこかで予測していた。考えすぎだと思いつつも、H機関に尾《つ》けられているのではないかという疑念を拭い去ることはどうしてもできなかった。この場をしのぐもっともらしい言い訳を考えなければならない。だが、ドーソンはわたしの沈黙を勘違いしたみたいだった。

「困りましたな、警部。有事の際には、さっきも言ったように、誰でも何日でもここに留めおくことができるんですよ。ですが、あなたの顔の表情からすると、どうやらその必要はなさそうですね。いいですか。わたしの知りたいことを話してくれたら、すぐにここから出られるんです。なんなら、車を用意して、お望みのところまでお送りしてもいい。そこにたまたま阿片窟があったとしても気にはしません」

わたしは筋の通る言い訳を見つけだすために神経を集中させようとしたが、目の奥の痛みはすさまじく、とても耐えられそうになかった。ドーソンはペンを取って、書類の余白に何やら書きはじめた。ペン先が紙面をこする音が百倍に増幅され、とそのとき、頭のなかで、小賢《こざか》しげな声がささやきはじめた。

なぜ本当のことを言わないんだ。何を隠す必要がある。

意志の力がエッグタイマーのなかの砂のように崩れていき、自分はただ単に強情を張っているだけではないかと思うようになってきた。考えれば考えるほど、ドーソンの要求は正当なもののように思えてくる。これまで例の中国人の死について誰にも何も言わなかったのは、自分が阿片窟にいたことを知られたくなかったからだ。けれども、ドーソンはわたしの阿片常用癖をすでに知っている。ここで洗いざらい話したとしても、なんの害があるというのか。なんだかんだいっても、われわれは同じ側の人間ではないか。ドーソンが言ったとおり、早く口を割れば、それだけ早くここから出られるのだ。

わたしは答えた。「ええ、そこにいました。阿片窟に。あなたがガサ入れを指示した夜に」

ドーソンはペンを置き、目をあげた。その顔には仮面のようになんの表情もない。「それで？」

「中国人の娘が逃げる手助けをしてくれました。キャラハンの部下たちが入ってくる直前に」

「カルカッタには阿片窟がいくらでもあるのに、あの店をあえて選んだ理由は？」

「偶然です。ご存じのとおり、わたしは利用する店を頻繁に変えている。あの夜はたまたまあそこだっただけです」

わたしの頭はいまにも破裂しそうになっている。それでも、なんとかドーソンの視線を正面から受けとめなければならない。

「そんな言葉が信じられると思っているのですか」

「嘘じゃない」

「では、なぜ昨夜その店に戻ったんです。数日前にたまたまそこへ行き、幸運にも逃げおおせたのなら、もう用はないはずです」

「そこに死体があったからです」

ドーソンの顔に影がよぎる。「死体？」

答えようとした瞬間、吐き気がこみあげてきた。身体をふたつに折ったとたん、反吐が床にこぼれ落ちた。ドーソンが苦々しげに毒づく。補佐官が後ろからわたしの髪をつかんで頭を引っぱりあげる。

ドーソンは立ちあがり、机に身を乗りだした。

「いいでしょう、警部。その死体のことを話してください」

「中国人です。逃げる途中、見つけたんです」

「見つけて、どうしたんです」

「何も。すべきことは何もなかった。死んでいたので。

だから、その場に放置して逃げたんです」

ドーソンは首を振った。「そこに死体などなかったことは、あなたも知っているはずです」

「ええ、キャラハンもそう言っていました。でも、わたしは見たんです。だから戻ったのです」

「それで、死体は見つかったんですか」

最後まですべて話してしまうべきかどうか。告白すれば救われるというが、それは告白する相手による。

「いいえ」

少し間があった。「あなたが嘘をついているのか、本当に死体を見たと思っているのかはわかりません。いずれにせよ、これはゆゆしき事態です。そこでお願いしたい。リシュラで殺害された看護婦について何かわかれば、すべてわたしに報告してください。それから、タングラの例の阿片窟のことをこれ以上詮索するのはやめていただきたい。もしまたあの阿片窟へ行ったことがわかれば、あなたの人生は今後なんの価値もないものになる」

わたしは同意のしるしにうなずいたが、脅し文句がきいたからではない。わたしは自分の人生になんらかの価値があるとはかならずしも思っていない。

ドーソンはわたしの髪をまだつかんでいる補佐官に目をやった。「放してやれ、アレンビー」

アレンビー——その名前は覚えておくことにしよう。

「もうお帰りいただいていい。車でタングラの路地裏へお連れしろ」

アレンビーは頭から手を放して、わたしを立ちあがらせ、部屋から連れだした。後ろからドーソンの声が聞こえた。

「誰かをよこして反吐を片づけさせろ」

17

一九二一年十二月二十四日

ドーソンの部下は命じられたとおりに車でチャイナタウンへ向かい、そのなかでもっともむさ苦しい裏通りでわたしをおろした。タングラではそれが正しい判断ということになる。そこからいちばん近い阿片窟に入り、寝台に倒れこむと、わたしは十服あまりの阿片の最初の一服を吸いこんだ。充足感とともに意識が薄れ、目が覚めたときは、東の空が白みはじめていた。

ふらつきながら表通りへ出ると、輪タクを呼びとめ、馬車《タンガ》乗り場まで行き、そこから街へ戻り、下宿から少し離れたところでおりた。それは体裁を取り繕《つくろ》うための見え透いた小細工で、いまさらそんなことをしても始まらないことはわかっている。それでも、そうせざるをえなかった。古い習慣は簡単には消えないというが、わたしの場合は、自分自身のためにそのような芝居を続けている節もある。冬瓜がなければ自分は完璧な阿片中毒者だという事実を、心のどこかでいまだに受けいれられていないのだから。

階段をあがり、鍵穴にそっと鍵をさしこむ。運がよければ、サンデシュにもバネルジーにも見つからずに自分の部屋に入れる。

カチッという小さな音がして、鍵が回る。取っ手をさげて、ドアを開くと、目の前にバネルジーが立っていた。ちょうど出勤しようとしていたところだ。おたがいに無言のままひとしきり見つめあった。バネルジーの顔には、いくつもの感情が同時に出ている。

「ドーソンの部下に捕まってしまって、ウィリアム要塞で一晩過ごした」と、わたしは言った。その言葉は自分の耳にさえ情けなく聞こえた。

バネルジーはあきらかにとまどっている。わたしはその前を通って、自分の部屋へ向かった。

「サム」小さな声が聞こえた。バネルジーがクリスチャン・ネームで呼ぶことはほとんどなく、わたしは思わず足をとめた。「阿片の臭いがします」

とつぜん、大きな感情の波が押し寄せた。罪悪感かもしれないし、自己嫌悪感かもしれない。あるいは疲労感かもしれない。もういい。もうたくさんだ。インド人の前では、つねに自分を偽り、聖人君子を装い、お高くとまっていなければならないということも。肌の色がちがうというだけで、おのれの弱点を相手にさらすのは恥だとする暗黙のルールも。それは愚かなキプリングが三文詩で綴《つづ》った戯言であり、自分にとっては白人の責務でもなんでもない。ここがインドであるということを忘れたら、バネルジーはわたしが持たなければならない友人にもっとも近い存在なのだ。胸襟《きょうきん》を開くとすれば、彼以外にない。

バネルジーは振り向いて、玄関のドアのほうに向かいかけた。

「待ってくれ」わたしは後ろから声をかけた。重荷をおろそう。「話したいことがあるんだ」

居間では、サンデシュが消毒剤の臭いがする布切れでコーヒーテーブルを拭いていた。そんなことをしてもあまり代わりばえはしないように思えるが、家具の拭き掃除は彼の日課のひとつになっていて、本人もやりがいを感じているらしく、あえてやめさせる理由もないので、わたしもバネルジーもこれまで何も言わなかった。だが、今朝はちがった。バネルジーの語気鋭い一言で、サンデシュはあわてて別の部屋へ別の用事を片づけにいった。

わたしはリキュール・キャビネットの前に行って、グラスにウィスキーを注いだ。いまは午前七時くらいだが、この一昼夜で時間の感覚はほぼ完全に失われている。いずれにせよ、これからしなければならないことを考えると強い酒が必要だ。イギリス人にとって自分の置かれている状況を誰かに相談するのは容易なことではなく、バネルジーに何もかも打ちあけるのは手足を失うのと同じくらい喜ばしいことではないが、風になびくか逆らうかを決めなければならないときはかならず来る。ウィスキーを飲みほし、おかわりを注いで振り向いたとき、バネルジーはまだドアの脇に立っていた。わたしは部屋を横切り、肘かけ椅子に腰をおろして、バネルジーが向かいの椅子にすわるのを待ち、ウィスキーをもう一飲みしてから、地獄へ落ちた経緯を話しはじめた。戦場で負った傷の治癒中にモルヒネ中毒になったこと、阿片窟で胸にナイフが刺さった死体を見つけたこと、そして、昨夜ウィリアム要塞の地下の監房に連行されたこと。

「専門家に相談したほうがいいかもしれませんね」

「ああ。それはわたしも考えた。でも、そんなことをしている時間はない。さしあたっての問題はH機関が何をたくらんでいるかということだ。リシュラの殺人事件に急に興味を示しはじめたのはなぜなのか」

「いまはそんなことにかかずりあっている場合じゃありません。何よりも優先させなきゃいけないのは阿片中毒の治療を受けることで──」

「約束する。今回の一件が片づいたら、すぐに治療を受ける」

「本当ですね」

「誓って」

バネルジーはゆっくりと頬に手をやった。まだ完全には納得していないみたいだったが、わたしは話をリシュラで殺害された看護婦の一件に戻した。

それでバネルジーは言った。「H機関が本当に気にしているのは、タングラの阿片窟の一件であり、リシュラの事件ではないのかもしれません」

「どういうことだ」

「リシュラの一件に関しては、あなたから捜査の進捗状況の報告を受けたいだけかもしれません。われわれが捜査を続けてさえいれば、それでいいってことです。一方、阿片窟については、強制捜査を要請したのはH機関ですし、その後も引きつづき現場を監視しています。問題はそこにあった死体ではないでしょうか。でなければ、死体を隠したりしないでしょう」

わたしはバネルジーをまじまじと見つめた。「きみもそこへ行って、死体を見たほうがいいかもしれんな」

バネルジーは顔を歪め、強い口調で言った。「そんなことはできません」

「どうして?」

「そこには近づくなと、H機関から昨日の夜の半分の時間をかけて釘を刺されつづけたんでしょ。監視はまだ続いているはずです」

「だったら、連中の裏をかけばいい」

わたしはバネルジーをラル・バザールへ向かわせ、サンデシュには市場をまわって一週間分以上の冬瓜を見つけてこいと言い渡した。それだけあれば安心できる。ふたりが出ていくと、自分の部屋に入り、服を着たままベッドに倒れこんだ。

目を覚まし、シャワーを浴び、髭を剃《そ》って、家を出たときには、十時になっていた。近くの屋台で紅茶を飲み、それからオフィスに向かった。

バネルジーがわたしを待っていた。その表情からすると、いい知らせではなさそうだ。

「タガート卿がわれわれをお呼びです」

「用件は?」

「ダース」

総監の執務室で、われわれは机の前の椅子にすわっていた。

「それは軍の問題です」と、わたしは言った。「そもそもダースを逮捕したのは軍です」

タガートは眼鏡をはずして鼻柱をつまんだ。

「だが、ここに来てふたたびわれわれの問題になりつつある。マスコミはいまもあちこち嗅ぎまわっている。ロンドンの新聞社はどうやらダースが逮捕されたことを知ったようだ。今朝のタイムズ紙もベタ記事だがそのことに触れている。総督やデリーの政府高官は皇太子のご来訪に影響が出ないか心配している。あらためて言うまでもないと思うが、殿下がカルカッタに到着されるまで二十四時間もない」

「つまりダースは釈放されるということでしょうか」

タガートは首を振った。「ことはそう簡単じゃない。釈放すれば、誤ったメッセージを発することになる」

「だったら、どうするんです」

「腹心のボースなる男とともに身柄を自宅監禁下に置くんだ。それで、きみたちには――」タガートは言いながら机ごしにわれわれのほうへ手をやった。「両名の移送の任についてもらいたい。ウィリアム要塞で身柄を預かり、ダースの自宅まで車で送り届けるんだ」それからバネルジーのほうを向いて、「部長刑事、きみは車中でダースにこう伝えてくれ。これは最後の警告だ。殿下のご来訪のまえに、あるいはその最中に、さらになんらかのトラブルを引き起こせば、アンダマン諸島の独房の窓から外の景色を仰ぐことになるだろうと」

「わかりました」バネルジーは小さな声で答えた。

わたしは椅子から腰をあげなかった。

「お言葉ですが、総監、われわれはリシュラの殺人事件をかかえています。ダースの送り迎えに時間を費やすより、その一件に意を払うべきではないかと……」

「いいや、サム。これは単なる送り迎えじゃない。脅し文句つきの連行だ」

しいアメリカ人の友人スティーヴン・シュミットの話を持ちだすことにした。実際のところ、この場をなごませるものがあるとすれば、意中の女性と縒《よ》りを戻そうとしているわたしの試みくらいだろう。

「どこかで会ったってことですか」

「そうだ」

「いつです」

「昨日の夕方。アニーの家を訪れたら、そこにいたんだ」

「大富豪だという話を聞いています」

「そんなことを誰から聞いたんだ」

バネルジーは肩をすくめた。「風の便りです」

「車やオーデコロンからすれば、うなずける話だ」

「どんな感じのひとでした」

「いかにもアメリカ人って感じだ」

バネルジーは目を大きく見開いた。「カウボーイですか」

18

朝霧が木々にまだ絡みついている時刻に、車はウィリアム要塞をめざしてマイダン公園を走り抜けていた。カラスの群れが木の枝から用心深く見つめている。わたしもバネルジーも黙りこくっている。わたしのほうは思案にふけっていた。ドーソン大佐には二度と会いたくない。彼の執務室で嘔吐《おうと》したばかりなのだ。合わせる顔があるわけがない。バネルジーはといえば、今朝わたしが打ち明けたことをまだ受けとめかねているように思える。阿片の常用癖を告白した上司と、その直後に気楽に世間話をするのはそう簡単なことではない。

重苦しい空気を振り払うため、わたしはアニーの新

「いいや。チャイ屋らしい」

「金持ちのチャイ屋ですか？　そんな話、聞いたことがありません」

「大量のチャイを売っているんだ」そう答えたとき、ウィリアム要塞の塁壁が視界に入った。

　警察官の身分証を見せたにもかかわらず、要塞のゲートにある検問所を通過するには、ドーソン大佐の部下といっしょだった昨夜より長い時間がかかった。タガート卿の署名が入った指令書をさしだすと、のっぺりとした顔に煉瓦の表情の衛兵は、それを持って詰所のなかに消えた。そして、実際には五分くらいだろうが、感覚的にはもっと長く感じられた時間のあと、戻ってくると、手振りでわれわれを通した。

「セント・ジョージ兵舎のほうへ向かってください」

「逮捕者はそこにいるんですか」と、バネルジーが尋ねた。

　衛兵は首を振った。「いいえ。でも、とにかく行けばわかります」

　われわれはH機関の本部の前を通りすぎ、要塞の中央にあるセント・ピーター教会を経由して、セント・ジョージ兵舎のほうへ向かった。衛兵の言ったとおりだった。兵舎から少し離れたところに、有刺鉄線を張りめぐらせた檻《おり》があった。そのなかに、数百人のインド人が閉じこめられていた。カーキ色の自警団の制服姿の者もいるが、ほとんどは国民会議のトレードマークである白装束姿だ。

　バネルジーが運転手に停車を命じた。われわれは車を降り、囲いのほうへ向かった。有刺鉄線の隙間のようなところが入口になっていて、ふたりのシク教徒の兵士が退屈そうに監視の任にあたっている。わたしは肩章をつけた兵士に指令書を手渡し、ダースに用がある旨を伝えた。

　兵士は指令書を検《あらた》めると、兵舎に向かい、数分後に、赤毛に童顔の士官といっしょに戻ってきた。赤毛の男はブラック・ウォッチ連隊のマッケンジー大尉と名乗った。

「言いえて妙だと思いませんか。ブラック・ウォッチが密《ブラック》かに罪人を見張る任務《ウォッチ》についているんです」マッケンジーは言って、囲いのほうに顎をしゃくった。「お尋ねの者はあのなかにいます。正確な場所はわたしにもわかりませんが」

マッケンジーのあとについて、われわれは有刺鉄線の隙間を通り抜け、インド人の群れのなかへ入っていった。

バネルジーは浮かぬ顔をしていた。「彼らはこれからどうなるんです」

「ひとによりますね。まず指導者と追従者を分離します。自警団の制服を着ている者は全員起訴されます。それ以外の者についての沙汰は」肩をすくめて、「わたしより給料のいい者の判断にまかされます」

まわりには汗と尿の臭いが充満している。囚人たちは軍用の灰色の毛布に身を包み、寒さをしのぐために身を寄せあって地面にすわっている。奥のほうに俄《にわ》かづくりの救護所があり、一張りのテントの下に負傷者や包帯姿の男たちが横たわっている。傷の手当てをしている看護兵も数人いるが、手はまったく足りていない。血色の悪い髭面の顔の多くから、苦しそうな空咳があがっている。檻の隅に掘られた穴がトイレのようだ。数人の囚人がイギリス人の軍曹の指示を受けながら、土を熊手で掻き、石灰をかぶせている。

「ダース！」マッケンジーが大声を張りあげた。「C・R・ダースに用がある！」

少し離れたところで、小さなどよめきが起こった。

「こちらへ」マッケンジーは言って、水が大きな渦を巻いている浅瀬を見つけだした釣り人のようにそちらに向かって歩いていった。

われわれの前でインド人の人垣がふたつに分かれ、

軍用の毛布の上に胡坐《あぐら》を組んですわっているダースの姿が見えた。そのまわりを若者たちが取り囲んでいる。立っている者もいれば、しゃがんでいる者もいる。そのなかに、眼鏡をかけたスバス・ボースの姿もあった。

ダースは微笑み、ボースに身体を支えてもらいながら立ちあがると、久しぶりに会った友人のようにわたしを迎えてくれた。

「こんなところでお会いできるとは思いませんでした、ウィンダム警部。嬉しい驚きです。ここにいらしたのは、総督がわれわれの要求を受けいれ、インドから出ていくことに同意したことを伝えるためであればいいのですが」この年齢で冬の夜を戸外で過ごした割りには、ユーモアのセンスは少しも損なわれていない。

「総督が公邸を引き払う予定があるかどうかはわかりません。少なくとも、そのような連絡はまだ受けていません。今日ここに来たのは、あなたとミスター・ボースをご自宅まで送り届けるよう命じられたからです」

「無罪放免ということですか」

「いいえ、そういうわけではありません。自宅監禁下に置かれるということです」

「では、ここにいるわたしの友人たちはどうなるのでしょう」ダースは言って、仲間たちのほうへ手をやった。

「ほかの者についての命令は受けていません」

ひとしきり間があった。「拒めば、どうなります」

「議論の余地はありません。われわれに同行いただかなければ、軍が真夜中にあなたたちに手錠をかけてご自宅へ連れていきます。手間はかかるし、しかるべき敬意が払われることもありません。でも、結果は同じです」

「あなたたちに敬意を払ってもらいたいとは思っていません」

「お願いです、おじさん《カ ク》」バネルジーは乞うた。「あと十五時間ここにいたとしても、得られるものは何もありません」

ダースはバネルジーを見つめた。その視線が腹心のボースへ移り、それからわたしに戻ってくる。

「さしつかえなければ、スバスと少し相談させてもらえないでしょうか」

わたしがうなずいて同意すると、ふたりは脇へ寄り、声をひそめてベンガル語で話しはじめた。

しばらくしてダースが戻ってきた。ボースはその場にとどまっていた。

「わかりました」と、ダースは言った。「仰せのとおりにします」

車が要塞のゲートを通り抜けたとき、ダースは訊いた。

「自宅監禁に何か条件はありますか」

車の後席で、わたしはダースとボースのあいだにすわっていた。前席には運転手とバネルジーがすわっている。

「単純明快です」と、わたしは答えた。「皇太子殿下の滞在中および滞在前にいかなる騒動も起こさないということです」

「応じられないと言えば？」

いい質問だ。本来なら、法律を破った者は投獄される。しかるに、ガンジーやダースやその信奉者たちは、その基本原理を無効化してしまった。彼らは投獄されることを望んでいる。イギリスの刑務所の脅威、ひいてはイギリスの司法の脅威など、いくらのものでもないということを世に知らしめるために。彼らは縛《ばく》につくことを精神的な勝利と見なしている。それゆえ、ふざけた話だとわかっていても、われわれは彼らを投獄しないようにしなければならないという奇妙な立場に置かれることになる。幸いなことに、今回は代案をタガートはまえもって用意していた。

「その場合はダージリンに行ってもらうことになりま

す。あなたはそこにも家をお持ちですね」

これがダースのようにいくつもの家を持つ者を逮捕したときの利点だ。監禁場所はこちらの都合のいいように選ぶことができる。

「新聞を読むことはできるでしょうか」

「それはどうでしょう。いずれにせよ、最近は読むに値する記事はいくらもありません。昨日の抗議行動についても、何も出ないはずです。少なくとも英字新聞には。ベンガル語の新聞でも、申しわけ程度のものしか出ないと思いますよ」

外国やロンドンの新聞のことはあえて口にしなかった。結局のところ、わたしの仕事は現状を正確に相手に伝えることではなく、帝国警察の仕事と自分自身の人生をより面倒なものにするような行動を思いとどまらせることなのだ。

ダースは車の窓から外を眺めていた。何を考えているかはおおよそ察しがつく。通りは昨日とどこも変わっていないように見える。店は開いていて、路面電車も走っている。カルカッタの街は昨夜の騒ぎなどなかったかのように普段どおり動いている。だが、よく見れば少しちがう。人々は疲弊《ひへい》している。抗議行動には、阿片の吸引と同様、収穫逓減《ていげん》の法則が適用される。やればやるほど効果は薄れていく。衣類を燃やしてみせるダースの戦術にも、もはや新味はない。それはこれまで何度も繰りかえしてきたことなのだ。人々はいまスローガンを唱えるのをやめ、寒い夜に身体を温めてくれる服を燃やす意味に疑問を持ちはじめている。逮捕についても同様で、すでに何万人もの人間が投獄されているのに、そこに数百人が加わったところで、何がどう変わるわけでもない。

「もっと強く出なきゃいけないかもしれない」ダースはひとりごちた。「たとえばハンガー・ストライキとか」

バネルジーが助手席から振りかえった。頬をひっぱたかれたような顔をしている。

「何を言ってるんですか。そんなことをしたら、死んでしまいます。おばさん《カキ・マ》や子供たちのことはどうするんですか。夫や父を犠牲にすることが許されるとは思いません」

ダースの顔には、コロッセウムでライオンの餌食にされる日を心待ちにしている聖者を思わせる不敵な笑みが浮かんでいる。

「どんなときでも、犠牲なしに大義をなしとげることはできないんだよ、サレン」

ベンガル人には殉死を尊ぶ気風があり、ダースも例外ではない。そのような思いを反故《ほご》にすることができる者は、おそらくわたしひとりだろう。

「そのような挙に出るにはガンジーの許可が必要なのじゃありませんか。ガンジーがベンガルの主席補佐官に自死を許すとは思いません」

わたしの言葉は正鵠《せいこく》を射ていたらしく、ダースはあっさりと思いつきを引っこめた。バネルジーはバスに轢《ひ》かれかけた男のような顔をしていた。

ダースの自宅のまわりには、数人の警官が目立たないように配置されていた。だが、どんなに目立たないよう注意を払っていても、武装警官であるからには、見ている者になんの脅威も与えないというわけにはいかない。

車がとまると、ダースは訊いた。「このあとここで何が起きるんでしょう」

「ここであなたの身柄は慈悲深いボーワニプール署に引き渡されることになります。自宅監禁の条件を守ってさえいれば、面倒なことは何も起こりません」

わたしの忠告をダースが聞きいれてくれたらいいのだが。この老人を十二月のダージリン送りにするのは、あまりにも酷すぎる。ベンガル人にとっては、この時期のカルカッタの寒さもかなりこたえる。ヒマラヤの麓《ふもと》にあるダージリンでは、北極にいるような思いがするにちがいない。

けれども、甘い考えは禁物だ。本人も言っていたように、非暴力不服従運動の目的は当局の反応を引きだすことにある。ダースのことだ。朝食前には次の一手を思いついているにちがいない。

門番と白いサリー姿の若い女性にはさまれて、ダースの妻のバサンティ・デヴィがゲートの前に立っていた。その顔に安堵の表情があるのは、車の窓ごしに見た夫の顔かたちが変わっていなかったからだろう。

ダースはわたしのほうを向いた。「お茶を飲んでいかれますか」

「せっかくですが、この次に」

痩せたインド人の巡査が走ってきて、車の後席のドアをあけ、ドーチェスター・ホテルに着いたVIPを迎えるように老人に手をさしのべた。ダースが礼を言って、腕を軽く叩くと、巡査は聖人の祝福を受けたかのように目を輝かせた。

この巡査の顔の表情に、わたしは未来を見たような気がした。われわれの戦い――インドを支配しつづけるための戦いは、われわれが敗北する運命にある。警官でさえ、彼を聖人のように扱っているとしたら、われわれにどのような勝機があるというのか。警察や軍隊や役所で働いているインド人の多くが、この巡査と同じような思いを抱いていると考えるのは理の当然だろう。彼らがわれわれのために働いているのは必要に迫られてのことにすぎない。われわれから受けとる金は胃袋を満たすだけで、心は別のところにある。

それを非難することはできない。そんなことができるはずがない。ダースのような男を敵と見なすことにさえ、わたしは後ろめたさを覚えているのだ。平等を求める演説をしただけで逮捕され、俄かづくりの檻のなかに閉じこめられ、一年でももっとも寒い時期の夜の外気にさらされて過ごしたのに、いまはこうしてわわれわれは武力でしかインドを支配できない。だが、戦いかえさない相手に対しては、軍事力はなんの意味も持たない。そのような人々を傷つければ、みずからも大きな傷を負うことになる。それは解決不可能なジレンマだ。インドの独立の瞬間はすぐそこまで来ている。イギリスのインド支配は死の淵にあり、われわれにできるのはそのときをいくらか遅らせることくらいしかない。問題は、われわれがそのことを理解し、白旗をあげるまでに、どれぐらいの時間がかかるかということだけだ。

われわれをお茶に誘ってくれている。このような人間を憎むことはできない。もちろん、不倶戴天《ふぐたいてん》の敵と見なすこともできない。

ここがもっとも大事なところなのだ。敵と見なすためには、相手を憎む必要がある。銃や爆弾で攻めてくる者を憎むのは簡単だが、道徳的規範に照らして非を鳴らす者を憎むのはむずかしい。

そして、われわれはみずからをモラルを尊ぶ民族だと考えている。イギリス人が誇りとするフェアプレイの精神は、道徳的規範の高さを世に知らしめること以外の何ものでもない。ガンジーやダースの非凡な才は、そのことをわれわれ以上に理解しているという点にある。煎《せん》じつめればイギリス人とインド人とのあいだにさほどの違いがあるわけではない。イギリス人を打ち負かす方法は、その良心に訴えかけること、つまりインドにおけるイギリス人の立ち位置の道徳的不適切性をわれわれに悟らせることなのだ。

19

ラル・バザールのわたしの机の上に、一通の封筒が置かれていた。女性らしい流れるような筆跡で、十二月二十三日の日付が記されている。

開封すると、なかには、数枚の薄い用紙が入っていた。文面はタイプライターで印字されていて、いちばん上に大きな活字体でバラクプール陸軍病院とあり、その下にルース・フェルナンデスの名前が表示されている。

「それはなんです」と、バネルジーが訊いた。

「誰かがフェルナンデス看護婦の人事記録簿を送ってくれたようだ」

「誰でしょう。マグァイア少佐ですか」

封筒に添え状はなかったが、わたしにはそれが誰かわかっていた。封筒に記された日付を見れば明白だった。フランス人の字の書き方はイギリス人のそれと微妙にちがっている。数字の1もそのひとつで、フランス人は上の斜めの線を長く書く。

わたしは書類をめくりながら言った。「少佐じゃないだろう」

「どうしてわかるんです」

「添え状がない。マグァイア少佐の指示で送られたのなら、送り主の名前が記された添え状があるはずだ。たぶん内密に送ってきたのだろう。送り主はルーヴェル看護婦だと思う。だとすれば、そのことはマグァイア少佐に知らせていないはずだ」

わたしは椅子にすわって、書類に目を通したが、これといったものは何もなかった。名前、住所、その下に資格と給与についての短い記述。そして、同病院での勤務歴。雇用されたのは一九一二年十一月。夫に請われてベンガルに来た直後だろう。

一九一五年十月には、看護婦長に昇進している。前年に戦争が始まったので、その翌年には治療やリハビリのために帰還したインド人の負傷兵が大勢押し寄せたと思われる。バラクプールにやってくるまえにゴアでも看護婦をしていたので、経験も実績も充分にある。昇進するのはおかしなことでもなんでもない。

その次の項目はごく短い。〝一九一七年九月、ラワルピンディーに配置転換〟とあるだけだ。

ラワルピンディーはパンジャブの守備隊駐屯都市で、ベンガルから千マイル以上離れていて、北西辺境州に近い。翌年の十一月にはふたたびバラクプールの陸軍病院に戻り、四十八時間前に死亡するまでそこで勤務している。

次のページは年次の勤務評定が記載されていた。だが、一九一七年と一八年の欄には何も記されていない。それはラワルピンディーに赴任していた期間なので、記載がないのは当然だろう。

わたしは机ごしに書類をバネルジーに渡した。

バネルジーが書類を読みおえて顔をあげると、わたしは訊いた。「どう思う?」

バネルジーは肩をすくめた。「ほとんどの部分については なんの問題もないと思いますが……」

「なんだ?」

「バラクプールからラワルピンディーに異動になったのはなぜなんでしょう」

「戦時中だ。べつに珍しいことじゃない。一七年当時の戦況は最悪で、インド人兵士の多くはパンジャブ出身だった。帰還した負傷兵のために看護婦を増員する必要があったのだろう」

バネルジーはまた肩をすくめた。「そうかもしれません。でも、夫からその点についての言及がなかったのはなぜなんでしょう」

良い指摘だ。夫のジョルジェは妻子をゴアからベンガルに呼び寄せている。インドでは、夫が家族から遠く離れたところに働きにいくのは珍しくないが、妻がそんなことをしたという話は聞いたことがない。実際のところ、ジョルジェが一年にわたる妻の単身赴任に同意したとは考えにくい。バネルジーの言うとおり、もしかしたら、そこから何かが見えてくるかもしれない。警察の仕事の多くは文書の精査であり、だがその種の努力が報われることはほとんどなく、たいていの場合、そうすることによって新たな疑問に行きあたるだけだ。けれども、それはかならずしも悪いことではない。疑問は緩んだ糸で、強く引っぱったり、根気よくたどったりすれば、それを解く手だてが見つかることもある。

ラワルピンディーについての記載は、かならずしもわたしの情痴説を後押ししてくれるものではない。それでも、夫のジョルジェが妻の一年間の不在について一言も触れなかったことは注目に値する。同様に、手を下したのは国民会議の支持者であるという説を後押しするものも見つかってはいない。タガートや政治家たちが関心を寄せるのは、その部分だけだ。ルース・フェルナンデスがどんなふうに生きてきたかなどはどうだっていい。大事なのはどうやって死んだかということだけだ。それが彼らが望む筋書きと一致しなければ、真実は土砂降りの雨のなかの唾くらいの価値しかない。

ヒンドゥー教徒の信じるところによると、人間の運命はこの世に生を受けたときの天体の位置と同期し、その身に起きることは夜空の星に明示されている。ルース・フェルナンデスはキリスト教徒かもしれないが、それでも誕生の瞬間に定められた運命から逃れることはできなかったのだろう。生まれたときから彼女の人生を縛るものは三つあった。貧困、インド人であること、さらには女であること。インドでは、それはその生が取るに足りないものであることを意味している。

そして、その死は無理矢理にでっちあげた筋書きと一致しないかぎり、さらに取るに足りないものになる。

けれども、この一件はわたしの机の上に舞いおちた。死んだ者にとってどうでもいいことかもしれないが、わたしは人生の敗者だからといって切り捨てはしない。それはわたし自身が人生の敗者であるからかもしれない。解かれなければならない疑問と引っぱることができる緩い糸があるかぎり、捜査の手を緩めるつもりはない。われわれが普通のインド人の死には見向きもしないというバネルジーの父の指摘に抗うためではなく、一日の終わりに自分の所業が高潔なものであったと思えることがほかにないからだ。

「ラモント部長刑事からの連絡は？」と、わたしは訊いた。「ジョルジェ・フェルナンデスのアリバイの裏づけになるような知らせはないか」

「具体的なものはありません」バネルジーは答えた。「隣人に聞きこみをしたというメッセージが残っていました。昨日の午前八時半ごろ、たしかにジョルジェは近所のドアをノックしてまわり、妻のことを訊いていたようです。それはジョルジェの供述と一致していますが、だからといって、もっと早い時間に家を出て妻を殺さなかったということにはなりません。ラモントはいまも聞きこみを続けています」

「検視については？」

「遺体は医科大学病院の安置所に移されました。明日ドクター・ラムが検視をする予定になっています」

「今日の午後に前倒しできないかどうか訊いてみてくれ。タガート卿の要望だと言えばいい」

バネルジーは訝しげな目でわたしを見つめた。「何を見つけようとしているんですか」

「さあ。遺体の傷は東洋の儀式用のナイフによるものかもしれない。もしかしたら、阿片窟で死んでいた男との関係を示すものが見つかるかもしれない」

正直言って、想像もつかない。わたしはいったい何を見つけようとしているのか。それでも、検視結果はなんらかのかたちで捜査の推進力になってくれるような気がする。捜査の方向が定まらないなかでは、どんな力でもないよりはましだ。

「それが何かは見たときにわかる」と、わたしは言った。

「あなたが阿片窟で見つけた死体とはなんの関係もないという可能性はありませんか」

わたしはバネルジーを見つめた。「そのことをあきらかにする方法はひとつ」

「その話はすんでいます。あそこに戻ったら、あなたのキャリアは終わりになるかもしれないんですよ」

それはそうかもしれないが、だからといって、そうしてはいけないわけではない。返事をするまえに、雑務係のラム・ラルが部屋に飛びこんできた。細い棒のような身体に青いシャツと髪の色と同じ灰色の腰布姿で、手にメモ用紙を持ち、テリアのように荒い息をついている。バネルジーがノックをしてから入るようにと注意したが、糠《ぬか》に釘だ。齢《よわい》六十を超えていて、新しい習慣を身につけるには年をとりすぎている。おかしいのは、ときおり馬鹿ていねいにノックをして、入れと言っても入ってこず、誰かがドアをあけるまで外で待っていることだ。その行動には特定のパターンや理由がまったくない。ラム・ラルが謝り、ノックをしてから入りなおすために外に出ようとしたので、わたしはあわてて呼びとめた。

「いいから、それをよこせ」わたしは言って、手のなかでくしゃくしゃになっているメモ用紙を指さした。

「ハー、サーヒブ」ラム・ラルは机の上にメモ用紙を置いて、皺をのばすと、数回会釈をしたあと部屋から出ていった。

わたしはメモ用紙を手に取った。片面にわたしの名前があり、裏にタガートの手書きのメモが記されている。それに素早く目を通して、バネルジーのほうを向いた。

「また殺人事件だ」

20

今回はそう遠くまで行かなくてもよかった。パーク通りのすぐ近くにあるジョージ王朝風の瀟洒なテラスハウスまで、車で五分ほどしかかからなかった。通りから玄関前の階段をあがったところに開いたドアがあり、その横にひとりの巡査が所在なげに立っていた。馬が逃げたあと、というかこの場合には馬が敷き藁《わら》の上で殺されたあと、厩《うまや》の扉を見張っているようなものだ。殺されたのは、アラステア・ダンロップというイギリス人で、タガートのメモ書きによると、著名な科学者だという。それはまことに結構なことだが、わたしは寡聞《かぶん》にして知らない。もちろん、その名前はほどなく世に知れわたることになる。イギリス人がカルカッタで殺されるのは稀だし、殺され方も尋常ではない。そのむごたらしさは明日の朝のイングリッシュマン紙の第一面を埋めつくすにちがいない。

寝室は三階で、狭く薄暗い階段をあがったところにあり、地元の警察署から来た別の巡査が見張りに立っていた。巡査は会釈をして、脇に寄り、軍人のような仕草でドアをあけた。

部屋そのものにはなんの飾りけもない。衣装だんす、書き物机、ラクナウの包囲戦を描いた水彩画、そしてベッド。血まみれのシーツの上に、男の死体が横たわっていた。年のころは五十前後。血色の悪い、骨ばった顔。細長い鼻。目はわからない。日曜日《サンデー》の盛りあわせ料理《ロースト》に添えようとしたのか、ふたつともくりぬかれている。胸には二カ所の刺し傷があり、青いパジャマを汚している。

「どう思う?」と、わたしはバネルジーに訊いた。

「ルース・フェルナンデスと同じ傷です」

「手を見ろ。指は傷ついていない」

廊下から咳払いが聞こえたので振り向くと、そこにインド人の刑事が立っていた。鼻の下にちょび髭をおき、ビンロウの実で歯を真っ赤にして、モンドル巡査と名乗った。

「きみが責任者か」

「はい、パーク通り署から来ました」

「よろしい。話を聞かせてくれ」

「今朝八時すぎ、メイドから連絡があったので、僭越《せんえつ》ながら寄せていただきました。ご覧のとおり、サーヒブはこの部屋で見つかりました」

その声は小さく、まるでイギリス人の家に足を踏みいれることができただけで光栄で、殺人はガーデン・パーティーの俄か雨くらいの小さな不都合にすぎないと言いたげな口調だった。

「誰が見つけたんだ」

「この家の女主人《メムサーヒブ》のミセス・アンシア・ダンロップで

す。朝食をとりにおりてこなかったので、呼びにいったそうです」

　そこからふたりの関係がどういうものだったかをある程度まで見てとることができる。夫人がメイドを使わず自分で夫を呼びにいったということは、夫婦仲は悪くなかったということだろう。

「夫人はいまどこにいる」

「下の居間です。話をお聞きになりますか」

「あとでいい。犯人の侵入経路はわかっているか」

「屋上から入ったようです」モンドルは言って、わたしが屋根の場所をとりちがえることのないよう上方を指さした。「屋上のドアが破られていました。出ていくときも、そこを通ったものと思われます」

　カルカッタでは、みな家屋敷のセキュリティに万全の注意を払い、鉄格子や大きな南京錠を取りつけたり、屈強な門番を雇ったりするための支出を厭《いと》わない。ただ屋上のドアだけは別だ。風雨にさらされ、虫に食われるまま放置されていることが多い。ひとは基本的に水平面で暮らしていて、垂直面に気を使うことはあまりない。もちろん、そのことに文句をつけるつもりはない。三日前の晩、キャラハンの部下たちが屋上を見張ることを忘れていたおかげで、わたしは阿片窟から逃げだすことができたのだ。

　あらためて犯行現場を見まわしたとき、ひとつの楽曲のなかの調子はずれの音のような違和感を覚えたが、それが何かはわからなかった。「ここで何かに手を触れたり動かしたりした者はいないだろうな」

　モンドルは首を振った。「われわれが到着してからは誰も。メイドもそう言っています。遺体が見つかってから、誰も何にも触っていないそうです」

　わたしはドアを指さして言った。「屋上にあがってみよう」

　われわれはモンドルのあとに続いて部屋を出て、屋上に通じる階段をあがった。

屋上に出るドアには頑丈な差し錠がついていて、元々の位置にしっかり固定されている。だが残念なことに、ラッチをさしこむところは木枠からきれいにむしりとられている。木枠の状態から判断すると、そうするのにさほどの力は必要なかったにちがいない。

屋上に出ると、わたしは隣家の屋上との境にある仕切り壁のほうへ歩いていった。いまいるところは両隣がつながった連棟式の家屋の屋上で、ダンロップ宅は建物の端から三分の一くらいのところにある。

バネルジーがわたしの後ろにやってきた。「犯人は屋上を伝ってきたんでしょうか」

「調べてみよう」

わたしは仕切り壁を横切って、隣家の屋上へ移った。バネルジーもそのあとに続き、われわれはさらにふたつの家の屋上を越えて、建物のはずれまで行った。その手すりの向こうには垂直の壁があるだけで、三階下の通りまで遮《さえぎ》るものは何もない。後戻りして、今度は建物の反対側のはずれまで行ったが、その先もやはり下の通りまで遮るものは何もない。

「建物の外側に階段や梯子《はしご》の類はない。ということは、ほかの家を通って屋上に出たか、排水管をよじのぼったかのどちらかということになる」

われわれはダンロップ宅の屋上に戻り、建物の裏側へ歩いていった。そこの排水溝の穴には鉛管が取りつけられ、下の階の鉛管と合流しながら地面までのびている。

「上り下りすることは充分に可能です」バネルジーは建物の手すりごしに下を見ながら言った。

以前なら、懐疑的だったかもしれない。排水管の分岐部分を除いて、手をかけるところも足をかけるところもない。だが、わたしはインド人が素手に裸足で高さ九十フィートのココヤシにひょいひょいのぼっていくのを何度も見たことがある。そのような者にとって、排水管は梯子と変わらないほど重宝なものだ。

「排水管の下に足跡がないか調べてくれ。それから、モンドルに近隣の家のドアをノックしてまわらせてくれ。犯人がほかの家に忍びこんで、そこから上にあがった可能性も捨てきれない」

バネルジーはうなずいた。「了解です」

「わたしのほうはダンロップ夫人に話を聞きにいってくる」

21

居間の棚には磁器の皿が並び、壁には聖書の一節を刺繡《ししゅう》した額入りの飾り布がかけられている。湖水地方のティールームから運んできたような部屋だ。アンシア・ダンロップ夫人は花柄のソファーにすわって虚空を凝視していた。おだんごにした髪から白い毛がほつれて顔の横に垂れているが、それを搔きあげようとする気もないように見える。

わたしはドイリーが敷かれたサイド・テーブルの脇を通って、夫人の向かいの椅子にすわった。かたわらのキャビネットの上には、額装された多くの写真が並べて置かれている。そのなかには、ウエディングドレス姿で、夫といっしょに撮った写真もある。

「ミセス・ダンロップ？」

夫人は顔をあげた。手にはロザリオが握られている。

「帝国警察のウィンダム警部です。心からお悔やみを申しあげます。いくつかお訊きしたいことがありまして——」

「お話なら、先ほど現地の警察の方にしました」

「わかっています。でも、わたしは今回の事件の捜査の指揮をとっています。できれば、あなたから話を直接お聞きしたいのです」

一瞬の間のあと、夫人はうなずいた。「いいでしょう、警部さん」

「あなたがご主人の遺体を見つけたという話を聞いています。そのへんのいきさつをあなたご自身の言葉で説明していただければ幸いです」

夫人は指のあいだでロザリオを回しはじめた。

「六時半ごろ目を覚まし、身支度をして……下におりていったのは、そうですね、七時十五分ごろだったと思います。メイドには七時までに朝食の用意をしておくようにと言ってありました。夫はたいていわたしより先にダイニングルームに来ています。早起きなんです。でも、いまは一週間のクリスマス休暇中ですので、おりてくるのが少し遅くなったからといって、べつになんとも思いませんでした」

「続けてください」

「朝食をとりおえても、まだおりてこなかったので、夜のあいだに体調を崩しでもしたんじゃないかと心配になってきました。カルカッタは危険がいっぱいの街です。どんな伝染病にかかってもおかしくありません。特にこの時期は」

興味深い発言だが、それは部分的にしか正しくない。たしかにカルカッタは危険がいっぱいの街だが、冬が最悪の季節というわけではない。十二月よりモンスーン期のほうが遥かに重病にかかりやすい。だが、いまはそんなことが問題となっているのではない。夫のアラステア・ダンロップはコレラや赤痢《せきり》にかかったのではなく、胸にナイフを突き刺されて死んだのだ。

「わたしは上に行き、夫の部屋のドアをノックしました。返事がなかったので、強くノックし、大きな声で呼び、それから部屋に入ると……」

夫人はハンカチを取りだして、目がしらを押さえた。

「夫はそこに横たわっていました……顔が……めちゃめちゃに……」

このとき、ふと思った。排水管の下の地面を調べにいくようバネルジーに命じたのは間違いだったかもしれない。同世代の女性との会話が苦手というのは相変わらずだが、当人ともども驚いたことに、相手が年配の女性、特にイギリスの女性なら、巧みに話を聞きだす能力があることがわかったのだ。何が気にいられているのかはわからない。もしかしたら物珍しさかもしれない。断定はできないが、可能性はある。パブリック・スクールのアクセントで話す若いインド人が警察にそうそういないのはたしかだ。でも、ここはなんとかひとりでやりぬくしかない。

「ご主人が生きているのを最後に見たのはいつでしたか、ミセス・ダンロップ」わたしは夫をなくしたばかりの女性にふさわしい穏やかな口調で尋ねた。

「昨夜です。九時半ごろだったと思います。その夜はふたりでアリプールに行っていました。夫の同僚のお宅で夕食をごちそうになっていたのです」

「ご主人の職業は？」

「熱帯病研究所の所長をしていました」

「医師ですか」

「科学者です。ヒポクラテスの誓いは立てていません」

ドアがノックされて、バネルジーが入ってきた。ダンロップ夫人に微笑みかけ、わたしには会釈をする。

「入ってきてそこへ、部長刑事」わたしはソファーにすわっている夫人の隣の席をすすめ、それから質問を続けた。「夜間、不審な物音を耳にしませんでしたか。どんな音でもかまいません。おやっと思ったことはありませんでしたか」

「覚えているかぎりではありません。でも、わたしは睡眠薬を服《の》んでいました。数年前からずっと服んでいるんです」夫人はためらいがちに答えると、キャビネットの写真をちらっと見て、すすり泣きはじめた。

わたしは目でバネルジーに助けを求めた。

バネルジーは優しく言った。「お水をお持ちしましょうか、ミセス・ダンロップ」

顔をあげたとき、彼女の乾いた頬には涙が伝っていた。

「お気をつかわせて申しわけありません。でも、だいじょうぶです。どうかご心配なく」

わたしは夫人の気持ちが落ち着くのを待って訊いた。

「昨夜はほかに誰か家にいましたか」

「メイドのネリ、それに賄《まかな》い婦のバクティがいましたが、ふたりともわたしたちが家に帰ってくるまえに寝室にさがっていました。なんの物音も聞いていないと思います」

「ご主人に危害を加えようとした可能性のある者に心当たりはありませんか」

「どういうことでしょう」額にはアコーディオンのような皺ができている。とまどいのせいかもしれないし、何かを警戒しているのかもしれない。

「何者かが深夜ここに忍びこんで、あなたの夫を殺害したのはなぜかということを知りたいのです」わたしは言って、周囲に手をやった。「物盗りのしわざとは思えません。ちがいますか」

「盗まれたものがあるかどうかはわかりません。夫が殺されたんです。財産目録を作って調べている余裕があるとお思いですか」

わたしは質問をもう少し当たりさわりのないものに変えた。

「結婚されてからどのくらいになりますか、ミセス・ダンロップ」

「二十五年近くになります。オックスフォードで出会ったのです。主人は博士号を取得したあと空気感染性疾患の研究をしていて、わたしは神学を学んでいました。当時は女性が学位を取得することはできませんでしたが、講義に出て試験を受けることは許されていたんです。夫とは教授のひとりのお宅で紹介されました。そこで見そめられて……」

わたしはキャビネットの上の写真に目をやった。結婚式の日の一枚を除いて、夫の写真はないようだった。

「ご主人の最近の写真をお持ちですか。捜査の役に立つかもしれません」

「書斎にあると思います。見てきましょうか」

「お願いします」

「ほかに何か？」

「使用人から話を聞こうと思っています。そして、あなたからももう少し」

夫人の顔に何かの表情が浮かび、だが一瞬で消えた。彼女がロザリオをしまって立ちあがり、ドアのほうへゆっくり歩いていくのを見ながら、わたしはその表情の意味をずっと考えていた。

22

メイドのネリは何も知らなかった。それは話を聞くまえからわかっていた。職業柄、誰かが嘘をついていたり、嘘をつく理由があるときには、勘でそれとわかることが多い。今回の場合、ネリはカルカッタの南のジャングルのなかの僻村《へきそん》から来た農家の娘で、疑ってかかる要素は何もなかった。今朝、奥さま《メムサヒーブ》が叫びながら階段をおりてくるまで、おかしなことには何も気づかなかったとの話で、わたしはその言葉を全面的に信じることにした。

ダンロップ夫人が言ったとおり、朝食時にネリはダンロップを呼びにいくと申しでたが、メムサーヒブは自分が行くからいいと答えたという。

賄い婦は白髪頭の陽気な女性で、丈の短いブラウスと腰に巻いたサリーのあいだから段のついた腹が覗いていた。本人なりに協力を惜しまず、台所での朝夕の仕事を詳しく話してくれたが、捜査の役に立つものを聞きだすことはできなかった。

結局、有益な情報源はダンロップ夫人しかなさそうだった。睡眠薬のせいで何も覚えていないというのは、やや都合がよすぎるように思える。少なくとも、夫について訊かなければならないことはまだいくつも残っている。三件の殺人事件が関連しているのはあきらかだ。数日のうちに同じような傷を負った三人の犠牲者が出たのだ。二十四時間以内にふたりというのは、もしかしたら偶然と考えられるかもしれないが、三人となるとどうか。そんなことはまず考えられない。

傷のこともある。失われた両目。胸の刺し傷。そこにはなんらかの意味があるにちがいない。それは儀式的なものだろうか。ベンガルにはかつてカーリー神を信奉する強盗殺人集団《タギー》の根城があったと言われている。今回の一連の殺人事件は宗教的な狂信者のしわざだろうか。

　指紋局の係官がやってきて居間と寝室で忙しく立ち働きはじめたので、われわれは残りの部屋をざっと調べてから、ダンロップの書斎で夫人の話の続きを聞くことにした。

　ひとはそれぞれの部屋にそれぞれの痕跡を残す。インド更紗《さらさ》や刺繍がある居間は、あきらかに夫人の領分だが、書斎は亡くなった夫のものだ。

　書斎は明るく、適度の広さで、どっしりとした机と書棚に占拠されている。蔵書の数は学者にしてはやや少ないように思える。壁には、スポーツ選手が棚に飾るトロフィーのように、多くの免状や卒業証書や集合写真が並んでいる。それが自分の価値を証明するために必要不可欠なものと考えているのかもしれない。

　机の上には数枚の書類が置かれている。文鎮がわりの緑の大理石の卓上ライターを見て、急に煙草を喫いたくなった。机の向こうの革張りの椅子に腰かけると、キャプスタンを取りだし、卓上ライターの上部の真鍮のボタンを押して火をつける。一服してから、卓上ライターの下の書類を手に取って、ざっと目を通す。一枚目はホグ・マーケットの仕立屋からの分割払いの請求書で、十二月十五日の日付が入っている。二枚目はタイプライターで印字された書類で、レターヘッドによると、ウィルトシャー州ポートンの王立工兵連隊から送られたもののようだ。

　そのときドアがノックされ、ダンロップ夫人がモンドル巡査を二歩後ろに従えて入ってきた。その顔は身体からすべての生気を奪いとられたみたいに白い。夫が殺害された事実をようやく実感できるようになったということだろう。わたしは書類を机に戻し、煙草をカットガラスの灰皿の端に置いて、立ちあがった。

　モンドルがバネルジーに青い薬瓶を手渡した。わたしの立っているところからだと、中身は半分ほどしか入ってないように見える。バネルジーがうなずいて小声で何か言うと、モンドルはすぐに踵《きびす》をかえして部屋から出ていった。

わたしは椅子を指さした。「おかけください、ミセス・ダンロップ。あと二、三お訊きしたいことがあります」

ダンロップ夫人は椅子にすわり、膝の上に手を置いた。わたしはその顔を見つめた。目は腫《は》れているが、涙のあとはクリームやパウダーによって小皺といっしょに隠されている。

「カルカッタに来てどのくらいになりますか」

答えるまでに少し間があった。「四年ほどです。主人は戦争中に、わたしはその六カ月後に来ました」

「そもそもどうしてインドにいらしたのですか」

夫人は袖からハンカチを取りだして、目がしらを押さえた。

「戦争です。一九一五年に召集されたんです。もちろん兵士としてじゃありません。年齢が年齢ですから。生物学者ということで。軍が求める技能や知識を持っていたからです。カルカッタに配属されたのは一九一七年のなかごろです。抗マラリア剤の研究をしていると言っていました」

「それで、あなたは一九一八年の初頭にこちらにいらしたのですね」

「そうです」

「なぜいっしょじゃなかったんです」

「選択肢はありませんでした」どちらでもいいことのような口調だ。「戦時中のことです。軍は妻が夫についてまわることを許してくれませんでした。それに、イギリスには家族がいました」

「お子さんですか」

「娘です。わたしたちは戦争が終わったらすぐにでも帰国したかったんですが、熱帯病研究所にポストを用意されたので、ここでさらに研究を続けることになったんです。皮肉な話ですが、わたしたちは来月イギリスに帰ることになっていて、いまちょうど準備をしていたところなんです」

「ここでの研究は一段落ついたということでしょうか」

「そうじゃありません。政府が帰国を要請したんです」

「政府が？」

「軍といったほうがいいかもしれません。そこから研究のための資金が出ていると言っていました。軍は主人にもう一働きしてもらいたかったようです」

「マラリアの研究のための資金でしょうか」

「そう言っていました」

それはちょっとおかしい気がする。なぜ軍がマラリアの研究に資金を出さなければならないのか。そして、なぜここではなく、イギリスなのか。カルカッタで足りなくないものがあるとすれば、それはマラリアを運ぶ蚊だというのに。

「それはたしかですか」

一瞬、顔が曇る。

「わたしがお話しできるのは、夫から聞いたことだけです」

まだ完全には合点がいかない。ただ、ダンロップは夫人にマラリアの研究を続けるためにイギリスに戻ると言ったが、じつは軍には別の計画があったということは充分に考えられる。

いずれにせよ、その件についてここで明確な答えを引きだすことはできそうにない。それで、矛先を変えることにした。

「今朝、メイドではなく、あなたがご主人を呼びにいったのはなぜです」

その質問は不意を突いたみたいだった。

夫人は肩をすくめた。「わかりません。そのときネリは何かしていて、手を離せなかったのかもしれません」

わたしはドアのそばに立っていたバネルジーに目をやった。

バネルジーは首を振った。「ネリの話だと、自分が呼びにいくと申してでたけど、あなたに行かなくていいと言われたとのことでした」

「そうだったかもしれません。よく覚えていません」

夫人はポケットに手を入れて、ロザリオを取りだし、指が白くなるくらい数珠を強く握りしめた。

「ほかに何か話していないことはありませんか、ミセス・ダンロップ」と、わたしは訊いた。

この質問への返事はなかった。

次の質問をするまえに、下から騒々しい物音が聞こえた。誰かがやってきたらしく、大声でどなっている。

わたしはバネルジーのほうを向いた。「何なのか見てきてくれ」

バネルジーがドアをあけると、ブーツの音が階段をあがってきて、戸口に三人の男の姿が現われた。昨夜会ったドーソンの部下のアレンビーと、ふたりの大柄なシク教徒の兵士だ。

兵士のひとりがバネルジーの腕をつかんで、顔を壁のほうに向かせた。

「手を放せ！」わたしは叫んで、椅子から立ちあがった。

アレンビーは運悪く踏んでしまった不快なものを見るような目をわたしに向けた。バネルジーの腕は背中の後ろで不自然な角度にねじられている。顔は壁にかけられた額入りの写真のひとつに押しつけられている。

「こんなに早く再会できるとは思っていませんでした、警部」

「わたしの部下から手を放させろ。でないと、こちらも手荒なことをせざるをえなくなる」

アレンビーは兵士のほうを向いた。「放してやれ」

兵士が手を放すと、バネルジーは息を吐き、ねじられた腕をさすりながら振りかえった。

「いったいなんのつもりなんだ、アレンビー」わたしは訊いた。

「この一件はH機関の扱いになりました。警察の出番はありません。どうか部下といっしょにお引きとりください」

「誰がそんなことを決めたんだ」

「わかっているはずです」アレンビーはにやっと笑った。「いいですか、警部、わたしは命令に従っているだけなんです」

「わたしもそうだ。上からの命令どおり、いまこの女性を逮捕しようとしているところなんだ」それは嘘だが、嘘も方便というものだ。

アレンビーはダンロップ夫人にちらっと目をやった。

「あなたは誰も逮捕できません、警部」

わたしは素早く力関係を計算した。相手は三人、こちらはふたり。モンドルがどこにいるかはわからないが、取っ組みあいでどれほどの力になるとも思えない。もちろん、アレンビーとその部下たちと本気で事をかまえようと思っていたわけではない。そんなことは考えられない。相手はなんといってもイギリス陸軍の軍人であるし、ふたりのシク教徒は雄牛のような身体つきをしている。だが、バネルジーは先ほどやりあった兵士と再戦したがっているように見える。いささか向こうみずなところはあるにせよ、自殺行為とわかっているようなことはしないはずだが……

アレンビーはふたりの部下のほうを向いた。「おふたりをお見送りしろ」

ふたりが前に進みでるまでに、バネルジーは雄叫《おたけ》びをあげ、先ほど腕の関節をはずしかけた男に向かって突進した。それはなかなかの見ものだった。クリミア戦争でロシア軍に挑んだ軽騎兵旅団のごとくだったが、勝敗は最初から決まっていた。バネルジーは体当たりを食わせて相手を押し倒そうとしたようだが、結果的には二、三歩あとずさりさせただけだった。シク教徒の兵士の顔には、小柄なベンガル人がしたことが信じられないといった表情が浮かんでいた。じつのところ、わたし自身も信じられなかった。頭から壁にぶつかっていくようなものなのだ。兵士が我にかえって、骨付きの豚足サイズの拳を振るうと、バネルジーの身体は吹っ飛んだ。そして壁に激突し、写真や証明書の額などといっしょに床に崩れ落ちた。さらに兵士はブーツで脇腹を蹴った。バネルジーは痛みのために身体をふたつに折った。兵士がそれ以上の攻撃を加えるまえに、わたしはふたりのあいだに割ってはいった。

アレンビーも大きな声で攻撃停止命令を出した。

「とにかくお引きとりください、警部。でないと、あなたたちを逮捕しなければならなくなります」

バネルジーはすぐには起きあがることができなかった。額縁のガラスの破片のなかで身悶えし、まるでちぎれた自分自身の身体の一部を掻き集めているかのように手を動かしている。わたしは振り向いて、バネルジーが片手で脇腹を押さえながら立ちあがるのを助け、ふたりでゆっくり部屋を出て、階段をおりた。通りに出て、車のほうに向かっているときも、バネルジーは脇腹を押さえたままだった。運転手が走ってきて、車のドアをあける。バネルジーは顔をしかめて車に乗りこんだ。

わたしはその隣にすわって言った。「やれやれ。まいったな。わかっているのか。きみはもう少しで殺されていたかもしれないんだぞ」

バネルジーは首を振った。「あの大男はきっと疲れていたんだと思います」

「力を尽くしたことは認める。脇腹の具合はどうだ」

バネルジーはそこに目をやって、にこっと笑った。「だいじょうぶです」そして、上着のボタンをはずした。

そうしたとき、何かがきらりと光った。バネルジーは上着の下から一枚の写真を取りだした。便箋より少し小さいサイズで、くしゃくしゃになっている。

わたしはバネルジーを見つめた。「なんだ、それは」

「書斎の壁にあった写真です。壁に押しつけられたとき、気がついたのです。あの男に感謝しなければ……」

「なんだって？　何に気がついたんだ」

バネルジーは写真をさしだした。「自分で見てください」

わたしは写真を受けとり、目をこらした。それは軍関係者の一団が写っている集合写真の一枚だった。どことなく見覚えのある建物の前で、立っている者もいれば、椅子にすわっている者もいる。両端には数人のインド人の姿もある。このとき、それがどこか思いあたった。バラクプールの陸軍病院だ。写真に写っている者をひとりひとり見ていくうちに、バネルジーが目にとめたものがわかった。中央に、二脚の籐椅子があり、そこにダンロップと病院長のマグァイア少佐がすわっている。その後ろに立っている者のなかには、軍服の上に白衣をまとったふたりのイギリス人士官の姿もある。だが、わたしの目を釘付けにしたのは、写真の右端にいるインド人のひとりだった。わたしは背筋がぞくっとするのを感じた。そこからルース・フェルナンデスがわたしを見つめていたのだ。

23

「驚いたな……」

「そうなんです。連中に気づかれないように持ちださなきゃなりませんでした」バネルジーは言って、傷ついた唇をハンカチで押さえた。

「いまようやく納得がいったよ。それでも、きみがあのシク教徒に殺されていたら、泣くに泣けなかっただろうな」

バネルジーはうなずいた。「そう言ってもらえて光栄です」

写真を裏がえすと、色あせた青いインクで文字が記されている。〝バラクプール、一九一八年一月〟

「これでルース・フェルナンデスとアラステア・ダンロップの接点が見つかりました」バネルジーは言った。「ふたりは一九一八年にともにバラクプールの陸軍病院に勤務していたんです」

わたしは首を振った。「それはありえない。人事記録簿が正しければ、ルース・フェルナンデスがこの写真に写っているはずはないんだ」

ラル・バザールへ戻る車のなかで、わたしは説明した。

「ラワルピンディー。人事記録簿によると、ルース・フェルナンデスは一九一七年九月から約一年間そこに滞在していたことになっている。それがどうして千マイルも離れたバラクプールで撮影された写真に写っているんだ」

返事がかえってくるまえに少し間があった。仕方がない。顎が口にビー玉を詰めこんだように腫れているのだから。

「もしかしたら日付が間違っているのかもしれません」

「それはどうだろう。なんだったら、バラクプールに行って、マグァイアに訊いてみてもいい。この写真と同じものを持っているかもしれない」

バネルジーはわたしを見つめた。「われわれに捜査権はないと、アレンビーははっきり言いました。ぼくたちがあそこへ行くことを快くは思わないはずです。なんといっても、軍の駐屯地ですから」

「被害者のふたりは知りあいで、バラクプールはその接点だ。ダンロップ夫人からこれ以上話を聞くことができないとなると、行くよりほかに選択の余地はない」

「このことをH機関に話して、あとのことは彼らにまかせたらどうでしょう」

「連中が興味を示すとは思えない。ダンロップ夫人を逮捕すると言っても、アレンビーは理由を尋ねすらしなかったんだ。それに、H機関にまかせたくないと思っているのは、わたしよりむしろきみのほうじゃないのか。だから、ターバン頭を相手に大立ちまわりを演じたんじゃないのか。アレンビーに写真のことを説明すれば痛い思いをすることはなかったのに、そうしなかった。さらに言うなら、H機関の上層部はダンロップとルース・フェルナンデスのつながりをすでにつかんでいるはずだ。そうでなけりゃ、あんなに手荒にわれわれを現場から立ち退《の》かせるようなことはしなかっただろう。ここで起きていることがなんであれ、インドの不平分子が数人の外国人を殺害したというだけの話じゃないのはたしかだ。これはわたしの直感だが、H機関はいま何が起きつつあるのかを最初から知っていた。だから、大急ぎで現場に駆けつけたんだ。臭いものに蓋をするために」

「でも、タングラで殺された麻薬の密売人は、そこにどんなふうにかかわっているんです。なんらかのつながりがあるとあなたは本当に思っているんですか」

わたしは運転手に車をとめるよう命じ、それから言った。「殺され方が同じだ。自分の目でたしかめるがいい」


三十分後、プレームチャンド・ボラル通りで冬瓜の果汁を瓶詰めにしたものを受けとってから、タングラに向かう途中、バネルジーはこれ以上H機関の神経を逆撫でするのは得策でないと訴えつづけていた。

「馬鹿げています。建物は間違いなくまだ監視下に置かれているはずです。そこにまた行こうとしているなんて。近づくなという警告を受けているし、一度はそこで捕まりかけたんですよ。まったくもって正気の沙汰じゃありません」

「もういい。そのことを議論する気はない」

運転手が車をとめたとき、日は暮れかけていて、薄暗がりのなかに竈《かまど》の煙が漂っていた。われわれは車を降り、最後の一マイルは夜陰に紛れて歩いていくことにした。

狭い裏通りに軒を連ねる家屋の壁を伝って歩きながら、バネルジーは言った。「どうすれば見つからずに入れるっていうんです。入口も窓も見張られているはずです」

「もう少しわたしを信用してくれてもいいんじゃないか、部長刑事。策はある」

「本当に？　どんな策か教えてください」

「屋根だ。先日のガサ入れの際は、そこから捕まらずに逃げることができた。何者かがアラステア・ダンロップの屋敷に侵入したのも屋根からだ。H機関はたぶん屋上のことを忘れている。忘れていなかったとしても、そこにそんなに多くの人数を割いているとは思わない」

「そうでなかったら？」

わたしはバネルジーの肩を叩いた。「心配するな。

着いたころには真っ暗になっている。ターゲットとしては、きみよりわたしのほうがずっと大きい。きみならナナフシといっても通る。安心しろ。銃弾はすべてわたしに向けて飛んでくる。きみは気づかれもしない」

その言葉が気慰みになったのか、それからは比較的静かになった。通りに人影はほとんどない。今日はクリスマス・イブだ。タングラの中国人の多くは、真の信仰をめぐって角《つの》を突きあわせるイエズス会やバプテスト派などの諸宗派によってキリスト教に改宗させられている。いまごろは救世主の誕生の日を祝う深夜の礼拝に向かうための身支度に大わらわにちがいなく、通りには犬と路上生活者しかいない。

「あれだ」わたしは言って、煉瓦造りの小さな家の前にうず高く積みあげられたゴミの山を指さした。「あれを階段がわりにするんだ」

その家は瓦ぶきの低い屋根を竹の梁《はり》に支えられていて、隣の二階建ての家屋にもたれかかっているように見える。

バネルジーの顔には訝しげな表情が浮かんでいる。

「われわれの体重に耐えられると思いますか。ふたりの男が屋根を突き破って落ちてきたら、住んでいる者は腰を抜かしますよ」

「かまうことはない」わたしはゴミの山をのぼりながら言った。「もし屋根を突き破って落ちたら、天使だと言えばいい。そうすれば、クリスマスの奇跡ということになる」

ゴミの臭いに二の足を踏みつつも、なんとかのぼりつづけ、しばらくしてようやく瓦のへりに手が届き、屋根の上に這いあがることができた。そこで後ろを向いて手をさしのべ、バネルジーが何かいやなものに足を突っこんだような顔をして屋根の上にのぼってくると、ふたりで並んで軒に腰をおろした。下からくぐもった話し声が聞こえてくる。言葉はわからないが、声の感じからすると、普通の家族の世間話のようで、怪しい男が屋根の上にのぼる音が聞こえたときのものではない。ゆっくり身体の向きを変え、屋根の上を隣家の壁のほうへ歩いていく。このときはバネルジーが先に行き、建物と建物のあいだの狭い隙間を飛び越えて、鎧戸と鉄格子がついた窓の上の庇《ひさし》に降り立った。わたしもそのあとに続く。庇の上で、バネルジーはわたしの力を借りて屋根の手すり壁の上に身体を引っぱりあげ、その向こうに大きな音を立てて落ちた。しばらく姿が見えなくなり、それからとつぜん手すり壁の向こうに頭が現われて、ひょこひょこ動きはじめた。まるで落ちた拍子に首が胴体からはずれたかのようだ。バネルジーは下を向いて、微笑み、身を乗りだし、手をさしだした。だが、その手をつかんで手すり壁をよじのぼろうとすると、バネルジーは身体を前に引っぱられ、一瞬、下に落ちてしまうのではないかと思ったが、かろうじてこらえ、わたしはなんとか手すり壁の上端に手をかけることができた。

手すり壁を乗り越えると、ふたりとも荒い息をつきながら陸屋根の上に倒れこんだ。

しばらくして、わたしは言った。「よし。休憩時間は終了だ。行こう」

立ちあがり、屋根の反対側の端に向かい、建物と建物のあいだの狭い隙間を飛びこえたとき、遠くのほうに、三日前キャラハンの部下に追われて身を隠した仕切り壁の出っぱりが見えた。葬儀屋はその向こうにある。屋根の上も監視されているとしたら、ここから先がいちばん危ない。腰をかがめて、這うようにそろりそろりと進み、ようやく仕切り壁の前にたどり着いた。その先の屋根のまんなかに階段室のドアがある。わたしはそれを指さした。バネルジーはうなずき、わたしの手首を握った。

「ここで待っていてください。様子を見てきます」

「わたしが行くからいい」

「でも、ぼくはナナフシに擬態できます」

そう言うと、バネルジーは仕切り壁を越え、ドアのほうにゆっくり歩いていった。

呼びとめる声がいつ聞こえるかわからない。銃声が響く可能性すらある。わたしは身構えたが、鳩が驚いて飛び立つ羽音を除いて、静寂が破られることはなかった。

バネルジーはドアの前に着くと、そっとそれを押した。動かない。わたしは仕切り壁を越えて、そっちのほうへ歩いていった。

「駄目です。鍵がかかっています」

「だったら、別のところを探そう」

わたしは屋根のへりに行って、そこから下を見おろした。左側の一階下に露台がある。誰もいないらしく、そこの窓から明かりは漏れていない。窓と窓のあいだにはドアがある。それで、バネルジーを手招きした。

「この下に露台がある。そこへ行ってくれ」

バネルジーは疑わしげだった。

「きみをそこにおろすから、ドアがあくかどうか見てくれ。キャラハンの部下が捜索を終えたときに、露台に通じるドアの鍵をうっかり締め忘れているかもしれない。ドアがあいたら、なかに入って、階段をあがり、屋上に出て、わたしを入れてくれ」

「鍵がかかっていたらどうします」

「そのときは謝る。さあ、行け」

わたしに両腕をつかまれて、バネルジーは屋根のへりからゆっくり下へおりていった。壁に足をひっかけるところはなく、ブーツが滑らかなコンクリートをこすっている。しばらくして、ようやく露台のすぐ上まで行くと、わたしは手を離し、バネルジーは床に飛びおりた。そのとき、近くで犬の鳴き声がした。バネルジーは身をこわばらせ、わたしは息をひそめた。だが、鳴き声はすぐにやみ、わたしは安堵のため息をついた。

バネルジーは露台のドアの前に行き、取っ手を回した。

カチッという音がし、次にくぐもった軋み音がした。

バネルジーは顔をあげ、にこっと笑って、手を振った。

「いいから行け」わたしは小声でせかした。

バネルジーは部屋に入り、わたしは屋根の上のドアの前に戻った。すぐに石の階段をのぼる足音が聞こえ、それから木の閂がはずれる音がしたので、そっと押すと、ドアは開いた。

「なかには誰もいないようです」バネルジーは言って、階段をおりはじめた。

わたしは頭のなかで位置を確認した。

「こっちだ」

廊下を進み、階段を二階分おりて、地下に向かう。そこの空気は冷たいが、腐臭が混じっていることははっきりわかる。バネルジーを従えて霊安室の前に行き、ドアをあけると、腐臭はさらに強くなった。ポケットからマッチ箱を取りだし、その側面で一本を擦る。火がつくと、壁の収納棚のほうに歩いていき、中国人の死体が入っていた引出しをあけた。このまえと同じ傷があり、目玉のない顔がふたたびわたしの前に現われる。マッチの火が燃え尽き、部屋がふたたび闇に包まれる。

マッチをもう一本出して、火をつける。そして、それをバネルジーに渡す。

「近くで見てみろ」

バネルジーが死体を見ているあいだ、わたしは煙草を二本取りだし、新しいマッチで火をつけて、一本をバネルジーに渡した。

「これでわたしを信じる気になったか」

バネルジーはゆっくりうなずいた。「たしかに両目が失われています」

「胸にはふたつの刺し傷がある」わたしは煙草を一喫いした。煙が腐臭を隠してくれる。

「おまけに指も失われています」バネルジーは言って、死体の左手を指さした。

見ると、たしかにそのとおりだ。このまえは見落としていたようだ。傷口はまだ新しい。ほかの損傷を受けたときに切り落とされたのだろう。そういえば、ルース・フェルナンデスの指の骨も折れていた。

「どういうことなんでしょう」

「おそらく拷問だろう。何か知りたいことがあって、口を割らせようとしたんだ。いずれにせよ、よく気づいてくれた。本当なら、わたしが気づくべきだったんだ」

「もうひとつ気づいたことがあります。この男は中国人じゃありません」

「なんだって？」

「この死体のことです。ぼくはインドかその周辺の人間だと思います」

バネルジーは燃え尽きたマッチを床に捨てた。そして、わたしが新しいマッチを出そうとすると、それを制し、かわりにポケットからライターを取りだした。ライターの火をつけると、わたしを手招きした。

「よく見てください。中国人と思った理由はわかります。眼窩《がんか》と頬骨の形でしょう。でも、鼻と顔の色を見てください。アッサム人かネパール人、ひょっとしたらビルマ人かもしれません」

わたしは無残に傷ついた死体をあらためて見つめた。おそらくバネルジーの言うとおりなのだろう。わたしにはまだその違いがよくわからない。わたしの頭はいま冴《さ》えわたっているという状態ではないが、バネルジーの見立てが正しいという判断くらいはできる。いずれにせよ、最初にこの男を見たときは阿片で頭が朦朧としていた。阿片窟で顔をあわせるのはたいてい中国人なので、勝手にそう思いこんでしまったのだろう。先日この部屋で見たときは暗かったし、それが誰なのかといったことなど考えもしなかった。あのときは、ただ両目のない死体を探しにきただけだったのだ。

かたわらで、バネルジーは死体の顔をしげしげと見つめている。そこには奇妙な表情がある。頭がフル回転しているときの表情だ。

それから、急に顔をあげて微笑んだ。

「どうしたんだ」

「この顔の傷です。見覚えがあります」

「どこで？」

「ダンロップの書斎からもってきた写真です」

たしかにそうだ。その可能性は充分にある。写真を取りだして、てのひらの上に広げると、バネルジーがライターの火を近づけてくれた。写真の左側に、あぐらをかいて地面にすわっている男がいる。カーキ色のシャツに半ズボンという格好で、病院の職員と思われる。不鮮明だが、たしかに顔の左の髪の生え際から顎まで細長い傷あとが走っている。その顔は目もと以外ここの引出しのなかの死体と同じだ。

わたしは胃のむかつきを覚えた。足もとで地面が揺れているような気がする。

「この男は麻薬密売人じゃなく、病院のスタッフだったんだ」

「これで、つながりが見つかりましたね。三人の被害者は知りあいだったんです。全員この写真に写っています」

わたしは写真に目をやり、三人の顔を見つめた。アラステア・ダンロップ、ルース・フェルナンデス、そして死体の収納棚のなかの男。バネルジーの説は理にかなっているように思える。だが、この写真にはほかの人物も写っている。その全員が命を狙われているとしたら？

写真の顔にもう一度目を走らせる。当然ながら、マグヴァイア少佐。その横にアラステア・ダンロップ。ルース・フェルナンデス。そしてアンシア・ダンロップ……その次の人物の顔に目をこらしたとき、わたしは背筋に冷たいものを感じた。もうひとり知っている者がいる。若く、後列にいて、顔の一部が隠れている。

マティルド・ルーヴェルだ。

24

「バラクプールに行かなきゃならない」わたしは言うなり、収納棚の引出しを閉めて階段へ向かった。

屋根伝いに引きかえすことも考えたが、時間は刻々と過ぎていく。それで、いちばんの近道を選ぶことにし、正面のドアから外に出て、車まで全力疾走した。

H機関にどう思われようと関係ない。この三日間で三人が殺されたということは、犯人は時間を無駄に使いたくないと思っているということだ。もう日は暮れており、ひょっとすると、犯人は次の標的をすでに射程に入れているかもしれない。誰が狙われているのかはもちろんわからないが、三人の被害者がいずれも一九一八年にバラクプールで撮られた写真に写っていたことを考えると、次の標的もそのなかにいる可能性が高い。だが、だとすれば、アンシア・ダンロップはなぜ無事でいられたのか。夫は話すのを拒んだが彼女は話したということか。それともほかに何か理由があるのか。

いまも生きている者のうち、わたしが知っているのは二名。どちらを優先するかを決めなければならないが、それはバラクプールに向かう途中で考えればいいことだ。

車は先ほど降りたところで待っていた。運転手は長居をしたくなかったようで、われわれが角を曲がってやってくるのを見ると、急いで車のクランクを回した。

バラクプールまでは車で一時間ほどかかったが、それでもそのあいだに、そこで何が起きているか納得のいく答えを出すことはできなかった。わたしの当初の仮説は、阿片窟の殺人は麻薬の密輸がらみであり、ルース・フェルナンデスが殺されたのは家庭内の揉めごとのせいというものだったが、いずれも見当ちがいだった。前者は、葬儀場の死体が上海の麻薬王フェン・ワンだという先入観を持ってしまったことによる。その理由はふたつ。ひとつは、あの夜のガサ入れで追っていたのは名うての麻薬の密売人だという話をキャラハンから聞いたことで、もうひとつは、霊安室にあった死体の東洋的な顔立ちから、中国人だと端から決めつけてしまったことだ。おのれの単細胞ぶりを呪いたくなる。たしかにあのときは阿片で頭が朦朧としていたのだから、中国人と思いこんだのは仕方がない面もある。それより腹立たしいのは、仮に中国人だったとしてもフェン・ワンとはかぎらないとどうして思わなかったのかということだ。そもそも、この街には何千人という中国人がいるのだ。それでも、短兵急な結論に飛びつきたいという思いには抗いがたいものがあった。わたしはあの男がフェン・ワンであってほしいと願っていた。自分が立てた仮説に当てはまるからというだけの理由で、溺《おぼ》れる者が藁をつかむように飛びついてしまった。

とはいえ、今回の一連の事件が麻薬がらみでないとすれば、そこにどのようなつながりがあると考えればいいのか。もちろん、肉体的な損傷という共通点はある。えぐりとられた目、胸に二カ所の刺し傷。最初は警告だと思っていたが、いまはちがう。もろもろ考えあわせると、儀式的、さらに言うなら宗教的な何かが関係しているのかもしれない。ただ、タングラの死体とリシュラで起きたルース・フェルナンデスの殺人事件のあいだになんらかの関係があるのではないかという仮説は間違っていない。アラステア・ダンロップの死がその裏づけになったのは悔やまれるが、そういうこともときにはある。

何より、われわれは事件を追うのではなく、いまはじめてそれを食いとめようとしている。答えは、少なくともその一部はバラクプールにある。なんとしても、それを見つけださねばならない。

「先にミス・ルーヴェルに話を聞きにいこう」

バネルジーは驚いたみたいだった。「マグァイア少佐を先にするのが筋なんじゃありませんか」

「場合による」

「この場合は？」

「この事件を解決したいかどうか。マグァイアは軍人でもある。しかるべき手続きを踏まなければ、何も話してくれないだろう。それにH機関のこともある。たとえわれわれが葬儀場から走ってでたところを見られていなかったとしても、マグァイアと会ったら、五分もしないうちに連絡がいくはずだ。しかも、いまは勤務時間外だ。見つけだすには少し時間がかかるだろう。一方のミス・ルーヴェルだが、職員寮へ行けば、たぶん見つかる。マグァイアがどこにいるかも知っているはずだ。必要な話を聞きだせる可能性も高い。何より、ふたりに危険が迫っているとしたら、彼女のほうを先に助けたい」

寮舎は実用性重視の飾りけのない建物で、病院棟から少し離れたところにあった。車がとまると、われわれは飛び降りて、開け放たれた玄関ドアの前の階段を駆けあがった。夜気は冷たく、エンジンの熱が冷める音にコオロギの鳴き声が混じりあっている。

ロビーの片隅に、古い木の机があり、その向こうで、色褪せた青いシャツを着た守衛が地元の新聞を読んでいた。わたしは身分証を取りだし、守衛の鼻先にさしだした。

守衛はおもむろに顔をあげた。

「なんでしょう」

「ミス・ルーヴェルの部屋はどこだ。早く答えろ」

「三階です」守衛は鼻先を階段のほうへ向けた。「六号室か七号室だったと思います」

われわれは階段へ急ぎ、一段飛ばしで駆けあがったが、最初の一階分が精いっぱいのところで、そこから先はできるだけ足早にということになった。六号室と七号室は芥子《からし》色の狭い廊下をはさんで向かいあっていた。それぞれのドアの前へ行ってノックしたが、なんの反応もない。

もう一度ノックすると、七号室のドアが開き、皺くちゃの木綿の部屋着姿の太った女性が出てきた。

「ミス・ルーヴェルを探しているんだが」

背後で六号室のドアが開いた。「夜のこんな時間に何用なんです、警部」

聞き覚えのある声だ。振りかえると、マティルド・ルーヴェルがそこに立っていた。まるでナポレオンの幽霊でも見るような目をしている。

「話したいことがあるんです、ミス・ルーヴェル」

七号室の女はまだ戸口に立っていて、部屋に戻る気配はない。

「なかで話してもよろしいでしょうか」

「よほどのことなんでしょうね、警部」ルーヴェルはあてつけがましく言った。疲れているみたいで、目のまわりに隈ができている。

「そのとおり。よほどのことなんです。いますぐお話ししなければなりません。なので、よろしければ……」わたしは彼女の部屋を指さした。

ルーヴェルはとまどいを隠せなかった。「規則違反になります。部屋に男性を入れてはいけないことになっているんです」

「われわれは警察官です」バネルジーが言った。「男性と見なす必要はありません」

少し間があった。

「わかりました。お入りください」

バネルジーの言い草にわたしは首を振りながら部屋に入った。

部屋は狭く、小さなテーブルと椅子とワードローブ、それに蚊帳が吊るされたシングルのベッドがあるだけだった。腕時計を見ると、まだ八時になっていない。

「お休みになっていたんじゃなければいいんですが……」

ミス・ルーヴェルは首を振った。「ええ。でも、休もうと思っていたところでした。明日は五時からの勤務なので」

このときふと気づいたのだが、なにもふたりがかりでミス・ルーヴェルの話を聞くことはない。

わたしは言った。「マグァイア少佐の住まいをご存じですか」

「そういうご用事なら下でお訊きになればよかったのに」

「ほかにもお訊きしたいことがいくつかあるんです。でも、時間はかぎられています。お答えいただけないと、先に進めません」

ミス・ルーヴェルが住所と道順を告げ、バネルジーはそれを手帳に書きとめた。

「そこへ行ってくれ、部長刑事。ここでの話がすんだら、わたしもすぐに行く」

バネルジーはうなずいて、ドアのほうに向かった。ドアが閉まると、ミス・ルーヴェルは言った。「それで、何をお訊きになりたいんです」

その顔にはいらだちの色があったが、それはよく知らない男を部屋に入れたことによるものか、ほかの何かによるものかはわからなかった。

わたしはバネルジーがダンロップ宅から持ってきた写真を取りだし、アラステア・ダンロップを指さした。

「これが誰かわかりますか」

ミス・ルーヴェルはわたしを見つめた。「どこでこの写真を？」

「あなたには関係のないことです。この男のことを教えてください」

「ムッシュー・ダンロップです。戦争中ここにいました」

「ここで何をしていたんです」

ミス・ルーヴェルはいかにもフランス人といった感じで肩をすくめた。生まれはインドかもしれないが、中身は煙草以上にゴール人《ゴロワーズ》の娘だ。「それは病院長のマグァイア少佐にお訊きください」

「あなたにお訊きしているんです」

「ですから、知らないと申しあげているんです」口調はきっぱりしているが、目は泳いでいる。ゲームを楽しんでいる時間はない。

「ダンロップは死にました。殺されたんです。あなたの同僚のルース・フェルナンデスと同様の手口で」わたしは写真に写っている死んだ看護婦を指で叩き、それから地面にあぐらをかいてすわっているタングラで殺された男を同じように叩いた。「この男も同じように殺されています。三人とも七十二時間のうちに同じ手口で殺されているんです。一晩にひとりの計算です」これ見よがしに腕時計に目をやって、「つまりいまこの時間にも、誰かが狙われているかもしれないということです」

わたしは写真を前に突きだした。

「あなたもここに写っています。あなたが次に狙われる確率は五分の一です。そんなに高い数字ではないかもしれないが、命がかかっているとなると、そうも言ってられないでしょう。警察に協力したほうがいいと思いますよ」

わたしの言葉を咀嚼《そしゃく》し、その意味を理解すると、強がりが消え、怯えた若い娘の姿があらわになった。

よろけながらベッドに歩み寄って、そこに倒れこむようにすわり、その拍子に蚊帳を引き倒してしまった。かなり動揺しているようだ。わたしはテーブルの脇の椅子を引いて、彼女の向かいに腰かけた。

「ダンロップはこの病院で何をしていたんですか、ミス・ルーヴェル」

「研究です」ミス・ルーヴェルは床を見つめて答えた。「それ以上のことは何もお話しできません。口外しないという誓約書にサインをさせられたんです」

「話してもらわねばなりません。何人もの命がかかっているんです」

ミス・ルーヴェルは目もとから涙を拭った。「わたしからは何も話せません。病院長にお訊きになってください」

切り口を変えてみよう。

わたしは写真を手に取った。「ここに写っているのはどういう人たちなんでしょう」

「名前をお訊きになりたいんですか」

「それもありますが、これは集合写真です。なんの集まりなんでしょう」

ルーヴェルは顔にかかった髪を払った。「ダンロップの仕事を手伝うために集められた人たちです……もちろんマグァイア少佐はちがいますが。病院長ということで集合写真に写っているだけです」

「では、この男は？」わたしはタングラで殺された男を指さした。

ルーヴェルは目をこらした。知っているが、名前は思いだせないようだ。

しばらくしてようやく口を開いた。「タマン。プリオ・タマンです。いまは病院の需品係として働いていると思いますが、最近は姿を見かけていません」

「需品係がなぜこの写真に写っているんでしょう」

ルーヴェルは首を振った。「当時は病院の雑用係だったんです。ここには大勢のグルカ兵が入院していました。タマンはネパール人で、ネパール語を話せます。だから、雇われたんです」

何かが引っかかる。

「なぜダンロップの研究にネパール語を話せる人間が必要だったんです」

「さっき言ったはずです。わたしからは何もお話しできません」

わたしは写真を裏がえし、そこに書いてある文字を見せた。「〝バラクプール、一九一八年一月〟。これはあっていますか」

ルーヴェルはゆっくりうなずいた。「そう書いてあるのなら、疑う理由はありません」

わたしは写真を表に向け、ルース・フェルナンデスを指さした。「人事記録簿によると、一九一八年一月にはバラクプールにいなかったことになっています。ベンガルにすらいなかった。なのに、なぜこの写真に写っているんでしょう」

ルーヴェルは眉を寄せた。「どういう意味かわかりません。ベンガルにいなかったって。だったら、どこにいたんです」

「ラワルピンディー」

ルーヴェルの顔から血の気が失せた。口もとに苦々しげな笑みが浮かぶ。「そんなことも知らないで、どうやって次の犯行をとめられると言うんですか」

「だから、教えてもらいたいんです」わたしは言い、身を乗りだして腕をつかんだ。

ルーヴェルはそれを振りほどいた。「これ以上お話しすることはありません」

そして、ベッドから立ちあがり、戸口に向かい、ドアを大きくあけた。

「お帰りください」

わたしは椅子から立ちあがり、戸口へ歩いていった。

「あなたの質問に答えられるのは病院長だけです。病院長のマグァイア少佐にお訊きになることをおすすめします」

25

部屋を出るまえに、わたしはミス・ルーヴェルにこう言いおいていた。荷物をまとめて、駐屯地に住んでいる友人の家に行き、一晩泊めてもらったほうがいい。マグァイアから話を聞いたあと、戻ってきて、そこまで安全に送り届ける……そう言ったのは親切心からではない。行き先を把握しておきたかったからだ。

階段をおりながら、わたしはいくつかの疑問点について思案をめぐらせた。ルーヴェルは戦時中のフェルナンデスを知っていた。一九一七年から一八年にかけて、フェルナンデスはバラクプールにいた。〝ラワルピンディー〟という言葉に何か引っかかるものがあったようだが、それが何を意味してるのかはわからない。

職員寮から夜の闇のなかに出たとき、制服の上に白いコートをはおったインド人と擦れちがった。壁にもたれかかって、安煙草《ビディ》を喫っている。その匂いが香油のように神経細胞を刺激した。わたしは立ちどまって自分の煙草に火をつけてから、ルーヴェルから聞いたマグヮイア少佐の住所のほうへ歩きはじめた。

そこから二百ヤードも行かないうちに、バネルジーが暗闇のなかからこっちに向かってくるのが見えた。

「少佐はいませんでした」

「どういう意味だ、いませんでしたって」

「わかりません。当番兵が言うには、今夜どこかへ行く予定はなかったはずだが、一時間ほどまえに電話がかかってきて、その十五分後に車が家の前にとまり、夫妻を乗せて走り去ったとのことです」

「行き先は聞いていないということだな」

「ええ。何時に戻るかも聞いていないそうです」

「電話を受けたとき、少佐がどんな反応を示したか訊いたか」

「ええ。そんなことを気にして見ていたわけじゃないと言っていました。戻って、もう一押ししてみましょうか」

「その当番兵はイギリス人か、それともインド人か」

「インド人です」

わたしは煙草を喫いながら考えた。益体《やくたい》もないことではあるが、その男のところへ行って、どなりつけてやりたい。そんなことをしても、おそらく何も聞きだせはしないだろう。それでも、いらだちのはけ口がほしいという思いは強い。もちろん、自分たちがいま危ない橋を渡っていることは重々承知している。H機関からは手を出すなと申し渡されている。にもかかわらず、自分たちはあえて軍の駐屯地という虎穴《こけつ》に入り、マグヮイアから話を聞こうとしている。わたしのおせっかいが快く思われていないことは昨夜あらためていやというほど思い知らされた。してみれば、マグヮイアに電話がかかってきて、その直後に行方をくらましたのも、H機関の差し金かもしれない。直接何かをしたのではないにせよ、裏で手をまわした可能性は充分にある。

ひとしきりの間のあと、わたしは言った。「放っておこう。その男から何かが得られるとは思えない」

バネルジーはうなずいた。「ミス・ルーヴェルからは何か聞きだせましたか」

「ほんの少し。ひとつはタングラで殺された男の名前だ。プリオ・タマン。ネパール人らしい。病院の需品係だが、戦時中は雑用係として働いていた。ここで傷の手当てを受けていたグルカ兵との連絡係をしていたんだ」

「ほかには？」

「ダンロップは一九一七年にここで何かの研究をしていた。看護婦のフェルナンデスとルーヴェルはそのスタッフだった」

「つまり、フェルナンデスはラワルピンディーにいなかったということですね」

「どうやらそうらしい。誰かが人事記録簿に手を加えたにちがいない」

「誰が？　そもそも、どうしてそんなことをしなきゃいけないんです？　一看護婦にすぎないのに。何を隠さなきゃいけないんです」

「それが何かルーヴェルは知っていると思うが、怯えていて、何も話そうとしない。マグァイア少佐がいなくなったとしたら、引きかえして、あらためて問いただささなきゃならない。行こう」わたしは言って、急ぎ足で煙草の吸い殻を投げ捨てると、踵《きびす》をかえして、職員寮のほうに歩きはじめた。バネルジーはそのすぐ後ろからついてきた。

守衛はまだロビーの椅子にすわっていた。われわれが入っていくと、顔をあげ、ベンガル語でバネルジーに声をかけた。バネルジーは足をとめ、それから振り向いて何かを言いかえした。声の調子からして、質問のようだ。守衛は一瞬ためらい、それから返事をした。バネルジーはいきなり階段のほうに向かって走りだした。

「来てください！　急いで！」

わたしも走りだした。「どうしたんだ。何があったんだ」

「何者かが守衛にミス・ルーヴェルの部屋番号を訊いたそうです」バネルジーは息を切らしながら言った。

「いつ？」

「二分前です」

「でも、誰が？　誰とも擦れちがわなかったぞ」

そのとき思いだした。外で煙草を喫っていた白いコート姿のインド人だ。暗かったこともあり、住み込みの雑用係か何かだと思って、気にもしなかった。迂闊《うかつ》だった。ヨーロッパ人の女性が寝起きしている寮にインド人の男が住んでいるわけがない。

二階の踊り場に着いたとき、その上の階から悲鳴が聞こえた。

「まずい」わたしはバネルジーに一瞥《いちべつ》をくれて、階段を駆けあがった。

ルーヴェルの部屋がある階では、先ほどの悲鳴のせいで、すでにいくつかのドアが開いていた。廊下の先で、七号室の太り肉《じし》の女が顔を突きだしている。マングースのように鼻をくんくんさせながら向かいのドアを見つめ、それからとつぜん大声を張りあげた。

われわれは廊下を突っ走った。時の流れが遅くなる。背後で、バネルジーがみんなに部屋に戻って鍵を閉めるよう叫んでいる。

そのとき、ひとりの男がルーヴェルの部屋から飛びだしてきた。身長は五フィートほどしかないが、そこからは、わたしがこれまでいろいろなところで見てきた気骨と胆力が伝わってくる。その手のなかにあるものがきらりと光った。刃が大きく反った幅広のナイフだ。こっちを向き、その顔を正面からはっきり見ることができるようになると、わたしは確信した。滑らかで引き締まった褐色の肌、意志の強さを感じさせる顎、眼光鋭い目。グルカ族だ。

男はわたしを見ると、いきなり反対側を向き、廊下のはずれのドアのほうへ走りだした。

「とまれ！　警察だ！」わたしはなんの効果もないことを知りつつ叫んだ。

男は廊下のはずれのドアにたどりつき、その向こうに姿を消した。わたしはルーヴェルの部屋に向かい、心の準備をしてからなかを覗きこんだ。ルーヴェルは身をこわばらせて突っ立っていた。手にはスーツケースを持っている。

「だいじょうぶか」

ルーヴェルは振り向いたが、その目はわたしを見ていなかった。何が起きたのか理解できていないようだ。

わたしは腕をつかんで言った。「しっかりしろ」

目の焦点があった。我にかえったらしい。

「だいじょうぶです」

このとき、もうひとつ問題があることに気づいた。バネルジーは男を追いかけていった。相手が訓練を受けたグルカ兵であるとしたら、勝ち目はない。少なくとも接近戦では。たとえ拳銃を持っていたとしても。聞いた話だと、グルカ兵はドイツ軍の機関銃の銃弾が雨あられと飛んでくるなか、ナイフ一本だけを持って突っこんでいった。それはククリ刀と呼ばれるナイフで、刃が大きく反っていて、一閃《いっせん》でひとの首をはねることができると言われている。

わたしは踵《きびす》をかえし、戸口を抜けて、走った。奥の階段は暗く、目が闇に慣れるには時間がかかるので、電灯の壁スイッチを手探りしていると、そんなに遠くないところからコンクリートの階段を駆けおりる音が聞こえた。それで、スイッチを探すのを諦めて、階段に足を踏みだした。階下のどこかから、くぐもった悲鳴があがる。

拳銃を取りだして、下の階へおり、さらにもうひとつ下の階へおりたところで、つと立ちどまった。窓からさしこむ青白い月明かりのなかに、ふたつの人影が取っ組みあっているのが見えた。わたしは拳銃を構え、そしてためらった。これでは狙いを定められない。

「やめろ！」

男はバネルジーの喉に腕をまわしている。その手のなかで、ククリ刀の曲がり刃が青い光を反射させている。

「ナイフをおろせ」わたしは平静を装って言ったが、心臓は胸から飛びだしそうになっている。

息を整えるのは容易でない。バネルジーのほうは息をすること自体容易でないように見える。男はわたしを見すえて首を振った。

「あんたの仲間を殺すつもりはない」かすれた声だ。

ニコチンのせいだろう。

「だったら手を放せ」

「手を放したらどうする。おれを撃つのか」

「いいや、撃たない。約束する」

「約束？」男は苦々しげに笑った。「あんたは警官だ。警官の言葉など信じられるか」

「わたしは元軍人だ」この男が軍人の礼節というものをわきまえていることを祈りながら、わたしは言った。

「連隊名は？」

「第十フュージリア連隊」厳密に言うと、事実ではない。フュージリア兵の制服と記章を身につけてはいたが、戦時中はほとんど軍情報部で仕事をしていた。だが、いまそんなことにこだわっている場合ではない。

「よかろう。でも、おかしな真似をしたら……」男は言って、バネルジーの首にまわした腕に力をこめた。

「拳銃を下に置け。ゆっくりと」

何か手はないか考えたが、何もなかった。

「早くしろ！」

「わかった」わたしは両腕をのばし、男から目を離さずに、ゆっくりと腰を曲げ、拳銃を階段の下に置いた。

「こっちに蹴れ」

わたしは身体を起こし、言われたとおりにした。

「それでいい」男はバネルジーを放さずに腰をかがめ、わたしの拳銃を手に取って、後ろにさがった。

そして、いきなりバネルジーを突き飛ばし、廊下を一目散に走りだした。

バネルジーはつんのめり、わたしはその肩をつかんだ。「だいじょうぶか」

バネルジーは喉をさすりながらうなずいた。「ええ」

「よかった。ここにいろ」わたしは言いおいて、バネルジーの脇を抜け、廊下に出た。男はその先にあるロビーのすぐ手前まで行っている。

わたしはあとを追った。奇跡的に追いつくことができたらどうするかはまったく考えていなかった。ここに来たとき一本のナイフしか持っていなかった男はいま、わたしが警察から貸与されたウェブリーを所持している。いいように考えると、もしわたしがここで殺されたとしたら、少なくとも拳銃のことでタガート卿からお小言をちょうだいすることはなくなる。

ロビーに着いたとき、男はすでに建物の外に出て、石段を駆けおりていた。守衛はその後ろできょとんとした顔をしている。わたしは男のあとを追って夜の闇のなかに飛びだした。角を曲がり、路地に入り、川と反対方向に向かう。だが、距離は秒単位で開いていく。路地のはずれで、男はまた角を曲がり、その姿は見えなくなった。それでも、わたしは走り続けたが、足は鉛のように重い。肺はいまにも破裂しそうだ。息が切れて、足がとまる。通りには誰もいない。男は消えた。

取りおさえられ、わたしに命乞いをさせ、連続殺人を阻止する唯一のチャンスを逃してしまったのだ。けれども、恥じることは何もない。勝負は時の運だ。大事なのは、ルーヴェルの命を救ったということであり、みずからも生きていれば、また戦えるということだ。少なくとも、これで犯人の顔かたちを知ることはできた。

26

それから十分間、わたしは男の姿を虚《むな》しく探しつづけた。鍵のかかったドアや窓を押したりもした。だが、結局は断念し、重い足取りで職員寮に引きかえした。

荒い息は元に戻ったが、得られたものは何もなかった。

バネルジーは寮舎の玄関の前で待っていた。手には煙草が強く握りしめられ、顔にはショックの色がはっきりと残っている。

わたしはそこへ歩いていったが、しばらくのあいだどちらも何も言わなかった。言う必要はなかった。おたがい何を考えているかはよくわかっていた。バネルジーが後ろめたい思いでいるのは間違いない。相手に

建物のなかに入ったとき、そこは大騒ぎになっていた。白衣や部屋着姿の看護婦がロビーに集まり、口々になにやら言っている。われわれに気づくと、話し声はやみ、まわりはだんだん静かになっていった。

「守衛はどこにいる?」と、わたしは訊いた。

「当局に通報しにいきました」中年の看護婦が答えた。アクセントからしてイギリス人だろう。「あなた方は?」

「当局の者だ」わたしは言って、階段へ向かった。

そんなに遠くないところから、サイレンの音が聞こえてきた。もうすぐ憲兵隊がやってくる。長居は無用だ。あとはミス・ルーヴェルをここから連れだすだけで、ほかに用はない。

ふたたび三階に向かい、廊下を歩いていく。ルーヴェルの部屋のドアは開いていた。なかは空っぽだった。ルーヴェルもいなければ、スーツケースもない。

「彼女は?」背後でバネルジーが訊いた。

「消えた」わたしは答えた。

憲兵隊に見つからないよう、われわれは裏手の階段から下におりた。三十分前、ナイフ一本で武装した身長五フィートの男に、あっさりと武器を奪いとられてしまったところだ。看護婦たちはロビーに集まっているので、一階には鍵がかかっていない無人の部屋がいくつかあった。その部屋のひとつに入り、窓を抜けると、簡単に建物の裏側へ出ることができた。

急ぎ足で車へ向かう途中、バネルジーは訊いた。

「これはいったいどういうことなんでしょう」

自分がルーヴェルなら、何をどんなふうに考えただろう。何者かに殺されかけたとしたら、われわれが戻ってくるのを待たずに、あわてて逃げたということは充分に考えられる。われわれには守ってもらえないと思ったのかもしれないし、われわれに言いたくないなんらかの事情があったのかもしれない。

行き先はどこか。ここには軍の駐屯地がある。バラクプールは街であると同時に軍事基地でもある。カルカッタのウィリアム要塞を除けば、おそらくベンガルでもっとも警戒厳重な場所といえるだろう。

とはいえ、相手は軍人だ。先ほどの小競《こぜ》りあいのことを考えたら、そのことに疑問の余地はない。となるとバラクプールの安全度はガリポリの戦場なみということになる。それくらいのことはルーヴェルもわかっているはずだ。としたら、行き先はできるだけここから離れたところと考えるにちがいない。

「大あわてで逃げだしたということだろう」と、わたしは言った。

「マグァイアと合流するつもりでしょうか」

「いいや。マグァイアに電話をかけてきた者は、ダンロップが殺されたことを伝えたんだと思う。そして、迎えの車をさしむけた。職員寮に電話はない。いまマグァイアがどこにいるかをルーヴェルが知っていたとすれば、われわれがここに来るまえに、マグァイアが姿を消そうとしていたことを知っていたという理屈になる。そんなことはありえない。ダンロップが殺されたことを知らなかったとすれば、なおさらのことだ。それに、ルーヴェルはスーツケースを持って出ていっている。おそらく、マグァイアは誰かにかくまってもらっているのだろう。ルーヴェルのほうは、自分の身を守るために逃げたんだと思う。つまり失踪ってことだ」

「カルカッタに向かったと思いますか」

「かもしれない。あるいは故郷に身を寄せようとしているのかもしれない」

いずれにせよ、ルーヴェルがここを出たのはせいぜい二十分前で、自動車もない。人力車のたまり場は、いちばん近いところでも、ここから通りを一マイルほど歩いていかなければならない。まだそんなに遠くには行っていないはずだ。

自動車がない場合、バラクプールから出る方法はふたつに絞られる。鉄道と川だ。カルカッタに向かうなら、バラクプールから列車でホワイト・タウンの北端にあるシールダまで行くのが普通だ。一方、故郷のシャンデルナゴルに向かうなら、渡し舟で川を渡り、セランプールから北行きの列車に乗ってフランス領入りすることになる。今夜は列車の運行本数が多くなっている。クリスマスの前日ということで帰省客が大勢いるので、カルカッタから内陸部へ移動する者のために何本もの臨時列車が運行されているのだ。

どちらに向かったにせよ、列車に乗ってしまえば、見つけだせる可能性は極端に低くなる。マグァイアが行方をくらましたいま、必要な情報を提供できるのは彼女しかいないというのに。

「駅に向かいましょう」バネルジーが言った。

「きみひとりで行ってくれ。車で。見つかったら、身柄を確保するんだ。必要なら逮捕してもいい。わたしは舟着き場を見にいき、それから駅に向かう」

というわけで、われわれは別行動をとった。バネルジーは車に乗りこみ駅に向かった。ただ、わたしの勘では、ルーヴェルは川のルートを選ぶような気がする。最初はありえないように思えた。舟だと時間がかかるし、夜だと危険も大きい。だが、よくよく考えたら、川という選択肢は理にかなっている。川を渡れば、そこからシャンデルナゴルまでは一直線だ。舟着き場は駅より歩いて行きやすく、この時間なら、誰かに姿を見られることもない。川を渡るだけなら、問題は何もない。他方、バラクプールは小さな町で、駅周辺は閑散としている。列車を待っているとき、追っ手に見つけられる恐れは充分にある。川の対岸はちがう。そこに顔見知りはいくらもいないはずだ。セランプールからなら、誰にも知られずにこっそり列車に乗りこむことができる。

わたしは川岸のほうに走りだし、舟着き場へ向かった。昨日リシュラからやってきたときに舟を降りたところだ。考えれば考えるほど、ルーヴェルはこのルートを使ったにちがいないと思えてくる。

低い土手から対岸を見やる。遠くのほうで、リシュラとセランプールの町明かりがちろちろ揺れ、暗い水面に反射して踊っている。前方に舟着き場が見えた。桟橋のかたわらの掘立て小屋の外に、灯《あか》りがひとつともっているが、あとはすべて闇に包まれている。あたりはしんと静まりかえり、空気はそよとも動かず、聞こえるのはぬかるんだ土手に寄せる波の音と、自分自身の荒い息づかいだけだ。

土手に人けはまったくなく、走っているあいだも、判断を誤ったのかもしれないという思いが大きくなってくる。もしかしたら駅へ向かったのかもしれない。自動車を使った可能性もあるのではないか。

土手の際《きわ》には急な石段があり、その下に渡し守の小屋と木の桟橋があった。何艘もの小さな舟が泥の川岸に引きあげられている。桟橋の周辺に手錠をかけられた囚人のように係留されている舟もある。舟を漕ぎだす準備をしている者の姿は見当たらない。疲労がたまり脚が動かなくなってきたので、立ちどまって一息つくことにする。

選択肢はふたつ。時間の浪費にしかならないかもしれないが、一縷《いちる》の望みをかけて石段をおり、小屋を調べるか。潔《いさぎよ》く諦めて、駅に向かうか。意を決して引きかえそうとしたとき、桟橋に寄せる波のリズムが少し変わったように思えた。舟が通ったあとのように不規則になったのだ。身を乗りだして暗闇に目をこらすと、しばらくして、百ヤードほど向こうから小さな舟が桟橋に近づいてくるのが見えた。灯りはついていないが、くっきりとした輪郭が波立つ水面に浮かびあがっている。艫で棹をさしている痩せた舟頭の姿も見える。とそのとき、下の小屋から人影が現われた。頭と肩をショールで覆い、手にスーツケースを持っている。

わたしは石段を駆けおりた。足もとの泥のぬめりと近づいてくる舟の両方に目を配りながら、下まで行ったとき、舟がやってきて、桟橋の先端部に近づいた。一瞬、ショールをかぶった人影が見えなくなった。小屋の影と重なったためだ。人影がふたたび視界に現われたとき、舟頭は鉄の柱に纜《ともづな》をひっかけて、舟を桟橋につけていた。

ショール姿の人影が何やら話しかけている。話の内容はわからないが、声はわかる。

わたしは叫んだ。「ミス・ルーヴェル！　待て！」

ルーヴェルは振りかえり、一瞬のためらいのあと、スーツケースをかかえて、へっぴり腰で舟に乗った。そして、厳しい口調で舟頭に命じた。「行って《チャロ》！」

その手にはルピー札の束が握られている。

わたしは身分証を取りだし、指さして舟頭に見せた。

「動くな。どこにも行っちゃいかん」

小屋からはじめて物音がした。渡し守たちがなんの騒ぎかと思って外に出てきている。仲間が脅されていると思われたら面倒なことになる。

わたしはそっちのほうを向き、めいっぱいの威厳を取り繕って言った。「警察だ。なかに入れ」

それから舟に飛び乗って、身体のバランスをとった。ルーヴェルはスーツケースを盾《たて》のようにかかえ、怯えた子供のようにわたしの前に立っている。

「何もお話しすることはありません。行かせてください」

「事情を話すのが先だ」

「まだわからないんですか。わたしは何も知りません。知っていたら、ルース・フェルナンデスが殺された時点で姿を消していたと思いませんか。襲われると思っていたら、バラクプールにとどまっていなかったはずです」

「きみを襲おうとしてた男は誰なんだ」

「わかりません。見ず知らずのひとです」

「本当に？」

「ええ」

どこかためらいがちな口調だ。

「戦時中ここの病院にいた軍人のひとりじゃないのか」

舟べりに小さなランタンがあった。わたしは舟頭に命じて火をつけさせ、その薄明りの下で写真を取りだした。一九一七年に病院の前で撮ったもので、そこにはダンロップ、マグァイア、ルーヴェル、フェルナンデスらの姿がある。

「この写真に写っているか」

ルーヴェルは首を振った。

「本当に？」わたしは言って、写真に目をやった。「いいえ」イギリス人、インド人、ネパール人……ルーヴェル。ダンロップ。葬儀場で死んでいたプリオ・タマンという名前のネパール人。危害を加えられることを免れたアンシア・ダンロップ。そして、当時ラワルピンディーにいたとされるルース・フェルナンデス。

「本当です」

「きみの助けが必要なんだ、マティルド。話してくれたら、行かせてやる。約束する」

無限のように感じられる時間、われわれはそこに立っていた。それから、ようやくルーヴェルが口を開いた。

「ラワルピンディー」

「それがどうかしたのか」

ルーヴェルは写真を指さした。「あなたはいまそれを見ているんです」

そのとき、わかった。ラワルピンディー。自分の馬鹿さ加減が信じられない。

わたしは写真を前に突きだした。「ラワルピンディーというのは地名じゃないってことだな」

ルーヴェルはごくりと唾を呑んだが、何も言わない。

「これがラワルピンディーだってことだな」わたしは手の甲で写真を叩きながら言った。「この連中、ダンロップの仕事、そういったもののすべて——それはダンロップの研究のコードネームだったんだな」

「これ以上は何も言えないんです」

「今回の一連の殺人事件はダンロップが研究していたもののせいなんだな」

「それは邪悪なものです。でも、そのことをあなたに話したら、わたしは捕まってしまう。お願いですから、行かせてください」

「警察ならきみを守れる。わたしが守る」

ルーヴェルは苦々しげに笑った。「あの人たちから守ることはできません。相手は軍なんです。ラワルピンディーのことを知りたいなら、マグァイア少佐に訊いてください」

H機関はわたしをマグァイアの一マイル以内にさえ近づけないだろう。早く答えがほしいのであれば、それを与えてくれるのはただひとり、いまわたしの目の前で怯えている哀れな看護婦だけだ。

「ミス・ルーヴェル」わたしは優しく言った。「いい方法がある」

27

わたしは桟橋に立って、舟が闇のなかへ漕ぎだされるのを見つめた。そして、舟が川のなかほどまで行ったとき、そこに背を向けて、土手の石段をのぼった。何ごともなければ、ルーヴェルは明け方までにフランス領入りしているはずだ。彼女を行かせたのは、洗いざらい話してくれたからではない。実際のところは、知っていることの半分も話していないだろう。そうではなくて、それだけでも、その話に嘘はないとわかったからだ。カルカッタで彼女を守ることはできない。軍情報部からも、H機関の猟犬からも。それだけのことを知っているのだ。彼らの権限の及ばないシャンデルナゴルに身を潜めたほうがずっと安全だ。

石段をあがっているうちに、ルーヴェルの話の重大さが実感できるようになってきた。にわかには信じがたいが、筋は通っている。ラワルピンディーというのはパンジャブ州の街の名前ではなく、アラステア・ダンロップの指導のもとにバラクプールで行なわれた一連の実験のコードネームだった。その実験のせいで、被験者の多くが死亡し、あるいは命にかかわる大火傷を負って病院にかつぎこまれた。

当然だろう。マスタード・ガスとはそういうものだ。最初に使用したのはドイツ軍で、一九一七年七月に五万発を前線に射ちこんだ。それが通常兵器でないことはすぐわかった。もちろんドイツ軍は以前にも毒ガスを使ったことがある。同様に、われわれもある。主として塩素やホスゲンの薬剤だ。それらが目と肺にしか損傷を与えないのに対して、この新しい毒物による炎症は身体全体に及んだ。

運のいい者は、首や胴体や手足に、耐えがたい痛みを伴う治療不可能な水疱《すいほう》ができるだけだ。ほとんどの者は失明した。それ以外の者はゆっくり窒息死した。

当初はそれを〝イペリット〟と称していた。最初に使われた町がイーペルという名前だったからであり、ほかには何もわかっていなかったからだ。のちに判明したことだが、それは二塩化硫黄《いおう》とエチレンから生成した刺激臭のある粘着性の液体で、ホースラディッシュのような臭いがし、生きた細胞を侵《おか》す毒性を持つ薬物だった。

ルーヴェルの話だと、実験が始まったのは一九一七年の秋。ダンロップらの一行がバラクプールにやってきて、より毒性の強いマスタード・ガスの研究開発に着手した。

ガリポリの戦いで連合軍が一敗地にまみれたとき、アジア系は白人より毒ガスに強いという結論を導きだした軍は、トルコ人を含むすべての敵兵に有効な兵器の開発の必要性を説いていた。わたしも戦争中に毒ガスの威力を目のあたりにしたことがある。目と肺を焼かれて悶え死にした者もいたし、痛みに耐えかねてみずから喉を掻き切った者もいた。ダンロップの任務のひとつは、必要最小限の毒ガスの致死量を探りあてることだった。なんといっても戦争中であり、物資窮乏の折り、毒ガスとて無駄に使うわけにはいかなかったからだ。そのとき実験台になったのは、グルカ族とシク教徒のもっとも勇猛果敢な連隊から選ばれた男たちで、実験を受けさせるための誘い文句は、それによっていっそう強靭《きょうじん》な肉体をつくることができるというものだった。被験者のその後の沈黙は心ばかりの謝礼の約束によって贖《あがな》われた。

絵図が見えてきた。ラワルピンディー――ダンロップとルース・フェルナンデスとプリオ・タマンが殺されたのは、そのためだ。マティルド・ルーヴェルが身の危険を感じて逃げだしたのも、軍が急きょマグァイア少佐を保護下に置いたと思われるのも、やはりそのためだろう。プリオ・タマンが殺された夜、わたしがあの阿片窟で何をしていたのかH機関が知りたがったことも、わたしがダンロップ夫人から話を聞こうとするのをアレンビーがあわてて阻止したことも、それで説明がつく。もちろん、いくつかの疑問は依然として残っている。ラワルピンディーの実行者を殺害しているのは誰なのか。その人物は実験とどのようなかたちでかかわっていたのか。なぜ儀式ばった損傷を残し、両目をえぐりとったのか。それよりも何よりも、次の標的は誰なのか。

土手にあがると、街灯の下でふたたび写真を取りだし、そこに写っている顔を順々に見ていった。すでに身元が判明している六人に加えて、白人の男がふたりダンロップの後ろに立っている。おそらくダンロップの助手だろう。まずはこのふたりの居所を突きとめなければならない。

わたしは写真を上着のポケットに戻し、バネルジーが待っているはずの駅のほうへ歩きはじめた。

駅のプラットホームの階段をおりながら、バネルジーは言った。「見つけられませんでした」

「気にしなくていい。わたしが見つけた」

バネルジーの顔に驚きの表情が浮かんだ。

「どこにいたんです」

「川のほとりだ。舟着き場にいた」

「いまはどこにいるんです」

「シャンデルナゴルに向かっている」

「行かせたんですか」

わたしはうなずいた。「取引きをしたんだ。話してくれたら、どこに行ってもいいという」

目が大きく見開かれた。「それで、どんな話を聞いたんです」

「話せば長くなる。いまは時間がない。車のなかで話す」

「復讐だ」街へ戻るウーズレーのなかで、わたしはルーヴェルから聞いた話を伝えた。「犯人は毒ガスの人体実験にかかわっていた者たちに恨《うら》みを持っているようだ。その実験のコードネームはラワルピンディー。一九一七年にここで実施されている」

「犯人は実験台にされた兵士のひとりかもしれないということですね」

「そうだと思う。ということは、被験者全員の履歴を調べなきゃならないってことだ」

バネルジーは黙って思案をめぐらしている。額には畑の畝《うね》のような皺ができている。

わたしは言った。「心配するな。バラクプール陸軍病院の記録保管庫に侵入しようと言うつもりはない。われわれと同様、H機関もその男をなんとしても見つけだしたいはずだ。少しくらい連中に仕事をさせてやってもいい。いずれにせよ、わたしは少し疲れた」

バネルジーは顔をしかめた。「そういうことじゃないんです」

「というと？」

「なぜこれほど長く待たなきゃならなかったのかってことです」

「どういう意味だ」

「実験が行なわれたのは一九一七年です。犯人はなぜ復讐を始めるのに五年近く待ったのでしょう」

いい質問だ。わたしは通りに目をやって答えを見つけだそうとしたが、胃のむかつきと身体の節々の痛みがひどくて、何も考えることはできず、結局、冬瓜の果汁の瓶を取って一飲みしただけだった。

案の定、わたしの腕時計はバラクプールにいたときにとまっていたが、まわりの空気感からすると、夜の十二時をまわっているのはあきらかだった。バネルジーに時間を尋ねてもよかったのだが、そうしたら、なぜ修理しないのかとか、修理できないならなぜ新しいものを買わないのかとか、またややこしい話になりかねない。この腕時計は死んだ父親の唯一の形見であり、フランスの戦場でもずっと身につけていて、そのときに調子が悪くなってしまったのだ。ハットン・ガーデンの腕のいい時計技師でも完全に直すことはできなかった。いまさらカルカッタの時計屋に持ちこむつもりはない。

目に疲労を感じてさすっていたとき、車はカレッジ通りに入った。プレームチャンド・ボラル通りの下宿屋の前に、黒塗りのセダンが不発弾のような不穏な空気を漂わせてとまっていた。前夜、ドーソンの執務室でわたしがゲロを吐いたあと、タングラまで連れていくのにH機関が使った車だ。またそれに乗せられて街の反対側まで行くとすれば、車内がきれいに掃除されていることを祈ろう。

その後ろにわれわれの車がとまると、黒塗りのセダンのドアが開いて、アレンビーが姿を現わした。前回、煙草の火を求めたあとで、わたしの脇腹に拳銃を突きつけた男だ。こちらへやってきて、わたしが車から降りるのを待っている。

わたしは車から降りて言った。「当ててやろう。またマッチを切らしているんだな」

アレンビーは薄い唇を歪めて笑った。「その調子です。夜が明けるまで、あなたにはそのユーモアのセンスが必要になるでしょう」

また十時間ウィリアム要塞の地下の監房で過ごすのかと思うとぞっとする。あのとき、あれほど長い時間わたしを待たせたのは、阿片の禁断症状が出ると、尋問の際に答えを引きだしやすくなると踏んだからだろう。けれども、いまはおたがいに十時間も割いていられない。

「余計なことを言っていないで、早く猿まわしのところへ連れていけ」

アレンビーはうなずき、わたしを黒塗りのセダンのほうへ連れていった。

「ドーソン大佐のことですね。なるほど。だとしたら、わたしは猿ということになる」

そして、腰をかがめ、わたしを車に押しこんだ。

後ろから、バネルジーが近づいてきた。

「待ってください。警部を連れていくなら、ぼくも行きます」

アレンビーは身体を起こし、腐った魚を見るような視線を投げた。

「よかろう。猿まわしのところへ行くのなら、観客は多ければ多いほうがいい」車の後部座席のドアのほうに顎をしゃくって、「乗れ」

バネルジーは車に乗りこんで、わたしの横にすわると、これから愉快な冒険旅行に出かけると思っているような笑みを浮かべた。

行き先はウィリアム要塞だとばかり思っていた。だが、いくらも行かないうちに、そうではないことがわかった。カレッジ通りを直進するかわりに、車は速度を落とし、右折してボウ・バザールに入った。

「ウィリアム要塞への道順を忘れたんじゃないだろうな」

アレンビーは振りかえりもしなかった。「そこへは行きません」

「じゃ、どこへ」

「あなたの職場です」

数分後、車は歩哨《ほしょう》のあいだを抜けてラル・バザールの中庭に入り、刑事部屋がある建物の近くでとまった。アレンビーが車から降りて、後部座席のドアをあける。

「ドーソン大佐に会いにいくんじゃなかったのか」わたしは外に出て、つりそうになった足をのばした。

「そうです。ドーソン大佐はあなたの上司のタガート卿といっしょにここにいます」

汗が背中を伝った。ドーソンが夜のこんな時間にタガートに会っているのは、わたしに対する脅しをより確実なものにするためにちがいない。わたしがラワルピンディーの秘密に迫りつつあるのを知って、わたしの阿片の習癖のことを総監に伝えにきたのだ。

「急いでください」アレンビーは言って、わたしを建物の側面の入口へ押しやった。「朝まで待つわけにはいきません」

建物に入り、階段をのぼり、最上階にあるタガートの執務室へ向かいながら、わたしは思案をめぐらした。もう後戻りはできない。薬物中毒であることがおおやけになったら、この仕事を続けることはできなくなる。これでインド帝国警察、いや警察そのものでのキャリアの終わりになる。としたら、ドーソンとその部下になんとしても一矢報いないと、腹の虫がおさまらない。

だが、最上階に着くころには、冷たい現実が怒りを鎮《しず》めていた。こんなところで怒りを爆発させたり、自分を憐《あわ》れんだりしている場合ではない。あのグルカ族の男はいまもまだ逃走中で、さらなる殺人をくわだてているという厄介な問題が残っているのだから。

廊下を歩きながら、わたしはバネルジーに言った。

「外で待っていてくれ。わたしの身にどんなことが起きるにせよ、きみにはしなきゃならないことがある。グルカ族の男のことをタガートに伝えて、これ以上の犠牲者が出るのをなんとしても食いとめるんだ」

タガートの執務室は廊下の突きあたりにあり、通常は控えの間に個人秘書がいるが、この時間は誰もいなかった。奥の聖域の両開きのドアは片方が開き、控えの間に明かりがこぼれている。なかからドーソンの声が聞こえてくる。

ドアの手前で足をとめて、気持ちを落ち着ける。カルカッタに来て、もう二年半になる。わたしにしては長続きしたほうだろう。最初の一カ月を終えたときには、これ以上はもたないと思った。いまこの地をあとにしても、そんなに後ろ髪を引かれる思いはしないだろう。苛酷な気候、忌まわしい街、愚かな市民——イギリス人にせよインド人にせよ。それでも、わたしの心の一部はきっとここに残るはずだ。もしかしたら、喪失感に死ぬまでさいなまれつづけるかもしれない。だが、カルカッタはそのような油断ならない街なのだ。

ここを去れば、少なくともアニー・グラントとのぎくしゃくした関係に終止符を打つことはできる。知りあったのはわたしがカルカッタに来た直後のことだが、以降の進展ののろさを考えると、わたしが採った戦術は無益な戦《いくさ》を繰りかえしたダグラス・ヘイグ将軍ばりだったかもしれない。会えなくなるのは寂しいが、そう感じるのはもっぱらわたしのほうだろう。そこまで考えたとき、心のなかで何かが動くのがわかった。そんなに高尚なものではない。むしろ血の気のなせるわざだ。アニーとのことでまだ白旗をあげるつもりがないなら、この地であと一踏んばりしてもいいのではないか。

わたしは息を吸い、開いたドアをノックし、なかに入った。

28

一九二一年十二月二十五日

タガート卿とドーソン大佐は執務室の片側の壁に並んだ窓のそばに立っていた。タガートの渋い顔がドーソンから聞いた話のせいであるのは間違いなく、わたしの頭に雷《かみなり》が落ちるのは避けられそうもなかった。

タガートとは長い付きあいになる。悪感情は持っていない。戦時中はどちらも軍情報部に属していたが、ドーソンとちがって、インドで太平楽を決めこんでいたわけではなく、主戦場の最前線で戦っていた。そのタガートの横に立って、ドーソンはいまわたしの薬物中毒の話をし、毒を耳に注ぎこんでいる。長年かけて築きあげた信頼は一瞬のうちに消えてなくなる。

ふたりはわたしのほうを向いた。タガートは渋い顔のままだ。ドーソンの顔の表情は読めない。

「待っていたぞ、ウィンダム」タガートは言って、近くの小卓のまわりに配されたふたつのソファーのひとつをすすめた。「かけたまえ」

わたしは落ちてくる雷に備えながらそこへ向かった。

「ドーソン大佐から憂慮すべき事態についての報告を受けていたところだ。ところで、きみの相棒は?」

「えっ?」

「いっしょにここに来たはずだ。彼にも話を聞いてもらいたい」

わたしは胃のさしこみを覚えた。タガートに油を絞られているあいだ、ドーソンに同席されるのすらご免こうむりたいのだ。バネルジーがここにいる必要がどうしてあるのか。

「いま廊下で待っています」

「バネルジー部長刑事」タガートはドアのほうに向かって叫んだ。「入りたまえ」

バネルジーが恐る恐るといった感じで部屋に入ってきて、敬礼し、それからわたしの横に静かに腰をおろした。タガートは向かいのソファーにすわったが、ドーソンはその後ろを歩きまわっている。

「よろしい」と、タガートは言った。「今夜きみたちは忙しくしていたようだな」

「どういうことでしょう」

「今夕、バラクプールできみたちはひとりの女性の命を守ったとドーソンは言っている」

ドーソンの耳ざとさは驚嘆に値する。だが、それが今回のこととどうかかわっているかはわからない。

わたしはうなずいた。「たまたまその時その場にいあわせたんです。運がよかったということでしょう」

「その女性が襲われたのはルース・フェルナンデスという看護婦が殺されたことと関係している、ときみは考えているんだな」

「それだけではありません。昨夜ダンロップという科学者が殺されたことと、さらには四日前、プリオ・タマンという病院の需品係が殺されたことと関係していると考えています」

プリオ・タマンの名前が出たとき、ドーソンの目に何かがよぎるのがわかった。

「われわれは襲撃者を追いましたが、病院の敷地内で振りきられてしまいました」

「その男の顔を見ましたか」ドーソンが訊いた。

「ええ」

「どんな容貌でした」

「グルカ族のようでした」

「年齢は?」

「さあ」わたしは首筋をさすりながら答えた。「おそらく四十代。東アジア人の年はよくわからないので……少なくとも、わたしには。周囲が暗かったということもあります」

「ルーヴェルが狙われていると、なぜわかったんだね」タガートが訊いた。

ここに呼ばれたのは薬物使用を咎めるためではないとわかってくるにつれて、とまどいは安堵に変わってきた。わたしはポケットから写真を取りだして、タガートに見せた。

「狙われているのは、ここに写っている者たちです。除外できるのは数人だけかもしれません。ひとりは見逃されています。次の標的はこの男だと思います」わたしは言って、マグァイア少佐を指さした。

「どうしてそう思うのです」ドーソンが訊いた。

「おわかりのはずです。彼を保護下に置けと命じたのはあなたなんでしょ」わたしは言い、それからタガートのほうを向いて決定打を放つ準備をした。「この一件には戦時中に起きたある出来事がかかわっています。ラワルピンディーというコードネームを持つ実験です。

マスタード・ガスの人体実験が、なんの疑念も持たない現地人の兵士に対して行なわれていたのです。今回の一連の事件の犯人はおそらく被験者のひとりでしょう。自分にとんでもない危害を加えた者たちに復讐をしているのです」ふたたびドーソンのほうを向いて、「バラクプールの陸軍病院で実験台にされた者全員の個人情報を調べてください。そうすれば誰が犯人なのか突きとめられるかもしれません」

わたしは自分の言葉がふたりに理解されるのを待った。ドーソンはタガートと目くばせをし、それからソファーの前にやってきて総監の隣にすわった。

「きみのほうから話してくれ」タガートが言った。

ドーソンはかろうじてそれとわかるくらいに小さくうなずいた。

「総監はラワルピンディーのことをすべて知っています。あなたがまだ知らないことも含めて。ダンロップの指揮のもと、ある種の実験が行なわれたのは事実です。被験者の個人記録に関して言うなら、わたしの部下がすでに調査を始めています。いまのところ有益な情報は見つかっていません」

「続けたまえ」タガートが強い口調で命じた。

ドーソンはためらいがちに続けた。「そのマスタード・ガスは一九一七年にイギリスから送られてきたものです。でも、すべてが実験で使われたわけではありません。残ったものはバラクプールの武器庫で保管されていました。最近になって、それをイギリスに送りかえすようにという指示がありました。移送方法としては、まずウィリアム要塞に運びこみ、そこで船積みする手筈が整えられることになっていました」

ドーソンは話すのをやめ、ソファーの上でぎこちなげに腰を動かした。

「続けたまえ」タガートの口調はさっきより強くなっている。

ドーソンは咳払いをした。顔から血の気が失せている。

「二週間前、ウィリアム要塞に運ぶ途中、マスタード・ガスの缶がいくつか紛失したことが判明したんです」

その言葉には榴弾砲のような威力があり、しばらくのあいだ、わたしは沈黙を余儀なくされた。いまのいままで、相手は頭の箍《たが》がはずれたグルカ族の男で、持っている武器はククリ刀一本だけだと思っていた。それがじつは毒ガス兵器を所持しているらしいというのだ。胆汁が胃にこみあげてくる。わたしは毒ガスが百戦錬磨の精鋭部隊を一瞬のうちに殲滅《せんめつ》するところをこの目で見たことがある。ドーソンの話だと、その種の兵器が復讐の鬼と化した男の手に渡った可能性があるのだ。

「でも、どうやって?」わたしは訊いた。「移送の際の警備には万全を期していたはずです」

「そのとおりです。どうやって盗まれたのか見当もつきません。わかっているのは、バラクプールを出たときには百二十六缶だったのが、ウィリアム要塞に着いたときには百二十三缶になっていたということだけです。それでH機関にお鉢がまわってきたのです。われわれは捜査対象をマスタード・ガスの移送に携わった者に絞りました。その結果、バラクプールとウィリアム要塞のイギリス人は容疑者のリストから除外され、捜査線上に浮かびあがったのが需品課のプリオ・タマンでした。盗んだのは売却のためです。買い手はロシアかもしれません。赤軍白軍とも、内戦で使える兵器を調達するためにカルカッタに人材を派遣しています。でも、それ以上に厄介なのは、マスタード・ガスが国内のテロリスト集団の手に渡ることです。

四日前の晩、わたしの部下がタマンを尾行して、タングラの阿片窟に入るのを確認しました。そこで取引き相手と会い、金を受けとろうとしているのかもしれないということで、すぐさま応援を要請したんですが、あいにくなことにガンジーの戯言のせいで、われわれは人手不足に陥っていて、すぐに手入れのための人員を確保できる状態にはなかった。そこで、警察の風俗課に協力を求めたというわけです。その結果、見つかったのがタマンの死体です。取引き相手は見つかりませんでした。その時点で航跡はぷっつり途絶えてしまい、マスタード・ガスの回収は困難ではないかと思いかけた矢先、リシュラで看護婦が殺害され、ダンロップが自宅の寝室で殺害されたのです」

「そのマスタード・ガスをなんらかのかたちで撒くのは簡単なことなんでしょうか」

「そんなにむずかしくはありません。缶にはネジが切られた小さな蓋がついていて、その下にゴムのシールで密閉された開口部があります。なかの液体を小型の手製爆弾に注ぐ方法は、少しでも知恵のある者なら簡単に思いつけるはずです。あるいは……」

「あるいは、なんでしょう」

ドーソンは自分の両手を握りあわせた。「ほかにも盗んだものがあるかもしれません。犯人は起爆装置を持っているということも考えられます。いずれにせよ、マスタード・ガスが撒き散らされるような事態はなんとしても避けなければなりません。われわれにとってただひとつ救いとなるのは、そのまえに、犯人はその写真に写っているマグァイア以下の者を襲おうとするであろうということです」

言っていることの意味がよくわからず、わたしは首を振った。

「十二時間前、あなたはわれわれをこの一件からできるだけ遠ざけようとしていた。なのに、なぜかいまはこうしてすべてを話している」

ドーソンは苦虫を噛みつぶしたような顔になり、小さな声で言った。「選択の余地がないのです。マスタード・ガスの使用はなんとしても阻止しなければなりません。犯人の顔を見分けられるのは、あなたとあなたの部下だけです」

　わたしはタガートのほうを向いた。「あなたはこのことをご存じだったのですね」

「戦時中の実験についてはイエスだ。マスタード・ガスの盗難についてはノー」

　わたしの隣で、バネルジーが身体をもじもじ動かしながら訊いた。「マスタード・ガスを持っているなら、なぜまだ使用していないのでしょう」

　ドーソンは腕時計に目をやった。「四時間後にはエドワード皇太子がハウラー駅に到着する。そして、十二時間後には市庁舎で歓迎会、続いて旧総督官邸でガーデン・パーティーが開かれる予定になっている。そこにはカルカッタの白人の半分が大挙して……」

　そこから先のことは口にするのもはばかられるかのように声が尻すぼみになった。無理もない。イギリス人にすさまじい怨念《おんねん》を抱く男が、数本のマスタード・ガスの缶を持って逃走中なのだ。それを市民への攻撃に使用したらどんな結果になるかは想像もできない。

「殿下のご臨席は控えてもらったほうがいいかもしれませんね」

「それはできない相談だ」と、タガートは言った。「大英帝国の王位継承者が英領インド最大の都市で身の安全を保障されないとなると、どんな騒ぎになるか。国民会議の連中は狂喜乱舞し、外国の新聞はガンジーとダースの勝利と書きたてるはずだ。ようやく下火になりつつある不服従運動がふたたび活気づくのは目に見えている」

「では、お加減が悪いということにしたらどうでしょう」

　ドーソンは首を振った。「それもまた弱さの証しと見なされるでしょう。昨日ベナレスで元気な姿を見せていたのに、カルカッタ入りしたとたん病気になるなんてことは、まずありえない。インド人は詐病だと口を尖らせるでしょう。皇太子は怖気《おじけ》づいて顔を出さないのだと言い張るでしょう。そもそも危険なのは殿下ではありません。市庁舎での歓迎会でも、旧総督官邸でのガーデン・パーティーでも、われわれは殿下をお守りできる。問題は市庁舎にやってくる市民です」

タガートが苦々しげな口調で言い添えた。「白人だけじゃない。ダースは殿下の訪印に抗議するよう仲間たちに呼びかけるはずだ。市庁舎にはそういった連中も押しかけてくる」

「おっしゃるとおりです」と、ドーソンは言った。「われわれがつかんだ情報によると、マイダン公園で集会を開き、そのあと市庁舎までデモ行進をすることになっています」

タガートはわたしのほうを向いた。「きみはダースに会いにいってくれ。自宅軟禁の身であることを思いださせるために。家の外に出たら、逮捕されてラル・バザールに連行されると伝えるんだ。自宅の監視員は二倍に増やしたほうがいい。不服従運動はいまや風前のともしびだ。今回の殿下の巡行を無事に乗りきりさえすれば、連中のあいだには無力感が広がり、運動は自壊する。ダースとの話がすんだら、ふたりでウィリアム要塞に向かってくれ。いまから二十四時間、きみとバネルジーはドーソンの指揮下に置かれることになる」

わたしは抗おうとしたが、タガートは手を振って制した。

「議論の余地はない、警部。きみはいまきわめて薄い氷の上を歩いているんだ」

わたしはソファーに腰を沈めた。

「よろしい。ドーソン大佐には犯人をいぶしだす妙策があるらしい」

ドーソンは軍服の内ポケットからパイプを取りだし、マッチで火をつけ、煙草がくすぶりだすと、ゆっくり一喫いした。

「マグァイア少佐を囮《おとり》に使うんです」

29

タガートの執務室を出て車に向かうあいだ、わたしの頭のなかではドーソンの言葉が鳴り響いていた。大胆な計画ではあるが、言いかえれば、無謀な計画ということでもある。だが、十年前の王であり皇帝の訪印以来、もっとも多くのカルカッタ在住のイギリス人がひとつところに集まるときを数時間後に控え、大殺戮《だいさつりく》を引き起こすに足る量のマスタード・ガスを持った乱心の徒が野放しになっているのだから、どんなに無理筋と思える手段でも、頭から否定してかかるわけにはいかない。

タガートはラワルピンディーのことをすでに知っていた。それを聞いたときにはショックを受けたが、よくよく考えてみると、べつに驚くべきことではないかもしれない。これもまた、インド人がわれわれを非難する理由のひとつである偽善の一例だろう。彼らの土地で保護者面をしながら、実際は彼らを農奴なみにしか見なしていないというわけだ。インド人がわれわれを追い払いたいと思うのも無理はないような気がする。

タガートについて言うなら、知っていて言わないことは、言うことより遥かに多い。戦時中は軍情報部の高官ということで、ラワルピンディーの一件は立案段階から知っていたとしてもおかしくない。だが、いまは軍籍を離れ、インド帝国警察ベンガル本部のトップの地位にあり、軍とりわけ軍情報部とのかかわりは、市の治安維持に果たす役割をめぐる鍔ぜりあいにほぼ絞られる。これまでは、自身が出向くことをH機関が望まないときに、わたしを便利な道具として使ってきた。もしかしたら、今回もそうかもしれない。フェルナンデス看護婦の死体がリシュラで見つかった時点で、ある程度の察しがついていたということは充分考えられる。だが、先ほどの表情から判断すると、マスタード・ガスの盗難の話は初耳だと言ったことはたぶん嘘ではない。

とにかく家に帰って少し休めと、タガートは言ってくれた。翌朝七時にはダース宅を訪れ、デモの中止を要請することになっている。おそらく、それはにべもなく拒否されるだろう。その結果、収拾のつかない事態が起きる可能性は高い。だが、それは明日の朝のことだ。いまはとにかく眠りたい。

わたしの横で、バネルジーは口を固くつぐんでいる。当初の興奮状態は消え、きわどいところで死を免れたという事実がここに来てようやく実感できるようになったのかもしれない。

「だいじょうぶか、部長刑事」

バネルジーは小さくうなずき、ふたたび人けのない通りに目をやった。

そして、しばしの沈黙のあと、ようやく言った。

「さっきは犯人を捕えることができたかもしれないんです。逃げられたのはぼくのせいです。そのせいで、数えきれないくらいの人命が失われることになるかも……」

「馬鹿なことを言うな。きみは最善を尽くしたんだ。それに、きみもドーソンの話を聞いたはずだ。捕えるチャンスはまだある」

「うまくいくでしょうか」と、バネルジーは訊いた。

その口調から察するに、それで先ほどの失敗を帳消しにできると請けあってもらいたいのだろう。このような場合、正直な意見ではなく、望まれている答えをかえすのがわたしの責務だ。

「きっとうまくいく。相手は気がふれている。それは死体の傷つけ方を見たらわかる。罠だと薄々感じていたとしても、マグァイアを殺害する機会を逃すようなことはしないだろう」

その言葉をバネルジーは黙って吟味《ぎんみ》した。

そして、答えた。「それはどうでしょう。本当に気がふれているんでしょうか。それなら、今夜ぼくたちを殺していたはずです。でも、そうはしませんでした」

わたしはバネルジーの顔を見つめた。「何が言いたいんだ」

バネルジーはまた通りに目をやった。「犯人にはなんらかの計画があり、それをかならず実行に移すと思います。そう簡単にミスをおかすことはないはずです。命を狙っているのはマグァイアだけで、何千人もの無辜の市民でないことを祈りましょう」

車が下宿屋の前にとまったときには、プレームチャンド・ボラル通りの娼婦たちでさえ就眠する時間になっていた。わたしは鉛のように重い足を引きずって階段をのぼり、ドアをあけて、廊下の明かりをつけた。

バネルジーはわたしの脇を通りぬけて、自分の部屋に向かった。居間から物音が聞こえ、使用人のサンデシュが裸足で廊下に出てきた。

「冬瓜をお持ちしましょうか、サーヒブ」

わたしはうなずき、サンデシュがその用意をしにいくと、居間を抜けて、ベランダに出た。月が淡い光を注ぎ、川から微風が吹いてきている。わたしは籐の椅子のひとつに腰をおろした。長かったこの日の夜、いくつかの断片がおさまるべきところへおさまった。これで、アラステア・ダンロップとルース・フェルナンデス、そしてタングラで見つかったプリオ・タマンの殺害事件のつながりがあきらかになった。われわれはマティルド・ルーヴェルが殺されるのを阻止し、犯人の顔をこの目で見、ラワルピンディーの秘密を知った。そこまではよかったが、そのあとドーソンがマスタード・ガスの盗難というとんでもない話をし、事態は予想していたより遥かに深刻なものであることがわかった。

犯人の身元は依然として割れていない。グルカ族であることは、その顔かたちからしてほぼ間違いない。軍人である可能性もある。問題は、陸軍には現役のグルカ兵が数千人、復員兵も含めたら数万人もいるということだ。残された時間のうちに、H機関がその男を見つけだせる可能性はいくらもない。そして、サンデシュが冬瓜の果汁を持ってベランダにやってきたときには、もうひとつの厄介な問題について考えていた。バネルジーが指摘したタイミングの件だ。

実験が行なわれたのは一九一七年。なぜ犯人は復讐を開始するまで四年以上待ったのか。バラクプールに保管されていたマスタード・ガスがウィリアム要塞に移送されたことと関係しているのかもしれないが、そのあたりの事情を知るすべはない。何かを見落としているような気がしてならない。それはすぐそこにあるのだが、かたちをとるには至っておらず、手が届きそうで届かない。それがなんであれ、夜の闇を見つめていても、答えは見つからないだろう。サンデシュから冬瓜の果汁のグラスを受けとると、それを飲みほして、自分の部屋に向かった。

ゆっくり廊下を進み、暗い部屋に入る。何がどこにあるかはよくわかっているので、明かりをつける必要はない。靴と靴下を脱ぎ、シャツとズボンのボタンをはずして床に投げ捨てると、ベッドに直行する。蚊帳の裾を持ちあげて、なかに入る。カルカッタでの暮らしで逃れられないもののひとつが、蚊との恒久的な戦いだ。湿地に街をつくろうと誰かが思いついたとき、この街の運命は決まった。ここはありとあらゆる不快生物の格好の繁殖地だが、最悪なのはマラリアを媒介する蚊だ。副総督から人力車の車夫まで見逃してもらえるものはひとりもいない。ここでは冬でも蚊帳がいる。それでサンデシュは、夜になるとベッドに蚊帳を吊り、朝になるとそれを取りはずすのを日課にしている。

蚊帳の裾をマットレスとベッドのフレームのあいだに丁寧にたくしこむと、あとはのんびりくつろぐだけで何もすることはない。蚊帳のなかにいると、カルカッタがもたらすもろもろの災厄から盾で守られているような安心感を覚える。目を閉じる。

とほとんど同時に、弾《はじ》かれたように身体を起こした。手をのばして蚊帳をめくり、ベッドから出て、電灯のスイッチを入れにいく。部屋が明るくなると、シャツとズボンを床から拾い、急いで身につけ、戸口に向かう。

急ぎ足で廊下を進み、バネルジーの部屋のドアをノックし、返事を待つことなく、なかに入って電灯をつける。

「起きろ！」

バネルジーはベッドの上で身体を起こし、寝ぼけまなこで顔をこすった。

「服を着ろ。ミセス・ダンロップにあらためて訊かなきゃいけないことがある」

バネルジーは啞然《あぜん》としている。「いまですか」

「そうだ。いますぐでなきゃいけないんだ。のんびりしている時間はない」

「どういうことなんです」

「蚊帳だ」わたしは息を切らせながら言った。「ダンロップがベッドの上で殺され、誰も犯行現場に手を触れていないとすれば、そこに蚊帳がかかっていなかったのはなぜなのか」

バネルジーは白く薄い蚊帳の網目ごしにわたしを見つめた。

「十分で支度をし、廊下で待っていてくれ。出かけるまえに、わたしは二本ほど電話をかけなきゃならない」

30

最初の電話先はラル・バザールの車両部で、至急車をまわしてもらいたいと頼んだ。次はパーク通り署で、ダンロップ宅へ数人の巡査を向かわせるよう命じた。そのときに、昼間そこにいたモンドル巡査も来させるようにと付け加えた。巡査たちはたいてい警察署の隣かその近くにある官舎に住んでいる。インドのいいところは、現地人の巡査たちが白人の上司の命令に異を唱えることはめったにないということで、それは真夜中に叩き起こされたときでも変わらない。

ダンロップ宅に到着したのは、パーク通り署の巡査たちのほうが早かった。なかに通されると、われわれは若い巡査のあとについて階段をあがった。

ダンロップの書斎の戸口にふたたび立ったとき、モンドルらの一行はすでに不審物の痕跡を見つけだしていた。

モンドル自身が床に膝をついていた。顔をあげて、にんまり笑い、床のほぼ全面に敷きつめられた絨毯《じゅうたん》の飾り房の下の茶褐色の染みを指さした。

そして、勝ち誇るような口調で言った。「これです。不審物のあとです」

バネルジーは冷ややかだった。「不審物かどうかはまだわからない」

モンドルは身を乗りだして絨毯の角をめくった。床板のニスは薄く、剝がれた箇所があちこちにある。そういったところのひとつに、大人のてのひら大の染みがついている。

わたしはそこへ行って、モンドルの横に膝をつき、床板を指でこすった。

「何かを拭いとったあとだな」それから立ちあがって、

モンドルに命じた。「ミセス・ダンロップをここに連れてきてくれ。それから、すべての部屋を隅々まで調べろ」

モンドルは眉間に皺を寄せた。「何を探すんでしょう」

「拭いとるために使ったものだ」バネルジーが言った。「血がついたぼろぎれ、布、シーツ。ゴミ箱や暖炉は特に念入りに」

モンドルはうなずいて部屋から出ていった。

どうやらダンロップは書斎のこの場所で殺されたようだ。わたしは机の後ろの椅子にすわって、壁の写真を見つめた。バネルジーが瀕死《ひんし》の白鳥の真似をして床に叩きおとした額入りの写真や証明書のうち、壊れていないものは元の位置に戻されていて、床に散らばっていたガラスの破片はきれいに片づけられている。それでも壁には空白部分が目立ち、それまで額があったところはその部分だけ色が変わっている。

ドアがきしみ音を立てて開き、アンシア・ダンロップが巡査に付き添われて部屋に入ってきた。部屋着姿で、怒り心頭といった顔をしている。

「いったいなんのつもりですの、警部。いま何時だとお思い？　これは嫌がらせ以外の何ものでもありません。朝になったら、あなたの上司に苦情の連絡を入れます」

「申しわけありません、ミセス・ダンロップ。しかし、話をうかがいにくるのを朝まで待つわけにはいかなかったのです」

「あなたはもうわたしと話をしちゃいけないことになっているんじゃありませんの」夫人は訝しげな目でわたしを見つめ、それからドアのそばに立っていたバネルジーを指さした。「そのことはこちらの方も覚えてらっしゃるはずよ」

「今回は軍の横槍が入るとは思いません」わたしは答えて、夫人に向かいの椅子をすすめた。「むしろ、われわれが捜査を進めるのを歓迎してくれるはずです。電話をお持ちですね。なんなら、問いあわせてもらってもかまいません」

しばしの沈黙があり、夫人は依然として憤懣《ふんまん》やるかたなげな顔をしていたので、やはり軍に問いあわせるつもりなのだろうと思ったが、一呼吸おいたあとにどうやら考えなおしたらしく、椅子に腰をおろした。

「何をお知りになりたいのです」

「まず最初に、ミセス・ダンロップ、どうしてわたしに嘘をついたのか教えていただきたい」

「なんですって」

わたしは夫人の目を見すえた。「ご主人はベッドの上で殺されたのではない。ちがいますか」

夫人の目に何かがよぎった。はじめて会って話を聞いたときと同じだ。恐怖ではない。何か別のものだ。反発だろうか。夫人は部屋着のポケットに手を入れて何かを取ろうとしたが、結局何も持たずにそのまま手を出した。ロザリオを探していたのかもしれない。ハンカチを必要としているようには見えない。

夫人は苦々しげにため息をついた。「どうしてそうおっしゃるんです」

「事実だからです。ご主人のマラリアの研究が蚊帳なしで眠れるところまで進んでいたとは思えません。あなたはご主人を殺害した者を知っている。そして、かばっている。わからないのは、なぜそんなことをするのかということです」

脅し文句に近い物言いだが、仕方がない。顔色をうかがいながら話をしている時間はなかったし、正直なところ、そういったことをするには疲れすぎている。夫を亡くしたばかりだということを考えたら、涙に暮れていてもおかしくないのに、アンシア・ダンロップは目を潤ませることさえなく、わたしをキッと見つめている。

「おっしゃっている意味がわかりません。まえにもお話ししたように、わたしは睡眠薬を服んでいたのです。主人を寝室で見つけたのは朝になってからです」

そんなことを訊いたわけではない。もしかしたら単なる早とちりかもしれないが、どちらにしても、嘘をついているのはたしかだ。犯人がこの家に忍びこみ、ダンロップを見つけ、書斎に連れてきて殺害し、そのあと自分で犯行現場の掃除をし、拭きとりきれなかった血のあとの上に絨毯をかぶせ、夫人も含めた家のなかの誰にも気づかれることなく立ち去ったというのか。いくらカルカッタでも、そんな話は通用しない。もちろん彼女がみずから手を下したとは思わないが、だからといってまったくなんの関係もないとは言えない。

「あなたは誰かに脅されているんですか」わたしは訊いた。「だから犯人をかばっているんですか。そうだとしたら、あなたの身の安全はわれわれが保障します」女性を守ると約束するのは今夜これで二度目だ。マティルド・ルーヴェルはわたしに守ってもらえるとは思っていなかった。アンシア・ダンロップはちがう。守られる必要があるとは思っていない。

「さっきも言ったように、警部、どういうことかまったくわかりません」

その口調はさりげなく、無頓着《むとんちゃく》といってもいいくらいだった。自分の話に嘘がないことを信じてもらおうと必死になっているとは思えない。

そのとき、ふと思いあたった。もしかしたら、夫の死は仕方のないものだと考えているのではないか。彼女は敬虔《けいけん》なカトリック教徒で、善悪の観念に対する強いこだわりがある。夫は決して許すことができない罪をおかしたということかもしれない。夫の死に心を痛めている様子はなく、その表情から、わたしに嘘をつくのはかならずしも本意ではないように思える。このとき、先ほどその目をよぎったものがなんだったかわかった。彼女は話したいのだ。なぜ夫は死ななければならず、なぜ犯人をかばう必要があるのか。

いまわたしがしなければならないのは適切な質問だけだ。

「マスタード・ガスですね」

目に恐怖の色が浮かんだ。「えっ？」

「ご主人がマラリアの治療法の研究をしているのではなく、軍のために強力なマスタード・ガスを開発していることに気づいたのはいつです」

「わたしは何も……」

「イギリスを発つまえから知っていたのですか。少なくとも、ここへ来て、バラクプールの病院で看護婦として働きはじめたときには、ご主人の仕事の性質に気づいていたはずです。あなたのような信心深い女性が大量殺人兵器の開発に従事する者とひとつ屋根の下で暮らすのは耐えがたかったはずです」

「知らなかったんです」夫人は強い口調で言った。その目には涙と怒りがあった。「夫からは国防関係の仕事とだけ聞かされていたんです。そうじゃないとわかったのは……」

「いつのことです」

「マグァイア少佐から本当の話を聞かされたときです」

「マグァイア少佐？　病院長の？　なぜあなたにそんな話をしたんです」

「悲しみのためです。一九一七年の暮れことのでした。息子さんがパッシェンデールの戦いで負傷し、一週間後に病院で息を引きとったのです。ドイツ軍の毒ガス攻撃で大火傷を負ったせいで。その父親はここでマスタード・ガスの研究開発の指揮をとっていたんです。皮肉としか言いようがありません。少佐は最初のうちとても気丈に振るまっていました。でも、ある日わたしがオフィスを訪ねたときには、酔っぱらって、神の怒りがどうのこうのと呂律《ろれつ》の怪しい舌でわめいていました。みずからの邪悪な所業に対して天罰が下ったと思っていたのでしょう。

当然ながら、わたしは主人を問いつめました。すると、どうにもならない、国王と国のためにやっているんだという答えがかえってきました。そのときに、戦争が終わったらやめると約束し、実際にそうしてくれました。それで、熱帯病研究所が新しい勤務先になったのです」

夫人は目から涙を拭った。

「それからしばらくして、ロンドンから手紙が届きました。ポートン・ダウンでマスタード・ガスの研究開発を再開してもらいたいという内容のものです。わたしは断わるべきだと主張しましたが、主人は聞いてくれませんでした。そのおぞましさには目を向けず、ただ科学の進歩としてしかとらえていなかったのです。目的はより効果的な毒ガスを完成させることです。その仕事を引きうけた主人はわたしが結婚したときの男性じゃありませんでした。一カ月ほどまえにあのひとが現われなかったら、わたしたちの関係はどうなっていたかわかりません」

「あのひとというと？」

返事はかえってこない。

「何をためらっているのか知りませんが、その男は大量の毒ガスを手に入れ、なんの罪もない市民に用いようとしている可能性があるんです。それを阻止するためには、あなたが知っていることのすべてを話してもらわなきゃならないんです」

夫人の目には葛藤《かっとう》の色があった。

わたしは嚙んで含めるように言った。「いいですか、ミセス・ダンロップ。その男は大量殺人をくわだてているかもしれないんです。ご主人の罪を贖《あがな》う機を逸する法はありません。どうか力を貸してください」

夫人は目もとの涙を拭いた。

「グルンです。ラチマン・グルン。グルカ連隊のライフル銃兵です」

「連隊名はわかりますか」

「いいえ」

わたしはバネルジーに目をやった。すでに手帳を取りだして、聞いたことを書きとめている。

「ドーソンに電話しろ。われわれが探しているのはライフル銃兵のラチマン・グルンだと伝えるんだ」

「わかりました」バネルジーは言って、ドアのほうへ向かった。

わたしはふたたびダンロップ夫人のほうを向いた。

「なぜグルンは一カ月前ここにやってきたんです。彼は被験者のひとりだったんですか」

夫人は首を振った。「いいえ。でも、グルンには子供がいました。そのひとりがバハドゥルという男の子で、入隊したときにはまだ十五歳でした。わたしたちはボビーと呼んでいました。ネパール人にしても小柄なほうで、戦時中でなければ、兵役検査ではねられていたでしょう。でも、ボビーを軍に入れたのは人体実験のためで、その話を持ちかけたのはプリオ——プリオ・タマンという男です。当時は病院の雑用係でしたが、非公式に徴募の仕事もしていて、ネパールの農村を訪れて少年たちを勧誘していました」口もとに苦々しげな笑みが浮かんだ。「ボビーがあれほど小さくなければ、ああいったことは起きていなかったでしょうね」

「ああいったことというと？」

「実験です。主人がやっていた実験です。被験者は少量のガスにさらされるとのことでした。でも、そんなに人体に害はなく、やむなく致死量の濃度のガスを使うときは、被験者にガスマスクを着けさせていると言っていました。事故が起きたのは、そういった高濃度のガスを使った実験の最中でした。ガスマスクは軍の支給品で、いちばん小さなサイズでもボビーには大きすぎた。それで実験中にガスマスクがずれてしまったのです」

言葉が途切れ、遠い目になった。

「あの子が診療室に運ばれてきたときのことはいまでもよく覚えています。それまでわたしはいろいろな傷を見てきましたが、ああいったのははじめてでした。目は両方とも焼けただれていました。息も絶え絶えでした。それから三日間苦しみに耐えつづけましたが、結局持ちこたえられなかった。

そのあいだ、わたしは自分の息子のように介抱しました。亡くなったあと、ご遺族に訃報を伝えるのはわたしの義務です。父親はそのとき西部戦線に配属されていたので、そこに手紙を送りました。検閲で一部は黒塗りになっていたかもしれませんが、大意は伝わったはずです。わたしの思いやりに対する礼状が届き、それで話は終わりました。終わったはずでした。一カ月前グルンが家にやってくるまでは。連隊の駐屯地がカルカッタに変わったので、直接会って礼を言いたかったとのことでした。内気で、生真面目で、とても礼儀正しいひとです。息子さんがどんなふうに死んでいったか知らないのはあきらかでした」

「それで、事実を告げたのですか」

夫人はわたしをじっと見つめた。「親なら誰でもわが子の最期について知る権利があります。黙っているのは罪です。法ではなく、神の前で許されないことです」

「グルンの反応は？」

「耐えていました。白人の奥さま《メムサーヒブ》からそんな話を聞かされて、現地人がほかにどういった態度をとれると思います？　それ以外の振るまいをするのは、彼らにとって恥ずべきことです」

「ですが、その後の行動は、耐えているとは言いがたい。すでに三人を殺害しているんです。あなたのご主人を含めて」

「それは仕方のないことです。主人はより強力な殺人兵器の開発に血道をあげていました。科学の進歩という名のもとに、さらに多くの父親から息子を奪おうとしていたのです」
「グルンが帰ったあと何か起きましたか」
「二週間ほどまえ、またここにやってきました。ボビーを実験台に使うために入隊させた者に会ったそうです。それはプリオ・タマンのことだと思います。お酒を飲ませて、実験にかかわっていた者の名前を聞きだしたと言っていました。戦時中に主人が何をしたかもわかったので復讐するつもりだとのことでした。わたしは神が天罰を下すと言いました。すると、グルンは〝目には目を、歯には歯を〟という聖書の言葉を引用しました。それは異教徒たちがもっとも好む一節です。それに対して、わたしは〝誰かがあなたの右の頬を打つなら、左の頬をも向けなさい〟という主の言葉をかえしました。それでわかってもらえたと思っていました」ダンロップ夫人はわたしから顔をそむけた。「でも、そうではありませんでした」

そうではなかったどころではない。わたしの経験からすると、左の頬をさしだすのはグルカ族の性にあう教えではない。むしろ、右の頬を打たれたら、相手が二度とそのような気を起こすことがないよう情け容赦のない一打をお見舞いせよという教義のほうが向いている。〝目には目を〟ではなく、〝目をつぶされたら、顔をつぶせ〟だ。実際問題、人殺しをも厭《いと》わない気性の激しさは、グルカ族が兵士として高く評価されてきた理由のひとつなのだ。

ここで、はたと思いあたった。

目には目を――

「あなたはグルンに息子が負った傷について話しましたか」

ダンロップ夫人は目をそらし、うつむいた。

「ミセス・ダンロップ」わたしは語気を強めた。「バハドゥル・グルンはどのような傷を負い、あなたは父親になんと告げたのですか」

顔をあげたとき、夫人の目には涙がたまっていた。

「本当のことに決まっています」

「毒ガスによって目をつぶされたと？」

夫人はうなずいた。

「肺もやられていたんですね」

「肺の損傷が致命傷になったようです」

「そういったことをすべて話したんですね。だから、グルンはご主人やほかの犠牲者たちに同じ傷を負わせたんですね。目には目を。肺には肺を」

返事はなかった。返事をする必要はなかった。

グルンはおそらく採用年齢に達すると同時に入隊し、軍に忠誠を尽くし仕えてきたにちがいない。その軍が息子を毒ガスで死亡させたというのは究極の裏切り行為だ。そのような罪に対しては、それに直接かかわった人間を殺すだけでは足りないかもしれない。

わたしは一連の出来事を頭のなかで反芻《はんすう》した――プリオ・タマンがラワルピンディーのためにグルンの息子を軍に入隊させる。グルンがタマンの居場所を突きとめ、酒に酔わせて、息子を死に追いやった者たちのことを聞きだす。このとき、タマンはもうネパールの農村の少年たちの徴募係ではなく、バラクプールの病院で需品係として働いていた。それで、マスタード・ガスの保管分がバラクプールからウィリアム要塞に移送されるという話を聞き、息子の死にふさわしい復讐を実行する方法を思いつく。タマンを金で釣り、数缶のマスタード・ガスをウィリアム要塞への移送中に〝紛失〟させる。その缶を受けとると、金を渡すことになっていたタングラの阿片窟で殺害する。これが復讐のための連続殺人のはじまりで、そのあとにルース・フェルナンデス、アラステア・ダンロップ、マティルド・ルーヴェル、マグァイア少佐の死が続くことになる。そして、最後の総仕上げ。クリスマスの日に、カルカッタで群衆に毒ガスを浴びせかける。

「それ以降はグルンに会っていないのですね。昨夜までは」

夫人はいくらか落ち着きを取りもどしていた。「ええ。やってきたのは十二時すぎです。そのとき、わたしは床につき、主人はここで仕事をしていました。仕事中毒なんです」棘のある口調だ。「屋根から忍びこんだのは、使用人の部屋が一階にあることを知っていたからでしょう。最初にわたしの寝室にやってきました」

「叫ばなかったんですか」

「何が起きたのか理解するまえに、手で口をふさがれたんです。危害は加えないと言われました。主人に訊きたいことがあって来たとのことでした」

「それで、ご主人は書斎にいると言ったんですね」

「ええ」

「そのあとは？」

「わたしを紐で縛って、猿ぐつわをかませ、部屋から出ていきました。踊り場を抜けて書斎へ向かったことは足音でわかりました。主人の声が聞こえたのは一度だけです。グルンが銃で脅して、何かを訊いたのだと思います。それからしばらくしてわたしの寝室に戻ってきたときには、悪魔のような形相になっていました……でなかったら、復讐の天使かもしれません。サタンも堕天使のひとりだと言われていますからね。グルンは腰をかがめて、紐をほどいてくれました。わたしは何をしたのかと訊きました。でも、返事はかえってきませんでした」

ドアが開き、バネルジーが部屋に入ってきて、こくりとうなずき、それからまたわたしの隣にすわった。

わたしはポケットから写真を取りだして机の上に置き、ダンロップ夫人の顔を指さした。「グルンはラワルピンディーに関与した者を付け狙っています。そのなかには傷の手当てや介抱をした看護婦まで含まれています。なぜあなたは無事だったのでしょう」

夫人は壁を見つめた。「信じてもらえないかもしれませんが、わたしは殺してくれと頼んだのです。わた

「いいえ。でも、とめはしませんでした。主人はバハドゥル・グルンの命を奪った毒ガス以上に悪質な兵器を作っていたのです。死の種を蒔《ま》こうとしている者がいれば、それを阻止しようとするのは当然のことだと思います」

わたしはダンロップ夫人の顔を見つめた。「それこそわたしがしようとしていることなんです、ミセス・ダンロップ」

しもやはり子供を亡くしています。みずから命を絶とうと考えたことも一度ならずありました。もちろん自殺は決して許されることのない罪です。でも、誰かに殺されるのであれば話は別です。そう思って頼んだのですが、聞きいれてはもらえませんでした。わたしの死は良心の重荷になるとのことで」

「一方でなんの罪もない市民に毒ガスを浴びせるつもりでいます」

「あなたがそう言っているだけです。どこにそんな証拠があるんです。いまのところグルンが手にかけたのは、息子さんの死の責めを負うべき者たちだけです」

たしかにそうかもしれない。だが、グルンがマスタード・ガスを盗んだという事実を無視することはできない。このときふと思ったのだが、彼女がこんなふうにグルンをかばうのは、別に理由があるのではないか。

「もしかしたら、あなたはご主人を殺害するようグルンに頼んだのでは――」

31

五時。クリスマスの朝。希望と再生の良き日。実際そういう日かもしれない。ようやく殺人者の名前がわかった――ラチマン・グルン。それで次の殺人をとめられるかもしれないという小さな希望の灯がともったのだ。

東の空が白みはじめている。われわれはダンロップ宅の玄関口の階段をおり、車のほうに向かった。運転手は車の窓ガラスに頭をもたせかけて居眠りをしていて、バネルジーが窓を叩く音で目を覚ました。

「ウィリアム要塞へ。大急ぎで!」わたしは車に乗りこみながら言い、それからバネルジーに訊いた。「ドーソンは電話でなんと言っていた?」

「関係当局に警戒態勢をとらせ、市内とその周辺地域の全部隊を虱《しらみ》つぶしにするとのことです」バネルジーは言い、それからにっこり笑った。「大佐はわれわれの情報に感謝していました。〝ありがとう〟という言葉までちょうだいしました」

「生きているあいだにこんな日が来るとは思っていなかったよ。うまくいけば、ドーソンの部下が早い時点でグルンを見つけて逮捕し、それで一件落着ということになるかもしれない」そうは言ったものの、ライフル銃兵のグルンを捕らえるのはそんなに簡単なことではあるまい。そもそもカルカッタでは、どんなことでも一筋縄ではいかない。しかも、相手は歴戦のグルカ兵なのだ。

「大佐のほうも新しい情報を入手していました」バネルジーは続けた。「写真に写っていたほかのふたりの医師は、ダンロップの助手で、戦後まもなくイギリスに帰ったそうです。彼らを追いかけるとしたら、船に乗らなきゃなりません」
とすると、写真に写っているイギリス人のなかでまだ襲われていないのはマグァイアだけということになる。殺害の標的の数が減ったことにより、二時間前より少し気が楽になった。いまは犯人の名前も、顔も、そしてさらに大事なことに動機もわかっている。毒ガス攻撃によって多数の犠牲者を出す危険は依然として残っていて、決して楽観はできないが、それを阻止できる確率は以前より多少はあがっている。

車は川のほうへ向かって西へ進み、練兵場とヴィクトリア記念堂を左手に見ながら、マイダン公園を横切るアウトラム通りを走っている。薄明かりのなかに、ウィリアム要塞がヨブ記の巨獣《ビヒモス》のようにぬっと姿を現わす。チョーロンギー門で、ギョロ目の衛兵がきびきびとした動作で手を振ってわれわれを通し、車はH機関の建物の前でとまった。

ドーソンの執務室は擦りガラスと木枠で仕切られていて、三階のだだっ広い大部屋の奥にある。朝のこんな時間にもかかわらず、大部屋はドゥルガー神の祭りの最中のボウ・バザールのようにざわついており、大勢の制服姿の男女が電話をかけたり、書類を持って部屋から部屋へと行ったり来たりしている。その喧騒のなかに、ドーソン大佐の秘書のマージョリー・ブレイスウェイトの見慣れた顔があった。

マージョリーは仏頂面の不愛想な女性で、小学校の校長先生なみに気むずかしく、カルカッタでもっとも信用できる秘書と評価されている。インドでもっとも恐れられている秘密警察の幹部の秘書としての必要欠くべからざる資質をすべて備えていて、新入の職員はその声を聞いただけで縮みあがる。H機関の尋問の研修を受けたのではないかと思うくらいで、バネルジーは恐れをなしているが、わたしは好感を持っている。上司への忠誠心は絶対だが、わたしに対してはうんざりとしながらも寛容に接してくれているからだ。

われわれはまずそこへ向かった。

「トルケマダに会いたい、マージョリー。緊急の要件だ」

マージョリーは首を振って、ため息をついた。「お待ちしていました、ウィンダム警部。どうぞこちらへ」

わたしは礼を言って、ドーソンの執務室に向かった。その途中、呼びとめられた。「ひとつ言っておきますが、警部、その名前は使わないほうがいいと思います。大佐はそう呼ばれるのを嫌っています。つまらないジョークのせいで、爪を剝がされたくないでしょ」

わたしは微笑み、部屋のドアをノックした。

ドーソンは机の向こうでパイプをくわえ、受話器を耳に当てていた。ここで尋問され、床にゲロを吐いてから、まだ四十八時間もたっていない。いまはあのときほど剣呑《けんのん》な空気は流れていないが、それは一時的な停戦状態以上のものではなく、われわれが共通の難敵を向こうにまわしていることによるものと考えたほうがいい。ドーソンは机の反対側のふたつの椅子のほうに顎をしゃくった。

しばらくしてドーソンが受話器を置くと、わたしは訊いた。「それで、新たにわかったことは？」

ドーソンはパイプをふかし、煙を天井に向けて勢いよく吐きだした。

そして、机の上の黄褐色の薄いファイルを軽く叩きながら答えた。「ライフル銃兵ラチマン・グルン。プリンス・オブ・ウェールズ第四連隊の上等兵。グルカ族。四十二歳。一八九七年入隊。アフガニスタン国境で現役勤務。大戦中の任地はフランスとパレスチナ。一九二〇年に復員許可を辞退。直近では、先月、所属連隊の駐屯地がカルカッタに変更。この要塞です」

「身柄を確保できたということでしょうか」

ドーソンはまたパイプをふかした。目は赤く充血している。

「まだです。一週間ほどまえに無届けで外出したらしい。ときを同じくして、マスタード・ガスが紛失している」

「潜伏場所に心当たりは？」

「近隣に親類縁者はいないか調べているところです。この街のインド人居住区の情報提供者にも指示を与えてある。姿を現わしたら、すぐに見つかるでしょう」

しらじらしい強弁だ。わたしと同様、ドーソンもそのような言い分を信じるには長く生きすぎている。グルンは行方をくらました。捕まえるには先回りするしかない。どこに行こうとしているのかを突きとめて、先にそこに行くしかない。

「マグァイアを囮《おとり》に使うという計画はまだ活きているんですか」

ドーソンは額を撫でながら言った。「もちろん。数時間後にバラクプールの駐屯地でクリスマス・フェアが開かれます。皇太子殿下の来訪を祝して、午前中は駐屯地のほぼ全員が休みをとります。その時間、マグァイア少佐にはフェア会場でできるだけ人目につくように振るまってもらう」

「グルンをおびき寄せられると思いますか」

「期待しています」

「マグァイアの背中に的を描いたらどうでしょう」

「それでうまくいくならそうします」ドーソンは口からパイプを離した。「ところで、ダンロップ夫人はどうしてグルンの名前を知っていたんでしょう」

「彼女はグルンと二度会っています。グルンの息子はラワルピンディーの実験の犠牲者で、彼女が死を看取《みと》ったのです。遺体の目はつぶれ、肺は焼けただれていたそうです。グルンはその復讐をしようとしているのです」

「だったら、期待してもいい。復讐のためなら、多少の危険をおかしてでもマグァイアを狙いにくるはずです」

　二十分後、兵舎の食堂でブラックコーヒーを飲んだあと、わたしはバネルジーといっしょに車に戻り、ストランド通りを走っているときに渋滞に巻きこまれた。街へ戻るにはレッド通りぞいに旧総督官邸の前を通り抜けるのがいちばんの近道なのだが、皇太子がまもなく到着するため、そこは封鎖され、車は川ぞいの道に迂回させられている。遠くのほうに、朝靄に包まれたハウラー橋が見える。夜は明け、街はクリスマスの朝を迎えている。道路はすでに混みあっていて、採りたての農作物を積んだ荷車が街に入るために列をなしている。だが、今朝はそこに別の一団が加わっていた。プラカードを持った白装束のデモ隊だ。ハウラー駅をめざし、川のほうへ向かっている。

　前方で交通は遮断され、デモ隊は軍の阻止線にはばまれて、街への進入路となる橋や通りに近づくことはできないでいる。川岸のフェリー乗り場にも兵士が立ち、不審者のチェックをしているので、乗船待ちの客の長い行列ができている。

「皇太子をひそかにカルカッタ入りさせるのは無理みたいですね」バネルジーは言った。

　驚くべきことではない。インドでは、どんなに厳重に保持されている秘密でも、たいていはすぐに洩《も》れてしまう。それはいつの場合でもインド人のせいだ。残念なことに、この国は官僚組織でも鉄道でも法の執行機関でも、インド人なしに機能しない。そして、それが使い走りの下僕であろうと気どった太っちょの事務員であろうと、インド人であるかぎり、どんな情報でも反体制勢力の手に渡る可能性はつねにある。人の口に戸は立てられない。ベナレスやパトナといった駅で、国民会議派の助役がそこを通過した特別列車に乗っているのがエドワード皇太子であることに気づき、そのことを地元の活動家に知らせたら、そのニュースは本人が到着する何時間もまえにカルカッタに伝わる。

橋の向こう側に、車列が現われた。先頭を行くのは暗緑色の装甲車で、その後ろに二台の黒塗りのセダンが続いている。一台はロールスロイスで、もう一台はクロスリーのようだが、この距離だとはっきりとはわからない。どちらもルーフを閉じている。そしてそのあとに軍用車が一台。さらには、王室の随行員用と思われるバスと、報道陣用のバスがそれぞれ一台ずつ。そしてサーカスといっしょに世界をまわっているパテ社のニュース映画の技術者を乗せた大型トラック。

車列は一気に橋を渡りきり、デモ隊にも川ぞいの道路の渋滞にも遮られることなく、ハリソン通りを猛スピードで走り抜けた。バネルジーはエドワード皇太子の姿を見たいと言って首をのばしたが、無駄な試みだった。この距離だと、皇太子は疾駆する車の後席の薄い染みのひとつでしかない。

首をひっこめて、バネルジーは言った。「道路封鎖が解かれるまでまだしばらくかかりそうです。ここにすわっていても時間の浪費にしかなりません」

「同意する」わたしはうなずき、運転手の肩を叩いた。

「ここからは歩いて行く」

われわれが向かったのは、ドーム屋根を持つ旧総督官邸だった。カルカッタが英領インドの首都だったころ、総督はそこから人口数億の国家を統《す》べていた。その後、権力の中心はデリーに移ったが、建物自体はいまも変わることなく壮麗をきわめ、皇太子の来訪時の滞在先としてそこ以上にふさわしいところはない。

このときわれわれがドーソンから受けていた指示は、皇太子の側近や軍の高官と連携して、警備に万全を期すことだった。

旧総督官邸の玄関口の階段の上で、インド政庁の役人が待っていた。長身、眼鏡、モーニングコートにクラバット、ピンストライプのズボンという身繕い。ボーモントと名乗ると、すぐにわれわれを大理石の廊下へ導いた。

まずは儀礼の説明があった。「最初は〝殿下〟とお呼びください。そのあとは〝サー〟でかまいません」

わたしはうなずいた。「わかりました。そんなにむずかしいことではありません」

東翼に到着すると、よく見知った顔の男に引きあわされた。ドーソンの部下のアレンビーだ。

アレンビーはわれわれといっしょに階段をあがりながら言った。「打ちあわせには殿下もご臨席されます。同席できるのは上級職の者だけです。あなたの部下は部屋の外で待っていてもらわなければなりません」

わたしはバネルジーのほうを向いた。「それでいいか、部長刑事」

「かまいません、警部」

「仕方がない。皇太子がこの国でインド人に会うことを神が禁じておられるのだ」

アレンビーが睨みつける。

「殿下は今回のことを知っておられるのか」わたしは訊いた。

われわれは階段をあがり、絨毯敷きの廊下を歩きはじめた。

「いいえ。あなたのほうからもその話は出さないでいただきたい」

「お伝えすべきだと思わないのか」

「何をです？　実際に何かの脅威にさらされているわけではありません。それに、カルカッタはサラエボとちがいます」

地理的にという意味ではたしかにそのとおりだが、脅威に関して言うなら、ヨーロッパ最大の帝国のひとつの王位継承者が殺害されるまで、サラエボという街がとりたてて危険な場所だと考える者はひとりもいなかった。

控えの間にバネルジーを残して、われわれは広い部屋に入った。天井にはシャンデリアがあり、壁にはマイソール戦争でのティプー・スルタンの敗北を描いた絵が飾られている。バルコニーに面した両開きの窓の向こうには、目に心地よい光景が広がっている。もっとも、このような建物の場合、目に心地よくない光景はどの部屋からも望めないにちがいない。

皇太子は数人の側近に囲まれて、部屋の中央に置かれたソファーにすわっていた。片方の手に飲み物を持ち、もう一方の手をソファーの背もたれにかけている。このまえお目通りがかなってから五年ほどになる。もはや大人のふりをしている少年ではなく、鷹揚《おうよう》な気性に二枚目俳優のような顔かたちと魅力を備えた大人の男だ。

アレンビーは一礼して、紹介の労をとった。「殿下、こちらはインド帝国警察のウィンダム警部です。王室との連絡係になってもらっています」

皇太子は立ちあがり、わたしの手を握った。「はじめまして、警部」

「わたしたちはまえにも一度お会いしています、殿下。一九一七年にベルギーで閲兵なさったときに」

「本当に？ 申しわけないが、思いだせない。会ったのはひとりやふたりじゃないからね。多少なりとも兵を勇気づけられたのであればいいのだが……」

「ひじょうに勇気づけられました」わたしは嘘をついた。

皇太子は海軍士官の制服を着た側近のほうを向いた。「今日の予定については、侍従武官のアーチーから耳にタコができるくらい何度も聞かされている」

側近は顔をしかめ、反抗的な子供に愉快ならざることを説明するような口調で言った。「どうかご理解ください。万遺漏なきを期さなければなりませんので」

「面倒なことは何も起きないはずだ。ラクナウでは温かく迎えられた」

「お言葉ながら、カルカッタはラクナウとちがいます」

「心配するな、アーチー。カルカッタの状況が予断を許さないという話は、巡行を始めた当初から聞いている。でも、今日はクリスマスだ。そんなにひどいことが起きるわけがない。それに、不測の事態に備えて、兵士も大量に動員されている」皇太子は言って、灰色の髪に短い口髭の太った男のほうを向いた。「ちがうか、将軍」

「抜かりはありません。われわれは十二時十五分にここを出て、回り道をして、市庁舎に向かいます。有蓋の馬車を使い、約十五分後にエスプラネード通りに到着します」

「市庁舎の正面は通りに面していて、両側に高い建物があります」わたしは言った。「馬車から降りると、少し歩いて、玄関前の階段をのぼらなければなりません。警備は万全だと思いますが、それでも、数分間は外の通りに身をさらすことになります。馬車は建物の裏手にとめたほうがいいかもしれません。そのほうが警備もしやすいと思います」

一同のあいだに沈黙が垂れこめた。侍従武官のアーチーが気まずげに咳払いをする。沈黙を破ったのは皇太子自身だった。

「わたしはいやしくもプリンス・オブ・ウェールズの称号を持つ王家の一員だ。いくばくかのリスクがあったとしても、裏口からこっそり入るような真似はできない」

安全という点ではかならずしも最良の選択肢ではないが、皇太子の自尊の念を否定することはできない。わたしも立場がちがえば同じように考えただろう。

「よくわかりました、サー」と、わたしは言った。

わたしの横で、アレンビーが声を張りあげた。

「しかしながら、警部の指摘にも一理あります。市庁舎での殿下のスピーチと同時刻に、国民会議のデモ行進が計画されています。道路がふさがれる可能性があります。その場合には、建物の裏手に馬車をつけて、式典のあとここまでお連れすることにします」

皇太子は不満げだったが、結局何も言わなかった。

アーチーが言葉を継いだ。「市庁舎の正面玄関前の階段で、花束の贈呈、市長および地元の有力者の挨拶。そのあと、市長が建物のなかにご案内します。スピーチは午後一時から、時間は約三十分。続いて報道用の写真撮影。二時までにはすべてが終わり、二時半にはここに戻ってきて、三時からガーデン・パーティーという運びになります」

「ガーデン・パーティーが終わるのは？」

「午後五時です、サー。八時には、ベンガル商工会議所主催の晩餐会《ばんさんかい》が予定されています」

「また？　キャンセルできないものだろうか。体調を崩したとかなんとか言って」

「商業はこの街の生命線です。国に対して大きな影響力を持っている者も何人か出席します」

「クリスマスだというのに一夜の自由も与えられないのか」

「今回の巡行最後の公式行事です。明日はボクシング・デーの競馬があり、明後日には帰国の途につくことになります」

競馬の話が出て、皇太子は機嫌をなおしたみたいだった。

「ここの競馬はどうなんだろう。どうせたいしたことはないと思うが」

「きっと驚かれると思います、サー」別の軍高官が言った。「マハラジャのなかには信じられないほど豪華な厩舎《きゅうしゃ》を持っている者もいます」

ターバンに赤と金のお仕着せ姿の下僕が朝食の準備が整ったことを告げにきて、打ちあわせは終わった。一同が部屋から出ていき、わたしもそこに合流しようとしたとき、皇太子から声をかけられた。

「ちょっといいかな、警部」

わたしは振り向いた。「なんでしょう、サー」

「前回わたしたちが会ったのはベルギーのどこだろう」

「イーペルです」わたしは正しい発音で答えた。戦争中、イギリスの兵士はそれを〝ワイパー〟と発音していた。まるで最近考案された車の窓拭きみたいに。

「イーペルでは甚大な損害をこうむった」皇太子はむずかしい顔で言った。「きみも多くの友人を失ったのではないか」

「仰せのとおりです」と、わたしは答えただけで、そのときまでに失うべき友人はほとんどいなくなっていたとは付け加えなかった。

控えの間で、わたしはバネルジーと合流した。

「よし。これから北へ向かう」

「北といいますと？」

「バラクプールだ」

われわれは階段をおり、廊下を進んだ。

陽ざしのなかに出たとき、バネルジーは訊いた。

「皇太子はどんな感じでした」

「思ったほど悪くなかった」

「あなたの基準からすると、なかなかの高評価ですね。何よりです。いつの日かイギリスの国王であり、インドの皇帝になる方です」

「場合による」

「どんな場合です？」

「今日一日を乗りきれるかどうか」

32

マグァイア少佐の自宅はバラクプールのはずれにあった。これといった特徴のない白漆喰塗りの一軒家で、両隣に似たような造りの家が建っている。窓には緑色の鎧戸がついていて、ベランダには鉢植えのベゴニアが並んでいる。裏側には川岸に向かってなだらかに傾斜している庭がある。表側には小道によって二等分された、手入れの行き届いた芝地が広がっている。それは英領インドの夢の縮図といってもいい。美しく、平穏で、使用人以外に現地の人間はいない。

マグァイアはビルマのジャングルから切りだされた木で造作したような応接室のソファーにすわっていた。重厚な家具、濃い色のニスが塗られたチーク材の床板。かたわらには、ハリス・ツイードのスカートに踵《かかと》の低い靴をはいた中年の女性がすわっている。白髪まじりのまっすぐな髪、強い陽ざしの下で長く暮らしてきたことを物語るブロンズの肌。何か気に病むことがあるらしく、ときおりハンカチで目もとを押さえている。その横にいるのはH機関の一員で、がっしりとした体軀からすると、例によって例のごとく知力より腕力にものを言わすタイプにちがいない。ここに来ているのはマグァイアの身を守るためなのか、逃走を阻止し、次の汽船でイギリスに帰らせないようにするためなのかは、意見の分かれるところだろう。マグァイアの蒼《あお》ざめた顔と、シャツの腋《わき》の下の黒ずんだ染みから判断すれば、後者のほうが可能性は高いと思われる。

その向かい側の椅子には、ドーソンがすわっていた。冷静沈着さのお手本のように見えるが、われわれが部屋に入ると、とたんにひどい消化不良を起こしたような顔になった。わたしを出迎えるときにはたいていこんな顔をしているのだが、このときはやや意外な感じがした。ドーソンはわれわれを必要としているものとばかり思っていたからだ。

われわれの扱いを優先させるべきか、マグヴァイアとの話を先にすませるべきか、ドーソンは迷っているみたいだった。結局、マグヴァイアが抱きはじめたにちがいない不信感を払拭《ふっしょく》するほうを選んだ。

「あなたはつねに見守られています」ドーソンは言った。「わたしの部下を要所要所に配置しておきます。あなたのそばにはかならず誰かいて、数フィート以上離れることはありません。身の危険はゼロといっていいでしょう」

毒ガスのことには触れなかったが、それは当然だろう。マグヴァイアはマスタード・ガスが盗まれたことを知らない。あえて不安を煽ることはない。

ドーソンの口調からして、今回の申し出に議論の余地がないのは明白だった。いうまでもなく、マグヴァイアは医師であると同時に軍の士官でもある。軍人に議論はなじまない。異存のあるなしにかかわらず、軍人であるからには命令に従わなければならない。

マグヴァイアは受けいれ、妻の手を取った。

「申しわけないが、一瞬席をはずさせてください」ドーソンは言って、マグヴァイア夫妻を見張りの男といっしょに部屋に残し、わたしとバネルジーを廊下に連れだした。

そして、玄関のドアのほうへ向かいながら言った。

「あなたたちにもう用はありません、ウィンダム警部」

わたしは立ちどまり、振り向いた。

「ということは、グルンの身柄を確保できたということですか。マグヴァイア少佐の顔の表情からすると、そうではなさそうですが」

「まだです」ドーソンはポケットに手を入れ、そこから一枚の紙を取りだして広げた。「名前と所属連隊名がわかったので、直属の上官を呼び寄せて人相書をつくりました。それをわたしの部下とこの駐屯地の出入口の衛兵に持たせてあります」

わたしは人相書を受けとり、ちらっと見てからバネルジーに渡した。実際のところ、よく似ているが、ドーソンにそう言うつもりはなかった。

「きみはどう思う、部長刑事」

バネルジーはわざとらしく人相書をためつすがめつした。「これでは誰とも言えません。少なくとも、グルカ族の男なら誰にでもあてはまります」

「たしかに」わたしは人相書を受けとり、ドーソンにかえした。「それで見つかればいいんですが。きっとイギリス人の画家が大急ぎで描いたんでしょう。ネパール人と中国人の違いもわかっていないにちがいない。あえて言いますが、大佐、この駐屯地は小さな町くらいの広さがあります。もしグルンがここに来るとしたら、下手な人相書を持ったあなたの数人の部下や衛兵だけでは、侵入を阻止することはできません。必要なのは現在のグルンを近くから見た人間であり、おそらく間違っていないと思いますが、それに該当するのはわたしとバネルジーだけです」

ドーソンの顔に苦々しげな表情が浮かんだ。そこには、数日前の夜わたしが彼のオフィスで吐いたときに浮かべた表情と共通するものがあった。

「利口ぶらないでいただきたい、ウィンダム警部。あなたらしくもない。あなたはグルンを見分けられるかもしれないが、向こうもあなたを見ているのです。グルンのほうが先にあなたか部長刑事を見たら、すっと逃げ、それっきりになってしまう。これはわれわれにとって最後のチャンスなんです。この機を逃すと……それこそ何が起きるかわからない。せっかくのチャンスをどうかぶち壊しにしないでいただきたい」

ここに来て、ようやくわかった。

「先ほどあなたはマグァイア夫妻に身の危険はないと

請けあいました。でも、それは単なる気慰みにすぎなかったんですね。グルンを捕らえるのは、マグァイアを襲ったときしかない。グルンを捕らえることさえできれば、マグァイアの命などどうだっていいんですね」

顔が曇る。「マグァイアは国家に仕える軍人です。それが何を意味するかはわかっているはずです。グルンがマスタード・ガスを使うことを阻止できるなら、わたしは喜んでマグァイアを犠牲にします」

「グルンがマスタード・ガスをここバラクプールで使ったとしたら？」

「阻止することができないなら、カルカッタの中心部の群衆のなかでより、ここで使われたほうがまだいい。ここは軍の駐屯地です。フェアに来る者のほとんどは兵士とその家族です。ガスマスクの用意もあり、そして何より大事なことに、フェアは屋外の広場で開かれます。多くの者が深傷を負わずに逃げられるでしょう。もちろん、グルンもそれくらいのことは承知しているはずです。五百人の人出がある広場で毒ガスを撒いたとしても、その五十倍からの人間が群れている通りと比べると、犠牲者の数は意に介するほどのものではありません」

ドーソンの基準からしても、その言い方はやや乱暴にすぎるのではないか。

「ここにいる者全員を犠牲にしてもかまわないということでしょうか」

「そのほうがましだということです。あなたはそう思いませんか」

ここでバネルジーが唐突に口をはさんだ。「あの、ひとつお訊きしますが、ドーソン大佐、あなたはどこかで作戦の指揮をおとりになるわけですね」

ドーソンは鋭い視線をバネルジーに向けた。「だから、どうだと言うんだ」

「フェア全体を見渡せる場所で、ということですね」

「管理棟の最上階だ。そこからだと広場を見渡すことができる」

「さしつかえなければ、われわれもそこにいさせてもらえないでしょうか」

ひとしきり沈黙があった。インド人が何かを提案することに慣れていないのだろう。少なくとも、われわれの側のインド人は、めったにそんなことはしない。

わたしは言った。「双眼鏡を二台用意してください。われわれは屋上に陣取ります。そこなら誰にも見られることはないので、グルンがマグァイアに近づくまえに、その姿をとらえることができるかもしれません」

しばらくしてからようやく返事がかえってきた。

「いいでしょう。ついてきてください」

ヴェルベックの自動演奏オルガンが奏でる陽気な音楽が、駐屯地の管理棟の屋上まで聞こえてくる。その作りものの華《はな》やぎは、それを生みだす奇妙な楽器と同じくらい場違いな感じがする。ベンガルの駐屯地ではなく、ブライトンの遊歩道にこそふさわしかろう。

サラとイーストボーンで静かに過ごした数日間の休暇を思いださずにはいられない。あれは一九一六年の七月か八月のことだった。あの数日間ほど人生がたしかなものに思えたことはない。それまでも、それからも、あれほど濃密だった時間はない。あのときの記憶は深く心に刻みこまれ、いまなお激しく燃え盛って、わたしを苦しめる。

サラと結婚したのはそのまえの年のことだ。そして、その二週間後にわたしは出征した。イーストボーンで過ごした至福の時間は新婚時のそれに匹敵するものだった。その喜びは、戦争が始まるまで、ほとんどの夫婦があたりまえと思っていたものだ。戦争が終わって、また元の生活に戻れるのを心待ちにしていたが、そうはならなかった。妻は死に、わたしのやり場のない怒りは決して消えなかった。その記憶はいまもほろ苦く、わたしはそれを頭の外に追いやって、眼下の広場に設置された遊具を双眼鏡ごしに見つめた。

わたしはなかば冗談で言ったのだが、ドーソンはそれを真《ま》に受け、われわれを管理棟の三階の指揮所ではなく、屋上に連れていった。そのときに、双眼鏡一台を手渡された。これだけの規模の駐屯地で二台の双眼鏡を見つけるのが人智を超えた無理難題とは思えない。けちくさい料簡だが、それは誰がボスなのかを示すための手立てなのだろう。けれども、抗うつもりはない。前夜グルンとやりあって以降、わたしにとってもバネルジーにとっても、この一件はすぐれて私的なものになっている。ここにこんなふうにすわって、まだこの一件に積極的にかかわっていられるだけでも儲《もう》けものと言わなければならない。

気温の上昇とともに人出が増えはじめた。イギリス人、インド人、そしてかなりの数のネパール人。妻や子供連れで屋台や遊具のはしごをしている。わたしはマグァイアに双眼鏡の焦点をあわせた。このときは、妻といっしょに赤いチョッキを着た猿の踊りを見ていた。猿まわしの親方は浅黒い肌に細い口髭の痩せたインド人で、同じ赤いチョッキを着て、縦笛《シェナイ》を吹いている。猿の首にはワイヤーロープの手綱《たづな》が巻かれ、陽光が反射してきらきら光っている。マグァイアの目は不安げに周囲の様子をうかがっているように見える。

わたしの隣でバネルジーが訊いた。「何か見つかりましたか」

「いいや、まだ何も」

わたしは視線をマグァイアからまわりの人々に移し、グルンだけでなく、H機関の監視員がいる場所をたしかめるため、それらしく見える者の姿も同時に探しはじめた。ドーソンから聞いたところでは、広場には四人の監視員がいるらしいが、ここにあがってきてからの二十分で、そのうちのふたりは間違いなく見つけだすことができた。ひとりはインド人で、マグァイアから十フィートも離れていないところに立ち、猿まわしの芸を見ているふりをしている。

もうひとりはイギリス人で、こちらはマグァイアから少し離れた、サトウキビの果汁売りの屋台の前に立っている。売り子は袖なしの上着に腰布《ルンギ》という格好で、洗濯するときに使うような絞り器にサトウキビの茎を通し、大きな輪っかを回して、足もとの器に果汁を絞りだしているが、それを見ているのではなく、その視線の先にあるのがマグァイアであるのは明白だった。

三人目については確信が持てない。大柄なシク教徒で、広場から土手に向かう小道をうろついている。マグァイアの様子をうかがっていたわけではないが、身体の大きさと、フェアにまったく関心がないように見えるところから、そうではないかと思ったのだ。

わたしは双眼鏡をバネルジーに渡した。

「今度はきみが見てくれ。グルンらしき人物が見つかるかもしれん」


それからの一時間、バネルジーはほとんどずっと双眼鏡を覗いていた。太陽はすでに頭上にあり、地上はほどよい暖かさだったが、屋上は暑いくらいだ。広場の人出は増える一方で、いくつかの屋台のまわりは押しあいへしあいの混雑になっている。

わたしは手をさしだした。「交代しよう」

バネルジーは双眼鏡をおろし、わたしに渡した。

それから左の露店を指さした。「マグァイアはあそこです。射的場です」

わたしは双眼鏡をあげ、そこに向けた。運だめしのつもりなのか、マグァイアは手にコルク銃を持ち、ブリキの人形の列に向けている。狙いを定め、引き金をひくのが見えたが、遠すぎて発射音は聞こえず、まるで海辺の遊歩道によくある手回し式の映写機《ミュートスコープ》を覗きこんでいるみたいだった。ブリキの人形のひとつが倒れた。マグァイアはふたたびコルク弾を詰めて、次の標的を狙った。引き金をひくと、別のブリキの人形がまた倒れた。お見事。この手のゲームにはたいていなんらかの仕掛けがある。照準器がわずかにずれているとか、銃身が歪んでいて弾丸《たま》がまっすぐ飛んでいかないとか。それを承知の上ということだろう。医者にしてはなかなかのものだ。射的場の親父は苦虫を嚙みつぶしたような顔をしている。またコルク弾を詰めて、撃とうとしたとき、インド人の少年が近づいてきて、上着を引っぱった。一瞬、雷に打たれたかのように身体がこわばったが、マグァイアはすぐにコルク銃をさげて、少年のほうを向いた。

「ん？　何かありそうだぞ」わたしは言った。

少年は十歳か十一歳くらいだろう。針金のように細い身体と、粗末な衣服からすると、軍関係者ではなく、露天商の息子だろう。マグァイアに紙切れを渡すと、走って人だかりのなかにまぎれこんだ。マグァイアは紙切れを広げて目を通した。それからしばらく少年の姿を探していたが、結局は諦め、紙きれを丸めてポケットに入れると、何かを探しているかのようにいそいそと人ごみを掻きわけはじめた。

「何が起こっているんです」バネルジーが訊いた。

「子供がマグァイアにメモを渡した。それでマグァイアはいま何かを……あるいは誰かを探している」

地上では、H機関の監視員も異変に気づいていた。ふたりが持ち場を離れ、マグァイアのあとを追って人ごみを掻きわけはじめた。このとき、これまで気がつかなかったもうひとりの男が動いた。白いシャツにカーキ色のズボン姿の小柄なインド人だ。三人でマグァイアのすぐ後ろを足早に歩いている。もしグルンがここにいたら、間違いなく尾行に気づくにちがいない。

マグァイアが唐突に足をとめた。そして、そこで方向転換し、われわれがいる管理棟の建物にまっすぐ向かってきた。

「どうするつもりだろう」わたしはバネルジーに双眼

鏡を渡し、マグァイアを指さした。

「ドーソン大佐に会いにいくんじゃないでしょうか。メモはドーソン大佐からのものかもしれません。何か進展があったということでしょう」

地上では、H機関の監視員がそれぞれの顔をはっきり見分けることができるところまで管理棟に近づいてきていた。マグァイアが建物のなかに入ると、三人は歩く速度を落とした。マグァイアがドーソンのところに行こうとしているとわかって、一安心し、気を緩めたということだろう。

数分待ち、マグァイアが建物から出てこないことを確認してから、わたしは立ちあがって、こわばった手足をのばした。

「きみはここにいて、引きつづきグルンを探してくれ。わたしはマグァイアとドーソンがどんな話をするのか聞きにいってくる」

走って屋上を横切り、階段を三階まで駆けおりる。

ドーソンが指揮所に使っている部屋を見つけるのに数分かかった。パイプ煙草のにおいを追っていけばいいだけだったわりには、時間がかかりすぎてしまった。ドーソンは窓に背中を向けて立ち、その姿はシルエットになっているので、顔の表情を見てとることはできない。ふたりの部下を叱りつけている。そのうちのひとりはマグァイアのあとを追っていた男だ。

「マグァイアはどこにいるんです」と、わたしは訊いた。

「消えた」

「えっ？　ここに来なかったのですか」

「自分で見ればいい。ここにマグァイアがいますか」

「あなたはマグァイアにメモを渡しませんでしたか」

それを露店商の子供に届けさせませんでしたか。

「そんなことをするわけがない。どうしてわたしが露店商の子供を使わなきゃならないんです」

「でも、どうして見失ったんです。マグァイアはここに来たはずです。この目で見ました」

「わたしの部下もそう言っています。みな玄関の前にぼんやり立って、婦人会の支部のようにおしゃべりをしていたんです。いま建物のなかを探させているところですが……」

当初の驚きが薄れると、この間の一連の出来事について冷静に考えることができるようになってきた。

「たぶん見つからないでしょう。よくある手口です。表から入って、裏から出ていったのです。急いで駐屯地のなかを探してください。そう遠くには行っていないはずです」

ドーソンはわたしを見つめた。その目にこれまでほどの敵意はなかった。わたしの言い分が受けいれられたということだろう。部下のひとりにうなずきかけて、無言で命令を伝え、すぐに部屋から出ていかせた。

それから、ふたたびわたしのほうを向いた。「それで、マグァイアはどこに行こうとしているんでしょう」

「わかりません」わたしは肩をすくめた。「でも、渡されたメモと関係があることは、天才でなくてもわかります」

そこに何が書かれていたかを知るすべはないが、それがマグァイアを驚かせたのは間違いない。数分のあいだメモを持ってきた子供を探していたのは、そのせいだろう。だがそのとき、ある考えが頭に浮かんだ。

「いや、子供を探していたんじゃないのかもしれない」

「えっ？」

ドーソンが訊いたとき、わたしはすでに部屋を横切り、階段に向かっていた。

数歩後ろにドーソンを従えて、階段を駆けあがり、屋上のドアをあける。その音を聞いて、バネルジーは双眼鏡をおろし、わたしのほうを向いた。

「ミセス・マグァイアだ！　ミセス・マグァイアを探

すんだ！」

バネルジーはふたたび双眼鏡を覗き、すばやく広場の人だかりに目を走らせた。秒が刻まれ、みぞおちに黒い不安が湧きあがってくる。そして、とてつもなく長く感じられた一分間の無為の時間のあと、とつぜん閃《ひらめ》いた。

「家だ。マグァイアは自宅に向かっているんだ」

数秒後、われわれ三人は階段を駆けおり、管理棟の建物から陽光のなかに出た。ドーソンは部下に何やら叫んでいたが、わたしとバネルジーはそれを無視してマグァイアの自宅に向かった。到着まで五分もかからなかった。遠くのほうからサイレンの音が聞こえてくる。本当ならドーソンの部下を待つのが筋だが、いまそんな時間はない。わたしはリボルバーを抜き、バネルジーといっしょに玄関前の階段をあがった。

33

ドアはこじあけられ、十二月の微風に吹かれてかすかに揺れていた。戸枠の錠があるところに木の破片がぶらさがっている。音を立てないように靴の先でドアをそっと押す。銃弾が飛んでくるかもしれないと思ったが、何も起きなかった。まわりはしんと静まりかえり、聞こえるのは遠くのサイレンの音だけだ。鳥さえ沈黙を守っている。

こじあけられたドアは不安が的中したことを物語っていた。グルンはここに来て、すでにマグァイアを殺害したにちがいない。ここに至るまでの経緯をたどるのはむずかしいことではない。グルンはフェア会場にいた。そして、マグァイアが監視されていることに気づいた。いや。ああいった手合いなら、マグァイアが監視下にあることは想定ずみだったかもしれない。そこで一計を案じた。標的を追うのではなく、標的にやってこさせるのだ。夫人を餌にして。どこかの時点で、夫妻は離れ離れになった。H機関の監視員が見張っていたのはマグァイア本人であって、夫人ではない。夫人を夫から引き離し、おそらくはナイフを突きつけて命令に従わせるのは、それほどむずかしいことではなかったはずだ。彼女をここに連れてくると、少年に小銭をやってメモをマグァイアに届けさせた。マグァイアとしては、メモに記されているとおりにするしかなかった。

わたしは拳銃を構え、バネルジーをすぐ後ろに従えて、ゆっくり家のなかに入った。玄関の間に明かりはともっておらず、まわりは闇に包まれていたが、暗がりに目が慣れてくると、応接室とダイニングルームのドア、それに寝室へ続くと思われる廊下を見てとることができるようになった。

やり方は二通りある。ゆっくり細心の注意を払いながらか、拳銃をぶっぱなしながらか。マグァイアが管理棟の建物を通り抜け、われわれを出しぬいてからこれまで二十分ほどたっている。グルンの指示どおりまっすぐここにやってきたとしても、到着して十分ほどしかたっていない計算になる。むずかしい判断ではない。十分という時間は、ほんの一瞬でもあり、同時に一生涯でもある。人ひとりを殺害するには充分だが、両目をえぐりとり儀式的な刺し傷をつけるには充分ではない。マグァイアはすでに死んでいるかもしれないが、グルンがまだここにいる可能性はある。大いにある。

ためらうことなくいちばん手前のドアに向かう。応接室のドアだ。蹴りあけて、なかに飛びこむ。部屋はしんとしていて、置き時計の音しか聞こえない。バネルジーはすでに廊下に出て、次のドアに向かっていた。

バネルジーは拳銃を持っていない。インド人の警察官が拳銃の支給を受けるには、多くの煩《わずら》わしい事務手続きと面接試験が必要になる。ということは、バネルジーは馬鹿みたいに勇敢か、正真正銘の馬鹿かのどちらかということになる。ドアの向こうには、グルンが待ちかまえていて、胸に風穴をあける準備をしているかもしれないのだ。だが、バネルジーは委細頓着なく、わたしは息をこらして銃声が響くのを待ったが、やはり何も起きなかった。バネルジーには勝てないと思うことがときおりある。わたしは大きく息を吸い、廊下に戻った。

「部屋は空っぽです」

「寝室だ。ダンロップの死体はベッドの上に置かれていた。ここでも同じようにするつもりかもしれない」

大急ぎで廊下を進み、家の奥へ向かう。どこか近くで家具が倒れる音がした。

「あそこです」バネルジーが言って、ドアを指さした。

「よし、行こう」わたしは言って、もう一度大きく息を吸ってから、取っ手を回してドアをあけた。

最初は誰もいないように思えた。だが、ベッドと化粧台のあいだで椅子がひっくりかえっていることにバネルジーが気づき、部屋に駆けこんだ。わたしはそのあとに続いた。マグァイア夫人が猿ぐつわをかまされ、椅子に縛りつけられて、床に倒れていた。ふたりで椅子を起こし、バネルジーが猿ぐつわをはずして床に投げ捨てる。

「だいじょうぶですか、ミセス・マグァイア」

夫人はショック状態にあるみたいだった。

わたしは彼女の肩に手を置いた。「ミセス・マグァイア」

わたしの声を聞いて、夫人は顔をあげ、目の焦点をあわせようとした。

「ご主人はどこにいるかわかりますか」

やはり何も言わず、首を振っただけだった。

身体を縛りつけている紐をほどく作業はバネルジーにまかせて、わたしは廊下に戻り、残りの部屋のドアを次々に蹴りあけていった。どの部屋も空っぽだった。背後で話し声と玄関前の階段を駆けあがるブーツの音が聞こえた。ドーソンの部下たちがやってきたのだ。わたしは急いで玄関口に戻った。一同はすでに部屋を探しはじめていた。

「マグァイアはどこにいるんです」ドーソンは顔を真っ赤にして言った。別の状況下であれば、彼のあわてぶりを楽しんでいたかもしれないが、いまはちがう。今日は笑っていられない。

「わかりません。夫人は寝室で身体を縛られていました」

ドーソンは悪態をついた。声が壁に反響している。

「一体全体、どういうことなんです」

「夫人に訊いてください。わたしの推測では、グルンのしわざだと思います。読みどおりマグァイアは監視されていたが、夫人はちがった。そこで、彼女を捕らえ、マグァイアにメモを送って、ここに来るよう仕向けたんです」

ドーソンの部下はまだ部屋を探している。

「それで、ふたりはいまどこに？」

「消えました」

「消えた？　どこに？」

わたしは肩をすくめた。「さあ」

「そんなに遠くへは行っていないはずだ。いまも駐屯地のどこかにいるかもしれない」

「駐屯地を封鎖するのも手です。でも、グルンは充分に下調べをしているはずです。誰にも気づかれずにここに出入りする方法も知っているにちがいありません。それに、この駐屯地のはずれには大きな川があります。舟の手配をしていれば、いまごろカルカッタまであと半分といったところでしょう」

ドーソンはポケットに手を突っこんだ。パイプを探しているのだろう。「ここに座して待つわけにはいかない。駐屯地を封鎖して川を見張らせます」

もちろん、そうすることは間違っていない。だが、遅きに失した。馬小屋の扉を閉めるのが少し遅れたせいで、一頭の馬が逃げただけではない。われわれが大事にしていた別の馬を道連れにし、さらにはこれから牧場に火を放とうとしているのだ。

「それはそれでいいと思います。でも、本気で大惨事を避けたいのなら、皇太子の本日の行事をすべて中止すべきです」

ドーソンはため息をついた。「わかっているはずです。そんなことはできない。総督の許可がおりるわけがない」

「だったら、祈るしかない。グルンがマグァイアの殺害で息子の死の復讐は終わったと考えることを。相手はバラクプールのような駐屯地に誰にも見咎められずに思いのままに入りこめる男なんです。ホワイト・タウンのまんなかでなんの罪もない市民を殺害するつもりでいるとしたら、それをとめるのは簡単なことではないでしょう。巻きこまれるのはイギリス人だけじゃない。インド人にも大勢の犠牲者が出るはずです」

ドーソンは顔を曇らせた。「わたしはイギリス人のことだけを考えるようにする。あなたはインド人を通りに繰りださせないようにすることに専念してください」

34

車はボーワニプールのダースの家へ向かっていた。その後部座席で、わたしとバネルジーはそれぞれの傷をなめあっていた。グルンを捕らえる機会が二度もありながら、二度とも取り逃がしてしまった。三度目のチャンスがあるかもしれないと考えるのは、それこそご都合主義というものだろう。ドーソンもわたしと同じくらい事態を重く受けとめるべきだった。本来なら、皇太子の本日の行事はすべて中止し、何千人という市民に対するさし迫ったリスクを回避して、グルンを捕らえる時間を稼ぐべきところだが、そうはならない。タガート卿が言ったように、歓迎行事をとりやめたら、それはわれわれの対抗勢力であるガンジーやダースらの一党の勝利ということになる。だから、こんなふうに時間が刻々と過ぎていくなか、われわれはグルンの捜索に全精力を傾倒するのではなく、デモの中止を要請するために猛スピードで街を横切っている。無駄足になるかもしれないが、選択の余地はない。

わたしの隣で、バネルジーはいつもの表情を浮かべている。ゴルディオス王の結び目なみの難問を解くために頭がオーバーヒートしているのだ。

「どうしたんだ」と、わたしは訊いた。

「えっ？」

「今度は何を悩んでいるんだ」

答えるまでに少し間があった。

「マグァイアのことです。なぜ拉致されたんでしょう。なぜその場で殺されなかったんでしょう」

「時間がなかったからだろう。グルンは標的に息子と同じ傷を負わせたがっている。われわれがマグァイアの居所を突きとめるまでどれくらい時間がかかるかを知るすべはなかった」

「ということは、時間ができたら、すぐにマグァイアを殺すということでしょうか」

「おそらく」

「でも、これまでの犯行だと、すぐには手を下していません。ダンロップの場合は、殺害するまえに、何かを問いただしています。ルース・フェルナンデスとプリオ・タマンの手の傷は、何かを聞きだすための拷問のあとと思われます。としたら、マグァイアにも同じことをするのではないでしょうか」

「可能性はある。なんといっても、マグァイアは組織を率いていた人物だ。でも、それに何かを期待することはできない。とにかくいまはいったんマグァイアのことを忘れて、どんなふうにダースを説得してデモを中止させるかを考えよう」

「わかりました。でも、もし説得に応じなかったら？」

「その場合には、今日のうちに拘置所か死ということになるだろうな。多くの熱心な支持者たちといっしょに」


ダースの家の従僕がしぶしぶといった感じで玄関ドアをあけ、強盗団に押しかけられたほうがまだましといった表情でわれわれを迎えいれた。もちろん、ここにそんな不届き者がやってくることはない。敷地のすべての出入口に、武装した警官が配置されているのだから。

前回と同じく、われわれは金縁の鏡と肖像画がかけられた広壮な応接間に通され、従僕が主人を呼んでくるのを待った。バネルジーもわたしも腰をおろす気にはなれなかった。グルンがまだ野放し状態だというのに、殉教者きどりの裕福な弁護士の応接室で、お茶を飲みながら、マスタード・ガスにさらされたらどうなるかを情理を尽くして説明し、デモをとりやめるよう説得するのは、かならずしも本意ではない。

ドアが開いて、ダースが部屋に入ってきた。妻のバサンティと腹心のスバス・ボースもいっしょだ。夫人はカーキ色のサリーを着ていて、国民会議の自警団の女性メンバーであるかのように見える。

ダースはてのひらをあわせて挨拶をした。

そして、手振りでソファーをすすめた。「どうぞおかけください」

わたしはその言葉を受けいれた。必要以上に細かいことにこだわる必要はない。バネルジーも同様にした。ダース夫妻はわれわれの向かいのソファーにすわり、ボースはその肘かけに腰をかけた。ちょうどそのとき、マントルピースの上の金箔張りの時計が軽やかな音を立てた。

「お茶はいかがですか」と、ダース夫人が言った。

せっかくだが、おもてなしにあずかっている時間はない。

「緊急の案件で、ご相談しなければならないことがありますので」と言って、断わった。

「わかりました」と、ダース。「お聞きしましょう」

「今日の午後三時にマイダン公園で集会を開き、その後デモ行進に移ることになっていると聞いています」

返事はない。

「わたしがここに来たのは、その集会とデモを中止するよう強く求めるためです。応じていただけない場合は、自宅軟禁の条件違反のかどで、あなたの身柄は拘置所に移されることになります」

ダースは眼鏡をはずし、腰布《ドーティ》の折り目で拭った。

「インド帝国の市民として、未来の国王であり皇帝であられる皇太子殿下にご挨拶に出向くのは当然だと思いませんか」

いかにも、ベンガル人らしい。ものは言いようだ。

だが、言葉遊びの誘いに応じるつもりはない。

「ミスター・ダース、これはわれわれが得たたしかな情報なんですが、本日このあと、皇太子を歓迎するために集まった人々に対して卑劣な攻撃が加えられる可能性があります。そのときには、多くの人命が失われます。あなたが抗議行動を中止しなければ、大惨事を招くことになるかもしれません」

「本当なんです、おじさん《カーク》」バネルジーが言った。「この目で証拠を見たんです。作り話じゃないんです」

ダースは黙って話を聞き、それからちらっとボースと視線を交わして、またわれわれのほうを向き、両手の指をあわせた。

「あなた方が得た情報について、もう少し詳しく話してもらえませんか」

「そこまでのことをお話しする権限を、われわれは持っていません」

「ずいぶん虫のいい話ですね」ボースがソファーの肘かけから言った。「デモ行進を敢行すれば参加者たちに危険が迫ると言いながら、その危険がどんなものかは教えられないということですか。それだと、われわれを通りに出したくないのは、逮捕しても放りこむ場所がないからだと言うほうが、まだ説得力があります。たとえサレンドラナートが嘘じゃないと請けあっているとしても」

バネルジーが身をこわばらせるのがわかった。何か言おうとしているみたいだったが、そのまえにダース夫人が口をはさんだ。

「あなたがおっしゃる攻撃というのは、イギリス人にも被害をもたらすのじゃありませんの？　そうだとしたら、皇太子の本日の行事はすべて中止にし、参加者にその旨通知なさっているはずですわね」

「そのような措置はいまのところとられていません」わたしは答えた。「ですが、警備は大幅に強化されることになると思います」

ダースは驚いたふりをした。「不思議な話もあればあるものですな。当局者のあなた方がカルカッタ在住のイギリス人や皇太子のことはそっちのけで、インド人の不平分子の身の安全ばかり気にしているとは」

「わたしはそのことでとやかく言える立場にありません。言えるのは、脅威は実際に存在し、深刻な事態を招く可能性があるということです。本日の抗議行動を中止するのを拒んだら、あなたとミスター・ボースを連行しろという命令をわたしは受けています」

ひとしきり間があった。「あなたに嘘をつくつもりはありません、警部。今日の午後に抗議行動が計画されていることは知っていますし、支持してもいます。でも、どうか誤解なさらないでください。たとえ、わたしが望んだとしても、わたしにそれをとめる力はないのです」

「繰りかえしになりますが、あなたは自宅軟禁の身であることをお忘れなきよう。ご自宅の敷地の外へ一歩でも出たら、あなたは身柄を拘束されます」

「外には十人以上の警官が配備されていて、家に出入りする車はすべて厳重にチェックされているんですよ。どうやってここから出ていけるというんです」

お説ごもっともと言いたいところだが、つい一時間ほどまえには、別のインド人に監視の目をかいくぐられ、われわれはなすすべもなく茫然と立ちつくしていたのだ。

「お願いです、ダースおじさん」バネルジーは言った。「いい結果が出るとは到底思えません。運動は長引きすぎた。人々は疲れてきています」

ダースは妻の手を取り、ため息をついた。「結果は見てのお楽しみだ、サレン。もしかしたら、きみの言うとおりかもしれない。でも、意外な目が出る可能性も捨てられない。いずれにせよ、わたしの進むべき道は決まっている。ミスター・ガンジーが切り拓《ひら》いた道を行くしかない」

それを潮にダース夫妻は立ちあがった。ボースもそれにならった。

三人は玄関前の階段まで見送りにきてくれた。ゲートの手前で、わたしは振りかえった。

「本当にこれでいいんですか、ミスター・ダース」

「ほかにどうしろと言うのです。わたしたちはみな全能の神からそれぞれの仕事を与えられているのです」

「今日もし死者が出たら、それはあなたの責任になります」

ダースはわたしを見つめた。一週間前にはじめて出会ってから十歳も年をとったように見える。

「あなたの話が本当なら、仲間たちとともに行進し、ともに死にます」

「そんな――」バネルジーが言いかけた。

「何も言うな」ダースは遮った。このときはじめて、その年老いた顔に穏やかならざる表情が浮かんだ。

「話はすんでいる。きみはわたしではなく、きみの家族と話をすべきだったんだ。そうしたら、当然聞いていただろうが、きみのお父さんは今日のデモ行進に参加するつもりでいる」

35

ダース夫妻とボースが家のなかに戻っていったとき、ウーズレーがやってきてとまった。バネルジーは茫然自失のていでその場に立ちつくしていた。

「お父さんと話をしたほうがいい」わたしは言った。「思いとどまるよう説得するんだ。ここの電話を使わせてもらえ」

しばらくしてから、バネルジーは答えた。「無駄です。ダースの反応をごらんになったでしょ。父も同じです」

わたしは車のボンネットを叩いた。マスタード・ガスのことは固く口外を禁じられている。ダースにも、ほかの誰にでも。しかし、家族は家族であり、直々《じきじき》の命令にそむくのはこれがはじめてではない。

「どんな危険が迫っているか打ちあければいい。毒ガスのことを隠す必要はない」

バネルジーは首を振った。「もう遅すぎます。マイダン公園の抗議集会はあと一時間もしないうちに始ります。それに参加するつもりなら、すでに家を出ているはずです」

「それでも……」

「わかりました。やってみます」

ダースの家の玄関のドアはまだ開いていて、バネルジーはなかへ戻っていった。

手足が痛みはじめていたが、わたしはそれを無視して、煙草に火をつけた。グルンのことを考えなければならない。やつはあそこにいる。ここからそんなに離れていないところで、無防備な市民への復讐計画を練っている。いや、そうではない。グルンのような経歴と能力の持ち主なら、計画はすでに完全なものができあがっているにちがいない。あとはそれを実行に移すだけだ。マグァイアのこともある。その命運を考えると、胃から苦いものがこみあげてきた。一撃で殺されていればいいのだが、前例はちがう。頭の奥から自分を咎める声が聞こえてくる。マグァイアがメモを受けとったとき、どうしてすぐ異変に気がつかなかったのか。どうして夫人を見ていなかったのか。

バネルジーが家から陽光の下に出てきた。わたしが知りたいことは、すべてその顔に書いてあった。父親はすでに家を出て、マイダン公園へ向かっているのだ。

わたしは煙草の吸い殻を投げ捨てた。「車に乗れ。わたしはラル・バザールに戻って、タガートに報告を入れなきゃならない。でも、きみが同行する必要はない。きみはマイダン公園で降りろ。お父さんが見つかるかもしれない」

いつものことだが、渋滞が発生していた。車は混みあった道路をマイダン公園に向かってのろのろと北へ進んでいた。その間、わたしはバネルジーの気をまぎらわすためにずっとひとりでしゃべっていた。一方のバネルジーのほうはカルメル会の修道士のような顔をして、窓の外をじっと見つめているだけだった。

マイダン公園の広い開けたところに人々がわらわらと集まりだしていた。今回の抗議行動がこの数カ月に行なわれたものと規模がちがっているのはあきらかだった。何千人もの白ずくめのインド人が、北からも東側の川岸の船着き場からも続々とやってきつつある。一部の者は陽気に談笑したり、歌をうたったりしているが、大多数は黙りこくったままで、顔には思いつめたような緊張の色が深く刻まれている。

広場の周辺部には、トラックで送りこまれた軍隊が陣取り、監視の目を光らせているが、実力行使に出る気配はない。実際のところ、集会の参加者がこれだけの人数だと、そうしたいと思っても、発砲する以外に実力行使のすべはない。

バネルジーは運転手にチョーロンギーとアウトラム通りの交差点の近くで停車するよう命じた。

「幸運を祈ってる」わたしは車を降りたバネルジーに言い、それから運転手にプレームチャンド・ボラル通りへ向かうよう命じた。ラル・バザールに行くまえに冬瓜の果汁を飲んでおかねばならない。

タガート卿の顔はモンスーンの到来を告げる雲のように暗く剣呑な相を呈していた。いつもの冷静沈着さはどこにもなかった。わたしが今朝の失態について報告しているあいだ、妻の出産を待つ夫のようにせかせかと落ち着かなげに室内を行ったり来たりしていた。もちろん、われわれがグルンを取り逃し、マグヮァイアを見失ったことは、すでに知っていた。ドーソン大佐から電話があり、三十秒ほどの短い時間で大筋を聞いたらしい。だが、詳細は知らされておらず、それを伝えるのがこのときのわたしの仕事だった。

「それで、どうすればいいんだ」

知りあって五年になるが、これほど途方に暮れた姿を見るのはこのときがはじめてであり、どちらもそのことに当惑の色を隠しきれないでいた。タガートは頭脳派であり、チェスのプレイヤーのように何手も先を読み、ほかの者が混乱の中心しか見ないのに対して、全体を俯瞰《ふかん》できる才覚を有している。だが、グルンとマスタード・ガスという問題に直面して、いまはほかの者と同じく何も見えていない。

わたしは先にドーソンに進言したことを繰りかえした。「皇太子の本日の行事を中止すべきです」

「わかっているはずだ。そんなことができるわけはない」

「それなら、抗議デモを解散させるしかありません。必要とあらば力ずくでも」

タガートは歩きまわるのをやめ、わたしのほうを向いた。頭のなかの葛藤がそのまま顔に現われている。

「よかろう。時間はいくらもない。デモを解散させる必要があると総督に伝えよう。わたしが全責任をとる」

勇気ある決断だ。これでタガートがいまの地位を失うことになるのは、どちらもよくわかっている。カルカッタには報道関係者が世界中からやってきている。クリスマスの翌日に、非武装のデモ参加者が当局に蹴散らされている写真や映像が、新聞やニュース映画で世界に流されることになるのだ。ロンドンやデリーのお偉方としてはなんとしてでも避けたい事態であり、そういった事態を招いた責任者が詰め腹を切らされるのは当然だろう。それは仕方がない。ただ、できることなら……

「いや、ちょっと待ってください。集会場所を見てきましたが、ものすごい数です。われわれの手にはとても負えません。軍の力が必要です。今回のことはドーソン大佐にまかせたほうがいいと思います」

タガートは机の向こうに戻って、椅子に深く沈みこんだ。少しして気持ちの整理がついたらしく、受話器を手に取った。

「頼んでみる」

わたしは安堵のため息をついた。グルンがどのような計画を立てているにせよ、群衆がいなくなれば、その計画に狂いが生じるのは間違いない。兵士たちがデモ参加者に暴行を働いている光景は見るに耐えないが、毒ガスを浴びた市民が担架で運ばれていく姿を目のあたりにするよりはましだ。

タガートは交換台にダイヤルしてウィリアム要塞につなぐように頼み、カチッという電話の接続の音が聞こえると、ドーソンに取りついでもらいたいと言った。内線電話の呼びだし音が鳴っているあいだ、わたしは待つしかなかった。まずいと思ったのは、ドーソンが電話に出たときのことだった。目の前に怖ろしい映像が現われる――マスタード・ガスを詰めた爆弾が爆発し、パニックに陥った兵士たちが群衆に向けて一斉射撃を開始する。地獄絵だ。

タガートが話しはじめるまえに、わたしは前に進みでて、電話のフックスイッチを押し、通話を遮った。タガートはわたしを睨みつけた。

「いったいなんの真似だ、サム」

「デモを解散させてはいけません」

「でも、さっきは――」

「そのことはグルンにもわかっているはずです。デモ行進をやめさせるには武力を使うしかないことは、先刻承知のはずです。世界中の報道陣が見ているまえで、軍が非武装のデモ参加者を蹴散らしているときほど、毒ガスを撒くのに適したときはありません。兵士たちはデモ隊から攻撃を受けたと勘違いするでしょう。なかには、発砲する者もいるかもしれません。そのときには、膨大な数の死傷者が出ることになります。逆に軍が発砲しなかった場合には、われわれが毒ガスを撒いたように見えるでしょう」

恐怖の念が湧きあがってきたらしく、タガートはゆっくり受話器を置くと、前かがみになって、両手で頭をかかえこんだ。しばらくしてようやく話しはじめたとき、その声に生気はなかった。

「どうしたらいいと思う?」

わたしの喉はからからに渇いていた。

「グルンになったつもりで考えてみましょう」わたしは言って、腕時計に目をやった。「あと一時間もしないうちに、皇太子は市庁舎でスピーチをする予定になっています。同じころ、マイダン公園に集まった群衆は抗議のためにそちらに向かいつつある。いちばん危ないのは、皇太子がスピーチを終え、招待客が市庁舎から出てきて、そこにデモ隊が押し寄せたときです。わたしがグルンなら、そのときに毒ガスを撒きます。われわれはそれに対してなんらかの手を打つ必要があります」

「グルンは本当にインド人まで殺そうとしていると思うか」

「考えてみてください。グルンはインド人じゃありません。ネパール人です。グルカ族はインド人を殺害するのに何のためらいも見せません。一九一九年のアムリットサルの大虐殺がそのいい例です。連中がイギリス人の命以上にインド人の命を大事にしているとは思えません」

ここに来て、タガートはようやく気をとりなおしたみたいだった。「市庁舎のゲートの内側に関しては、念には念を入れて爆発物のチェックをさせている。スピーチが終わると、皇太子は裏口から外に出て、旧総督官邸に向かうことになっている。迂回路を使い、沿道の警備は厳重を極めている。囮《おとり》の車も用意している」

「問題はデモ隊が向かってくる市庁舎の前の通りです。グルンはその群衆のなかにまぎれこむつもりだと思います」

「そこに少しでもネパール人らしく見える者がいたら、呼びとめて、身元を確認するようにさせる。われわれだけでなく、ドーソンの部下にも手伝ってもらおう」

わたしは同意した。とりたてて妙手とも思えないが、ほかに方法はない。

「わたしはこれから市庁舎に向かいます」

直感がわたしに告げていた。何がどうなるにせよ、あそこでかならず決着がつく。

36

市庁舎はカルカッタの命運を象徴する建物だ。ドリス式円柱を備えた白い漆喰壁のネオクラシック様式で、鎧戸のおりた窓と衰えた威容が、かつての首都から地方の一都市になりさがった街の凋落《ちょうらく》を静かに物語っている。近隣の大伽藍《だいがらん》がなければ、端整で、威風堂々として見えたかもしれない。しかしながら、隣の壮麗な高等法院や、指呼の間にある旧総督官邸と比べると、かなり見劣りする。美人姉妹のあいだにすわっている年老いた下女といったところか。

いまからちょうど五十年前、市庁舎に一時的に司法機関が置かれていたときには、建物の正面の階段で、裁判官のひとりが厳格なイスラム教徒によって殺害されるという事件が起きている。今日ここに新たな犠牲者が加わることがなければいいのだが。

エスプラネード通りはひとで埋まっていた。市庁舎の前の階段には、キルト姿のブラック・ウォッチ連隊の兵士が整列している。カーキ色の軍服のインド人兵士や白い制服姿の警官は阻止線を張り、祝賀のためにやってきた何百人ものイギリス人の身分証をチェックしている。イギリス人はみな余所行きの格好で、多くの者はユニオンジャックを手に、入場券を持っている者は建物の入口に詰めかけ、持たない者は沿道に立ち、あるいは開いた窓から首を突きだしたりして、この二週間カルカッタで発行されたすべての英字新聞の第一面から微笑みかけていた者を一目だけでも見ようとしている。

そこからは奇妙な高揚感のようなものが伝わってくる。これまで安定と秩序と上下関係が長きにわたって維持されてきた自分たちの街は、この一年で制御不能な力に蹂躙《じゅうりん》され、通りは身のほどをわきまえない褐色の肌の奴ばらに占拠されるようになってしまった。だが、今日この日にかぎっては、未来の国王であり皇帝である皇太子の来臨をたまわったことにより、わが世の春ふたたびという気分になっているにちがいない。今節の世の風向きの変化に直面して、彼らのことも彼らの生活のことも知らない貴人が時計の針を巻き戻し、カルカッタが素晴らしい街であり、褐色の現地人が主人が誰なのかをわきまえていた栄光の日々がふたたびやってくることを期待しているのだ。

その思いは切実で、よくわかる。問題は、ここに尊顔を見せにやってきた者が何をなしうるすべも持たないということだ。

いまこのとき彼らが恐れているのは、白い帽子と国産の装束に身を包んだ小柄な褐色の地の民で、いまは何千人という規模でマイダン公園に集結しつつあり、そのあとレッド通りをデモ行進して、市庁舎前で対決のときを迎えようとしている。

市庁舎のほうへ向かいかけたとき、一台の四輪馬車が軍の阻止線の手前でとまった。漆塗《うるし》りのドアが開いて、アメリカ人のスティーヴン・シュミットが降りてきた。そして、後ろを向き、馬車から降りてくるアニーに手をさしだした。

わたしは心のなかで悪態をつき、ふたりのほうへ歩いていった。シュミットはわたしがやってくるのを見て、滑稽なくらい白い歯を見せて微笑んだ。

「ここに誰がいると思います、ミス・グラント。あなたの友人のミスター・ウィンダムです」

アニーは悪い病気にかかった者を見るような目をわたしに向けた。

「あなたも皇太子のご尊顔を拝しにいらしたんですか、ミスター・ウィンダム」シュミットは手をさしだしたが、わたしはそれを無視した。

「アニー」わたしは言った。「ここは安全じゃない。

ここから離れるんだ」

アニーは目を丸くした。「皇太子殿下がここにいらっしゃるのよ、サム。ここはカルカッタでいちばん安全な場所よ」

「そうじゃない。ここにいちゃいけない。いますぐ逃げるんだ。いますぐに！」

「ご心配なく、ミスター・ウィンダム。わたしがついています。誰にも指一本触れさせませんよ。信じてください」

常識的には顔面に一発お見舞いするのがいちばんだが、いまはそんなことをしている場合ではない。それに、歯の治療代を請求されたら、大ごとになる。だから、無視することにした。

「本気で言ってるんだ、アニー。家へ帰ってくれ。なんならこのジョージ・ワシントンといっしょに。とにかく、ここから立ち去るんだ」

アニーは思案顔になった。その横で、シュミットは首を振った。アニーはそっちのほうを向いた。

「サムの言うことを聞いたほうがいいんじゃないかしら」

そのとき、群衆のあいだでどよめきが起こった。まず隊列を組んだ赤備えのベンガル槍騎兵が姿を現わし、次に金のシルクの日よけがついた四頭立ての馬車がやってきた。その後ろに無蓋のもう一台の馬車、そしてまた槍騎兵隊の一団が続いた。

「言っておくけど、ハニー」シュミットが言った。「わたしは皇太子の顔を見るまで帰らないよ」

軍の阻止線が割れ、一行を通したあと、また閉じた。馬車が市庁舎の階段の下でとまり、エドワード皇太子が降りてきた。いくつもの勲章で飾られた白い礼服姿で、数個分の枕に詰められそうなダチョウの羽根をつけたヘルメット帽をかぶっている。歓声に迎えられ、六歳ぐらいの女の子から花飾りを手渡される。

市庁舎から副総督を先頭に政府要人が列をつくって

出てきた。皇太子はふたりの軍高官に付き添われ、出迎えた者たちと握手をしながら階段をあがっていく。

「やっぱりここにいることにするわ、サム」と、アニーが言った。

多くの罪のない人々が毒ガスを浴びせられるなんてとんでもない話だ。アニーがそれに巻きこまれるなどということは、絶対にあってはならない。有無を言わせず引っぱっていこうと思ったが、アニーが無抵抗でついてくるとは考えにくい。シュミットも邪魔立てするだろう。それ自体は気にすることではないが、皇太子やブラック・ウォッチ連隊の前で騒ぎを起こすのはうまくない。たとえキルトスカートをはいていたとしても、屈強なスコットランド人であれば、個人的ないさかいに割ってはいってとめることくらい造作もないはずだ。いまここでの大惨事を避けるには、グルンを見つけるしかない。

わたしは言った。「ここにいるつもりなら、ひとつだけ約束してくれ。式典が終わって、このまわりに群衆がいなくなるまで、市庁舎の建物のなかにとどまっているんだ。何か異変を感じたら、隠れる場所を見つけて、そこに身を潜めていろ。すぐに戻ってくる」

芝居がかっているとかなんとか言われそうなので、返事は待たなかった。そのかわりに、すぐ踵《きびす》をかえして、軍の阻止線のほうへ走っていき、それからマイダン公園に向かった。

バネルジーが車を降りたときから、群衆の数は二十倍に増えていた。マイダン公園は白い海原《うなばら》と化し、一万人の声で沸きたっていた。兵士たちはまだそこにいて、警戒の目を光らせていたが、その任務をまっとうできないであろうことはあきらかだった。市庁舎までの行進をとめようとするのは、潮の流れを押しとどめようとするに等しい。しばらくは踏んばれても、すぐに水に溺れてしまう。少し離れたところに、シャツの袖をまくりあげた男たちの一団が立っていた。獲物を待つサメのように身構えているので、フラッシュバルブや三脚つきのカメラを見なくても、外国の報道関係者であることは一目でわかる。

ダースがハウラー橋のたもとで抗議集会を開いた夜のように、片側の端に三色の布がかけられ、マイクが並べられた演壇が設置されている。このときは登壇者はおらず、スピーカーからは音楽が流れていた。歌詞は理解できないが、勇ましく威勢のいいメロディーからすると、決意を固めよとかなんとか言っているにちがいない。

この人だかりのなかでバネルジーを見つけだすのはむずかしい。だから前もって決めておいたのだが、ここではバネルジーがわたしを見つけることになっていた。無数の褐色の顔のなかで、白い顔はわたしひとりといっていい。干し草の山から一本の針を見つけるのは容易ではないが、干し草の山から特定の一本の干し草を見つけるよりは簡単だ。

先の取り決めだと、わたしは二時半までにここに戻ってきて、演壇の近くで待つことになっていた。集まっているのは大半が男で、そのなかに割ってはいり、音楽が聞こえてくるほうへ歩いていく。まわりの者がわたしを見る目は、かならずしも友好的なものではない。それでも、わたしは奇異な感覚にとらわれた。生まれながらに隷属の身におとしめ、自分たちの国で自分たちを二級市民として扱う権力の側にいる者に対して、個人的な悪感情を抱いているようには見えない。実際のところ、金曜日の夜ロンドンのホワイトチャペル通りを歩くほうが、ここよりずっと物騒な感じがする。

演壇の下に着き、まわりを見まわしていると、数分後、ほっとしたことに人ごみのなかからバネルジーが姿を現わし、こちらにやってきた。

「お父さんは見つかったか」

「ええ」その表情は硬かった。「いちばん上の兄といっしょに来ていました」

「きみと仲たがいをしているほうの兄か」

「最近はどちらの兄とも仲たがいをしています」

「説得できなかったみたいだな」

バネルジーは小さくうなずいた。

「毒ガスのことは話したのか」

「ええ。でも、信じてくれませんでした。インド人のテロリストがそんな武器を手に入れられるはずはないとか、大勢のインド人がいるところで毒ガスを撒いたりするわけはないとか言って」

「仕方がない。できるだけのことはしたんだ」わたしは言い、気慰みの虚しさを埋めあわせるために煙草をすすめた。バネルジーが一本取ると、それに火をつけてやり、それから自分の煙草にも火をつけた。

「タガート卿の説得のほうはどうでした」バネルジーは言って、煙草を一服した。

「どうだったと思う？　市庁舎での歓迎行事を中止するなんてできるわけがないと一蹴されたよ。タガートはこの集会を力ずくで解散させようとしたが、わたしはそれを思いとどまらせた」

バネルジーは怪訝そうな顔をしていた。「どうしてです」

「そんなことをしたら、マスタード・ガスを撒いて、われわれにその罪をなすりつける絶好の機会になる」

「つまり、この大勢のひとのなかからグルンを見つけるしかないということでしょうか」

わたしは答えずに煙草を喫った。

公園わきの道路に数台の車がとまった。最初の一台はインド人が運転するオープンカーで、後部座席にはカーキ色の自警団の制服を着た三人の男が乗っていた。続いて、屋根つきで窓にカーテンが引かれた黒塗りの大きな乗用車。最後は大勢の自警団員を乗せた古い大型トラック。三台とも歩道に乗りあげ、公園内の草地を横切って、演壇の近くでとまった。

先頭車両から三人の男が降り、そのうちふたりは演壇のほうに向かい、ひとりはカーテンつきの大型車のほうへ歩いていった。前者のふたりのうち、ひとりはよく知っている男だった。眼鏡をかけた童顔を見間違えようはない。ダースの腹心スバス・ボースだ。

「どうしてボースがここにいるんだ。どうやって監視の目をくぐりぬけたんだ」

「ボーワニプール署の巡査が賄賂《わいろ》を受けとらないとお思いですか」と、バネルジーは答えた。

わたしは近くに整列している兵士たちに目をやった。中尉の肩章をつけた指揮官は、日焼けした顔の若い男で、わたしと同じようにとまどいの色を隠しきれていない。ボースはダースと同じく自宅軟禁の身であり、ボースがここにいることが何を意味するかは明白だ。

自警団の一行がトラックから降り、演壇の前まで一列に並んだ。黒塗りの乗用車の後ろのドアが開き、なかから真っ白な腰布《ドーティ》とチャドルを身にまとったダースが出てきた。同じ自宅軟禁中の身でも、ダースとボースではわけがちがう。ボースの場合なら、家から抜けだすのを見て見ぬふりをする者がいてもおかしくない。けれども、ダースに対して同じことをしたら、間違いなく職務怠慢の罪に問われ、生活の糧《かて》を失い、路頭に迷うことになる。そんな厄介ごとをみずから招くような愚か者がいるとは思えない。問題は、どうやって監視の目をかいくぐり、自宅から抜けだしたのかだ。だが、考えてみると、それはそんなにむずかしいことではないかもしれない。ダースの家の敷地は一街区のほぼ全体を占めていて、出入口はいくつもある。タングラの葬儀屋のように地下室もあるにちがいない。それが敷地の外とつながっていることも充分に考えられる。つまり、見張り番が立っているところの下を歩いて、家から抜けだしたのかもしれないということだ。

公園の脇で、若い中尉はまだどうするか決めかねていて、とまどいは部下にも伝播《でんぱ》しているように見える。やってきた人物がダースであることは、そうでなければいいのだがという願望と裏腹に、最初から心のどこかでわかっていた。このときふと思ったのだが、それは四日前タガートに呼びだされたときからわかっていたことかもしれない。結局、ダースを逮捕する仕事は自分とバネルジーにまわってくるのだ。このような結末になるのはできれば避けたかった。自分のためでなく、バネルジーのために。ベンガル中の人々から敬愛され、みずからが〝おじさん〟と呼ぶ男を逮捕しなければならないのは断腸の思いにちがいない。

自警団員に守られて、ダースは階段へ向かった。遠くのほうで、中尉はまだためらっている。

「きみはこの場から離れろ」わたしはバネルジーに言った。「あとはわたしがなんとかする」

返事はかえってこない。バネルジーはまるで彫像のように不動のまま立ちつくしている。

「軍人たちが早まったことをするまえに、ダースを演壇から引きずりおろさなきゃならない。きみはかかわりを持たないほうがいい。さあ、行くんだ！」わたしは迷いを断ち切らせるために強い口調で言った。

バネルジーは茫然自失のていでゆっくり首を振った。

「そんなことはできません。グルンがこの公園のどこかにいるかぎり」

議論している時間はない。わたしは説得するのを諦め、ここで待っているようにと言い残して、カーキ色の隊列のあいだを抜け、階段をあがっていった。ダースはマイクを前にして立ち、ボースは演壇の下に控えている。わたしが演壇にあがると、あちこちから大衆演劇の悪党役に浴びせるような野次が飛んだ。

ダースはわたしを見て、微笑んだ。「申しわけない、ウィンダム警部。お怒りはもっともだと思います。でも、わたしの行動は道義的な必要性にもとづいたものであり、あなたを困らせるためのものではないということを、どうかわかっていただきたい」

わたしの行動も道義的な必要性にもとづいていると言いかえすこともできた。これはダースとその支持者に無残な死をもたらす大惨事を回避するための行為なのだ。だが、ここでそんなことを言っても始まらない。

「ミスター・ダース、自宅軟禁の条件を破ったかどで、あなたを逮捕します。演説も許可できません」

演壇のマイクがわたしの声を拾って、大音量で流れると、野次がさらに大きくなった。

ダースはボースに目をやり、それからふたたびわたしに戻し、大向こうをうならせるようなわざとらしい口調で言った。「わたしを逮捕しても、ほかの誰かがわたしのかわりを務めます」

「ここで演説する者は誰であっても全員逮捕します」

いつのまにか兵士たちが演壇の前にやってきていて、いまは中尉がふたりの部下を連れて階段をのぼりはじめていた。

わたしは言った。「この男の身柄を確保しろ。安全にここから連れだすんだ」

中尉はわたしが誰か知らないはずだが、命令されて気分を害しているようには見えなかった。むしろほっとしてさえいる。

ダースは手錠をかけられるのを待つ囚人のように両腕をさしだした。群衆のあいだから大きなどよめきがあがる。

「手錠をかける必要はない」わたしは中尉に言った。

人々の怒声が飛び交うなか、ダースは階段をおり、兵士たちのほうへ連れていかれた。わたしはバネルジーが待っているところへ戻った。そのとき、ダースは黒塗りの乗用車のすぐ手前まで来ていたが、そこで連行していた兵士のひとりに何か言うと、一行はすぐに歩みをとめた。車のドアが開き、白いサリー姿の小柄な女性が降りてきた。

バネルジーは息をのんだ。「バサンティ・デヴィ」

「ダース夫人？　いったい何をしようとしているんだ」

ダース夫人は前かがみになって夫の足に手を触れた。それから身体を起こして、サリーの端で後頭部を覆うと、呆気にとられて見ている中尉の脇を通り抜けて、ゆっくりと演壇のほうへ向かっていった。

「信じられない」と、バネルジー。

「どうしたんだ」

「彼女は演説するつもりです。あなたは群衆の前で、演説する者は全員逮捕すると言いました。軍が彼女を逮捕したら、取りかえしのつかないことになります」

バネルジーの言葉の意味が腑《ふ》に落ちていき、ダースにしてやられたことがわかると、わたしは吐き気を覚えた。妻を表舞台に立たせるのは最初からのシナリオだったのだ。ダースはともかく、カースト高位の女性を逮捕し拘置所送りにするのはあってはならないことだ。わたしの記憶にあるかぎり、カルカッタであのような高貴な女性が逮捕されたことはいままで一度もない。群衆は怒りを沸騰させ、ここに集まった報道陣のおかげで、一報はこの街から地方に広がり、ほどなく国全体に知れ渡ることになる。それによって、下火になっていたガンジーの非暴力不服従運動が再燃するのは間違いない。みぞおちにパンチを食らったような気分だ。

我にかえったときにはもう手遅れだった。ダース夫人はマイクの前に立ち、群衆は水を打ったように静まりかえっている。ベンガル語の演説が始まり、スピーカーから声が流れだす。はじめのうちはたどたどしかったが、徐々に力強さを帯びはじめる。

「なんと言っているんだ」わたしはバネルジーに訊いた。

「ダースが逮捕されたので、自分がそのかわりにデモ行進の指揮をとると言っています。かりに自分が逮捕されたとしても、市庁舎までデモ行進を続け、そこで外国製の衣服を焼き払うようにとのことです」

　群衆のあいだから歓声があがり、それを潮に中尉はダース夫人の逮捕を命じた。ふたりの兵士が演壇へ急いであがっていき、命令を執行した。

　しばらく混乱が続いた。群衆は兵士たちに罵声を浴びせた。兵士の多くは十代の若者で、雲行きの怪しさに緊張を募らせ、ライフルの銃把《じゅうは》をより強く握りしめている。まずいと思ったそのとき、ボースが演壇にあがって、群衆に呼びかけた。

　わたしが尋ねるのを待たずに、バネルジーが通訳してくれた。「こう言っています。ダースの言葉を思いだせ。きみたちは平和の戦士だ。暴力は許されない。みんなで静かに市庁舎へ向かえ」

　群衆は眠りから覚めた巨獣のようにゆっくり動きはじめ、自警団の一群を先頭にして、レッド通りと市庁舎の方向へ向かっていった。

37

　われわれはデモ隊といっしょに動き、ときにはそのなかに入っていって、少しでもグルンに似ていると思える者の姿を必死に探しつづけた。グルンが変装して、容貌を変えている可能性は充分にある。最初のうち、バネルジーの考えはちがっていた。グルンのこれまでの振るまいや、昨夜われわれと遭遇《そうぐう》したときの話しぶりからすると、何をおいても面子《メンツ》を重んじる男のようなので、変装はしないだろうというのだ。わたしは異を唱えた。ルーヴェル看護婦の寮舎に忍びこんだときは病院の雑用係のような格好をしていたし、それより何よりみずからに課した使命を遂行するためなら面子など二の次三の次のはずだ。

バサンティ・ダースの逮捕は夫が予想していたとおりの効果を生んでいた。人々は満腔《まんこう》の怒りをもってスローガンを叫びながら、レッド通りを行進している。その熱気は非暴力不服従の運動が始まった最初の数カ月以来のものだ。

自警団の先頭部分がエスプラネード通りに入ったとき、市庁舎の時計が四時の時報を響かせた。冬の太陽はすでに空の低いところにあり、自警団とそれに続く数千人のデモ参加者の前には、市庁舎を防衛するための鉄兜《てつかぶと》をかぶった兵士の阻止線ができている。

それから五分間、一触即発の睨みあいが続いた。自警団の面々は隊列を乱さず、決然として兵士たちと対《たい》峙《じ》している。その後ろで、群衆は〝イギリス人は出ていけ〟とか〝ガンジー万歳〟とかのスローガンを叫びつづけている。その声は市庁舎の開け放たれた窓ごしに皇太子や来賓《らいひん》の耳にも届いているにちがいない。

市庁舎に入れず、建物の前の芝地に集まっていた数百人のイギリス人とアングロ・インディアンは、屋内で行なわれている皇太子のスピーチに耳を傾ける者と、通りの騒動に気をとられている者の二手に分かれている。なかには、自警団員に食ってかかっている血の気の多い若者もいる。

バネルジーが喧騒に掻き消されないよう大声で言った。「みんなかっかしています。このままでは、グルンが何かをするまえに流血沙汰になりかねません」

たしかにそのとおりだ。こういったときに群衆に的確な指示を与えられる者がいなければ、事態は収拾のつかないものになる。

わたしは言った。「ボースはどこにいる?」

「レッド通りの警察車両の後ろです」バネルジーは肩ごしに指さした。「演壇から降りてきたところで拘束されました」

「だったら、そこへ行って、拘束を解かせ、ここへ連れてきてくれ。いますぐに」

バネルジーはうなずくと、後ろを向いて、人々の流れとは逆方向に走っていった。人々は少しずつ前へ進んでいき、だが前方の自警団は動いていないので、混雑の度合いはこれまでにも増して大きくなっている。この人ごみのなかからグルンを見つけだせる可能性は少ない。実際のところ、これだけこみあっていると、自分のまわりの五、六人の顔しか見えない。グルンが二フィート先にいたとしても、気がつかないだろう。人々の顔がもっとよく見えるところに行かなければならない。

人垣を掻きわけて軍の阻止線の手前に出ると、兵士のひとりに身分証を見せて、その内側に入った。それから市庁舎の前に走っていき、そこの階段を駆けあがった。どれほどの高さもないが、ほかに思いつく場所はない。

振り向いて、ひとの波に目をやる。もしグルンがいまここでマスタード・ガスを撒いたら、それが引き金になって起きる一連の出来事は誰にもとめられない。まずパニックが起き、人々は蜘蛛《くも》の子を散らしたように逃げまどう。なかには軍の阻止線のほうに向かう者もいるだろう。兵士たちはそれを攻撃と勘違いし、一斉射撃を開始する。そこから先のことは悪魔にしかわからない。

市庁舎の建物のなかから、楽隊の演奏と、数百人の男女がイギリス国家を斉唱する声が聞こえてきた。皇太子のスピーチが終わったのだ。このあと皇太子は数人の選ばれた者たちと儀礼的な握手をするだけで、すぐに裏口から外に出て、旧総督官邸へ移動することになっている。

背後の扉が開き、ドーソンが出てきた。濡れた雑巾で顔をはたかれたような顔をしている。

「何か報告すべきことは、ウィンダム警部？」

「朗報はありません。ダースがマイダン公園で演説しようとしたので、逮捕しました」

「ダースが？　どうやって自宅から脱けだしたんです」

「いまはそんなことを云々《うんぬん》しているときじゃない。問題はダースが夫人を集会場に連れてきたことです。ダースを逮捕したら、今度は夫人がかわりに演説しようとした。それで、あなたの部下が彼女も逮捕してしまった。それが人々を猛《たけ》り狂わせているんです。このことが明日の新聞で報じられたら、国中のインド人が同様の反応を示すはずです」

ドーソンは悪態をついた。「総督が聞いたら、雷が落ちるでしょうな」

「どうか信じていただきたい。それが総督に伝える今日の最悪の報せだとすれば、もっけの幸いということになります」

「グルンは？」

わたしは首を振った。「まだ見つかっていません」

最大の危機の瞬間が急速に近づきつつある。皇太子が市庁舎を離れ、招待客が建物から出てきたとき、デモ隊との距離は五フィートもないはずだ。それがもっとも無防備で、もっとも大きな混乱が起きる瞬間だ。とつぜん無力感に襲われ、恐怖に身がすくんだ。自分は失敗するのではないか。みずからの義務を果たせないのではないか。数百人、もしかしたら数千人のイギリス人とインド人の命を守れないのではないか。そればかりか、バネルジーや彼の父親や兄、さらにはアニーの命をも守れないのではないか。そんな失敗をしたら、償うことも贖《あがな》うこともできない。

人々はさらに前に詰めかけてきて、最前列の自警団員はその圧力に耐えきれなくなり、隊列はいまにも崩れそうになっている。次の瞬間には、隊列が割れ、兵士たちは押し寄せる群衆に向かって発砲し、白い手織りの布は深紅に染まる。その光景が目に浮かんだとき、阻止線の前の空間に、バネルジーとボースが姿を現わした。自警団員はなんとか群衆を押しとどめ、隊列はいまのところまだ崩れていない。

ドーソンをその場に残して、わたしは階段を駆けおり、兵士たちに手出しをしないようにと大声で叫んだ。バネルジーとボースが両陣営のあいだの幅数フィートの中間地帯を抜けて、わたしの前にやってくる。

「いますぐデモ隊に解散命令を出すんだ」と、わたしはボースに言った。「きみたちは目的を達成した。皇太子の前で抗議の声をあげることができた。これで家に帰るようみんなに呼びかけてくれ。軍が譲歩することはない。きみたちがこれ以上強く出たら、武力を行使せざるをえなくなる」

「あなたはバサンティ・ダースの言葉を聞いたはずです。外国製の衣服を焼き払うまで抗議行動は終わりません」

わたしは信じられずに首を振った。「本気で言っているとはとても思えない。いまにも暴動が起きようとしているときに、服を焼きたいと言うのか」

ボースは穏やかな口調で応じた。「暴動など起きません。少なくともわれわれの側から仕掛けることはない」

「好きにすればいい。さっさと服を焼いて、幕引きにしろ」

バネルジーに付き添われて、ボースは軍の阻止線を通り抜け、わたしは市庁舎の階段の上に戻った。まだ一縷の望みは残っている。自分は思いちがいをしていて、グルンの復讐心はマグァイアを拉致して殺害することで満たされたのかもしれない。

階段の下では、ボースの指示を受けて、木箱と拡声器を持ったふたりの自警団員二名が群衆のなかから出てきた。そして、木箱をボースの足もとに置いた。ボースはその上にのぼり、拡声器を手に取って、群衆に向かって呼びかけはじめた。まわりはすぐに静かになり、人々はその言葉に耳を傾けた。

ベンガル語なので意味はわからないが、音節を区切らず早口でまくしたてている。ベンガル人は簡潔な話しぶりで知られているわけではない。してみると、先ほどは強気の発言をしたが、実際はボースもやはり事態が手に負えなくなることを恐れているのかもしれない。

人々はその言葉にゆっくり反応しはじめた。なかには、振り向いて、後方にいる者に大声で指示を伝えている者もいる。その結果、自警団員にかかる圧力は少しずつ緩みはじめ、数分後には、兵士たちのあいだに十フィートほどの間隔ができるまでになった。

ボースがさらに指示を与えると、数人の男が一列になって群衆のなかから姿を現わした。そして、自警団員の前にできた空間のまんなかに進みでて、手に持った衣服を地面に投げ捨てはじめた。シャツ、上着、マフラー……衣服は積みあがっていき、最終的にはひとの身長くらいの高さになった。ダースが数日前にしたように、ボースが火のついた松明《たいまつ》を手に取って、衣服の山の下部に火をつける。

背後で市庁舎の扉が開き、皇太子の歓迎会の招待客がぞろぞろと出てきた。わたしは振り向いて、建物のなかに戻るよう大声で叫んだ。最初は抗う者もいたが、最終的にはみな指示に従ってくれた。おそらく、一ヤード先でインド人が衣服の山に火をつけていて、わたしが拳銃を手に取ろうとしているのを見たからだろう。

投げ捨てられた衣服から黄金色の炎があがり、宵闇の空を明るく照らしだした。ほどなく衣服の山は完全に火に包まれた。濃い黒い煙がもうもうと立ちのぼっていく。

爆発が起きたのはそのときだった。

38

それは爆竹か車のバックファイヤーのような音だった。周囲で悲鳴があがり、白煙が立ちのぼりはじめる。煙の出どころは群衆の最前列のすぐ近くで、その数ヤード先には自警団の一群がいる。煙の周辺にいた者は大あわてで逃げはじめている。

わたしはドーソンのほうを向いた。「皇太子を避難させてください」

ドーソンはうなずいて、建物のなかへ駆けこんだ。わたしは芝地に出てきていた人々に向かって、階段をあがり建物のなかに戻るよう大声で呼びかけた。

車のエンジンが始動する音が聞こえた。この先何がどうなるかはわからないが、少なくとも皇太子はあと少しで旧総督官邸の安全地帯に身を寄せることができる。

煙はゆっくりとこちらに向かって流れてきて、ボースがつけた火から出る灰とまざりあっている。バネルジーはまだそこにいる。わたしはポケットからハンカチを取りだして口と鼻を覆うと、階段を駆けおりて、兵士の隊列のほうへ向かった。とそのとき、二度目の爆発音が聞こえた。すぐそのあとに三度目の爆発音。見ると、旧総督官邸の方向から二筋の白煙があがっている。三回の爆発。三缶のマスタード・ガス。ついにグルンは切り札を出してきた。だが、そこに皇太子を巻きこむつもりでいたとしたら、その目論見ははずれたことになる。皇太子を乗せた車はまだ旧総督官邸に到着していない。

通りは白い靄に包まれ、人々のあいだにはパニックが広がりつつある。わたしは軍の阻止線を越えて、さっきまでバネルジーとボースがいた場所へ向かった。

その途中、目がちくちくと痛みはじめたが、煙の向こうにバネルジーの姿を見てとることはできた。ボースと並んで立ち、人々を避難させるよう自警団員に指示を与えている。何かがおかしいと思ったのは、そのときだった。

バネルジーもボースも自警団員も、本当ならマスタード・ガスによる症状がすでに現われているはずなのに、息苦しそうな様子はまったくない。わたしの目にしても、ちくちくと痛むだけで、ただれているような感じはない。

口からハンカチを離して、息を吸う。

普通の煙だ。毒ガスではない。

バネルジーがわたしに気づいて、やってきた。やはりとまどっている。

「ガスが急に無害になったのかもしれません。奇跡です」

残念ながら、わたしは奇跡を信じていない。

「さっきのは発煙弾の煙だ。マスタード・ガスじゃない」

爆発音に腰をぬかしかけていた群衆も、ここにきて煙が無害だと気づきはじめたみたいだった。

バネルジーの顔には、大きな笑みが浮かんでいる。

「やはりそうです。グルンはなんの罪もない市民を殺したりしない。昨夜ぼくを殺さなかったのがいい証拠です。グルンの復讐はマグァイアで終わりです」

わたしも一息つきはしたが、まだ確信は持てない。筋が通らないのだ。

そもそも、マスタード・ガスがあるのになぜ発煙弾を使ったのか。マスタード・ガスを使うつもりがなかったのなら、なぜ盗んだのか。

「これで終わりなら、なんのために発煙弾を使ったんだ」

「えっ？」

「復讐がすんだのなら、どうしてすぐにここから立ち去らなかったんだ。どうして発煙弾を使わなきゃならなかったんだ。どうもおかしい。理由もなく、そんなことをするはずはない。つねにわれわれの三歩先を歩いている男だ。今回だけが例外だとは思えない。これも計画の一部のはずだ」

「どんな計画です」

事実関係を確認してみよう。爆発はここで一回、それから旧総督官邸前で二回。いずれも無害な発煙弾。

そのとき、はたと気がついた。

「皇太子だ」

バネルジーはぽかんとした顔をしている。

「復讐の対象は市民じゃない。皇太子だ。だから旧総督官邸前で発煙弾を爆発させたんだ。それで、そこへのルートは遮断される。ドーソンは予定を変更せざるをえなくなる。皇太子は別の場所に連れていかれる。そこを狙うという寸法だ」

「でも、皇太子がどこに連れていかれるか、どうしてグルンにわかるんです」

「簡単なことだ。皇太子が連れていかれるのはカルカッタでいちばん安全な場所――ウィリアム要塞だ」

バネルジーは目をしばたたいた。「でも、あそこの警備を突破するのは簡単なことじゃありません」

「バラクプールには自在に出入りしていた」

「バラクプールはだだっ広い駐屯地です。ウィリアム要塞とはちがいます」

「ウィリアム要塞にはグルンの所属連隊が駐屯している。グルンは先週から無届けで隊を離れている」

それで納得したみたいだった。

「あそこへ行くには車が必要です」バネルジーは言って、周囲を見まわした。レッド通りと旧総督官邸に向かう道路はまだ封鎖されていて、その手前には分厚い人垣ができている。「高等法院です。そこには行けば見つかるはずです」

バネルジーはすでにエスプラネード通りを走りはじ

めている。わたしはそのあとを追った。

「どうしてわかるんだ」

バネルジーは肩ごしに答えた。「歩いてどこかへ行く判事を見たことがありますか」


十分後、脅し文句とリボルバーで裁判所の職員をびびらせて、判事殿の車を一台借りうけ、いまは川ぞいの道を全速力でウィリアム要塞へ向かっていた。わたしはハンドルを握り、バネルジーは窓の外をじっと見つめている。

「どうやって旧総督官邸前で発煙弾を爆発させたんでしょう」

「最初の一発と同じだ。手製の発煙弾にプルタブ式の点火装置をつけたんだろう。作るのは簡単だ。硝酸カリウムと砂糖とガラス瓶があればできる」

「そうじゃなくて、ぼくが訊いているのは、どうして離れた場所でほぼ同時に発煙弾を爆発させることができたのかってことです」

わたしはバネルジーに目をやった。「協力者がいると言うのか」

「そうは言っていません。ただ疑問に思っただけです」

「一方の発煙弾に時限装置のようなものを取りつけておき、それが作動するのを待って、もう一方の発煙弾を爆発させたのかもしれない。それよりいま問題とすべきは、どうやってマスタード・ガスをウィリアム要塞に運びこもうとしているかだ」

バネルジーはわたしを見つめて言った。「最初からそこにあったとしたら?」

「なんだって?」

「考えてみてください。マスタード・ガスの在庫分はすべてバラクプールからウィリアム要塞に運ばれ、そこからイギリスに船で送られる予定になっていました。最初の犠牲者のプリオ・タマンはマスタード・ガスのウィリアム要塞への移送にかかわっていました。おそらくグルンにそのことを話したのでしょう。記録によると、バラクプールを出たときには揃っていたのに、ウィリアム要塞で調べたら、三缶足りなかった。マスタード・ガスがウィリアム要塞に到着した夜、グルンはそこにいました。盗んだ缶はこっそり持ちだしたのではなく、要塞内のどこかに隠したのかもしれません」

頭がクラクラするくらい単純明快だ。ドーソンは血まなこになって街中を探しまわっていたが、盗まれたマスタード・ガスの缶は要塞内の自分の執務室のすぐ近くにあったかもしれないのだ。

ウィリアム要塞のカルカッタ門には、赤と白に塗りわけられた遮断機がおり、厳めしい顔つきをした衛兵の一団が立っていた。衛兵のひとりは身分証を場合が場合でなければ褒めてやりたいくらい入念にチェックしている。別のふたりは車を点検し、さらに別のふたりはライフルを構えて見張っている。

「ご用件は？」身分証を見ていた衛兵が訊き、わたしとバネルジーが本人であることを確認するために身を乗りだした。

当然ながら、本当のことを言うわけにはいかない。マスタード・ガスによる皇太子暗殺の試みを阻止するためだと答えたら、対応できる者を呼んでくるまで銃を突きつけられたまま待たされることになる。そんな時間の余裕はない。かといって、見え透いた嘘をついて、ばれたら、余計に手間どるだけだ。ここはもっとも地道な手でいくことにした。

「ドーソン大佐の秘書のミス・ブレイスウェイトと会う約束をしている」もちろんそんな約束などしていないが、彼女なら口裏をあわせてくれるはずだ。わたしは彼女が席にいることを祈った。わたしのためではなく、皇太子のために。

質問をした衛兵は哨所のなかへ姿を消した。そこで受話器を取って交換手と話をしているのが、ドアごしに見える。貴重な時間が刻々と過ぎていく。

「うまくいけばいいんですが」バネルジーが小声で言った。

「弱気になるな。うまくいくことを祈っていろ。これが駄目なら、塀をよじのぼればいい」

衛兵が受話器を置いて、同僚のひとりを呼んだ。同僚の衛兵が哨所に入ると、わたしはバネルジーに言った。「余裕たっぷりの顔をしていろ」

ふたりの衛兵は二言三言ことばを交わして、戻ってきた。ひとりは遮断機のほうへ歩いていき、もうひとりがわたしに言った。「ミス・ブレイスウェイトがお待ちです。管理部の第六ブロックへ行ってください」

みなまで言う必要はない。遮断機が半分もあがらないうちに、車はカルカッタ門の分厚い煉瓦のアーチを抜け、ウィリアム要塞に入った。

39

要塞内のあわただしさが多くのことを語っていた。いつもの倍の数のインド人衛兵が警備の任につき、兵士を満載した何台ものトラックが排ガスを撒き散らしながら走りまわっている。そのすべてを無視して、われわれは管理部の第六ブロックへ急いだ。

「連中は要塞を封鎖するつもりでいる」と、わたしは言った。「ドーソンがここに皇太子を連れてきたのは間違いない」

「なんとか間にあったようですね。二分後だったら、ゲートを通過できなかったかもしれません」

わたしはH機関の建物の前で急ブレーキをかけ、車から飛びおりた。入口には、軍服姿のゴリラが銃剣つきのライフルを持って立っていた。

「ドーソン大佐に話がある」わたしは言って、身分証を男の目の前に突きつけた。「緊急の要件だ」

男は木の幹のような首を振った。「駄目です。誰も出入りできません。そういう命令が出ているんです」

ここで腰をすえて議論している暇はない。

「いいか、よく聞け。ドーソン大佐を怒らせたらどうなるかわかるか。ただじゃすまないのはたしかだ。その大佐に五分以内に報告しなきゃならないことがある。報告しなければ、大佐は激怒し、その理由を知りたがるはずだ。わかるな。退役するまで便所掃除をしたくなければ、われわれを通したほうがいい」

その話を聞いて、おとなしく従ったほうが身のためだと悟るまでに時間はかからなかった。うなずいて、一歩後ろへさがると、建物のなかの階段のほうへ手を向けたが、そのときにはわたしもバネルジーもそっちへ向かっていた。


階段を一段飛ばしで三階まで駆けあがり、廊下を通って広い部屋に入る。ドーソン大佐はパイプを手に持ち、三人の部下といっしょに机の上に広げた地図を見つめていた。

「皇太子はどこにいるんです」

ドーソンは顔をあげ、苦々しげな口調で言った。

「困ったものだ、ウィンダム警部。あなたはいつも取りこみ中に――」

言いおわらないうちに、爆発音が部屋の窓を震わせた。

わたしは窓に駆け寄った。空襲警報用のサイレンが鳴りだす。近くの建物から灰色の煙が立ちのぼり、そのすぐあとにいくつもの悲鳴があがる。フランスの戦場で聞いたのと同じ悲鳴だ。

ドーソンが横にきている。

「マスタード・ガスだ」と、わたしは言った。「市庁舎前に仕掛けられたのは発煙弾です。こっちは本物だ。

グルンの狙いは皇太子です」

パイプが床に落ちる。ドーソンは信じられないし、信じたくもないといったように首を振った。

「でも、どうやって？　どうやってここに入りこんだのだろう」

「そんなことはどうだっていい。とにかく皇太子のところへ行かなきゃ」

「皇太子は士官棟にいます。セント・ジョージ門の近くにある建物です」ドーソンは階段を駆けおりながら言った。

外に出ると、われわれは車に向かい、わたしは運転席に、ドーソンは助手席に、バネルジーとドーソンの部下のアレンビーは後部座席にそれぞれ飛び乗った。

「ガスマスクが必要です」と、わたしは言った。

ドーソンは指さした。「備品倉庫はセント・ピーター教会のそばです」


それが現実のものになったことはすぐにわかった。まさに戦場のような光景だった。ガスマスクを装着した兵士たち。担架で運ばれていくインド人。目は包帯がわりの布で覆われ、シャツのはだけたところから焼けただれて紫に変色した皮膚が見える。激痛に身悶えし、うめき声をあげている。その声は次第に遠ざかり、ほどなくサイレンの音に掻き消された。自力で歩ける負傷者は、同僚に付き添われて、トラックの車列のほうへ向かっている。トラックに乗って、敷地内にある病院へ行くのだ。

備品倉庫の前には大勢の兵士が詰めかけていた。中尉が秩序を保つようにと懸命に呼びかけ、その横で、軍曹とその部下が兵士に必要なものを渡している。ドーソンとアレンビーは車から飛び降りると、兵士たちの列の前に割りこみ、五人分のガスマスクを持って戻ってきた。各自ひとつずつと、皇太子の分だ。ふたりが車に乗りこんだとき、二度目の爆発が起きた。わたしはドーソンに目で尋ねた。

「士官棟の方角です」ドーソンは言って、ガスマスクをさしだした。

「グルンは皇太子の居場所を突きとめたようです」

多少なりとも良いニュースがあるとすれば、グルンが車で数分のところにいるのがわかったということだ。わたしはガスマスクをつけ、爆発のあった方向に車を走らせた。

車は毒ガスの白く淀《よど》んだ靄のなかを突き進んだ。火傷を負った兵士たちが車と反対方向へ走って逃げていく。

ガスマスクごしだと声がほとんど聞こえないから、ドーソンの指さしが頼りだ。しばらく行ったところでドーソンが手をあげたので、車をとめる。そこには、これといった特徴のない三階建ての建物があった。そっちへ走っていくと、開け放たれたドアの前で、ふたりの衛兵がうつぶせに倒れていた。バネルジーがひとりの横にかがみこんで脈を確認し、それから胸に手をやった。顔をあげて、血がついた指をかかげてみせる。

撃ち殺されたのだ。わたしはリボルバーを抜いた。ドーソンとアレンビーもそれに倣《なら》った。バネルジーは死んだ男のライフルを手に取り、われわれのあとに続いた。毒ガスはいまのところドアの内側に入りこんでおらず、玄関の間を抜けると、ドーソンはガスマスクをはずした。

「どうしてふたりとも簡単に撃ち殺せてしまったんだろう。グルカ族と思われる男は絶対に建物に近づけるなと命じてあったのに」

「グルンはガスマスクを着けていた。だから気づかなかったのでしょう」

ドーソンは首を振った。「ふたりはわたしの部下なんですよ。相手が誰であれ、近づいてきたら呼びとめていたはずだ」

「反省会はあとに。皇太子はどこです」

ドーソンは階段を指さした。「最上階です」

そのとき一発の銃声が響き、わたしの後ろの壁の漆喰が砕け散った。銃弾が飛んできたのは階段の上からだ。

われわれは散らばって、身を隠せるところに飛びこんだ。また銃声があがり、わたしは階段の上に目をこらした。

「これでやつがどこにいるかわかった」わたしはドーソンに言った。「ほかに上に行く方法は？」

「別の階段がふたつある。建物の両端にひとつずつ」

「あなたはアレンビーといっしょにその階段をあがって、皇太子の警護にあたってください。われわれはグルンを引き受けます」

ふたりが廊下を走っていくと、わたしは後ろを振りかえった。バネルジーはドアの向こうに身を隠している。

「やつを引きつけておくことはできるか」

返事をするかわりに、バネルジーは二階の踊り場に向けて一発撃った。

数発の応射があった。わたしはかがんだ状態から飛びだす体勢を整えた。「よし。援護射撃を頼む」

バネルジーはまた一発撃った。「どこへ行くんです」

「グルンの側面にまわりこむ。用意はいいか」

バネルジーはうなずき、それから二発撃った。わたしは床を蹴り、ドーソンとアレンビーが向かったのとは別の階段に通じる廊下のほうへ突進した。グルンがそれを見て発砲する。銃弾はわたしの後ろの壁に食いこんだ。

廊下に入り、さらに走る。廊下のどちらの側のドアも開いていて、部屋には誰もいない。後ろからまた銃声があがる。廊下のはずれまで行くと、そこのドアを抜けて、その先の階段に向かい、二階に駆けあがる。

そして、ドアをそっと押しあける。その向こうの廊下を進めば、グルンがいる中央の階段にまわりこめるはずだ。戸口から顔を出すと、グルンの姿が見えた。床に腹這いになり、階下にいるバネルジーを狙って撃ちまくっている。

わたしは拳銃を手に持って忍び足で廊下を進み、グルンに気づかれないことを祈りながら、いちばん手前の開いたドアの前まで行った。そして、その部屋に入り、ひとまず身の安全を確保してから、戸口ごしに廊下の様子をうかがった。グルンはまだ腹這いのままで、距離は三十ヤードもない。

大きく息を吸い、拳銃を構えて、廊下に出る。

「銃を捨てろ、グルン！」

グルンは振り向き、流れるような動きで身体を横にして、銃口をこちらに向けた。だが、引き金をひくまえに、わたしが撃った弾丸《たま》は脚に当たっていた。グルンはひるみ、うめき声をあげたが、すぐに気をとりなおして撃ちかえしてきた。ドアの後ろに身を隠したとき、さらに銃弾が飛んできて、ドアの枠から木片を削りとった。だが、それ以上の反撃はなかった。そのまえに、階下から一発の銃声が鳴り響いた。

わたしは廊下に身を乗りだして、一発撃ったが、見事にはずれた。グルンは床に血のあとを残しながら身体を引きずり、近くの部屋に入ろうとしている。わたしはまた撃った。このときは標的をとらえ、弾丸は胸に命中した。グルンの手からライフル銃が滑り落ちる。わたしは銃口をグルンの頭に向けたまま前に進みでた。まだ死んではいない。息も絶え絶えだが、かろうじて生きている。

わたしは階段を駆けあがってくるバネルジーに向かって言った。「グルンを見ていてくれ。わたしはドーソンを呼びにいってくる」

そのとき、三階から銃声があがった。たてつづけに二回。さらにもう一回。

ぞっとして、わたしとバネルジーは顔を見あわせた。

「残念だったな」グルンは声を絞りだし、それから咳きこんで血を吐いた。

階段がぐるぐると回り、みぞおちに黒い恐怖がとぐろを巻きはじめる。グルンはここにいる。なのに、なぜ三階から銃声が聞こえたのか。

「ここにいろ。グルンを死なせるな」わたしは言って、また階段のほうへ走っていった。

三階の踊り場はまさしく戦場だった。軍服姿の三人の男が死んで床に倒れている。ふたりは喉を切られ、もうひとりは背中を何カ所も刺されて、うつぶせに横たわっている。わたしは死体をまたいで、銃声がしたほうへ向かった。皇太子がいる部屋を見つけるのはむずかしくなかった。ふたりの衛兵の死体が床に転がっている。その横に、アレンビーが頭に穴をあけられてへたりこんでいる。

そこのドアは開いていて、部屋のなかから話し声が聞こえてくる。会話というより、一方的にまくしたてているようだ。

拳銃を構えて、部屋のなかに入る。ドーソンが傷を負い、意識を失って、ソファーの上に倒れている。だが、いまはそんなことを気にかけている場合ではなかった。わたしの前には、軍服姿のイギリス人が立っていて、床にひざまずいている皇太子の頭に拳銃を突きつけていた。その頰は涙で濡れ、皇太子に何かを訴えている。だが、皇太子は聞いていない。その顔は汗で光り、いま自分の身に何が起きているか理解できずに茫然としている。

わたしは思わず一歩後ずさりした。そこにいるのは知っている男だった。今朝がた、ずっと双眼鏡ごしに見ていた男だ。

わたしは自分の目をなかば信じられずに訊いた。

「マグァイア?」

マグァイアはふと我にかえったみたいに話をやめ、わたしのほうを向いた。目は血走り、狂気の色が宿っている。

「それ以上近づくな、ウィンダム。近づいたら、皇太子の命はない」

本気で言っているのは間違いない。

「銃をおろしてください、少佐」わたしは穏やかな口調で言った。「少し頭を冷やしたほうがいい」

マグァイアの口もとに奇妙な笑みが浮かんだ。「もう手遅れだ。そう思わないか」

「どうしてこんなことをしたんです」

「グルンと同じだ。わたしの息子も毒ガスで殺された。わたしはグルンの息子が悶え苦しみながら死んでいくのをこの目で見たんだ。自分自身の病院で。その顔は見分けがつかないくらい焼けただれていた。わたしの指揮下で行なわれた実験の犠牲者だ。あれ以来、わたしはそういった死とともに生きつづけてきた。きみはマスタード・ガスを浴びて死んだ少年を見たことがあるか。わたしの息子もそれと同じ苦痛を味わったんだ。誰かが報いを受けなきゃならない」

「もう復讐はすんだはずです。ダンロップも死んだ。ほかの者もみな死んだ。ほかに死ななければならない者はいません」

「復讐？　きみは息子を亡くした親の気持ちがわかるか。国王はわかると思うか。いいや、わかるわけがない」マグァイアは皇太子の首筋をつかんで揺すった。「この男は前線に行ってすらない。高貴な人間を危険な目にあわせることはできないが、わたしの息子はそうじゃないから戦地に赴いて死んでもいいというのか。ダンロップのような冷血漢はいったい誰のためにあのような恐ろしい兵器を作りだしたのか。すべては国王と国家のためだ！　よかろう。国王にもこの苦しみを——父親としての苦しみを味わわせてやろうじゃないか」

あきらかにいかれている。悲しみのあまり、箍《たが》がはずれてしまったのだろう。皇太子を釈放する気はまったくないにちがいない。その身体にほんのわずかでも生の証しが残っているかぎり。わたしはリボルバーの銃把を握る手に力をこめ、引き金に指をかけた。

マグァイアはわたしの腕のこわばりを見てとったらしく、横に一歩動いた。それで金属の筒がわたしの視界に入るようになった。手作りの起爆装置がついていて、その片側から紐が出ている。失われたマスタード・ガスの缶の最後のひとつだ。

本当なら、相手の次の動きを予想し、自分に何ができるかを見極めたいところだが、相手がイギリスの皇太子の頭に拳銃を突きつけているのでは、何をどう考えても答えが出てくるとは思えない。と、マグァイアは素早い動きで起爆装置の紐を引き、拳銃を皇太子の頭から自分の頭に向け、そして撃った。その身体が床に倒れると同時に、マスタード・ガスの缶が爆発した。そこから黄色い煙が流れだし、部屋に広がりはじめる。

わたしは反射的に窓辺に駆け寄った。分厚いカーテンをフックからもぎとり、缶にかぶせると、前かがみになって咳こんでいる皇太子を連れて部屋の外に出た。

「だいじょうぶですか、殿下」

皇太子は咳こみながらも、顔をあげてうなずいた。

わたしは大きく息を吸いこむと、皇太子をその場に残し、今度はドーソンを助けだすために部屋に戻った。胸がしくしく痛みだしたが、なんとか廊下に引きずりだすことができた。すぐに振り向いてドアを閉める。

ドーソンは大量に出血していた。「下に降ろすのを手伝ってください」わたしは皇太子に言い、ふたりがかりでドーソンを二階の踊り場まで運んだ。そこにはバネルジーがいて、グルンの傷の具合を見ていた。

それからの数分には霞《かすみ》がかかっていて、わたしの記憶は断片的な映像としてしか残っていない。皇太子にガスマスクを着けさせたこと。自分もガスマスクを着けたこと。皇太子を車で近くの検問所まで送り届けたこと。ガスマスクを装着した兵士と医療隊の一団を士官棟にさしむけたこと。とりあえずしなければならないことがすべて終わったのは一時間後のことだった。

わたしとバネルジーは聴取を受けることになった。二日前に閉じこめられた地下牢ではなく、ウォールナットの羽目板張りの快適なオフィスで。床には分厚い絨毯が敷かれ、壁には国王にして皇帝の肖像画が掲げられていた。バネルジーは控えの間で待機していた。聴取にあたっているのは、スミスというやたらと愛想のいい男で、髪をきっちりと横分けにし、プレスのきいたスーツ姿で、座持ちはよかったが、法の同じ側にいる者どうしの割りには、質問はなんでそこまでと思うくらい微に入り細にわたっていた。スミスはそれを〝事後報告〟と呼んでいたが、わたし自身まだ事の次第を完全に理解できていたわけではないので、どこまで役に立てたかはわからない。本当なら、それはライフル銃兵のラチマン・グルンに訊くべきことなのだ。最後に見たとき、グルンはまだ生きていて、バネルジーの話では、ドーソン大佐の五分後に同じ病院に護送されたという。

聴取は警告によって締めくくられた。有無を言わせない口調だった。今回の出来事は他言無用のこと。たとえバネルジーとのあいだでも話題にしてはならない。

「われわれに何か要望はありますか、警部」と、スミスは言って、話を打ち切ろうとした。

「できるだけ早くグルンから話を聞く機会をつくってもらいたい。カルカッタとバラクプールで起きた殺人事件に関係している人物なので」

笑い飛ばされなかっただけでも、ありがたく思わなければならなかっただろう。スミスは立ちあがって、戸口に向かった。「残念ながら、それは実現しないでしょう」そして、ドアをあけた。立ち去れということだ。「この一件は今後すべてH機関によって処理されます」

40

十二月三十一日午前六時、グルンは銃殺刑に処された。刑を執行したのはウィリアム要塞の銃殺隊で、この一年でいちばん寒かった日のことだった。もっとも、山の民のグルンにとっては、どれほどの寒さでもなかったにちがいない。もちろん、わたしもバネルジーも立ちあってはいない。ドーソンは立ちあった。そして、刑が執行されたことをわたしに内緒で教えてくれたのだ。だからといって、ふたりの親密度が急に増したというわけではない。ぜんぜんちがう。わたしが皇太子を安全な場所に移したあと、彼を助けにいったことに対して、借りをかえしたかったというだけの話だ。命の恩人なら、一目置いてくれるようになってもおかしくないと思うのだが、ドーソンにしたら、命を救われたことが癪《しゃく》でならないらしい。もっとも、わたしはそんなことを気にしているわけではない。あの部屋で傷を負って倒れていたのがドーソンであろうがヴィルヘルム皇帝であろうが、はたまた悪魔であろうが、関係ない。それが誰であれ、わたしは助けにいっていただろう。誰だって毒ガスにさらすわけにはいかない。それでも、お礼のしるしに二五年物のグレンファークラスをわたしのオフィスに送り届けてくれたときには、突きかえしたりしなかった。秘密警察の幹部を敵に持つのは、かならずしも悪いことではない。どんなことでも調べあげて知っていてくれるのだから。好みのウィスキーの銘柄まで。わたしはいっしょに一杯飲まないかと誘ったが、それは断わられた。

そのかわり、ある日の朝早くに会うことになった。場所はドーソンが指定した。ヴィクトリア記念堂の人工池のほとりにあるベンチだ。スパイを稼業とする者がいかにも密会場所に選びそうなところで、この日ふたりが会うのは秘密でもなんでもなかったが、古い習慣はそう簡単には変えられないようだ。

ドーソンは先に来ていた。私服姿で、杖をベンチに立てかけ、口にパイプをくわえている。膝の上には落花生の袋が載っている。そこからひとつ取りだすと、殻をむき、二粒の赤茶色のピーナッツを芝生の上に投げた。まわりには、ムクドリの小さな群れができている。

わたしはその横にすわって尋ねた。「脚の具合はどうです?」

ドーソンは落花生の殻を足もとに捨てた。

「最悪です。一生足をひきずって歩かなきゃならないかもしれないと医者に言われました」

「ものは考えようです」

「わかっています。死ぬよりましです」

「わたしが言いたかったのは、杖のおかげで箔がついたということです。スパイの長には箔が求められています」

ドーソンは顔をしかめた。

「ところで何かお話しになりたいことでも?」

ドーソンは口からパイプを取って、ベンチのまんなかに置いた。

「グルンの尋問についてです。何もかも自分からすんで話してくれました。カルカッタに配属になると、すぐにダンロップ夫人のところへ息子の面倒をみてくれた礼を言いにいったそうです。そのときに、息子の死の真相とダンロップがやっていた実験のことを聞かされたんです。

ダンロップ夫人というのは変わった女性です。もちろん、われわれも話を聞きましたが、神の怒りがどうのこうのと言って、得られたものはいくらもありませんでした。夫の仕事は悪魔の所業で、それをとめなければならないと本気で思っていたようです。グルンをマグァイア少佐に引きあわせたのも彼女です。マグァイアはパッシェンデールの戦いで使われた毒ガス攻撃のせいで息子を亡くし、その喪失感から立ち直れなかったようです。みずからの施設で行なっていた実験は神による試練と考えていたのかもしれません。政府がダンロップをポートン・ダウンに呼び寄せて研究を再開させようとしていると知って、歯止めがきかなくなってしまったんです」

ドーソンはまた落花生の殻をむいて、ピーナッツを鳥に投げ与えた。

「グルンにしてみたら、息子の死に直接関係した者を殺せばそれでよかった。皇太子の襲撃を思いついたのはマグァイアです。悲しみのあまり正気を失ったのでしょう。バラクプールで拉致されたように見せかけたのは、わたしの部下の監視下から逃れるためです。その後ふたりは市庁舎と旧総督官邸前に集まった群衆にまぎれこみ、発煙弾を爆発させました。われわれがそれをマスタード・ガスだと勘違いして、皇太子をウィリアム要塞に避難させることは計算ずみだったわけです」

「でも、マグァイアの秘書のルーヴェルは？　グルンはなぜルーヴェルを殺そうとしたんでしょう」

ドーソンは首を振った。「グルンはルーヴェルを殺しにいったのじゃありません。マグァイアに用があったんです。でも、そのときにはすでにわたしの部下に護衛されていたので、ルーヴェルに伝言を頼もうと部屋へ行ったところ、絹を裂くような悲鳴をあげられたので……」

「それはわたしの責任です。その十分ほどまえにルーヴェルと話をしたとき、誰かが殺しにくるかもしれないと言ったんです」

ドーソンはまた殻をむき、このときはピーナッツをわたしにさしだした。

「いいえ、結構です」

「無理にとは言いませんよ」

ドーソンは肩をすくめて、自分の口に放りこんだ。

そして尋ねた。「休暇をおとりになるという話を聞きましたが」

「なんでもお見通しなんですね。療養中の身であるというのに」

「どこかいいところに行かれるんですか」

行き先は、アッサム地方のジャティンガという村の近くにある僧院だ。チャテルジー医師によると、そこへ行けば、僧侶の力を借りて身体から阿片の毒素を抜くことができるという。けれどもドーソンのことだ。そういったこともすでに承知しているにちがいない。発汗や吐き気といった禁断症状や、排泄物の入念なチェックのことを考えなければ、いいところといえるかもしれない。

「アッサムです」

「この時季、少し寒いのでは?」

「たぶん寒いでしょうね」

ドーソンをパイプやムクドリといっしょにその場に残して、わたしはチョーロンギー通りのタクシー乗り場へ向かった。正午発のダージリン行きの列車に乗るまえに、いくつかすませておかねばならないことがある。もちろん、列車が定刻どおり発車することはない。このところ信号手によるストライキが頻発していて、列車の時刻表は作り話のようになっている。実際のところ、ベンガルのいたるところで、インド人の運動はふたたび勢いを取り戻し、われわれイギリス人は不便な生活を強いられている。それもこれもバサンティ・ダースのせいだ。ひいては、あの日マイダン公園で彼女を逮捕させたわたしのせいでもある。バネルジーが指摘したとおり、彼女の身柄を拘束したのは大きな政治的失敗だった。インド人が受けた衝撃は、ヴィクトリア女王が投獄されたときにイギリス人が受ける衝撃と同じくらいだったにちがいない。軍はほどなく身柄釈放の措置を講じたが、それはあとの祭というものだ。

　皇太子に関して言うなら、当初のショック状態から立ち直ると、今回の騒動を類まれなる冒険譚《ぼうけんたん》のごとくに考えるようになったらしく、その口を封じるためには、総督やインド政庁の事を分けての説得が必要で、ドーソンの話だと、父である国王からも因果を含める電報が届いたという。翌二十六日に競馬を観戦したあと、サザンプトン行きの船で帰国の途についた。新聞各紙は、今回の親善訪問は大成功で、一部の熱狂的な現地人が爆竹を鳴らしたり発煙筒を焚《た》いたりして歓迎の意を表したと、あたかもそれが当地の風習であるかのような論調で伝えた。ウィリアム要塞の毒ガス攻撃については、政府広報に〝有毒化学物質の移送中に事故が発生し、数名の民間人と兵士が死亡し、若干名が負傷した〟と記されただけだった。それ以外のことはすべて無視され、忘れ去られた。


　わたしはヴィクトリア記念堂からタクシーに乗って、下宿屋のある北ではなく、南のアリプールへ向かった。タクシーがアニーの家のゲートの前でとまると、車を降りて、料金を支払い、警備員に一声かけてから、緩やかな弧を描く長い私道を歩きはじめた。

　前方に屋敷が見えた。ヤシの木に囲まれた起伏のある芝生の庭の向こうに、静かにたたずんでいる。ここから数マイルしか離れていない通りの喧騒がまるで嘘のようだ。カーブを曲がったときに、このまえとまっていたイスパノ・スイザの馬鹿でかい車体が見あたらないことがわかったので、ちょっと救われた気持ちになった。

　私道のはずれまで来たとき、玄関のドアが開き、メイドのアンジュが姿を現わした。色褪せたオレンジ色のサリーを着て、ジュートの手提げを持っている。後ろを向いてドアを閉めると、ポーチに置いてあったサンダルを履いた。

「おはよう、アンジュ」

アンジュは驚いて振り向き、それから素早くサリーの端を頭にかぶせた。「ウィンダム警部」

「お出かけかい？」

「市場へ行くだけです」そう言うと、ジュートの手提げを証拠品のように掲げて見せた。

「ミス・グラントは？」

「家においでです。でも、あなたとお会いになる予定は入っていないかと……」

「近くまで来たので、ちょっと寄ってみたんだよ」

アンジュはわたしをブロケード織りのソファーとヒンドゥー神の像がある応接室に通し、女主人を呼びにいった。ソファーにすわってくつろぐ気分ではなかったので、わたしは窓辺へ歩み寄り、芝生の庭を眺めながら、アニーに言わなければならないことを心のなかでおさらいした。

遠くのほうで、二羽の九官鳥がヤシの木の下を歩きまわっている。九官鳥というのは利口な鳥だ。数年前に害鳥と見なされて駆除されかけたが、九官鳥は罠がどこにあるかを知り、それを避けて通っていたという。罠の避け方を子孫に伝えているという噂まで流れたほどだ。

背後でドアが開いたので、振り向くと、アニーがピンクのシルクの部屋着姿でやってきていた。驚いてはいたが、それほど迷惑そうではない。

訝るような口調で訊いた。「もしかしたら捕まえたってこと？」

「誰を？」

「窓を割った犯人よ。決まってるじゃない。だから、こんな時間にここに来たんでしょ」

白状すると、窓のことはすっかり忘れていた。言いわけをしようかと一瞬思った。あと少しのところまで来ているとか、手がかりはつかめているとか。でも、やめた。そんなことをしても意味がないことはわかっている。

「犯人をつかまえることはできないかもしれない。いま街で起きていることを考えたら、窓ガラスの一件を最優先にはできないからね」

アニーは微笑んだ。「たしかに。でも、それなら、どうしてこんな時間にここに来たの?」

言わなければならない。でも、踏ん切りがつかない。それで、回り道をすることにした。

「しばらく街を離れたほうがいいとあらためて忠告しにきたんだよ」

アニーはため息をついた。「その話はすんだはずよ、サム」

「いま街がどんなふうになっているか知ってるだろ。抗議デモは激化し、治安は悪化の一途をたどっている。なにも移住しろと言っているわけじゃない。休暇だと思えばいい。事態が沈静化するまで、数週間どこかへ行ってるんだ」

唇に笑みが広がった。

「たまたまだけど、スティーヴン・シュミットからいっしょにロンドンへ行こうと誘われてるの。急に仕事が入ったので、来週、出発するんだって」

「逆の方角のほうがいいんじゃないか。南のほうが暖かい」

アニーと市庁舎の階段の上で交わした会話がふと頭をよぎった。グルンとマグァイアが発煙弾を爆発させたときのことだ。あのときはマスタード・ガスだと勘違いしていた。だから、アニーを守れないかもしれないと思い、恐怖と無力感に襲われたことを覚えている。アニーをここに残して、万が一にも何かあったら、悔やんでも悔やみきれないだろう。

「いや、悪かった。余計なことを言ってしまった。シュミットはそれほど悪いやつじゃない。少なくとも、このところきみを取り巻いている道楽息子どもよりはましだ。誘いに応じたほうがいい」

アニーはわたしの顔を見つめた。

「あなたに謝られるとは思わなかったわ、サム。気はたしか？　それだけじゃない。ほかの男性のことをよく言うなんて。いったいどういう風の吹きまわしなの」

わたしは肩をすくめた。「なんと言えばいいのか。シュミットのあの微笑には勝てない」

アニーはふきだした。「そんなにわたしを追い払いたいの、サム？」

「きみのためを思って言ってるんだよ」それは本当だ。長いあいだ、アニーのためになることは自分のためにもなると思いこんでいた。でも、じつはそうではなかった。

「わかったわ、ウィンダム警部。だったら、わたしがミスター・シュミットになんて返事をしたか教えてあげる。カルカッタはわたしの街で、当分のあいだほかのどこにも行くつもりはない」

さっきは殊勝なことを言ったくせに、わたしは思わず小躍りしそうになった。

「そもそも一月にロンドンに行きたいと言うひとがいると思う？」

もっともだ。

「だから、ここの窓を割った者を捕まえてもらわないと困るの。これからもずっとこの家に住むんだから」

「了解、マダム。でも、捜査はしばらく中断せざるをえない。少し長めの休暇をとろうと思っているんだ」

「あら。どこかへ遊びにいくの？　だからだったのね。今日はいつもと様子がちがうと思っていたのよ」

わたしは息を大きく吸って、踏ん切りをつけた。

「休暇じゃないんだ。アッサムの僧院に行くんだ。そこで身を清め……」

一瞬のとまどいのあと、得心がいったみたいだった。わたしはアニーの反応を待った。かえってきた反応は意外なものだった。首を振りながらも、にっこり笑ったのだ。それで、おたがいに肩の荷がおりたような気がした。

「簡単じゃないかもしれないわ、サム」アニーは前に進みでて、わたしの手を握った。「阿片中毒は克服するのがとてもむずかしいと言われているんでしょ」

それは自分でも重々承知しているが、場合によって黙して語らないほうがいいこともある。

「でも、安心して。戻ってきたとき、わたしはまだここにいるから」

別れを告げ、部屋を出たとき、アニーはシヴァ神のふたつの像にはさまれて立っていた。


二時間後、わたしはシアルダー駅のコンコースを横切っていた。スーツケースには三日分の冬瓜の果汁の瓶が入っていて、いまは赤シャツ姿のポーターが頭の上に載せて、バネルジーが指示したプラットホームまで運んでくれている。

ダースが逮捕された日以来、バネルジーにとってはつらい日々が続いている。親類縁者からはこれまで以上に除《の》け者にされていて、バサンティ・ダースの処遇に対する人々の怒りと比例して、インド帝国警察の一員でいることへの疑念は膨らむばかりのようだ。このときわたしが与えたアドバイスは、アニーへのものと同じだった——街を出ろ。休暇をとって、どこかへ行け。ちがうのは、それを受けいれたことだった。

二日後に、バネルジーは東ベンガルのダッカへ向かい、伯母の家に身を寄せることになった。ダッカなら、カルカッタの喧騒から遠く離れて、落ち着いて気持ちの整理ができるだろう。それに、いつか家族と和解するときが来たら、父親の姉が仲立ちの労をとってくれるはずだ。

「忘れ物はありませんか」と、バネルジーが訊いた。まるで学校に行く子供を送りだす母親のような口ぶりだ。

「ああ」わたしは答えて、ポーターからスーツケースを受けとった。

「じゃ……気をつけて、サム」バネルジーは手をさしだした。

わたしはその手を握った。「きみもな。それから……」

「わかっています。今後のことをじっくり考えてみます」

「そうじゃなくて、わたしが言いたかったのは、下の階の女性たちのことだ。今夜は特に気をつけろ。お守り役のわたしがいないと、どんなちょっかいを出されるかわからない」

「気をつけます」

「じゃ、もう行っていい。長いお別れは苦手なんだ。家に帰って、サンデシュが仕事をさぼっていないか見てくれ」

わたしはバネルジーをその場に残して、列車に乗りこみ、車室に向かった。

列車はわずか四十分の遅れで駅を出た。それもまた大英帝国の勝利の証しかもしれない。ベンガルの田園地帯を北上しながら、わたしはまどろみはじめた。頭のなかに、アニーの姿が現われる。その両側で、二体のシヴァ神の像が典雅に舞っている。壊す神と造る神。破壊と再生。

ヒンドゥーの神秘主義は意外に奥が深い。

覚書

本書はフィクションであるが、作中の人物や出来事の多くは史実にもとづいている。

一九二一年末、ガンジーはインド独立のために非暴力不服従を呼びかけていて、政情不安が募るなか、イギリス政府はエドワード皇太子（のちの国王エドワード八世。ウォリス・シンプソン夫人と結婚し、退位）をインドに親善訪問させている。チッタ＝ランジャン・ダースはベンガルでガンジーの首席補佐官を務めていた人物である。スバス・ボースはのちに民族主義者の英雄として知られることになるが、当時はイギリスから帰国したばかりで、ダースの腹心であった。

ダース夫人のバサンティ・デヴィは、夫のかわりに集会で演説をし、当局に逮捕された。それがきっかけとなって、下火になっていた独立運動がふたたび活発化することになった。

ポートン・ダウンは百年以上にわたりイギリス国防省の科学技術研究の拠点であった。そこの科学者たちは、インド人兵士に対して（のちにはイギリス人兵士とオーストラリア人兵士に対しても）無断でマスタード・ガスの使用を含む生体実験を行なっていた。ただし、この種の実験がより頻繁に行なわれたのは、第一次世界大戦中ではなく、一九三〇年代のことで、そのための施設はパンジャブ州北端の街ラワルピンディー（現在はパキスタン領）にあった。

このテーマに興味をお持ちの方は、ジャーナリストのロブ・エヴァンズが著した『毒ガス――ポートン・ダウンにおける英国化学兵器の人体実験』を一読されることをおすすめする。

謝辞

本書が日の目を見ることができたのは、じつに多くのひとたちのおかげである。貸していただいた力はさまざまだが、いずれの方にも感謝の意を表したい。

とりわけハーヴィル・セッカー社のみなさんにはお世話になった。物置きを温室にするのを手伝ってくれた編集者のジェイド・チャンドラー。四年近くの骨折りに少しの疲れも見せないアナ・レッドマン。見事なマーケティング・キャンペーンを展開したソフィー・ペインター。素晴らしい装幀家のクリス・ポッター。何ひとつ見逃さないキャサリン・フライ。さらには、サムとサレンダーノットに大陸をまたがせてくれた版権担当のジェーン・カービィー、モニーク・コーレス、サム・コーツ、ペニー・リヒティ。リズ・フォーリー、レイチェル・クニョーニ、リチャード・ケーブル、ベサン・ジョーンズ、アレックス・ラッセル、トム・ドレイク＝リーほかのヴィンテージ社の諸氏。エージェントのサム・コープランド。重労働を厭わないロジャーズ・コールリッジ・ホワイト社の諸兄。

ヴィンテージ社のクリスティーナ・エリコットと、ウォーターストーンズ書店のみなさんの惜しみないご支援にも感謝している。おかげでシリーズ一作目の『カルカッタの殺人』は順調なスタートを切ることができた。

チーム・ディジュームとして知られる驚異の作家集団、ヴァシーム・カーン、アリシャ・マリク、アレックス・カーン、A・A・ダンド、イムラン・マムード。彼らの助力とツイッターでの深遠な対話にも、ひとかたならぬ恩義を感じている。

作中に名前を出し、勝手に使うことを快諾してくれた友人たち、ダレン・キャラハン、スコット・ラモント、マティルド・ルーヴェル、アラステア・ダンロップ、イアン・マグァイアにも礼を言いたい。

礼を言うべき方はほかにもいる。ダレン・シャルマは何度もランチをおごってくれ、毎朝わたしの受信トレイに何通ものメールを送ってくれた。カナリー・ワーフのアイディア・ストアのスタッフは、わたしに聖域を提供してくれた。ホートン・ストリート・キャピタル社の共同経営者であるハシュ、アロック、ニーラジは、わたしの気まぐれな性癖やいささか疑問の余地のある職業倫理によく耐えてくれた。そのような難点を改善するのは少し時間がかかるかもしれない。

ジョニー・フリントはムカジー家の混沌《こんとん》に一定の秩序をもたらしてくれた。その混沌の主たる原因である息子のミランとアラン、そして最後に妻のソナルにも、感謝の意を伝えたい。彼女が耐えることはあまりにも多く、求めるものはあまりにも少ない。わたしのような果報者はいないと思う。

訳者あとがき

のっけからウィンダムがピンチだ。

インド帝国警察の警部がライフルを持った警官たちに追われて、寝静まったチャイナタウンの屋根の上を逃げまわっているのだ。その理由がまことにもって情けない。階下の阿片窟の一室にだらしなく横たわり、憂き世を忘れて、あふれでるドーパミンの快楽に身をまかせていたところに、警察のガサが入ったのだ。捕まったら、えらいことになる。免職はまぬがれない。

頭は阿片のせいで朦朧としている。なので、もしかしたら〝キセルの夢〟と呼ばれる妄想かもしれないが、逃げる途中、阿片窟の上階の薄暗い部屋で、中国人とおぼしき瀕死の男を見つけた。その男は両目をえぐりとられ、胸の左右をナイフで刺されていて、一言も発することなくその場で息をひきとった。

もちろん、それは妄想ではなかった。

その二十四時間後に、やはり両目をえぐりとられ、胸の左右を刺された死体が見つかったのだ。被害者は女性で、カルカッタから十マイルほど離れたところにある陸軍病院に勤務する看護婦だった。

どちらの死体にも同じ傷がある。どう考えても偶然とは思えない。だが、ふたつの死を結びつけるものは何もない。動機も不明。犯人の特定に結びつく手がかりは何ひとつ見つからない。

そんななか、同様の手口の第三の殺人事件が……

そこから、この一連の不可解な事件はまったく予想もしなかった方向に展開していく。

いうまでもなく作中で描かれていることはすべてフィクションであるが、作者自身が巻末の〝覚書〟で述べているように、作中の人物や出来事の多くは史実にもとづいている。

一九二一年、マハトマ・ガンジーはインド国民会議を率いて、非暴力不服従《サティヤーグラハ》の運動を展開していた。街のいたるところで労働争議が発生し、商店はシャッターをおろし、学校は休校になっている。官公庁や警察に勤務するインド人の離職も相次いでいる。警察は治安を維持する能力をもうほとんど有していない。糸車をまわして綿糸をつむぐガンジーの姿に象徴される国産品愛用《スワデーシ》の運動も、地味だが粘り強く続けられている。

しかるに植民地政府は一切の妥協を拒み、徹底的な武力弾圧も辞さない構えを崩さない。インドそして本書の舞台であるカルカッタはまさに一触即発の状態にある。

そのような折り、イギリスのエドワード皇太子がインドを親善訪問することが決まった。いくつかの都市をめぐったあと、カルカッタにもやってくるという。混乱は避けられない。

と、大雑把ではあるが、これが本書の歴史的背景である。サム・ウィンダム警部とサレンドラナート（サレンダーノット）・バネルジー部長刑事を中心につむぎだされるストーリーはそういった史実と緊密に絡みあい、あまた張られた伏線をきれいに回収しつつ、怒濤のクライマックスへなだれこんでいく。緻密に織りあげられたプロット。張りつめた空気を随所でなごませてくれるユーモアや気のきいた機知《クラックワイズ》。そして彫りの深い人物造形。歴史ミステリーの名手アビール・ムカジーは、今回もまたわれわれをマジカル・ミステリー／ヒストリー・ツアーへ誘《いざな》ってくれる。

　たしかに歴史は少しずつ動いている。だが、インド独立までの道程は長く、そして険しい。支配と被支配の構造はそう簡単には突き崩せない。イギリス人の上司とインド人の部下とのあいだには、どんなに息があおうと、たとえ居住する部屋をシェアするようになったとしても、越えられない線がはっきりと引かれている。

　ウィンダムは自分が支配する側にいることを時として疎ましく思い、バネルジーは支配される者の側にいながら、支配する側の組織で働いていることに眉を曇らせ、忸怩たる思いでいる。どちらにも完全な正義はない。

　ウィンダムはあいかわらず阿片窟がよいを続けている。どんなに気まずい思いをしても、どんなに苦しくつらい禁断症状に襲われても、阿片をやめることはできない。完全な中毒者だ。かばうつもりはないが、そんなふうになってしまったのは、本人でなければわからないそれなりのわけがある。第一次世界大戦で瀕死の重傷を負い、治療のために大量のモルヒネを投与されたことがひとつ。もうひとつは、同じころ最愛の妻サラを当時猖獗をきわめていたスペイン風邪で亡くしたこと。シリーズ第一作の『カルカッタの殺人』によれば、そうして〝自分のほとんどすべてを失ってしまった。昼間は虚しく過ぎていくばかりで、夜は死者の叫びで満たされていた。一時的にではあれ、それを消すことができるのはモルヒネだけだった。モルヒネが手に入らないときには、阿片に頼った〟というわけだ。その悪癖のせいで、『カルカッタの殺人』で出会って以来ひそかに心を寄せているアングロ・インディアンのアニー・グラントからも、愛想を尽かされかけている。

さらに本書本文中の記述を借りるなら、〝サラの死がわたしをカルカッタに連れてきて、アニーの存在がわたしをカルカッタにとどまらせている。それでも、サラの記憶はいまも生きていて、日々わたしをさいなみつづけている。サラがいまの自分を見たらどう思うか。ウィスキー漬けの阿片中毒者。もう結婚したときの面影すら残っていないかもしれない。真っ赤に焼けた針がこめかみに突き刺さっているような気がする〟という。それほど危うい状態にある。

一方、ウィンダムの良き相棒バネルジーのほうも相当に煮詰まっている。カルカッタ屈指の名門の出で、ケンブリッジ大学卒という超エリートだが、あえて陽の当たる道を歩むことを拒否し、正義感に衝き動かされて警察官になった若いインド人である。端正な顔つき、痩せた小柄な身体。艶のある黒い髪を丁寧に横分けにし、丸いメタルフレームの眼鏡をかけていて、見た目はおよそ刑事らしくない。それでも、非力ながらめいっぱい身体を張って職務の執行にあたる。以前とちがって、惨殺死体を見ても、血の気の失せた顔をして小声でマントラを唱えたりはしない。インド帝国警察の刑事として、日に日に確実に成長しつつある。けれども、警察官という体制側の一員であることゆえに、ガンジーの思想に共鳴する家族とはうまくいっていない。親類縁者からは義絶され、両親とはこれまで一年以上会っていない。孤立しているという点では、ウィンダムとさして変わらない。

季節は冬。ヒンドゥーの国でのクリスマスは終わり、カルカッタはまもなく新年を迎えようとしているが、ふたりの刑事の前途はともに多難である。

最後に著者アビール・ムカジーについて一言。

一九七四年ロンドンに生まれ、スコットランド西部で育ったインド系の移民二世。ロンドン・スクール・オブ・エコノミクスを卒業後、二十年間、会計士として財務関係の仕事に従事し、現在は妻とふたりの子供とともにロンドンで暮らしている。小説を書きはじめたのは四十歳になる直前のことで、デイリー・テレグラフ／ハーヴィル・セッカー犯罪小説賞のコンペに応募し、四百二十七点の応募作のなかから選考委員の満場一致で第一席に選ばれた。それがデビュー作の『カルカッタの殺人』である。シリーズ二作目は『マハラジャの葬列』。本書『阿片窟の死』はシリーズ三作目にあたる。

原題は*Smoke and Ashes*。イギリスでの刊行年は二〇一八年。翌二〇一九年度のCWA賞ゴールド・ダガー賞およびヒストリカル・ダガー賞、HWA賞ゴールド・クラウン賞にそれぞれノミネートされ、さらにサンデー・タイムズ紙の〝一九四五年以降のクライム&スリラー・ベスト一〇〇〟に選出されるという栄誉にも浴している。

二〇二二年一月

HAYAKAWA POCKET MYSTERY BOOKS No. 1976

田《た》 村《むら》 義《よし》 進《のぶ》

1950年生，英米文学翻訳家
訳書
『マハラジャの葬列』アビール・ムカジー
『流れは、いつか海へと』ウォルター・モズリイ
『帰郷戦線—爆走—』ニコラス・ペトリ
『窓際のスパイ』『死んだライオン』『放たれた虎』
ミック・ヘロン
『ゴルフ場殺人事件』『メソポタミヤの殺人〔新訳版〕』
アガサ・クリスティー
『エニグマ奇襲指令』マイケル・バー＝ゾウハー
（以上早川書房刊）他多数

この本の型は、縦18.4センチ、横10.6センチのポケット・ブック判です。

〔阿片窟《あへんくつ》の死《し》〕

2022年2月10日印刷　　2022年2月15日発行

著者　アビール・ムカジー
訳者　田村義進
発行者　早川浩
印刷所　星野精版印刷株式会社
表紙印刷　株式会社文化カラー印刷
製本所　株式会社川島製本所

発行所　株式会社　早川書房
東京都千代田区神田多町2－2
電話　03-3252-3111
振替　00160-3-47799
https://www.hayakawa-online.co.jp

（乱丁・落丁本は小社制作部宛お送り下さい
送料小社負担にてお取りかえいたします）

ISBN978-4-15-001976-1 C0297
Printed and bound in Japan

ハヤカワ・ミステリ〈話題作〉

1918 渇きと偽り
ジェイン・ハーパー
青木 創訳
一家惨殺の真犯人は旧友なのか？　未曾有の干魃にあえぐ故郷の町で、連邦警察官が捜査に挑む。オーストラリア発のフーダニット！

1919 寝た犬を起こすな
イアン・ランキン
延原泰子訳
〈リーバス警部シリーズ〉不自然な衝突事故を追及するリーバスと隠蔽された過去の事件を追うフォックス。二人の一匹狼が激突する

1920 われらの独立を記念し
スミス・ヘンダースン
鈴木 恵訳
〈英国推理作家協会賞最優秀新人賞〉福祉局のソーシャル・ワーカーが直面する様々な家庭の悲劇。激動の時代のアメリカを描く大作

1921 晩夏の墜落
ノア・ホーリー
川副智子訳
〈アメリカ探偵作家クラブ賞最優秀長篇賞受賞〉ジェット機墜落を巡って交錯する人間ドラマ。著名映像作家による傑作サスペンス！

1922 呼び出された男
ヨン＝ヘンリ・ホルムベリ・編
ヘレンハルメ美穂・他訳
スティーグ・ラーソンの幻の短篇をはじめ、現代ミステリをリードする北欧人気作家たちの傑作17篇を結集した画期的なアンソロジー

ハヤカワ・ミステリ〈話題作〉

1923 樹脂 エーネ・リール 枇谷玲子訳

〈「ガラスの鍵」賞、デンマーク推理作家アカデミー賞受賞〉人里離れた半島で、父が築きあげた歪んだ世界のなか少女は育っていく

1924 冷たい家 JP・ディレイニー 唐木田みゆき訳

ロンドンの住宅街にある奇妙なまでにシンプルな家。新進気鋭の建築家が手がけたこの家に住む女性たちには、なぜか不幸が訪れる！

1925 老いたる詐欺師 ニコラス・サール 真崎義博訳

ネットで知り合い、共同生活をはじめた老紳士と未亡人。だが紳士の正体は未亡人の財産を狙うベテラン詐欺師だった。傑作犯罪小説

1926 ラブラバ〔新訳版〕 エルモア・レナード 田口俊樹訳

〈アメリカ探偵作家クラブ賞最優秀長篇賞受賞〉元捜査官で今は写真家のジョー・ラブラバは、憧れの銀幕の女優と知り合うのだが……

1927 特捜部Q―自撮りする女たち― ユッシ・エーズラ・オールスン 吉田奈保子訳

王立公園で老女が殺害された。さらには若い女性ばかりを襲うひき逃げ事件が……。次々と起こる事件に関連は？　シリーズ第七弾！

ハヤカワ・ミステリ〈話題作〉

1928
ジェーン・スティールの告白
リンジー・フェイ
川副智子訳

アメリカ探偵作家クラブ賞最優秀長篇賞ノミネート。19世紀英国を舞台に、大胆不敵で気丈なヒロインの活躍を描く傑作歴史ミステリ

1929
エヴァンズ家の娘
ヘザー・ヤング
宇佐川晶子訳

〈ストランド・マガジン批評家賞最優秀新人賞受賞作〉その家には一族の悲劇が隠されていた。過去と現在から描かれる物語の結末とは

1930
そして夜は甦る
原　尞

〈デビュー30周年記念出版〉伝説のデビュー作がポケミスで登場。書下ろし「著者あとがき」を付記し、装画を山野辺進が手がける特別版

1931
影の子
デイヴィッド・ヤング
北野寿美枝訳

〈英国推理作家協会賞ヒストリカル・ダガー賞受賞作〉東西ベルリンを隔てる〈壁〉で少女の死体が発見された。歴史ミステリの傑作

1932
虎の宴《うたげ》
リリー・ライト
真崎義博訳

アステカ皇帝の遺体を覆った美しい宝石のマスクをめぐり、混沌の地で繰り広げられる、大胆かつパワフルに展開する争奪サスペンス

ハヤカワ・ミステリ〈話題作〉

1933
あなたを愛してから
デニス・ルヘイン
加賀山卓朗訳

レイチェルは夫を撃ち殺した……実の父を捜し、真実の愛を求め続ける彼女の旅路の果てに待っていたのは？　巨匠が贈るサスペンス

1934
真夜中の太陽
ジョー・ネスボ
鈴木　恵訳

夜でも太陽が浮かぶ極北の地に一人の男がやってくる。彼には秘めた過去が――『その雪と血を』に続けて放つ、傑作ノワール第二弾

1935
元《がん》年《ねん》春《はる》之《の》祭《まつり》
陸　秋槎
稲村文吾訳

不可能殺人、二度にわたる「読者への挑戦」気鋭の中国人作家が二千年前の前漢時代の中国を舞台に贈る、本格推理小説の新たな傑作

1936
用心棒
デイヴィッド・ゴードン
青木千鶴訳

暗黒街の顔役たちは、ストリップクラブの凄腕用心棒にテロリスト追跡を命じた！　年末ミステリ三冠『二流小説家』著者の最新長篇

1937
刑事シーハン／紺青の傷痕
オリヴィア・キアナン
北野寿美枝訳

大学講師の首吊り死体が発見された。他殺と見抜いたシーハンだったが事件は不気味な奥深さを……アイルランドに展開する警察小説

ハヤカワ・ミステリ〈話題作〉

1938
ブルーバード、ブルーバード
アッティカ・ロック
高山真由美訳

〈エドガー賞最優秀長篇賞ほか三冠受賞〉テキサスで起きた二件の殺人に黒人のレンジャーが挑む。現代アメリカの暗部をえぐる傑作

1939
拳銃使いの娘
ジョーダン・ハーパー
鈴木　恵訳

〈エドガー賞最優秀新人賞受賞〉11歳の少女はギャング組織に追われる父親とともに旅に出る。人気TVクリエイターのデビュー小説

1940
種の起源
チョン・ユジョン
カン・バンファ訳

家の中で母の死体を見つけた主人公。昨夜の記憶なし。殺したのは自分なのか。「韓国のスティーヴン・キング」によるベストセラー

1941
私のイサベル
エリーサベト・ノウレベック
奥村章子訳

二人の母と、ひとりの娘。二十年の時を越えて三人が出会うとき、恐るべき真実が明らかになる……スウェーデン発・毒親サスペンス

1942
ディオゲネス変奏曲
陳　浩基
稲村文吾訳

〈著者デビュー10周年作品〉華文ミステリの第一人者・陳浩基による自選短篇集。ミステリからSFまで、様々な味わいの17篇を収録

ハヤカワ・ミステリ〈話題作〉

1943
パリ警視庁迷宮捜査班
ソフィー・エナフ
山本知子・川口明百美訳

停職明けの警視正が率いることになったのは曲者だらけの捜査班⁉　フランスの『特捜部Q』と名高い人気警察小説シリーズ、開幕！

1944
死者の国
ジャン＝クリストフ・グランジェ
高野　優監訳・伊禮規与美訳

パリで起こった連続猟奇殺人事件を追う警視が執念の捜査の末辿り着く衝撃の真相とは。フレンチ・サスペンスの巨匠による傑作長篇

1945
カルカッタの殺人
アビール・ムカジー
田村義進訳

一九一九年の英国領インドで起きた惨殺事件に英国人警部とインド人部長刑事が挑む。英国推理作家協会賞ヒストリカル・ダガー受賞

1946
名探偵の密室
クリス・マクジョージ
不二淑子訳

ホテルの一室に閉じ込められた探偵に課せられたのは、周囲の五人の中から三時間以内に殺人犯を見つけること！　英国発新本格登場

1947
サイコセラピスト
アレックス・マイクリーディーズ
坂本あおい訳

夫を殺したのち沈黙した画家の口を開かせるため、担当のセラピストは策を練るが……。ツイストと驚きの連続に圧倒されるミステリ

ハヤカワ・ミステリ〈話題作〉

1948 雪が白いとき、かつそのときに限り
陸　秋槎
稲村文吾訳
冬の朝の学生寮で、少女が死体で発見された。その五年後、生徒会長は事件の真実を探りはじめる……華文学園本格ミステリの新境地。

1949 熊の皮
ジェイムズ・A・マクラフリン
青木千鶴訳
アパラチア山脈の自然保護地区を管理する職を得たライス・ムーアは密猟犯を追う！　アメリカ探偵作家クラブ賞最優秀新人賞受賞作

1950 流れは、いつか海へと
ウォルター・モズリイ
田村義進訳
元刑事の私立探偵のもとに、過去の事件についての手紙が届いた。彼は真相を追うが――アメリカ探偵作家クラブ賞最優秀長篇賞受賞

1951 ただの眠りを
ローレンス・オズボーン
田口俊樹訳
フィリップ・マーロウ、72歳。私立探偵はとっくに引退して、メキシコで隠居の身。そんなマーロウに久しぶりに仕事の依頼が……。

1952 白い悪魔
ドメニック・スタンズベリー
真崎義博訳
ローマで暮らすアメリカ人女優は、人気政治家と不倫の恋に落ちる。しかしその恋は悲劇を呼び……暗い影に満ちたハメット賞受賞作

ハヤカワ・ミステリ〈話題作〉

1953
探偵コナン・ドイル
ブラッドリー・ハーパー
府川由美恵訳

十九世紀英国。名探偵シャーロック・ホームズの生みの親ドイルがホームズのモデルのベル博士と連続殺人鬼切り裂きジャックを追う

1954
最悪の館
ローリー・レーダー＝デイ
岩瀬徳子訳

〈アンソニー賞受賞〉不眠症のイーデンは星空の景勝地を訪れることに。そしてその夜殺人が……誰一人信じられないフーダニット

1955
果てしなき輝きの果てに
リズ・ムーア
竹内要江訳

薬物蔓延と若い女性の連続殺人事件に揺れる街で、パトロール警官ミカエラは失踪した妹が次の被害者になるのではと捜査に乗り出す

1956
念入りに殺された男
エルザ・マルポ
加藤かおり訳

ゴンクール賞作家を殺してしまった女は、出版業界に潜り込み、作家の死を隠ぺいするため奔走するが……一気読み必至のノワール。

1957
特捜部Q
—アサドの祈り—
ユッシ・エーズラ・オールスン
吉田奈保子訳

難民とおぼしき老女の遺体の写真を見たアサドは慟哭し、自身の凄惨な過去をQの面々に打ち明ける——人気シリーズ激動の第八弾！

ハヤカワ・ミステリ〈話題作〉

1958
死亡通知書　暗黒者
周　浩暉
稲村文吾訳
予告殺人鬼から挑戦を受けた刑事の羅飛は、省都警察に結成された専従班とともに事件を追うが――世界で激賞された華文ミステリ！

1959
ブラック・ハンター
ジャン＝クリストフ・グランジェ
平岡　敦訳
ドイツへと飛んだニエマンス警視は、富豪一族の猟奇殺人事件の捜査にあたる。映画化された『クリムゾン・リバー』待望の続篇登場

1960
パリ警視庁迷宮捜査班
魅惑の南仏殺人ツアー
ソフィー・エナフ
山本知子・山田　文訳
個性的な新メンバーも加わった特別捜査班は、他部局を出し抜いて連続殺人事件の真相に辿りつけるのか？　大好評シリーズ第二弾！

1961
ミラクル・クリーク
アンジー・キム
服部京子訳
〈エドガー賞最優秀新人賞など三冠受賞〉治療施設で発生した放火事件の裁判に臨む関係者たち。その心中を克明に描く法廷ミステリ

1962
ホテル・ネヴァーシンク
アダム・オファロン・プライス
青木純子訳
〈エドガー賞最優秀ペーパーバック賞受賞作〉山中のホテルを営む一家の秘密とは？　幾世代にもわたり描かれるゴシック・ミステリ

ハヤカワ・ミステリ〈話題作〉

1963
マイ・シスター、シリアルキラー
オインカン・ブレイスウェイト
粟飯原文子訳

〈全英図書賞ほか四冠受賞〉次々と彼氏を殺す妹。姉は犯行の隠蔽に奔走するが……。数々の賞を受賞したナイジェリアの新星の傑作

1964
白が5なら、黒は3
ジョン・ヴァーチャー
関麻衣子訳

黒人の血が流れていることを隠し白人として生きる青年が、あるヘイトクライムに巻き込まれ——。人種問題の核に迫るクライム・ノヴェル

1965
マハラジャの葬列
アビール・ムカジー
田村義進訳

〈ウィルバー・スミス冒険小説賞受賞〉藩王国の王太子暗殺事件の真相とは？『カルカッタの殺人』に続くミステリシリーズ第二弾

1966
続・用心棒
デイヴィッド・ゴードン
青木千鶴訳

裏社会のボスたちは、異色の経歴の用心棒ジョーに新たな任務を与える。テロ組織の資金源を断て！待望の犯罪小説シリーズ第二弾

1967
帰らざる故郷
ジョン・ハート
東野さやか訳

出所した元軍人の兄にかかる殺人の疑惑。エドガー賞受賞の巨匠が、ヴェトナム戦争時のアメリカを舞台に壊れゆく家族を描く最新作

ハヤカワ・ミステリ〈話題作〉

1968
寒《かん》慄《りつ》
アリー・レナルズ
国弘喜美代訳

アルプス山中のホステルに閉じ込められた男女。かつてこの地で起きたスノーボーダーの失踪事件との関係が？　緊迫のサスペンス！

1969
評決の代償
グレアム・ムーア
吉野弘人訳

十年前の誘拐殺人。その裁判の陪審員たちが、ドキュメンタリー番組収録のため集まるが……意外な展開に満ちたリーガル・ミステリ

1970
階上の妻
レイチェル・ホーキンズ
竹内要江訳

冴えないジェーンが惹かれた裕福な美男子には不審死した前妻の影が……南部ゴシック風サスペンス、現代版『ジェーン・エア』登場

1971
木曜殺人クラブ
リチャード・オスマン
羽田詩津子訳

謎解きを楽しむ老人たちの集い〈木曜殺人クラブ〉が、施設で起きた殺人事件の真相解明に乗り出す。英国で激賞されたベストセラー

1972
女たちが死んだ街で
アイヴィ・ポコーダ
高山真由美訳

未解決となった連続殺人事件から十五年後、またしても同じ手口の殺人が起こる。女たちの目線から社会の暗部を描き出すサスペンス